知库

文学与艺术

英美戏剧诗学

宋建福 著

吉林大学出版社

·长春·

图书在版编目（CIP）数据

英美戏剧诗学 / 宋建福著 . —长春：吉林大学出版社，2022.7
ISBN 978-7-5768-0116-3

Ⅰ.①英… Ⅱ.①宋… Ⅲ.①戏剧文学—文学研究—英国②戏剧文学—文学研究—美国 Ⅳ.①I561.073 ②I712.073

中国版本图书馆 CIP 数据核字（2022）第 134938 号

书　　名	英美戏剧诗学
	YING-MEI XIJU SHIXUE
作　　者	宋建福
策划编辑	李潇潇
责任编辑	李潇潇
责任校对	周春梅
装帧设计	中联华文
出版发行	吉林大学出版社
社　　址	长春市人民大街 4059 号
邮政编码	130021
发行电话	0431-89580028/29/21
网　　址	http://www.jlup.com.cn
电子邮箱	jdcbs@jlu.edu.cn
印　　刷	三河市华东印刷有限公司
开　　本	710mm×1000mm　1/16
印　　张	19
字　　数	321 千字
版　　次	2023 年 1 月第 1 版
印　　次	2023 年 1 月第 1 次
书　　号	ISBN 978-7-5768-0116-3
定　　价	98.00 元

版权所有　　翻印必究

目 录
CONTENTS

导 言 1

第一章 戏剧的本质 6
    第一节 讲 述 9
    第二节 展 示 26

第二章 三一律 46
    第一节 时 间 50
    第二节 地 点 59
    第三节 情 节 69

第三章 情节：行动 81
    第一节 线 性 83
    第二节 非线性 103

第四章 情节：会话 125
    第一节 舌 战 127
    第二节 谵 语 142

第五章 人 物 162
    第一节 主 角 164
    第二节 丑 角 184

第六章 戏剧的功能 ········ 205
　　第一节 启　蒙 ········ 207
　　第二节 净　悟 ········ 225

第七章 艺术延体 ········ 244
　　第一节 守　恒 ········ 245
　　第二节 创　新 ········ 262

结　论 ········ 279

参考文献 ········ 280

作家与作品 ········ 288

主要术语 ········ 292

致　谢 ········ 295

导　言

　　一切事物的演变皆是由简至繁，文学艺术概莫能外。从人类最早的祭祀活动或巫术中，诞生了舞蹈、音乐、诗歌与戏剧表演。[①] 世事沧桑，戏剧的发展史，可以说也是一部由简至繁的演变史。何为繁复？一是思想与艺术手法的丰富，二是思想与艺术手法的复杂。无艺不辉煌。小说诞生之前，戏剧与诗歌一道，成为人们主要的精神消费品，不仅为社会提供了不可多得的娱乐，而且很好地完成了时代的教育使命。小说盛行之后，戏剧曾经夕阳西下，但天边的彩霞却不失美丽与辉煌；进入了20世纪，戏剧重新找到自信，再度成为文学的宠儿。潮流更迭，戏剧却在沉浮中逐渐走向深邃。可是，在绵延的历史进程中，有些戏剧艺术手法难免沉入戏剧艺术的大海深处，从人们的视野中消失。挖掘与整理这些戏剧手法，不仅可以促进戏剧创作的繁荣，也可以增进戏剧艺术的审美效果。

　　什么是戏剧？戏剧是一种在舞台上借助语言、动作、舞蹈和音乐等方式向观众讲述一个有趣或发人深省的故事的表演艺术。要表演，就要有剧本（即兴表演除外），剧本则成为文学意义上的戏剧。英美戏剧文本就是本课题研究的对象。

　　英国戏剧与美国戏剧渊源深厚。美国戏剧可以说主要发源于英国戏剧，而英国戏剧则主要发源于古希腊与古罗马戏剧。当然，在发展的过程中，英美戏剧也不断地接受其他流派的影响，甚至产生反拨的作用。由于语言与戏剧文化的共同渊源，英国戏剧与美国戏剧之间产生了良好的互动，形成了齐头并进的可喜局面，在艺术上积累出了一个可以共享的艺术体。

---

① 其他的起源理论：Oscar G. Brockett, Franklin J. Hildy. History of the Theatre [M]. 10th edition, Essex: Pearson Education Limited, 2014: 4-6.

戏剧在英国的兴起要归功于罗马人，而罗马戏剧又是希腊戏剧的承续。公元6世纪，雅典一年一度举办纪念酒神狄奥尼索斯（Dionysos）的重大祭祀活动，祭祀活动的主要形式就是戏剧表演，戏剧表演事实上是在比赛的氛围中进行的。经过不断的淘洗，悲剧作家埃斯库罗斯（Aeschylus, c. 525 BC—c. 456 BC）、索福克勒斯（Sophocles, c. 496BC—406 BC）、欧里庇得斯（Euripides, c. 484 BC—约406 BC），以及喜剧作家阿里斯托芬（Aristophanes, 约448 BC—380 BC）脱颖而出，成为流芳百世的剧作家。伯罗奔尼撒战争之后，米南德（Menander, c. 342 BC—291 BC）则成为新喜剧的主要代表人物。古希腊的戏剧之作也就是这些作家留下的全部作品。

罗马成为新的帝国之后，承袭了希腊的文化，其中就包括戏剧文化。以"杂戏"（medleys）为基础的罗马戏剧，吸收了希腊戏剧艺术之后，很快就进入了繁荣。从著名的罗马喜剧（长袍剧，fabula togata）作家普劳图斯（Titus Maccius Plautus, c. 254 BC—c. 184 BC）、泰伦提乌斯（Publius Terentius After, c. 195 BC—159 BC）的作品中就可以看到米南德的影响：前者既继承了希腊喜剧（披衫剧，fabula palliata）的优秀传统，又融合了当时民间的戏剧元素；后者则在艺术上十分接近米南德的风格，力图保留更多的希腊特色。罗马的悲剧也是如此。罗马悲剧创始人恩尼乌斯（Quintus Ennius, c. 239 BC—c. 169 BC）的悲剧主要是根据希腊剧本改编而成的，他的继承人阿克齐乌斯（Lucius Accius, 170 BC—86 BC）则钟爱希腊的三部曲悲剧结构，追求剧本情节的彼此衔接。罗马戏剧对欧洲戏剧的发展产生了巨大的影响。

罗马人把戏剧引入英国；在英国，戏剧的主要作用是宣传宗教。在钦定版本之前的很长一段时间里，《圣经》主要是使用拉丁文书写的，除了上层社会之外，几乎没有人能够看懂。为了更好地传播基督教，扩大其影响力，牧师们编写剧本，通过戏剧的形式传播《圣经》的思想：关于《圣经》的故事，就是神秘剧（mystery play），关于圣徒的故事，就是圣徒剧（saints'play）。到了文艺复兴时期，人们开始反对宗教迷信，追求世俗的快乐，人文主义精神盛行。古希腊与古罗马戏剧进入了人们的视野，有两个原因：一是这些经典具有浓厚的人文主义色彩，二是古老的艺术规范能够满足人们援引经典的习惯。马洛（Christopher Marlowe, 1564—1593）与莎士比亚（William Shakespeare, 1564—1616）把英国戏剧推向了一个前所未有的高度，令其成为伊丽莎白时期的重要文学形式。18世纪，经过了一个世纪的黑暗时期之后，蒲柏（Alexander Pope, 1688—

1744）重拾古典主义戏剧原则，强调三一律在戏剧创作中的作用。古典戏剧对英国戏剧的影响极为深远。

进入20世纪之后，英国与美国的戏剧开始互动并进。从美国的角度来看，从殖民地时期到19世纪末，美国的戏剧一直处于早期阶段。美国的其他文学形式，例如诗歌与小说，在18世纪就开始走向独立，摆脱了英国与欧洲大陆文学的影响；相比之下，戏剧的成长始终缓慢，不过，倒也迎合世界文学发展的潮流：小说升起，戏剧衰落。在这一段时间里，英国的戏剧步入了夕阳阶段，不过，谢里丹（Richard Brinsley Sheridan, 1751—1816）与王尔德（Oscar Wilde, 1854—1900）的戏剧作品构成了戏剧史上的间歇喷泉景观，持续时间短、规模小但成就高。英国的戏剧成就不大，但毕竟有可圈可点的产出，而美国的戏剧，没有可同日而语的产出，只有消费，消费英国和欧洲的戏剧，尤其是前者的。到了20世纪，英国与美国各有不凡的表现：美国有获得诺贝尔奖的贝克特（Samuel Beckett, 1906—1989）为代表，英国有获得诺贝尔奖的品特（Harold Pinter, 1930—2008）为领军。当然，20世纪的戏剧，不是继承，而是互动与创新，即便是创新，古老戏剧的影子依稀可辨。

戏剧创作从来就不缺少理论指导。戏剧理论可以分为经典派与现代派。亚里士多德（Aristotle, 384 BC—322 BC）、贺拉斯（Quintus Horatius Flaccus, 65 BC—8 BC）、卡斯特尔维特罗（Lodovico Castelvetro, 1505—1571）、布瓦洛（Nicolas Boileau Despreaux, 1636—1711）主要解决了戏剧三一律的问题；其中，亚里士多德开创了三一律之先河，其余三位学者则对三一律进行了阐释与发展。意大利学者把它称之为"亚里士多德规则"，法国学者则称之为"三一律"。[①]此后，狄德罗（Dini Diderot, 1713—1784）对戏剧创作的艺术做了较为系统的论述，席勒（Johann christopb Friedrich von Schiller, 1759 - 1805）与尼采（Friedrich Wilhelm Nietzsche, 1844—1900）、里普斯（Theodor Lipps, 1851—1914）与柏格森（Henri Bergson, 1859—1941）则分别对悲剧艺术与喜剧艺术进行了较为系统的阐述。对经典戏剧所做的理论阐释不仅推动了戏剧作品质量的提高，也为戏剧的发展与创新提供了坚实的基础。

戏剧在20世纪实现了复兴，戏剧艺术研究的主要成果也出现在20世纪。从专著的角度来看，主要是戏剧要素的专题研究。由于语言学理论异军突起，

---

① Unities. Encyclopaedia Britannicia [EB/OL]. https：//www.britannica.com/art/unities：2019.

各种语言学派为戏剧语言研究提供了理论支撑。① 当然，也有以其他艺术形式、主题与历史为中心的专题研究。② 以戏剧流派为对象的研究，往往是论文集，主题与艺术研究并肩。③ 从论文的角度来看，与专著相比，研究的对象更加具体，范围固然缩小了，但深度往往增加了，多数情况下也不乏真知灼见。可见，20世纪的戏剧研究，硕果累累。

从艺术的角度来看，上述研究没有集中形成一个较为完整的理论体系。经典戏剧研究具有理论深度，但年代久远，不能够涵盖现代主义和后现代主义戏剧的艺术手法。20世纪的戏剧艺术研究存在着同样的问题。例如，戏剧的本质是什么？戏剧作品如何保持永久的美丽？常见的情节结构是什么？类似的问题都没有全面、令人信服的答案。论文研究颇为精彩，对20世纪戏剧艺术的研究不仅到位，而且不乏新颖性，遗憾的是，论文中的观点分散，东一篇，西一篇，没有能够形成一个系统的理论体系。以语言理论为框架的分析，可谓精彩，尤其是在论证作家文体风格以及刻画人物性格方面，颇有说服力，不过，要分析主题或者宏观架构，却难免有些碎片化。当然，上述研究，不少方面也存在着深度不够的问题。总之，分散、不全面或者缺乏深度成为以往研究的主要弊端。

本研究旨在通过梳理戏剧理论、研究戏剧作品的方式，全面总结英美传统戏剧与（后）现代主义戏剧文本而不是舞台表演的艺术特征，④ 在此基础上，力求整理出一个能够兼容并蓄的艺术理论体系，为戏剧家和戏剧学者提供一个可供借鉴的理论依据。本研究坚信：每一个戏剧艺术手法都曾经历过辉煌，成为时代的宠儿；然而，万物时时在发展，代代有进步，辉煌过的手法毕竟要成为历史；不过，成为历史并不意味着永远退出历史舞台，因为时过境迁，古旧的东西往往能够成为新宠。总之，在理论的框架下，艺术技巧没有优劣之分。

进而言之，本研究分为三大板块：一是戏剧的性质与创作的原则问题，二

---

① Gareth Lloyd Evans. The Language of Modern Drama [M]. London: Dent: 1977; Keir Elam. The Semiotics of Theatre and Drama [M]. London: Methuen: 1980; Manfred Pfister. The Theory and Analysis of Drama [M]. trs. John Holliday, Cambridge: Cambridge University Press: 1988.

② Martin Esslin. The Theatre of the Absurd [M]. New York: Vintage Books, 2001; Francis Fergusson. The Idea of a Theatre [M]. New Jersey: Princeton University Press, 1972; Susan C. W. Abbotson. Thematic Guide to Modern Drama [M]. London: Greenwood Press, 2003; David Krasner. A History of Modern Drama [M]. West Sussex: Wiley-Blackwell, 2012.

③ James R. Hollis. The Poetics of Silence [M]. Carbondale: Southern Illinois University Press, 1970.

④ 剧本为舞台而生，剧中的一些术语指向演出与观众；然而，剧本研究指向文本与读者；因此，从舞台与观众转向文本与读者，必然遇到表述困难；为了方便表述，文中交替使用观众、读者、受众。当讨论戏剧表演的情形时，实质上是映射着舞台表演对戏剧文本的影响。

是重要的技巧问题，三是戏剧的社会功能与艺术延体的问题。具体地讲，本研究主要思考戏剧的本质、创作原则、情节结构、人物、社会功能等问题，并进一步回答戏剧艺术生命内涵的问题，即戏剧如何保持永恒阅读的魅力？为了能够很好地完成设定的任务，本研究将依据从创作到赏析的顺序安排篇章结构，在论述过程中，将从哲学、心理学、美学和社会学的角度出发，适当地采用历史研究、归类和对比等手法，力求论证清晰、透彻、简约。

  为此，本研究首先论述戏剧的本质是什么，总结讲述与展示的地位与具体表现形式；然后，阐述戏剧创作中所普遍遵守的三一律的原初规定以及其后的具体演变，同时明确各要素在戏剧创作中的地位。从第三章到第五章，依次论述戏剧的情节结构特征与人物刻画的技巧：由于戏剧情节结构是戏剧作品的龙骨，第三章与第四章详细论述有史以来，戏剧作品中呈现出的常见情节结构类型；在论述人物塑造手法的同时，揭示其采用的哲学视角与承载的文明信息。众所周知，戏剧创作的目的一是娱乐，二是教育，但主要是发挥它的教育作用，所以，第六章聚焦于戏剧艺术的功能。由于永恒是人类持续的追求，最后一章集中论述戏剧作品跨越时代鸿沟、实现代代阅读所依靠的主要因素。

  理想从来就是美好的；现实向来也是骨感的。不过，路总是要有人走，那就让我们一起开始吧：第一程，戏剧的本质是什么呢？

第一章　戏剧的本质

认识事物，先要认识事物的本质。本质是一个事物最根本的属性，是区分自己与他者最鲜明的特征；一个事物的本质决定着一切与其相关事物的本质。每一个事物，与其他事物相比，都具有相同（相似）或者不同（差异）的特征。要归类，莫过于同质特征，要区分，则莫过于异质特征；在归类与区分的过程中，最具区分力、也是作为首要标准的特征当然是事物的本质。本质没有确定，一切其他的事物皆为中立的对象，要么相关却无益处，要么对立并无威胁。本质一旦确定，相关却有害则为敌人，对立却有益则为朋友。确定了敌友，有害的，可能是有益的；有益的，可能是有害的。要判断敌友的本质是否发生改变，就要判断行为的短期效果以及远期效果。综合判断至关重要。本质，一言以蔽之，是事物的身份，是认识事物的撒手锏。

在文学艺术的家族里，聚集着诗歌、戏剧与小说三位缪斯女神，她们各有自己的性格。其中，诗歌的音乐性、小说的讲述与戏剧的直接展示是典型特征。

诗歌的本质是音乐性与概括性。这里讨论的诗歌不包括叙事长诗（史诗、诗剧和罗曼司），因为叙事长诗更接近小说。就一般的诗歌而言，音乐性是第一要素，哪怕是诗歌用陌生语言描写一个菜谱，只要是具有很好的音乐效果，就不失为一首诗，就会受到听众的热烈欢迎。诗歌的音乐性来自格律（meter）与头韵（alliteration）、眼韵（eye rhyme）或尾韵（end rhyme）。格律产生于诗行内部同质音步的反复重复，例如三音步、四音步、五音步、六音步和七音步，也产生于音步内部的音调变化，例如，一个音步（foot）中，是重读和弱读音节搭配（扬抑格，the Trochaic Foot），还是弱读音节与重读音节搭配（抑扬格，the Iambic Foot）；是一个重读音节加上两个弱读音节（扬抑抑格，Dactyl），还是两个弱读音节加一个重读音节（抑抑扬格，Anapest）；尾韵是双行押韵，还是隔行押韵等等。所谓的概括性，也就是讲述（telling），实质上就是用结论来代替事实，结论可以是关于事实的，也可以是关于品质的。不妨说，诗歌贵在用有限的词汇唤起无限的印象，可见，在诗歌文本与听众的印象之间存在着巨大的想象空间，这样，概括性与想象联系起来了。造成这种现象的根本原因应该是诗歌的存在方式所决定的。面对现实中的一个简单的物体，诗歌不同于雕塑，如果要真实地展示的话，既耗时，又费空间，这是诗歌所不允许的。所以，诗歌只要是上口或者好听就行，至于细节，让听众自由想象。①

小说的区分性本质乃是讲述。一提起小说，人们首先想到的是故事。故事，简言之，就是生活中发生过的事情经过，除非叙事者或读者是当事人，否则，事情的经过外在于叙事者与读者。所谓的外在性就是决定了小说的第一本质是展示（showing）而不是讲述。然而，叙事毕竟发生在叙事者和读者之间，故事只是一种交流形式，在交流的过程中，双方（尤其是叙事者）难免就故事中的细节发表一下自己的看法，对此，谁也无可奈何，因为话语权完全在叙事者的手里。在叙事艺术的发展过程中，尤其到了现代主义文学时代，叙事者隐退的呼声越来越高，叙事者隐身的程度越高越好，后现代主义叙事理论甚至直接宣布作者死亡。布斯（Wayne C. Booth，1921—2005）则认为讲述作为一种叙事手法，从来就有，显性的有叙事者对事件所做的直接评述，隐性的有事件的选择、情节的安排、视角的控制等等，所有这一些都是叙事者操控的痕迹，呼吁叙事者隐退是不可能的，至多是一种"现实主义的幻觉"（realistic illusion）而已。既然叙事者不能完全隐退，那在必要的时候，何不大胆现身？况且，有的小说就是依靠讲述来取得不菲的艺术效果，例如《项狄传》（The Life and Opinion of Tristram Shandy, Gentleman, 1759），讲述的方式与内容所揭示的不是故事本身，而是叙事者本人。所以，讲述，是小说区别性的叙事手法。②

戏剧本质上既有讲述，也有展示，但主要是展示。讲述，作为戏剧早期的重要手段，是历史发展的产物；相比之下，展示则是成熟的、约定不变的艺术规范。讲述在戏剧作品中越来越少，但并没有完全消亡，反倒在歌剧里面找到了用武之地；而且，与展示相比，讲述也没有高低之分。不过，小说的展示具有间接性，因为有一个叙事者在那里转述，而戏剧的展示具有直接性，因为事

---

① 莱辛. 拉奥孔［M］// 伍蠡甫，胡经之. 西方文艺理论名著选编（上），北京：北京大学出版社，2001：307.
② Wayne C. Booth. The Rhetoric of Fiction［M］. Chicago：University of Chicago Press，1961.

情的进展都是自然而然地在发生（现实性）。

讲述，在早期只有集体表演的歌队（chorus）①没有单独表演的演员（actor）。之前的戏剧中，表现为一般意义的评述；在后期演员占据重要位置的戏剧中，简单地说，则表现为歌队的铺陈性概述②与评述行为。演员的言语行为中当然也有概述，把概述镶嵌在演员的言语之中，堪称讲述手法妙笔的鼻祖。现代已降，讲述则表现为剧作家而不是歌队队员（chorister）对戏剧次要细节的总结交代。此外，还有四种特殊的讲述形式，一是幕间曲（interlude），二是旁白（aside），三是独白（soliloquy）【戏剧中的独白与"戏剧独白"（dramatic monologue）不同，前者是戏剧手法，后者是诗歌形式】，四是作为人物的小丑。

展示，在早期的戏剧中，表现为一般意义的叙事，与讲述共同构成整个戏剧的一个主要部分；在后期的戏剧中，则仅限人物的言语与行动。歌队与人物之间发生的对话，一般具有展示的意义。对话以外，歌队所做的客观描述，不能从讲述中剥离出来，因为歌队的行为本质上不属于戏剧展示的内在构成。在现代时期以后的戏剧中，展示主要是言语与行动。当然，展示也可以包括舞台布景。不过，剧本中作家给出的舞台指令，一般不视作讲述，因为与其他剧本文字相比，最终要化为身体语言。

讲述与展示的出现是戏剧发展的必然。希腊早期的戏剧只有歌队参与表演，表演的形式有歌唱③、舞蹈与朗诵（recitation）。歌队的任务有两个，一是叙事，二是对叙事的主要细节、事件或情节进行评述。后来，歌队的领队负责部分朗诵，并扮演越发重要的朗诵角色。④歌队的表演则逐渐负责讲述的功能。剧作家狄斯比斯（Thespis, 6ᵗʰ BC）在戏剧中，破例与歌队互动，成为第一位真正意义上的演员，埃斯库罗斯则把戏剧中的演员数增加为两个。⑤由于歌队能够与演员对话，歌队的角色越来越复杂。随着演员（非歌队成员）的增加，歌队成员的数量（50人）开始减少，在戏剧的发展过程中，与演员的比例一直呈反比趋势

---

① Chorus 有两个意思：作为一个行为体，指"歌队"；作为一个行为，指"合唱"。
② Wayne C. Booth. The Rhetoric of Fiction [M]. Chicago: University of Chicago Press, 1961: 169-176.
③ 歌队合唱的歌，是一种颂诗（ode），由三部分组成：第一诗节的左旋舞歌（strophe），第二诗节的右旋舞歌（antistrophe），第三诗节的尾歌（epode）。
④ Dorothy Mills. The Book of the Ancient Greeks [M]. New York: G. P. Putnam's Sons, 1925. [EB/OL]. https://www.watson.org/~leigh/drama.html: 2003.
⑤ 人物（character）不同于演员（actor）。在希腊戏剧中，一位演员可以扮演多个人物。事实上，《波斯人》剧本中，共有四个人物出场，全由两位演员扮演。因此，舞台上也就不可能同时出现多于两个的人物。

下降，重要性随之降低。这是一个重要的改革，罗马时期，戏剧完成了另一个主要的改革，幕的出现。① 展示与讲述分立、展示与讲述地位的反转，都符合事物发展的规律。人类社会进步的一个里程碑就是劳动分工，劳动分工标志着工种的多样化与专业化的开始，专业化促进了质量的提升，多样化带来了社会的全面繁荣。展示与讲述地位的反转，也体现了社会欣赏水平的提高，因为有了知识，读者更喜欢独立地判断，而不是被动地消费。艺术的发展与进步是历史的必然。

第一节　讲　述

作为一种叙事手法，（作者或叙事者）讲述是戏剧最早的艺术形式，而展示则是戏剧审美不断提升的艺术结晶。早期起着主要作用的讲述，随着戏剧的发展，逐渐退居第二位，一段时间内，甚至消退；后起之秀的展示则异军突起，逐渐占据了戏剧舞台的中心位置。讲述的地位在不断下降，但不会永远消失；展示的地位越来越重要，但有时候难以独舞，关键的时候，剧作家还是要恭请讲述到场，共谋艺术大计。讲述与展示之间不存在等级制，在不同的场合，皆可成为有重要价值的戏剧手法。由于希腊戏剧对英国乃至欧洲产生了深远的影响，在此分析一部希腊戏剧中歌队的功能，证明歌队的起源及其已经具有的功能。相同的功能，也就不再用英国或美国戏剧加以佐证。②

第一种讲述的形式是歌队的合唱。以现存最早的剧品——埃斯库罗斯的悲剧《波斯人》(The Persians) 为例。③ 萨拉米斯 (Salamis) 战役失败后，波斯宫廷笼罩在一片悲伤之中。作者通过描述波斯人的悲伤，引导人们积极思考，并映射出希腊人的英勇。波斯人的悲剧难道不是人类的悲剧吗？

---

① 关于希腊戏剧发展史，可参考：Ian C. Storey, Arlene Allan. A Guide to Ancient Greek Drama [M]. Oxford：Blackwell Publishing, 2005；Graham Ley. Towards a Theoretical History for Greek Tragedy [J]. New Theatre Quarterly, 2015, 31 (2)：144-163.
② 歌队的功能在艾略特的《大教堂谋杀案》(Murder in the Cathedral, 1935) 与《波斯人》中相近。
③ 关于希腊的戏剧作品，参考：Mary Lefkowitz, James Romm. The Greek Plays：Sixteen Plays by Aeschylus, Sophocles and Euripides [M]. New York：The Modern Library, 2016. 关于罗马的戏剧作品，参考：Philip Whaley Harsh. An Anthology of Roman Drama [M]. trans. Villiam Abbott Oldfather, New York：Holt, Rinehart and Winston, 1965.

从开头到皇太后出场的部分是波斯长老组成的歌队的戏份。歌队的戏份为两部分，一是朗诵，二是合唱。在朗诵的部分，歌队通过重复的方式（总述，论证），向观众交代了波斯大军在国王和众多英雄的带领下，骑着战马、坐着战车，威风凛凛、浩浩荡荡地出发了。出发之时，令人遗憾的是，亲人们不是敲锣打鼓欢送英雄上战场，而是惶恐不安，甚至挥泪而别，完全沉浸在一种不祥的气氛中。在合唱部分，歌队又一次强调了朗诵部分所表达的主题：英雄奔赴沙场，后方的亲人们惴惴不安，一种自豪与忧虑的心情交织在一起。

　　皇太后出场后，表达了她对波斯帝国前途（战争的结果）的无限忧虑。她担心，波斯帝国巨大的财富，在没有人守护的情况下，会落入强盗之手；没有了财富，处于权力中心的男人就不会有美好的未来。她如此忧心忡忡，有何依据？她的依据就是梦中所见到的一切：她的儿子，波斯的国王，遇到两位争吵的女人，一个是希腊人，另一个是外邦人。为了控制她们，让她们冷静下来，国王把她们两人捆绑在战车上；一个服服帖帖，另一个不停地反抗，趁机毁坏了战车的刹车，又把车辕一折两半；国王因此从战车上栽了下来。在献祭的时候，又看到一只鹰飞向凤凰的神龛，可是，在途中被一只隼所击败。噩梦与不祥之兆令她忐忑不安。

　　表面上，歌队表达的情感是不安，皇太后预感到的也是一种不祥，预感不安与预感不祥皆是一种令人不宁的情绪。可是，从叙事的角度来看，其作用大相径庭。歌队的预感整体上是空泛的，结论多于证据；而皇太后的预感则相对可信，因为种种迹象以及那么多的未知因素，都指向了同一的结论。空泛的结论，仿佛作者的评论；可信的论断，俨然一位当事人提供的证据。事实上，歌队此时的评论正是作者的声音，而皇太后在睡梦和现实中所见，恰恰证明了歌队的预感。此外，长老们虽是国家政要，但他们和国王之间的关系，与皇太后和国王之间的关系，不可同日而语。国家的命运对于长老与对于皇太后相比，也是不能相提并论的：一个是若即若离的，另一个是密不可分的。这种手法在《一个女士的画像》（*The Portrait of a Lady*，1881）中也有体现。在第六章的开头部分，叙事者向读者这样说道：伊莎贝尔是一个满脑子理论的女孩，又自视甚高，身边所有的人都是智障者，有谁能认识到她的聪明并善待她，那就算是识相。这一番话语，可谓不折不扣的评论，采用的完全是讲述的手法。在本章余下的部分，作者紧接着采用展示的手法，描写了伊莎贝尔与长辈就英国社会人情世故所作的一番对话，通过对话，生动地验证了叙事者事先对她所作的一番评价。其实，皇太后出场之后所作的言论也是遵守了概括——论证的逻辑。在她与歌队的第一次会话中，她只表达了一个思想，即对儿子的出征有一种不祥的感觉；在第二次与歌队的会话中，她才具体表达了感到不安的原因。这种开头定格调或气氛、正文再证明的套路，也是小说的开头之道：环境描写所传递出的气氛信息，往往是情节所要表达出的情态信息。

那么，歌队关于出征的陈述是讲述还是展示？是讲述。首先，从叙事艺术的角度来看，出征不是叙事的重点，因为出征的意义是什么，取决于战争最后的结果：胜利了，此次征战善始善终；失败了，虎头蛇尾。显然，萨拉米斯之战，对波斯人来说，就是虎头蛇尾。去过分渲染出征的雄壮场面，赚得一个反讽，的确是小家子气，因为薛西斯不是无能之辈，而是率领百万大军的挑战者；在战场上，有胜者藐视败者，也有胜者敬仰败者；对于波斯人，希腊人至少是作者持有后一种态度。艺术上，也难免有不当之嫌，因为戏剧所要表达的是波斯人贪得无厌、违背神谕而招致失败的悲伤，而不是军队的涣散与胆怯，这从大流士的口中可以得知；当然，戏剧的目的也是从反面颂扬希腊的英勇。如果置之不理，也不符合审美规律。凡事讲究个完整，没有出征，哪来的战争与失败。追求完整，但又不能过分重视，否则，根据戏剧之目标，又有失衡之嫌。再从戏剧的结构上看，忧虑—证实—反思的逻辑结构，而不是一个出征—英勇杀敌—无功而返的叙事范式，决定了出征的部分在艺术处理上，不可能重，只能是轻，要轻，就要讲述，一带而过。所以，关于出征的陈述只能是讲述，交代一下而已，不能展示或渲染。

当战场信使出场后，他很快传递了失败的消息："您，我的波斯，财富的仓库/多么瞩目的辉煌，竟然毁于/一战……"波希战争中，波斯人失败了。战败不幸的消息传来，歌队即刻进入了合唱，对这场战争做出了评价：

左旋舞歌：痛苦呀，痛苦！新的伤口，/深深的伤口……

右旋舞歌：生命太久/对于我们老年人，尤其听到/突如其来的灾难。

左旋舞歌：呜呼！十八般武艺也枉然/出亚洲/攻希腊，那怒不可遏之地。

右旋舞歌：呜呼！你讲述了/死难的朋友、崩裂的岩石、退潮的大海/逝去的生命/和衣随潮水而去。

左旋舞歌：悲伤在哀号/为士兵的不幸，痛感悲切/由于上帝，一切陷入不幸/嗟夫！大军不再。

右旋舞歌：雅典，遭诅咒的/我们当然不忘/有多少波斯妇女，因为雅典/失去了丈夫，婚姻虚设。

从以上的歌词中，不难看出，大多是对波斯军队出战不利所作的评述；其中，有细节的展示，不过，不是为了详尽，而是为了凸显：从上下文来看，歌队重复了信使的信息，对所报内容进行了强调，显然，这是歌队操弄的表现。

不必要对整个戏剧歌队的戏份进行详细的分析。①

歌队的作用发生了巨大的转变，地位也随之下降。在莎士比亚的戏剧作品中，序曲（歌队）或起着启蒙的作用，或起着串联的作用，或起着综述的作用，其角色仍然是讲述，有时候外在于情节，有时候内在于情节，有时候与情节并置。

序曲（歌队）（Prologue）在历史剧《亨利五世》（*Henry V*, 1599）中发挥着两种作用，一是启蒙，二是衔接。首先，序曲起到启蒙作用。

可是，在座的诸君，请原谅吧！像咱们这样低微的小人物，居然在这几块破板搭成的戏台上，也搬演什么轰轰烈烈的事迹。难道说，这么一个"斗鸡场"容得下法兰西的万里江山？还是我们这个木头的圆框子里塞得进那么多将士？——只消他们把头盔晃一晃，管叫阿金库尔的空气都跟着震荡！请原谅吧！可不是，一个小小的圆圈儿，凑在数字的末尾，就可以变成个一百万；那么，让我们就凭这点渺小的作用，来激发你们庞大的想象力吧。就算在这团团一圈的墙壁内包围了两个强大的王国：国境和国境（一片紧接的高地），却叫惊涛骇浪（一道海峡）从中间一隔两断。发挥你们的想象力，来弥补我们的贫乏吧——一个人，把他分身为一千个，组成了一支幻想的大军。我们提到马儿，眼前就仿佛真有万马奔腾，卷起了半天尘土。把我们的帝王装扮得像个样儿，这也全靠你们的想象帮忙了；凭着那想象力，把他们搬东移西，在时间里飞跃，叫多少年代的事迹都挤塞在一个时辰里。就为了这个使命，请容许我在这个史剧前面，做个致辞者——要说的无非是那几句开场白：这出戏文，要请诸君多多地包涵，静静地听。（方平译）

可以看出，在这段开场白当中，序曲扮演着一位老师的角色，向读者解释了以下几个道理。第一，空间关系：剧场虽小，但可以容纳世界。第二，人数关系：剧中一人等于现实中的千军万马。第三，时间关系：剧中一刻，等于人间数年的光阴。第四，想象的重要性：要欣赏戏剧，就要接受戏剧的规范，戏

---

① 阿瑟·米勒的《凭桥眺望》《美国时钟》等剧作品都使用了歌队的讲述手法。

剧规范是，充分展开自己的想象力，根据剧中有限的提示，进行无限的想象，以此还原现实。

其次，序曲（歌队）起到衔接作用。《亨利五世》共有五幕，四个序曲，第一个序曲链接第一与第二幕，以此类推。在第一幕结束的时候，国王亨利五世说道，"让我们立即把出兵所需要的兵力征集起来，在各方面都考虑周详，我们就好比翅膀上添了更多的羽毛，又快又有步骤；我们有上帝引领，要当着法王的面，把他的儿子教训教训。现在，愿大家都尽心效忠，让这一正义的战争见之于行动吧"。第一个序曲的开头是这样的，"现在，全英国的青年，心里像火一样在烧，卸下了宴会上的锦袍往衣橱里放——如今风行的是披一身戎装！沸腾在每个男儿胸中的，是那为国争光的志向；他们卖掉了牛羊去买骏马，叫脚下平添翅膀，像英国的使神，好追随那人君中的圣君"。显然，这是国王决策的后续反应，但相对于整个剧情来说，并不是重要的部分，但又不可或缺，所以，序曲以叙事者的声音的形式讲述出来，既为下一幕的开始做好铺垫，也节约了时间，在短的时间内演绎长时间的事件。

第二幕结束的时候，英法谈判破裂，法兰西皇太子说道，"就算是，我的父王愿意给你们一个满意的答复，我也不答应；因为再没有比跟英格兰吵一架更称我的心了"。爱克塞特公爵答道，"送得好，他要叫你们巴黎的卢浮宫因之而动摇——哪怕它是伟大欧洲的宫廷的中心"。一场战争不可避免。在第三幕的序曲中，作者这样说道，"假想吧，你亲眼看到了那统率三军的国王在扫桑顿码头登上了御船……水手们忙碌地爬行在帆索上的景象……啊！就这样想象吧，你是站在海岸上，望见汹涌的浪涛中，有一座城市在跳舞——原来那浩浩荡荡的舰队，在驶向哈弗娄的途中，就是这个光景。跟住它，跟住它！"有了这样的过渡性讲述，观众对第三幕展开的内容有了足够的心理准备。

第三幕结束的时候，法兰西奥尔良公爵说道，"现在已经两点钟啦——可是让我想，等到上午十点时分，我们每个人将会抓到一百个英国人"。两军已经到了预设的战场，双方近在咫尺，各自对即将发生的战斗充满了信心。也许有人会问，时间已经是深夜，在黎明到来之前的夜晚里，双方阵营里都发生了哪些事情呢？如有描述，那就是戏剧史上的巨大败笔。事实上，序曲的确简单地描写了双方阵营里发生的事情，不过，是巧妙地借法国士兵的视角，表现了法国人的过度自信，为第四幕即将揭晓的战争结局形成很好的反衬："那些该死的可怜的英国人，真像是听凭宰割的牺牲，耐心地坐对着篝火，在肚子里反复盘算

13

着,明天天一亮,危险就要来临;他们那种凄厉的神情,加上消瘦的脸颊和一身破烂的战袍,映照在月光底下,简直像是一大群可怕的鬼影。"

第四幕结束的时候,英军大获全胜。亨利国王埋葬了死去的士兵,"然后向卡莱前进;然后再启程返国——从法兰西去的人,从没这样快乐!"如果没有序曲的讲述,恐怕没有观众能够猜得出第五幕展示的是什么内容。"看哪,这儿就是英格兰的海滩……让他登陆吧,我们看到他浩浩荡荡地向伦敦进发……这当儿,在活跃的思想工场中,我们只见伦敦吐出了人山人海的臣民!……现在,就把他在伦敦安置;因为是法兰西的叹息让英格兰的国王安居在国内;现在,德意志皇帝,站在法兰西一边,来到英格兰替两国把争端调停——这一切事件,不问大小,全都一笔带过;直到亨利重新回到了法兰西。我们必须在那儿跟他见面;我这番话就算对过去种种作了个交代。请原谅这许多的删节,让你的眼光跟随着思想,重又落到法兰西的疆场。"不妨设想,没有序曲,结果定是这样:国王刚离开法兰西,等到第五幕的幕帘升起后,人们发现国王还在法兰西!可以想象,人们一定会炸锅。有了序曲,第五幕的开启也就顺其自然了。

序曲(歌队)还能起到预叙的作用。在《罗密欧与朱丽叶》(*Romeo and Juliet*, 1597)的戏剧中,有两个序曲,一个位于第一幕之前,另一个位于第二幕之前,一并引用如下:

| 故事发生在维洛那名城,
有两家门第相当的巨族,
累世的宿怨激起了新争,
鲜血把市民的白手污渎。
是命运注定这两家仇敌,
生下了一双不幸的恋人,
他们的悲惨凄凉的陨灭,
和解了他们交恶的尊亲。
这一段生生死死的恋爱,
还有那两家父母的嫌隙,
把一对多情的儿女杀害,
演成了今天这一本戏剧。
交代过这几句挈领提纲,
请诸位耐着心细听端详。 | 旧日的温情已尽付东流,
新生的爱恋正如日初上;
为了朱丽叶的绝世温柔,
忘却了曾为谁魂思梦想。
罗密欧爱着她媚人容貌,
把一片痴心呈献给仇雠;
朱丽叶恋着他风流才调,
甘愿被香饵钓上了金钩。
只恨解不开的世仇宿怨,
这段山海深情向谁申诉?
幽闺中锁住了桃花人面,
要相见除非是梦魂来去。
可是热情总会战胜辛艰,
苦味中间才有无限甘甜。
<div align="right">朱生豪译</div> |

熟悉剧作的人们就会发现，这正是对剧情所做的一个概括，正如第一个序曲所言，"交代过这几句挈领提纲，请诸位耐着心细听端详"。同样，第二个序曲，也正是即将发生的故事的梗概。这是一出由世仇衍生出爱情，由生转变成死的跌宕人生故事。通过序曲的形式，能够大大缓解剧情给人们带来的冲击力。

其实，《亨利五世》的三个序曲也具有同样的功能。也就是说，序曲在《亨利五世》的作品中，起到了综合的作用。

第一个序曲："法兰西在你那儿发掘了一窝没心肝的人，他就用毒药般的金币来填满那虚空的胸臆；三个丧尽天良的卖国贼（一个是，剑桥的理查伯爵；第二个是马香的斯克鲁普勋爵；第三个是托马斯·葛雷——诺森伯兰的爵士），只为了贪图法国人的亮晃晃的金银——啊，这漆黑的罪恶！——就跟那恐慌的法国人私下勾通，由他们亲手谋取圣君的生命——就是说，要趁他逗留在扫桑顿还没登上战舰向法兰西航行的时候。"

第二个序曲："运用你的想象吧，让一场围攻在你的眼前展开：你看见了炮车里大炮正张开血口，对准那被围的哈弗娄。假定吧，大使已从法兰西回来，报告哈利，那法兰西国王愿意把凯瑟琳公主嫁给他，公主的陪嫁却只是几个区区不足道的公国。这条件可不能叫人满意；于是，敏捷的炮手拿着引火的铁杆伸向那可怕的炮口。"

第三个序曲："啊，如果有谁看到，那个领袖正在大难当头的军队中巡行……拿'兄弟''朋友''乡亲'跟他们相称。尽管大敌当前……他总是那么乐观，精神饱满，和悦又庄重。那些可怜虫，本来是愁眉苦脸的，一看到他，就从他那儿得到了鼓舞。真像普照大地的太阳，他的眼光毫不吝惜地把温暖分送给每个人，像融解冰块似的融解了人们心头的恐慌。那一夜，大小三军，不分尊卑，多少都感到在精神上跟亨利有了接触。"

不过，有一点需要强调：歌队的主要作用是讲述，并不是所有的表演都是为了讲述。在《波斯人》一剧中，皇太后出场表达了自己的担忧之后，歌队所做的是给予必要的宽慰："皇太后，您不必过分担忧/也无须过分自信……/结局，对您来说，只有好，没有坏。"更有趣的事情接着发生了。歌队开始与皇太后一问一答，对皇太后心中的疑虑，一一破解：大家说的雅典在哪里？我的儿子打算拿下这座远方的城池？他们军队强大，有百万之众，能保证完成任务？他们靠的就是手中的弯刀？还有呢？他们有足够的粮草吗？他们的将军是谁？他们如何抵御外侵？遗憾的是，歌队还是没能打消皇太后的疑虑："你们的话，让父母们不堪其忧。"焦点是歌队的作用。歌队,如果角色分工明确的话,应该是游离于情节之外,对情节只是起到强化的作用。然而,戏剧尚处在早期之中,暴露出了不足:在与皇太后对话的过程中,歌队显然摇身一变,成为戏剧中一个地地道道的人物。在讲述的过程中,歌队仿佛叙事中的作家或隐含作者;在对话的过程中,又化成一个人物:身份出现了矛盾,这种矛盾,只有在具有游戏性的后现代主义小说叙事那里才找得到,作为叙事者,歌队既外在于又内在于虚拟世界。或许,歌队从来就是人物?不是的。从希腊戏剧的发展史上来看,歌队不能充当人物角色,否则,就不会为第一个演员的出现而欢呼。学界认为,只有出现了演员,戏剧才真正成为戏剧。也就是说,有了演员,必有独立的人物,歌队提到的人物才能走上舞台;舞台上有人说话、行动、跳舞,戏剧才名副其实。那么,没有人物表演的戏剧是一种什么样的戏剧呢?一种接近于小说的"歌队戏剧"。在歌队戏剧中,文本的构成由两部分组成:一是叙事,二是评述。在这里,一般意义上的讲述,则可能成为展示了。言归正传,《波斯人》中的歌队,成为后现代主义叙事的肇事者。

幕间曲,从本质上讲,具有作者干预的性质,如同歌队与序曲一样,属于讲述的范畴。早期的幕间曲是一种插演或补白的短剧,剧情取材于当代的生活,而不是《圣经》故事或者圣徒的逸闻,内容有些粗俗、滑稽。幕间曲在重大场合举行的宴会上,利用宴会的空间时段进行演出;也在戏剧的开场之前、幕间与结束后进行表演。插演的短剧,在历史上成为英国伊丽莎白时期喜剧的雏形之一,代表人物有约翰·海伍德(John Heywood, c.1497—c.1580)。这里,关注的重点是与戏剧相关的幕间曲。现在,没有资料记载历史上的幕间剧与主演戏剧之间的主题关系,拥有的只是艾略特(T. S. Eliot, 1888—1965)的诗剧《大教堂谋杀案》。

《大教堂谋杀案》共有两幕,中间出现了一个幕间曲。幕间曲,其实只是剧中主人公大主教贝克特的一次布道。利用幕间的时间布道,是否是一出短剧?不能说,因为剧作家把这次布道指定为幕间曲,它就是幕间曲,作为幕间曲,这次布道的行为,在艺术上,要有足够的理论依据。第一,大主教贝克特,在剧本的时间内出现,就是人物。第二,只有人物,没有读者,那只是草稿;眼下,剧本的读者就是文本外的你。第三,贝克特在舞台上布道,就是言说行为。第四,言说行为也是一种行动,一种不需要改变空间位置的行动。第五,这是一出独幕剧。第六,独幕剧中,只有一个人物。不过,这出幕间曲,与历史上的幕间曲不同，没有粗俗的内容，也不是与正在进行的活动或戏剧表演没有任何关联的短剧。把它称之为"剧中剧",① 再恰当不过了。

这出幕间曲与前后两幕形成怎样的关系？与《亨利五世》的序曲一样，起着关联搭桥及预叙的作用。第一幕：三位牧师因为贝克特长期离职而倍感怨怼，又听说他就要回到英国，而争执不休。传令官来到，通知他们，贝克特马上就要回国，但不可能与国王和解，同时提醒他们说，暴力行为可能紧随其后。牧师回忆贝克特追随国王亨利二世、任职上议院院长的历史。就在一位牧师因歌队妇女喋喋不休地抱怨而挖苦她们虚伪的时候，贝克特走了进来。有四位诱惑者向贝克特提出了建议：第一位重提他年轻时候放浪的生活方式，建议他甩掉包袱，闲云野鹤，无忧无虑；第二位主张再任上议院院长，手中有权，可以更好地为穷苦人谋福利；第三位更激进，与国王平分权力，甚至暗示另立山头；第四位老谋深算，建议贝克特以身殉职，以死置国王于不仁不义之被动地位。贝克特表示，决不沽名钓誉，自己完全服从上帝的意志。

第二幕：四名骑士到来，向牧师提出见贝克特的要求，遭到拒绝。贝克特出来，骑士们指责他辜负了国王的信任，利用手中的权力煽动反动力量颠覆英国，贝克特对此予以否认，双方争执不下。骑士撤离，并警告牧师说，如果贝克特逃跑，将拿他们问罪。骑士再次返回，贝克特拒绝逃离，骑士把他逼进了大教堂。他不顾危险，坦然命令牧师打开教堂的大门，放骑士进来。骑士要贝克特收回成命、恢复除名者的宗教身份、效忠国王，遭到拒绝之后，把他残酷地刺死。骑士离开犯罪现场之后，牧师们因贝克特之死不胜幽怨，也对未来的不定深感焦虑。

不难看出，第一幕表达了两个主题：一是因贝克特的缘故，教堂的命运未卜，众人滋生怨忧之情；二是摆在他面前的是条条充满了希望之路，可他偏偏选择了一条众人畏惧的悲苦之路，为信仰殉道。故此，在布道中，贝克特阐述了"平安"的含义。耶稣说，"我把平安留给你们，把我的平安交付你们"。何为平安？平安不是主教与国王、勋爵之间的和平相处，也不是世俗的安稳与温饱，总之，平安不是世界的平安，而是更大的平安："与上帝一体的平安。"②针对自己的选择忠于职守、把命运交付上帝的信念，贝克特指出，世俗的抱负，

---

① Frances White Fry. The Centrality of the Sermon in T. S. Eliot's *Murder in the Cathedral* [J]. Christianity & Literature, 1978, 27 (4): 13.

② Paul Lapworth. Murder in the cathedral, by T. S. Eliot [M]. London: MacMillan Education LMT, 1988: 24.

17

也可以造就殉道者，但上帝不认可这种世俗的抱负，殉道者在天堂那里也找不到一席之地；"真正的殉道者是上帝的器械，以上帝的意志为自己的意志，他不是丢弃了个人意志而是找到了它，在顺从上帝之时，得到了自由。"显然，关于平安的论述回答了第一幕中众人的忧虑，关于殉道者的一番醒世之言打消了众人的疑虑，也坚定了自己的信念。鉴于他与国王不可调和的矛盾以及骑士的穷凶极恶，第二幕即将发生的故事也就不言自明了，正如其最后所言，"我觉得，不再能为你们布道了"。贝克特的布道，在结构上，承上启下。

那么，幕间曲会不会消解了戏剧叙事的悬念？会的，不过，其目的是化解第二幕暴力的血腥度，因为贝克特将在众目睽睽之下，死于骑士的利刃之下，刀光与血影同时展现在剧本之中，堪称戏剧之大忌。莱辛说过，"从演员身上我们……确实看到和听到他哀号……演员愈惟妙惟肖，我们看起来愈不顺眼，听起来愈不顺耳……会引起反感的"。不过，就在前文不远的地方，莱辛还说过，"维吉尔写拉奥孔放声号哭的那行诗只要听起来好听就够了，看起来是否好看就用不着管"。① 似乎矛盾，可是，戏剧作家考虑到了观众，也不得不考虑读者，戏剧可以观，也可以读。换一个角度，《天主教堂谋杀案》不是一出悲剧，而是一出道德剧，再现贝克特殉道的过程其实是一种宗教仪式，只有教育意义，没有欣赏的乐趣。艾略特的悲剧不同于希腊悲剧，艾略特的悲剧之外有天堂，希腊的悲剧之外没有宗教。可见，道德意义大于悬念的审美意义。

在艺术上，艾略特的幕间曲，与歌队与序曲相比，更胜一筹。显然，幕间曲的位置极为特殊，不偏不倚，正好位于两幕之间，也正好位于戏剧结构的中心部位，"而且是诸多对立元素的平衡点"。第一，"突然间，我们的注意力聚集在一个狭小空间的一个人物身上"。空间狭小，指的不是舞台，而是贝克特布道所处的小讲坛。无论是第一幕与第二幕，场面不可谓不大，人员不可谓不少，相比之下，幕间曲中的贝克特仿佛一道裂痕，将整个戏剧一分为二。第二，"突然从韵文转到散文"。除了第二幕的四个骑士面向观众的散文陈述，整个戏剧使用的是韵文；因此，一篇完整的散文将韵文文本又一分为二。第三，"不同的时间处理方式在布道文与戏剧文本之间形成了鲜明的对照"。第一幕主要描述了发生在1170年12月2日的故事，第二幕则主要描述了发生在12月29日的悲剧，而贝克特正是在圣诞节上午进行布道的：布道的时间短，具有静止性，而2日

---

① 莱辛. 拉奥孔［M］// 伍蠡甫, 胡经之. 西方文艺理论名著选编（上）. 北京：北京大学出版社，2001：308，307.

与 29 日这两天则是两个连续性时间体。当然，贝克特是未来的圣徒，他在圣诞节这一天布道，与耶稣处在同一时间体之中，他们的时间是上帝时间，上帝的时间是静止的。如果从 2 日到 29 日构成时间横轴的话，那么从耶稣到贝克特则构成时间纵轴，贝克特位于横轴与纵轴的交叉点上。第四，"暴力的行为与仪式性的净化"同时发生在贝克特一人身上。贝克特成圣，一是因为信仰坚定，二是因为世俗邪恶力量的加害：他在痛苦中失去了生命，却在欢乐中与上帝同在。① 由于很好地平衡了诸多对立元素，幕间曲把艺术与主题融为一体。

与幕间曲相近的讲述形式是，场内曲。顾名思义，幕间曲出现在两幕之间，戏剧开始之前，或结束之后；场内曲则出现在一场剧情之内。《天主教堂谋杀案》第二幕中，四位骑士向观众所做的发言，应当属于这种。具体情况是，四位骑士，完成了刺杀任务之后，走到舞台的前方，向观众致辞。第一位骑士做司仪，每位骑士发言结束后，第一位骑士都做一个简单的总结，总结了第四位骑士的发言后，一行四人退场。

第一位骑士：凡事偏听则暗，兼听则明。他本人只会干事，不会表达，此刻愿做司仪，主持其余三位骑士的发言；

第二位骑士：自知观众痛恨他们，也会在历史上留下骂名，但他们对谋杀没有任何兴趣，他们只是在执行命令，刺杀贝克特对英国有益；

第三位骑士：贝克特背叛了英国人民，罪有应得；

第四位骑士：贝克特出于个人的虚荣，为了成为殉道士，自愿寻死。

可见，场内曲也是一出插演的短剧。可以排除以下几种情况：其一，四位骑士的发言，不是剧中对话；其二，不是旁白，第一位骑士很清楚三位的发言内容，并做总结评述；其三，同时也不是内心独白，固然是心中所想，却是有意说给观众听的。可以证明是一出短剧：其一，如同序曲一样，短剧可以直接指向观众；其二，贝克特的布道直接面向观众，属于幕间曲，四位骑士的发言，直接说给读者听，不属于戏剧情节，则同样属于插曲；其三，一个人的戏可以没有互动，四个人的戏则必须有互动，事实上也有互动，因为第一位骑士的总结评价构成了演员之间的互动，把其余三人的发言串联了起来；其四，有一个主题，对贝克特之死进行评述；其五，有读者，读者既在这出短戏之中（人物），也在短戏之外（读者）；其六，如同幕间曲的风格一样，场内曲的风格也

---

① Frances White Fry. The Centrality of the Sermon in T. S. Eliot's *Murder in the Cathedral* [J]. Christianity & Literature, 1978, 27 (4): 7-13.

是散文。因此，四位骑士的发言也是一出插曲，只是位置不同而已。

其作用是什么呢？与贝克特的布道文进行民主对话。正如第一位骑士所言，"你们是英国人，喜欢公平游戏。看到四个人攻击一个人，你们一定同情那位不幸之人。我理解，也有同感。然而，我请求你们主持公道。你们是英国人，没有倾听双方的陈述之前，是不会贸然下结论的"。把一国之政治与一国之宗教之间的纠纷交给人民审判，不可谓气度不大，不可谓不当。要审判，就要有公正的程序，有公正的程序，还需给出令人信服的结论，要做出经得起历史检验的结论，就要经过申诉与抗辩。幕间曲，正如所见，只是贝克特一家之言，俗话说，偏听则暗，兼听则明。兼听的行为在哪里？没有。所以，当四位骑士的发言出现在第二幕结尾之处的时候，对话开始了：相同话语方式，共同的辩题。唯一的不同是，贝克特的布道出现在两幕之间，起着举足轻重的作用，而骑士的发言则出现在一幕之中，略显轻置。这是有着道理的：在宗教事务之前，一切的世俗事物只能居于次要地位。那么，如果两出间曲开始对话，成为戏剧的焦点，戏剧的主要情节扮演着怎样的角色呢？答案：展示过程信息，提供背景史料，为当事人双方开展对话提供有力的技术支持。因此，《天主教堂谋杀案》是一出仪式感强烈的戏剧。

讲述的另一种形式是旁白。在戏剧中，一个人物自言自语，或者直接说给观众听，而其他人物听不到的话语，就是旁白。旁白属于评述性的心理活动，一般较短。旁白的评述，都是很私密的，在剧本中，任何人都不愿他人知道。既然不想让人知道，那为何还要说出呢，自己清楚，藏在心里不就行了？不行。揭示人物隐秘的心理活动，就能够展示一个人的真实想法而不是谎言，就能有效地展示人物的性格，阐释某一个行动的原因，或者披露一个行动造成的后果，重要的是，表达作家的观点。较短，为何？如果过长，那么多的人站在一起，闲着无事可做，定会倍感难受，观众的感觉自然也不会好。归结起来，评述性旁白有四个要点：一是有他人在场，二是其他人物听不见，三是私密，四是简短。不过，并不是所有的旁白都具有讲述的特性。

私密的旁白属于讲述的手段，其机制是什么？众所周知，戏剧不同于小说，叙事者不可以利用叙事的方便，直接对人物加以评述；要评论，叙事者只能借助人物之口来实现自己的目的。这里要区分两种负面评述性旁白：一是评论他人的旁白，二是评述自己的旁白。评述他人的旁白具有展示性，而评述自己的旁白则有可能是讲述性。评述自己的旁白可进一步分三种情况：一是意识到不足，痛改前非；二是意识到自己的不足，但碍于条件，没有改正不足；三是，意识到不足，既不想改，也不可能改。要讨论的是第三种情况，因为第三种情况属于讲述的范畴。仔细研究一下，就可以发现，第三种自我评述行为隐含着一个悖论：人有自卫心理，也有得到同伴积极认可的欲望，但不可能在内心深处对自己大加贬抑，这有悖人性。只有一种解释，叙事者（剧作家）借人物之口，表达了个人对其所作的负面评述。

例如，《哈姆雷特》（*The Tragedy of Hamlet, Prince of Denmark*, 1602)（第三场，第一幕）：

波洛涅斯：……人们往往用至诚的外表，掩饰一颗魔鬼般的内心，这样的例子是太多了。

国王：（旁白）啊，这句话是太真实了！它在我的良心上抽了多么重的一鞭！涂脂抹粉的娼妇的脸，还不及掩饰在虚伪言辞后面的我的行为更丑。难堪的重负啊！（朱生豪译）

国王的这番话很诡异。如果他能意识到自己灵魂丑恶的话，说明他还有良知，如果有良知的话，就不会弑兄、篡位、娶嫂子，也不会置哈姆雷特于死地。良心上的那一鞭子，他感觉痛吗？未必。重负难堪吗？不一定。但是，他应该感到痛，应该感到不堪重负。这一句旁白，与其说是国王所言，倒不如说是作者所言，作者借人物之口，说出了自己要对国王进行鞭笞的评述而已。

对事件评述。在《李尔王》（*King Lear*, 1606)第四幕，第六场中，葛罗斯特要寻死，爱得伽委婉地告诉他，咫尺之外，就是悬崖峭壁。葛罗斯特深信不疑，决定跳崖自尽。自尽之前，他向爱得伽告别。这时，

爱得伽：（旁白）我这样戏弄他的目的，是要把他从绝望的境界中解救出来。

爱得伽做事，当然明白其中之意，用不着告诉自己。他说这番话，显然另有目的，即告诉观众他在用计，并引导观众思考：用计固然是好，但如何救人于绝境？不难看出，这个任务应该是由作者来完成，奈何作者不便，于是就借爱得伽之口，以旁白的形式实现了。当葛罗斯特纵身一跳，扑倒在地的时候，

爱得伽：我去了，先生；再会。（旁白）可是我不知道当一个人愿意受他自

21

己幻想的欺骗,相信他已经死去的时候,那一种幻想会不会真的偷去了他的生命的至宝;要是他果然在他所想象的那一个地方,现在他早已没有思想了。活着还是死了?……(朱生豪译)

这段旁白,视作作者的声音最合适,不仅可以调侃一番,也可以延缓喜剧气氛的到来。爱得伽在戏弄葛罗斯特,没那心思去思考这么多,他的心思应该是,早早过去动一动葛罗斯特,让他知道自己没有死,看看他的滑稽相。不过,"活着还是死了?"倒像爱得伽所想,其余的话语背后,隐隐地坐着一位评论者。

独白(soliloquy)也是讲述的一个有效手段。根据《牛津高阶词典》(*Oxford Advanced Learner's Dictionary*, 9th edition, 2018)的解释,独白就是"戏剧中,一个人物独自在舞台上表达思想时所做的言说;或者独自表达思想的行为"(a speech in a play in which a character, who is alone on the stage, speaking his or her thoughts; the act of speaking thoughts in this way)。会话独白(monologue),即"一个人在会话的过程中做出的长篇言论,该言论能够阻止他人说话或表达意见"(a long speech by one person during a conversation that stops other people from speaking or expressing an opinion),不在本研究的讨论范围之内。其实,独白还有一种形式,即单线单向打破第四面墙、向观众宣布信息的方式。归结起来,独白具有四个要点:一是一个人所作的言论,二是只有一个人在场,三是读者偶然得知或者接到通知信息。另外,篇幅较长,因为只有长一点,才能够很好地利用剧中独处的时间。应当注意,并不是所有的独白都具有讲述的特性。

《爱的徒劳》(*Love Labour's Lost*, 1597)第四幕,第三场一开始,就出现了俾隆的独白。独白中,当然有只属于他自己的内心丰富活动:"……天日在上,倘不是因为看了她的眼睛,我绝不会爱她;是的,只是因为看了她的眼睛……"不过,也有作者的声音在里面:

俾隆:王上正在逐鹿;我却在追赶自己。他们张罗设网;我却身陷在泥坑之中……这儿有一个拿了一张纸来了;求上帝让他呻吟吧!(爬到树上)(朱生豪译)

前半部分,显然是在介绍剧情;介绍剧情的行为只是作者的责任,不关人物任何事情;可是,既然没有在幕间做剧情介绍,那就只能借人物之口做个交代了。后半部分,也无疑是出自作者之口的惯用引导性语言。

《奥赛罗》(*Othello*, 1604) 第二幕, 第三场结尾处的一个独白, 伊阿古对苔丝狄蒙娜所做的那一番评价, 既是他内心所想, 也是作者对她进行的公正评论: "只要是正当的请求, 苔丝狄蒙娜总是有求必应的; 她的为人是再慷慨、再热心不过的了。"作者借苔丝狄蒙娜的敌人之口, 表达对她的仰慕之情, 不仅省事, 而且颇具感染力。接着, 伊阿古又在心中想: "谁还能说我是个恶人呢? 佛面蛇心的鬼魅! 恶魔往往以神圣的外表, 引诱世人干最恶的罪行, 正像我现在所用的手段一样……"不难看出, "谁还能说我是个恶人呢?"与其余部分存在矛盾, 矛盾的产生是因为这一句话乃是伊阿古的自我辩护, 而其余的话语则是作者借助他之口对他所做的批判。最后, 把罗德利哥打发走了之后, 伊阿古再一次陷入了沉思之中:

我还要做两件事情: 第一是叫我的妻子在他的女主人面前替凯西奥说两句好话; 我就去怂恿她; 同时我就去设法把那摩尔人骗开, 等到凯西奥去向他的妻子请求的时候, 再让他看见这幕好戏。好, 言之有理; 不要迁延不决, 耽误了锦囊妙计。

其实, 在整部戏剧中, 伊阿古频频在独白中, 盘算着下一步的阴谋计划。人物在心中思考下一步的打算实属正常, 但这种打算也可以删除, 让行为说话, 会更具艺术性。当然, 这是戏剧发展的痕迹, 无论是旁白还是独白, 之后的几个世纪里就越来越少了。不过, 考虑到莎士比亚习惯在幕间对剧情做一下交代, 改变一下方法也是情理之中的, 即借助人物之口来实现这一目的。这种人物与作者重叠、打破第四面墙的隐形讲述技巧, 不也高明吗?

小丑是一个充满悖论的人物: 丑陋一般与愚笨结合, 可是, 小丑时而尖酸刻薄, 时而机智幽默, 处处展现出人类少有的智慧。为何? 生活中, 人人都可能犯错误, 却也无不爱面子; 当人之面指出其过错, 无疑是一种令人生厌的丑事, 常做这种丑事之人自然就是小丑。剧作家最是接近小丑之人, 奈何拒绝做小丑, 结果, 其貌不扬、行为滑稽的小丑就成了理性作者的传话筒或代言人。此外, 小丑直言不讳, 绝不曲意逢迎, 从来不考虑后果, 因为他们的地位从来就是卑下的, 所以也就没有任何顾虑。在剧中人眼中, 小丑多是愚笨的, 可是, 读者明白, 在戏剧中, 往往是他们醒眼观世界。他们是剧中人却是局外人, 因而没有跌宕的命运, 也不会引起观众的同情或者反感, 至多是一笑而已。在笑声中, 人们扯下了虚伪的面纱, 解构了尊贵的荣光, 打击了权力的傲慢。有理由说,"……戏剧中的小丑和愚人是天生的哲学家"①。

小丑一般分为两类：一是讽刺性的，二是幽默性的。无论是哪一种角色，他们都以绝对可靠的智慧，把戏剧效果推向了巅峰。他们的存在，为作家发出自己的声音提供了极大的方便。可以说，小丑就是剧中的隐含作家。

《李尔王》中的小丑（弄人）往往是理性的化身。国王李尔轻易地放弃了王权，把国土分给了两个不孝却花言巧语的女儿高纳里尔与里根，剥夺了一个孝顺但直言的三女儿的继承权并让其远嫁法国。三女儿征讨不孝的姐姐，却因失败遭受绞刑。李尔气愤之下，流落荒野。看一下弄人的几条见解，便知他的智慧：

"你这光秃秃的头顶连里面也是光秃秃的没有一点脑子，所以才会把一顶金冠送人。"

"那些女儿们是会教你做一个孝顺的父亲的。"（第一幕，第四场）

"你应该懂得些世故再老呀。"（第二幕，第五场）

"脑袋还没找到屋子/话儿倒先有安乐窝。"（第三幕，第一场）

弄人几乎是一开口就是格言，没有警句似乎就不说话；而且，除了进行评述之外，几乎是无事可做。作为曾经的国王，李尔很少表现出反感，也许是磨难让他看清了其中的道理，教会了他包容。弄人身处故事之中，却既不能推动故事的发展，也不能改变故事的进程，甚至后来干脆消失了。李尔的反应方式与弄人的表现方式，给观众留下了一个深刻的印象：太像小说的隐含作者了，一个充满智慧、喋喋不休，惹恼你又不留把柄之人。"他是一位普通人，没有责任感，但善于说出他人不敢也不屑说出的真相……他们代表着体现本能的自然而不是文化……他们一出场，情感就变成荒诞。"② 应当补充一句：荒诞中透着睿智式的评价。

《第十二夜》(*The Twelfth Night*, 1601) 中的小丑（费斯特）则是幽默作者的化身，不时地指指点点。作者从来就是富有智慧的，否则就写不出作品：一个戏剧作品中的小丑，要成为作者的替身，就必须既聪慧又幽默。什么是傻子，什么叫聪明人，看一下奥丽维娅与小丑的对话（第一幕，第五场）便知：

---

① Oliver Ford Davies. Playing Lear [M]. London: Nick Hern Books, 2003: 90.
② Leo Salinger. Shakespeare and the Traditions of Comedy [M]. New York: Cambridge University Press, 1974: 15–16.

小丑：我的好小姐，你为什么悲伤？

奥丽维娅：好傻子，为了我哥哥的死。

小丑：小姐，我想他的灵魂是在地狱里。

奥丽维娅：傻子，我知道他的灵魂是在天上。

小丑：这就显得你傻了，我的小姐；你哥哥的灵魂既然在天上，为什么要悲伤呢？（朱生豪译）

都是基督徒，小丑是一位世间的哲学家，小姐则是一位世俗的愚人：智慧使然。再看一下小丑与薇奥拉斗嘴（第三幕，第一场），便知小丑的诙谐：

薇奥拉：上帝保佑你和你的音乐，朋友！你是靠着打手鼓过日子的吗？

小丑：不，先生，我靠着教堂过日子。

薇奥拉：你是个教士吗？

小丑：没有的事，先生。我靠着教堂过日子，因为我住在我家里，而我的家是在教堂附近。

小丑的诙谐，传递出的道理是："文字自从失去自由以后，也就变成很危险的家伙了。"可是，要想阐释一个理由，"那非得用文字不可"。都知道解构主义在"游戏"西方哲学，有谁知道，小丑早就知道语言遭到绑架，不游戏不行了的道理。而且，莎士比亚的戏剧在结束的时候，有许多种收场的方式，其中的一种就是让小丑收场。此处，小丑收场的方式是一首诗，他告诉大家，变化就是成长，人生就是向前看。"正是因为在刚结束的戏剧中，他是一名无名无姓、置身事外之人，才得以担纲，为全人类而不是为自己讲话。"[1] 无名无姓、置身事外、不为自己讲话的人，只能是作者，一个诙谐的作者，作者的话语方式就是讲述。

戏剧中，讲述没有展示重要，但不可或缺，剧作家总是要发出声音的，只是方式不同。一方面通过歌队、序曲与幕间曲发声，另一方面通过旁白、独白与小丑[2]来发声：前一种的行为主体是作家本人，后一种的行为主体是戏剧人物。戏剧中，有了作家的声音，要么概述，要么评价，就可以对读者进行有效

---

[1] G. Blakemore Evans. The Riverside Shakespeare [M]. Second Edition, Boston: Houghton Mifflin Co., 1997: 440-441.

[2] 当然，剧作家也往往以相同的方式，通过其他人物之口，发出自己的声音，本节就不再详述了。

25

的引导。

第二节 展 示

展示是小说与戏剧的重要表现手法，都是要靠语言、行动来揭示人物性格与品质，都要靠行动、冲突来建构情节，因而，在语言的运用、情节的构建等方面都表现出相同的艺术手法。但是，由于戏剧与小说享有的时空不同，即便是相同的手法，所占的权重也不尽相同：小说中不乏对话，但对话所占比例十分有限；戏剧中，与此相反，从头至尾，都是人物在说话，语言行为占据戏剧巨大的比例。相同的内容，不同的手法：小说中，行动的描述十分精彩，但往往采用间接叙事的手法，读者需要越过叙事者这道栅栏才能看到栩栩如生的场景。戏剧中，只要人物行动了，观众就可以直接与场景面对面，根本不需要作者的帮助。当然，相同的手法、不同的作用，更是常见的现象：同样是在说话，戏剧中，则可能是心中所想。对于戏剧来说，时空的决定性，仿佛环境对于人的决定性。

戏剧的生存空间特点，一是空间狭小，二是时间飞逝，这两个特点又决定了第三个特点，静止性。所谓的空间狭小，是因为展示的场所只有舞台那么大，剧本的撰写绝对要考虑舞台表演的实际情况。时间飞逝，因为戏剧的展示时间与历史事件一般不对称，戏剧时间，多数情况下，小于事件时间；不过，有时候，等于事件时间；还有时候，大于事件时间。静止性，因为小小的舞台不适合表现大军的行进，或者辽阔战场搏杀等宏大场面，只能选择战前谋划、过程汇报以及战后总结等行动距离短、动作幅度不大的场面。

小说的生存空间特点，一是空间浩渺，二是时间绵延，三是浩渺的空间与绵延的时间决定了场面的波澜壮阔。小说是一个虚拟的世界，具有所有现实世界的特点，甚至拥有现实世界所没有的特点。在现实世界里，没有人可以上天堂，下地狱，但小说中则可以。在现实世界里，人们只能看到自己生命期间所遇到的事情，在小说里，不仅可以目睹千年前的现实，而且可以观看数千年后的活动。一般情况下，小说时间也是小于物理时间的，但自由度远远大于戏剧时间。在小说中，人们可以看到骏马驰骋，蜗牛爬行，也可以看到河边漫步，一时一景，景景不同。

要了解戏剧与小说的不同,最好的办法就是对照比较小说文本或改编的剧本或电影脚本。不难发现,同为想象的产物,戏剧与小说几乎是两回事。

下面主要论述戏剧中常见的独特展示手法,或者形式相同但作用不同的展示手法:行动的选择性、旁白与独白;沉默、体势语与象征。

戏剧在展示事件过程的时候,不得不对事件过程进行背景化或者大幅度缩减,背景化或缩减的部分,一是不重要,二是不宜舞台展示。第一种形式是大幅度背景化。再以《亨利五世》为例。第三幕,第一场。整场很短,只有亨利国王一人在表演,表演的方式不是行动,而是语言,语言的信息只有两个:第一,士兵们勇敢;第二,勇敢向前冲。如果有什么行动的话,那就是国王从一边上,从另一边下。整个战斗场面几乎缺失,只有舞台背景声音:"战号声,炮声大作。"有一个问题,有谁在战场上,见过国王带领战士冲锋的时候,如此讲话:

在太平的年头,做一个大丈夫,首先就得讲斯文、讲谦逊;可是一旦咱们的耳边响起了战号的召唤,咱们效法的是饥虎怒豹;叫筋脉愤张,叫血气直冲,把善良的本性变成一片杀气腾腾。叫两眼圆睁——那眼珠,从眼窝里突出来,就像是碉堡眼里的铜炮口;叫双眉紧皱,笼罩住两眼,就像是险峻的悬岩俯视着汹涌的大海冲击那侵蚀了的山脚。

显然没有,原因有两个。首先,这是作者的声音,借国王之口间接地描述英国士兵的勇猛与奋力杀敌的英雄气概,这种讲述的方式,乃是戏剧的局限性,也是文艺复兴时期迫不得已而为之的办法。其次,主要是为了填充场面:其一,不能正面展示厮杀的场面;其二,又不能让国王在舞台上一溜烟似的一闪而过。小说则不同,小说会把国王的呼唤声与战士的形象刻画分开处理,属于国王的用直接引语展示,属于士兵的,由叙事者介入,用间接方式予以详细描述。

第二场,场景同样是双方厮杀之地,哈弗娄城前。同样的场所,两个并现的不同主题:血腥的场面与人物间会话。血腥的场面依靠两个支撑点:麦克摩里斯上尉的言语交代,即"工事停顿了……工事太糟糕了",以及一句舞台指令,即"一阵鼓声、喇叭声——敌人要求谈判的信号"。世间的战争果真如此,那也太浪漫了。显然,战斗场面再一次背景化了。人物间的会话主要展现三个内容,一是童儿对尼姆、比斯托尔与巴道夫的负面评价,二是弗鲁爱林对麦克摩里斯的负面评价,三是麦克摩里斯对英国士兵的抱怨。在小说家笔下,两个主题同等重要,背景化的主题甚至会得到凸显,起码英军势如劈竹、法军节节败退的情景应该予以大写特写。从整部戏剧的情节来看,除了弗鲁爱林与麦克摩里斯之间的冲突与以后的剧情有所关联之外,其余皆无太大作用,可是,在这一场景中,却拥有了前景化的地位。这种前景化与背景化的关系完全是戏剧与小说存在方式差异的必然结果。

小说中许多可以成为精彩内容的片段,在戏剧中反倒一律被剔除在文本之外。以《奥赛罗》伊阿古阴谋策划、企图谋害凯西奥与苔丝狄蒙娜的情节为例。苔丝狄蒙娜密密地与奥赛罗幽会一事,父亲勃拉班修一无所知,倒是伊阿古的同谋罗德利哥把事情一股脑说出:"要是令媛因为得到您的明智的同意,所以才会在这更深夜静的午夜,身边并没有一个人保护,让一个下贱的谁都可以雇佣的船夫,把她载到一个贪淫的摩尔人的粗野的怀抱里——"罗德利哥话语中传递出的信息是:①苔丝狄蒙娜身份高贵;②擅自行动;③午夜危险;④孤身一人独出;⑤船夫下贱;⑥摩尔人贪婪;⑦黑人地位低下;⑧奥赛罗与苔丝狄蒙娜关系暧昧。苔丝狄蒙娜与奥赛罗的幽会,在戏剧中,借助罗德利哥之口说出十分恰当,一是友人和家人定会竭力封锁消息,二是只有敌人出于恶意才会把敏感的话题公之于众。罗德利哥用意险恶,但这的确是一个和罗密欧与朱丽叶故事同样浪漫的爱情插曲,莎士比亚应该给予充分的处理,可是,在剧中根本没有加以展示。当然,这是剧情的需要:《奥赛罗》主要是为了揭示邪恶势力的强大、疑心的危险以及真爱的悲剧色彩。故此,奥赛罗与苔丝狄蒙娜的浪漫聚会,也就退居幕后了。不过,假设戏剧就此予以展示,也是未尝不可的,只是需要改变戏剧结构。展示两人的浪漫与幸福,能够更好地揭示人性缺陷可能酿成的人间悲剧究竟有多么震撼。莎士比亚放弃了这一选择,小说家则有理由补上这精彩的一笔。小说的容量大,节奏可以放缓,而戏剧则限于时间,容量有限,莎士比亚只能忍痛割爱。无论莎士比亚有无此想,其理昭然。

伊阿古是一个工于心计的人物,一切都按照他的设计进行。莎士比亚当然知道,当一切都在理性的范围内运行,那就非理性了。理性的逻辑是,不能杜绝偶然因素,而且偶然因素能够扮演重要的角色。苔丝狄蒙娜丢失的信物就是一个重要的偶然因素。爱米利娅捡到苔丝狄蒙娜遗落在现场的手帕,伊阿古知道后,就开始了一个栽赃陷害的阴谋。当凯西奥让比恩卡把手帕上的美丽图案描下来的时候,观众才知道伊阿古已经把手帕成功地留在凯西奥的府上。问题是,伊阿古是怎样做到的?去凯西奥府上,伊阿古要有足够的借口;而且,府上人来人往，把一枚手帕遗留在那里而且是一个显眼的地方，不是一件容易的事，万一被仆人发现，就被动了。这样的省略，在小说里，多数情况下是不成立的，作者应该给出一个交代，至于是正叙，还是倒叙，则是选择的问题。戏剧则不然。莎士比亚有理由省略，而且省略得恰到好处。

比恩卡拿着手帕去哪里描摹了，省略得也很好；可是，就在奥赛罗与凯西奥谈话的时候，比恩卡不知趣地回来，而且当着奥赛罗的面把那枚手帕扔给凯西奥，显然是莎士比亚故意让奥赛罗看见的。问题是，凯西奥把比恩卡打发走的原因是不想让奥赛罗遇见她，对此，比恩卡也是明白的，但是什么原因导致她气冲冲地回来的呢？不得而知。莎士比亚不解释，是他的权力；不过，观众产生疑问也是他们的权力。一般情况下，比恩卡不应该回来。

莎士比亚让爱米利娅就在奥赛罗杀死苔丝狄蒙娜之后揭露了事实真相，把戏剧推向了一个高潮。伊阿古为何让妻子去给奥赛罗报信？他完全有理由自己去，而且名正言顺；可是他不去：去了，就没有高潮的到来；不去，又没有道理。莎士比亚为何不让爱米利娅在奥赛罗杀死苔丝狄蒙娜的悲剧发生之前，披露事实真相？披露了，也就没有后来的故事了。可是，爱米利娅有足够的理由和充分的时间化解一场危机。她与苔丝狄蒙娜是好友，几乎每天都见面，时时可以见面。当她捡拾到好友手帕的时候，就应该马上想到得及时还给她，她不会不知道那是一个信物：生活在同一个时代，都是人妻，也知道信物落入他人之手的恶果。当然，是丈夫要走的，她可以给伊阿古，也可以不给伊阿古，更大的可能性是不给，因为一个男人把妻子捡到的手帕还给妻子的好友，不知是何种逻辑。爱米利娅不是一个唯唯诺诺的女人，却十分顺从地满足了丈夫的要求。莎士比亚决定爱米利娅毫无理由地把手帕交给伊阿古。

就在捡到手帕不久，爱米利娅与苔丝狄蒙娜有过一次亲密的相处。从一个女性的角度来看，无论此时丈夫是否把手帕还给苔丝狄蒙娜，作为女人与好友，爱米利娅一定会产生一个感性冲动，就是提及此事。可是，事情并没有按照观众的愿望发生。要知道，苔丝狄蒙娜一直在爱米利娅面前抱怨，丈夫与自己的关系急转直下，甚至言说到了身后之事。爱米利娅急于帮助苔丝狄蒙娜，能帮助她的事情一定会不遗余力。不是捡到了她遗落的手帕吗？好友不会不关心，她是否收到丈夫转交的手帕，这也正是帮助她的一个举措呀。遗憾的是，不管她们之间的关系有多好、当时的情形多么紧迫，莎士比亚始终没有让该发生的事情发生。

这里不是说莎士比亚的戏剧作品存在着瑕疵，即便如此也不算过分，而是说，读者认为莎士比亚没有做出应有的交代。不过，还是那个道理，这种现象，在小说中不应发生，读者也不会原谅：毕竟，小说的篇幅那么大，节奏那么缓，不做交代就是失误。也可以为莎士比亚做出辩护：莎士比亚不知道自己将来要出名，也想不到要名垂青史，他当时要做的是，尽快拿出一部像样的作品，把它搬到舞台上，来满足观众如饥似渴的精神需要。效率高于一切。其实，莎士比亚剧作中瑕疵还是不少的，重要的是，阴影遮不住太阳的光辉。历史证明，全世界的受众都对他的戏剧推崇备至。原因有二：其一，戏剧的存在方式决定着简约的展示方式，而且莎士比亚的许多作品是快餐时代催生的辉煌巨作，剧作家与受众不必要也根本无暇顾及那么多的逻辑推理，完全可以把有些事情交给偶发因素；其二，信物出现在错误的地方以及有关暧昧的关系传言，足以引诱奥赛罗落入伊阿古设计的阴毒陷阱，生活中不乏此类的逻辑悲剧。是否符合生活的逻辑、是否满足了受众的审美情趣，就是受众判断作品成功与否的至上标准。

旁白与独白用来展示与外部现实相对应的心理活动。旁白与独白不是讲述的主要手法吗？是的，也是展示的重要手法。一般情况下，手法本身并不带有讲述与展示的烙印，倒是实际运用赋予了他们应有的作用。在小说中，遇到展示心理活动的地方，叙事者直接出场，既方便，又不显突兀。在戏剧中，叙事者没有直接出场的特权，但心理活动不加表述，则必然构成巨大的遗憾。在一个虚构与想象的世界里，没有什么实现不了，一切只需约定。戏剧的约定是，使用旁白与独白。可是，到了古典主义时期，德国的戈特舍德（Johann Christoph Gottsched, 1700—1766）反对使用独白（与小丑），主要是因为约定性与自然性相违背。反对有道理，喜欢也有道理。

旁白与心理描写在《麦克白》（*The Tragedy of Macbeth*, 1606）中有上好的表现。在平叛得胜归来的途中，麦克白偶遇女巫，从她们的称呼中得知，自己将来可能晋升为考特爵士，还有可能成为君王。当前来慰问的使者宣读了国王的嘉奖令之后，麦克白心情激动，接连浮想联翩：

麦克白：（旁白）葛莱密斯，考特爵士；最大的尊荣还在后面。
麦克白：（旁白）两句话已经证实，这好比是美妙的开场白，接下去就是帝王登场的正戏了。……（旁白）这种神奇的启示不会是凶兆，可是也不像是吉兆。假如它是凶兆，为什么用一开头就应验的预言保证我未来的成功呢？我现在不是已经做了考特爵士了吗?假如它是吉兆,为什么那句话会在我脑中引起可怖的印象,使我毛发悚然,使我的心全然失去常态,扑扑地跳个不住呢?想象中的恐怖远过于实际上的恐怖;我的思想中不过偶然浮起了杀人的妄念,就已经使我全身震撼,心灵在胡思乱想中丧失了作用,把虚无的幻影认为真实了。

麦克白:(旁白)要是命运将会使我成为君王,那么也许命运会替我加上王冠,用不着我自己费力。

麦克白:(旁白)事情要来尽管来吧,到头来最难堪的日子也会对付得过去的。(第一幕,第三场)

从外部描写人物是最常见的手法,也是最可信的手法,毕竟可见,可见即真实。但外表也往往是一种假象,外表受心的指使,心意已定,中性的手段则具有了与往常相反的功能。所以,要揭示人物性格,最可靠的当属内心活动;要揭示人物未来命运走向,也是靠内心活动。旁白遭遇滑铁卢,不是因为内心活动,而是因为戏剧特有的反逻辑性。有限的几次旁白,就把麦克白的野心与不择手段一展无遗。性格决定命运,旁白的艺术效果直指人心。

独白,如同旁白,也是揭示心理活动的有效手段。前文谈到旁白与独白的区别。提及独白,没有人不知《哈姆雷特》中那一著名的选段。它不是旁白。奥菲利娅固然在场,她不知哈姆雷特何时上场,哈姆雷特也不知奥菲利娅在场,直到她与他打招呼。上场的时候,哈姆雷特已经开始独自思索,就在思考结束的时候,奥菲利娅看到了哈姆雷特。独白有力地解释了哈姆雷特迟迟不能行动的原因,为戏剧的结构安排、情节展开的节奏提供了可信的辩护。

最能揭示独白而且既可以用来讲述,也可以用来展示的例证就是伊阿古在《奥赛罗》第二幕、第三场结尾处的独白,讲述一节引用了属于讲述的文字,下面再引用心理活动部分的文字,省略的是讲述部分:

谁说我做事奸恶?我贡献给他的这番意见,不是光明正大、很合理,而且的确能挽回这摩尔人的心意的最好办法吗?只要是正当的请求,苔丝狄蒙娜总是有求必应的;她的为人是再慷慨、再热心不过的了。至于叫她去说动这摩尔人,更是不费吹灰之力;他的灵魂已经完全成为她的爱情的俘虏,无论她要做什么事,或是把已经做成的事重新推翻,即使叫他抛弃他的信仰和一切得救的希望,他也会唯命是从,让她的喜恶主宰他的无力反抗的身心。我既然凑合着凯西奥的心意,向他指示了这一条对他有利的方策,谁还能说我是个恶人呢?……因为当这个老实的呆子恳求苔丝狄蒙娜为他转圜,当她竭力在那摩尔人面前替他说情的时候,我就要用毒药灌进那摩尔人的耳中,说是她所以要运动凯西奥复职,只是为了恋奸情热的缘故。这样她越是忠于所托,越是会加强那摩尔人的猜疑;我就利用她的善良的心肠污毁她的名誉,让他们一个个都落进了我的罗网之中。

在这一段独白中,第一层是伊阿古自我辩护。作奸这种事,怎好与人当面争辩,自己与自己能和解就不错了;第二层则是伊阿古对苔丝狄蒙娜与凯西奥性格所做的透彻分析;第三层展示了未来的行动计划,可谓缜密。无论是那一层意思,都不可告人,不借用独白的方式告知观众,展示则难以服人,伊阿古的形象也会打折扣。独白是一种文学约定,要欣赏伊丽莎白戏剧就要接受约定,正如游戏有游戏的规则一样,没有物理世界的合理性,只有游戏世界的逻辑性。

不妨看一下小说与戏剧展示心理活动的不同方式。展示心理活动,小说家通过与读者约定的方式,获得了一项特权,即能够进入人物的脑海,把看到的一切,向读者展示。应当注意的是,叙事者对人物性格所做的一般性总结陈述,容易与心理描写混为一谈,前文引用詹姆斯对伊莎贝尔所做的描写就属于这一种。心理描写的一个典型特征就是当下性,与眼前发生的事情具有鲜明的针对性。戏剧中,特权属于人物,也属于受众。属于人物,人物在剧中完全可以独自进行思考,但有一个怪毛病,习惯边想边说,只想不说,仿佛就不是剧中人物。当然,也有思考之时自言自语的情况,不过,不是常见的习惯,把非常规习惯视作剧本规范,也当是特权。属于观众,戏剧人物根本没有边想边说,只是受众具有超凡力量,能够听清楚人物所思。荒诞的言论?艾伦·坡的短篇小说《泄密的心》(*The Tell Tale Heart*)的叙事者就具有这种特异功能。当然,把受众与一位患者相提并论,有失敬意,把它约定为一种戏剧游戏规范,强制性的,也就合理了。

会话独白,如前文所述,发生在与人物会话的过程中,只是对方一直沉默不语。可见,其目的就是与对方交流,把信息直接传递给对方,收到信息,交流也就结束了。信息不是心理活动,也不是秘密计划。戏剧独白,作为一种诗歌形式,也是一种对话行为,以交流信息为目的。对于内在的独白者来说,他/她的言说,只有言内意义,没有言外意义;对于读者来说,情况不同,言说行为不仅具有言内意义,而且具有言外意义(反指,self-reflexive)。内在独白者不会明白其独白具有言外意义。如果会话独白的中心是信息,戏剧独白的中心是独白者的言说行为本身。意识流小说有一种内心独白的手法（inner monologue），同样是心理活动，但与会话独白不同，不是言语行为（speech act）。

独白、会话独白在表现心理活动的时候，一般具有逻辑性；相比之下，内心独白的心理活动，则具有反逻辑。再以伊阿古的那个有名的独白为例。正如前文所示，整个独白的过程，思路清晰，逻辑严谨。不过，只有一处略有些例外，显得突兀，那就是夹在中间部分、起着讲述作用的几句话。之所以突兀，不怪伊阿古，是因为莎士比亚要借伊阿古之口对他做一番评价而已。哈姆雷特在《哈姆雷特》第三幕，第一场的那一段著名独白也是如此。

破题："生存还是毁灭，这是一个值得考虑的问题。"
承题："默然忍受……，或是挺身反抗……哪一种更高贵？"
起讲："死了；睡着了；……那不能不使我们踌躇顾虑。"
入题："人们甘心久困于患难之中，也就是为了这个缘故。"
……
大结："且慢！……不要忘记替我忏悔我的罪孽。"（朱生豪译）

会话独白的典型代表有独幕剧《动物园的故事》（At the Zoo）。① 剧中只有两个人物，皮特与杰里。在中央公园（Central Park）（不是动物园），杰里渴望与皮特进行交流；可是，皮特非常想独自一人，尽享畅游精神世界的快乐，对于杰里的热情邀请，他千方百计地婉拒。在皮特无奈的情况下，杰里强借理由，开始了他的长篇独白；在独白的过程中，皮特爱理不理。

杰里的独白，可以说，是一个剧中剧（故事中的故事），其题目正如杰里所言，《杰里与狗的故事》；其主题思想，杰里也给出了精彩的归纳："有时候，必须走一段弯路之后，才能抄近路准确返回。"故事采用了第一人称叙事，情节大概如下：①杰里每次回到住所，楼房入口的看门狗都对他表现出很深的敌意；②杰里希望通过喂食的方式，主动与他改善关系；可是，狗尽食之后，依然怀有敌意；③杰里决定喂药毒杀他，可天不随愿，狗没有死，不过，从那以后，狗与杰里再也没有任何接触，双方之间，既无爱，也无恨；④杰里得出一个结论：狗"加害"的行为何尝不是爱的举动。总之，叙事过程中，只有展示，极少评论。这种滔滔不绝的独白，其实是一种沉默：如果滔滔不绝是能指的话，

---

① 独幕剧《动物园的故事》后来扩写为两幕剧《家与动物园的故事》（At Home at the Zoo）。

那么沉默就是所指。既然如此，符号（能指与所指）的指涉对象是什么？是杰里的孤独、寂寞，是他对交流的渴望，是压抑。正如品特所言，"这种言说所表达的是囚禁于其下的一种语言，那才是言说一直指涉的东西……它是一种嘲讽性的烟幕，把另一个言说给藏了起来"①。

  沉默，与言说相对，是语言的他者形式。正如不作为是一种作为，沉默也是一种言说。在荒诞派（静态）戏剧那里，沉默成为一种美学。品特（Harold Pinter，1930—2008）把沉默分为两类，一是显性的沉默，即没有言语；另一种是隐秘性的沉默，即用以遮蔽空无（emptiness, isolation, alienation）的侃侃而谈。② 在《沉默美学》（The Poetics of Silence）一书中，霍里斯（James R. Hollis）主要研究品特戏剧作品中第二种沉默所做的言说。不过，在序言中，霍里斯对沉默的种类做了进一步的分析。根据他的论述，沉默可分为无声沉默（soundless）和有声沉默（sounded silence）。无声的沉默有三种：一是停顿（pause）；二是无语，或延时沉默（silence）；三是创造性的沉默（procreative silence），因为言说的主体认识到了超越自我的现实（supra-personal reality），故而沉默无语，在无语中，不是感到空虚，而是体验到了充实。③ 不能言语，因为博大精深，超出了言语的能力。有声的沉默只有一种废话连篇的沉默，之所以是沉默，是因为有一个内在的"贫乏的现代自我"（the poverty of modern self）。可见，霍里斯的主要贡献在于第二种显性沉默。沉默具有沉重、压抑的艺术效果，以及哲思的深度。

  此处，沉默是第一种形式，即显性沉默。停顿，霍里斯指出，"当人物说完话，等候对方回应的时候，就出现了停顿；或者没有找到能够恰当表达自己的话语。"④ 这种解释，与其说符合戏剧中的停顿艺术，倒不如说更适合描述日常交流中出现的停顿现象。在《生日晚会》（At the Birthday Party）第一幕的开场白中，皮特下班回家，梅格估计是丈夫回来，主动以询问的方式问候，前两次问候，没有回应（停顿），直到第三次问候发出之后，皮特才给出了回应，而且回应得颇不耐烦："啊？"（what?）。停顿，在这种场合，把夫妻之间的微妙关系

---

① Harold Pinter. Various Voices of Sixty Years, Prose and Politics [M]. London: Faber and Faber Ltd., 1998: 24.
② Ibid.
③ James R. Hollis. The Poetics of Silence [M]. Carbondale: Southern Illinois University Press, 1970: 15-17.
④ Ibid., 14.

暴露无遗。在接下来的对话中,梅格出于体贴絮叨着,问这问那,皮特只是被动地回答,回答之后,就是停顿。停顿是双方合作的结果:皮特没有一点交流的冲动,而梅格则期待地等候皮特的问候。停顿虽短,但心理的时间跨度却相当长。两个人近在咫尺,两颗心却天各一方。

品特的《独白》(*Monologue*)一剧中,共有29个语篇碎片,只有在第22个语篇碎片后,才出现了延时沉默,从结构上来看,延时沉默是整出戏剧的分水岭。在其余的每一个语篇碎片之后,都有一个停顿。由于是独白,"我"也就没有必要等候对方的回话,停顿也就具有了不一般的意义。可能是下面要说的话还没有出现,脑海里出现了空白;可能是言语之后,意犹未尽。显然,第一种情况毫无任何文学意义。除非为了表达言说行为主体具有语言障碍,或者反应迟钝,否则,停顿必有其他深意。以作品的第二部分为例,简单地加以分析:

……你(们)会有两个黑肤色的儿子。
停顿
我也会做他们的叔叔。
停顿
我是他们的叔叔。
停顿
我是你(们)孩子的叔叔。
停顿
我要带他们出来,给他们讲笑话。
停顿
我爱你(们)的孩子。

简单的一个背景。这是一出关于两个男人和一个女人之间的复杂故事。"我"爱她的身体,"你"爱她的灵魂。"你会有两个黑肤色的儿子"带着一种祝福,该语段之后的停顿表示:"我"该怎么与你们一家相处呢?"我"的反应应该体现出三人之间的关系性质。"我会做他们的叔叔"说明,"我"对三人之间的关系予以认可。第二个停顿表明:"我"与孩子的关系会怎样呢?"我是他们的叔叔"说明,"我"与孩子之间的关系融洽,因为"他们的"是孩子的视角。第三个停顿开始了复杂的思考,因为爱孩子吗?"我是你孩子的叔叔"再一次澄清一个事实:爱孩子是看在你的面子上。既然关系与密切程度都理清了,下一步该怎么办呢？第四个停顿考虑的应该是如何与孩子相处，所以，"我要带他们出来，给他们讲笑话"。第五个停顿可能是虚构的未来，与孩子们在一起的美好未来。因而，"我爱你（们）的孩子"无疑是一个结论（承诺）。以上的分析所遵循的逻辑是停顿下指，当然也可以是停顿上指。总之，这几个语段勾勒出的是一个爸爸——妈妈——叔叔——孩子的四极结构家庭。贝克特（Samuel Beckett, 1906—1989）的戏剧作品《残局》（*Endgame*）有一句著名的台词："你教给我的词，我用了；如果没有别的意思，就教我其他的单词吧。要不，就让我沉默吧。"可见，沉默是一种语言，与词汇一道，构成语言的重要组成。

在贝克特的《一出独白》（*A Piece of Monologue*）中，读者看到的是延时沉默在场。看一下作品演出的指令性文字：

……

十秒钟之后，开始言说。

结束前30秒钟，灯光开始渐暗。

灯光灭。沉默……

十秒钟。

落幕。

开场后，过了十秒钟才开始说话，如不是海报写明这是一场独白剧，十秒钟的时间足以引爆全场观众。灯光熄灭的时候，言说也就结束了，但持续了十秒钟之后，戏剧才算结束。可见，延时沉默成为戏剧的一个不可或缺的部分。

那么，戏剧的主体内容是什么？这是一出存在主义戏剧，由四个小故事构成的关于灰色人生的思考：出生、撕毁父母的照片、葬礼与掌灯。[①] "出生即死亡"（Birth was the death of him），可以说，概括了作品的主题思想。出生不是呱呱坠地，而是"掀开盖子，从里面出来，从此便开始了瘆人的微笑"。什么盖子？从后面的"瘆人的微笑"便可得知，那是棺材盖子。显然，生即是死的开始。为何要撕毁父母的照片？因为没有从父母那里得到应有的关爱。整出戏，父母没有出场，看不到他们的积极作为，没有家庭成员，没有天伦之乐。故事中的那位男人，仅仅是一个"几乎受到关爱之人"（all but said of loved ones）。经历了短暂的一生（25亿秒或者三万个夜晚），人终归要走向死亡，死亡成为

---

① Kristin Morrison. The Rip Word in *A Piece of Monologue* [J]. Modern Drama, 1982, 25 (3): 349-354.

戏剧中的高频词汇。雨天看到的那一个墓穴，既属于他人，也属于自己，死亡是人生要反复思考的命题。在存在主义的哲学那里，没有阳光，没有鲜花，也没有鸟语，只有黑夜与死亡。故此，在夜晚降临之际，划火掌灯就是一个必要的程序。存在主义乐观的地方在于，灯光熄灭之后，尚有一种未知、微暗的光亮。

如何解释开场之前的延时沉默？由于戏剧开始的第一个台词就是"出生"（birth），那么，开场前的那段时间当属于出生之前的时间。对于每一个人，那是一段空白时光，否则，就不会有那么多的人，在母亲的怀抱里，看着到处是陌生的环境，情不自禁问自己的母亲，"我（们）以往在哪里？为何来到这陌生的地方？"所以，人在来到世界之前，就已经生活在一个自己不知的、熟悉的地方，那个地方，就是伊甸园（子宫）。人是怎样来到这个世界的呢？顺道直下，或曰被抛，这就是为何戏剧一开始，第一个词汇就是一个"出生"，十分地突兀。如何表达出生之前的这一段时光呢？唯有延时沉默。10秒钟的时间，就是整个孕育的时间，即是怀胎十月的象征。

一个"独自远去"（alone gone）之后，那一段沉默又是什么？第一个答案是，永恒，漆黑的无限时光。没有仙乐，没有万丈光芒，总之，没有天堂。第二个答案是，思考，它是喧嚣之后人生真谛浮现的过程：场上的这一出表演，难道不是喧嚣吗？结果呢？人生或喧嚣之后，就是永恒，永恒也是人生的一部分，死亡是生的延续。第三个答案是，新的生命正在开始。开场前是十秒钟，收场后又是十秒钟：此十秒即彼十秒。生命进入了无限循环之中，一个人永远是渺小的，永远是一个超级生命体的一个部分。十秒是短暂的，可它又是永恒的一部分。其实，这种循环早就隐含在叙事与叙事者之间的关系里。故事中的那位老者正是剧本中的这位老者：[1] 其一，两人都是一样的穿着打扮，白色的睡袍与袜子，配着满头的白发；其二，都有着几乎一样的房间布置，尤其是那个台灯。也就是说，戏外是戏内的延续，也是戏内的新的开端。沉默乃是后现代主义戏剧的诗学。

展示还可以用表情、语气、手势、姿态等来协助完成，这就是体势语（Kinesics）。文学的文本不是由语言构成的吗？文学的语言已经令人不堪晦涩，缘

---

[1] Linda Ben-Zvi. The schismatic self in 'A piece of monologue' [J]. Journal of Beckett Studies, 1982, 7: 17. Kristin Morrison. The Rip Word in *A Piece of Monologue* [J]. Modern Drama, 1982, 25 (3): Note 2.

何又出来了一个体势语？的确。文学的语言，从来就不如数学公式、化学公式那样清楚，那样自信，从来就是犹抱琵琶半遮面；可是，文学文本里，应有的尽有。文学语言就是说一半，留一半，让读者自己去领会；就是只说外表，不言内实，一如谜语。当然，也有难以用语言言表之物。不过，我们还是可以表达自己，即"用语言的间隙、语言的空洞、语言的间隔，以及由词汇、句法、声音和意义构成的体系"①。可见，令哲学家颇感头疼的品质，正是让文学大放光彩的内涵。作家可以用语言编织一张具有间隙的网格，而人物的身体语言本来就是一张充满间隙的网，有了体势语在先，作家只需如实描写即可。

哈姆雷特的衣衫褴褛与疯言疯语，就是一种体势语。奥菲利娅向父亲波洛涅斯抱怨说，"他的上身的衣服完全没有扣上纽子，头上也不戴帽子，他的袜子上沾着污泥，没有袜带，一直垂到脚踝上；他的脸色像他的衬衫一样白，他的膝盖互相碰撞，他的神气是那样的凄惨，好像他刚从地狱跑出来，要向人讲述地狱的恐怖一样"。谈及爱情，哈姆雷特说道，"要是你一定要嫁人，我就把这一个诅咒送给你做嫁妆：尽管你像冰一样坚贞，像雪一样纯洁，你还是逃不过逸人的诽谤。进尼姑庵去吧，去"。见到波洛涅斯，哈姆雷特说道，"你是一个卖鱼的贩子"。当然，哈姆雷特是一位智者，明白真正的疯狂是夹杂着一些理性的道理，所以，也就能够说出如下一些睿智的见解："美丽可以使贞洁变成淫荡，贞洁却未必能使美丽受它自己的感化。""上帝给了你们一张脸，你们替自己另外又造了一张。"

对此，奥菲利娅、波洛涅斯与国王的解读完全不一样。奥菲利娅对哈姆雷特进行形象描述，其实是在向父亲求证哈姆雷特的疯癫，得到父亲的确认之后，说到"我想也许是的"。听到他关于婚姻的一套谬论之后，她真的不再怀疑了："啊，一颗多么高贵的心就这样陨落了！朝臣的眼睛、学者的辩舌、军人的利剑、国家所瞩望的一朵娇花……就这样无可挽回地陨落了！"父女两人对哈姆雷特的行为本质确信无疑：疯狂。原因是什么？照波洛涅斯看来，"恋爱不遂的疯狂"，而且，"疯病已经很深了"。只有国王与众不同。他反对他们说，"他的精神错乱不像是为了恋爱；他说的话虽然有些颠倒，也不像是疯狂"。可见，身体语言，如同词汇一样，具有清楚的表达能力，甚至更加具有说服力；不过，也像语言一样，具有可阐释的余地，这就说明了为何两种不同的看法可以并存。

---

① R. D. Laing. The Politics of Experience and The Bird of Paradise [M]. London: Penguin, 1967: 22.

其实，不是语言或者体势语本身模糊，而是解读者各取所需：波洛涅斯和奥菲利娅看到的是哈姆雷特的疯言疯语，而国王看到的是哈姆雷特偶然的清醒。作为国王，他不能输掉任何一场游戏，"为了以防万一"，他做出了一个重大的决定，除掉哈姆雷特。

国王也有身体语言。一个老谋深算之人，除非他的城府深如海沟，否则，身体语言同样可以泄露秘密。哈姆雷特的谋划是，"我要叫这班伶人在我的叔父面前表演一本跟我的父亲的惨死情节相仿的戏剧，我就在一旁窥视他的神色；我要探视到他的灵魂的深处，要是他稍露惊骇不安之态，我就知道我应该怎么办"。哈姆雷特的谋划隐含着这样的逻辑：国王不是十恶之人，在内心的某一个角落，一定还有一丝的善；有善，面对恶，就有反应；反应一是写在脸上，二是表现在举止上。表演过程中，看到琉西安纳斯往国王耳朵里灌毒药的时候，"国王站了起来了！"高声命令道，"给我点起火把来！""他回去以后，非常不舒服""在发脾气"。难道敢为不敢看？是的。弑君之后，没有人敢言，或者没人敢于面前直言；没人敢言，也就等于没有发生，或者发生了也如同没有发生；发生了等于没有发生，那就是默认合理。当然，沉默还有两种可能：暗怒与暗许；不过，两种情况的外表都是沉默。所以，只要能够采取手段，封堵众人之口，大多数人就会沉默；众人沉默了，阴谋家就达到了目的：你说我是阴谋，我就说你是别有用心，因为多数人默许。可是，国王自己先乱了阵脚。

哈姆雷特，通过表演与分析，向观众展示了身体语言的威力：身体语言隐藏着巨大的信息，有了正确的解读方式，这些海量信息就会释放出来。在母后面前，哈姆雷特采用的是相同的策略，没用几招，王后就露出了马脚："你不是要杀我吗？""不要再对我说下去了！这些话像刀子一样戳进我的耳朵里。"母后的反应明显激烈，激烈的反应而不是疑惑或包容的态度，暴露了母后内心隐藏的犯罪事实。没有深仇大恨，就不会因儿子的几句话，想到他要杀死自己；心中没有罪恶，她也就不会因为儿子的怀疑而感到他的话语刺扎人心。哈姆雷特的行为就是一堂阐释体势语功用的生动之课。

再看一下《华伦夫人的职业》（*Mrs Warren's Profession*，1898）第二幕，第二部分的舞台指令，这些指令无一不是体势语。母亲（华伦夫人）与女儿（薇薇）发生了言语冲突，起因是薇薇表示不屑与母亲住在一起，因为瞧不起母亲的职业；华伦夫人一开始期望女儿理解自己，后来干脆发起攻势；薇薇的态度则由硬变软，由软转为默认。以下表格中的体势语，基本上是按照顺序整理出来的：

薇薇	华伦夫人
她坐下来，打开一本书	直直地看着她
继续忙着，一刻不停，一言不发	迷惘的样子，接着愤怒地
头也不抬，瞟了她一眼	气呼呼地站了起来
她伸出了自己的手腕	绝望地看着她，接着就哭了
猛地站了起来	虔诚地
果断地	恍恍惚惚地跪在地上
无情地	华伦夫人双手捂着脸
严厉地注视着母亲	她放下手，一副低就的样子看着她
冷冷地	疯狂地
无奈地坐了下来，也不那么自信了；母亲硬气了，自己理直气壮的样子，开始变得生硬，自以为是	她用家常话——普通妇女的口头语——带母亲的威仪，猛然说道，——一反常态，一派自信的神气，眼睛里透出蔑视的目光
不由自主地一惊	她把椅子往前一放，坐下来，豁出去了
现在，若有所思地听着	
表情严肃地	
此时，兴趣盎然地	
越来越激动地	
好奇地打量着	义愤地
	她打了个哈欠
	她伸了个懒腰；一通长谈之后，如释重负，心情平静

　　从薇薇的角度来看。"打开一本书""一刻不停，一言不发""瞟了她一眼"刻画的是薇薇第一阶段的情感：不屑一顾，一个体面之人怎能从事那种职业。"她伸出自己的手腕"表示的是证据：一个勤奋之人的手腕应该是纤细的。"猛地站了起来""果断地""无情地""严厉地注视着""冷冷地""更加生硬"揭示的是她第二阶段的情感：坚定不移，绝不心软，因为薇薇不谙世道，不懂母爱。"不由自主地一惊""若有所思地""表情严肃地""兴趣盎然地""越来越激动地"展示的是起伏最大的第三阶段的情感：薇薇逐渐理解了母亲。

从华伦夫人的角度来看。"直直地看着""迷惘的样子，接着愤怒地""气呼呼地站了起来"描写的是第一阶段的情感状态：气愤，这是所有人面对批评会做出的第一反应。"绝望地看着她，接着就哭了"是过渡阶段：原来反对她的是自己的女儿，十分委屈。"虔诚地""恍恍惚惚地跪在地上""双手捂着脸""一副低就的样子"揭示的是第二阶段的情感：对不起女儿，让女儿丢面子了，请她原谅，这说明母亲委曲求全，大爱无疆。"疯狂地""带着母亲的威仪""豁出去了"描述的是第三阶段：奋起反击，因为母亲别无选择，生存才是硬道理。"打了个哈欠""如释重负，心情平静"反映了第四阶段的情感：说服了女儿后的平静，因为母亲不会从女儿那里寻找自尊。

体势语与语言表达配合起来，能够出色地完成展示的任务。值得注意的是，像"愤怒地""带着母亲的威仪"与"果断地"等表述，在小说中，属于讲述，但在戏剧中，由于是人物表现出来的，属于展示。

象征也是一种常见的戏剧展示手法。一般情况下，象征具有讲述的性质。象征有两种：一是静态的，二是动态的。静态的象征具有讲述的性质，动态的象征则具有展示的本质。静态的象征，例如巴萨尼奥的婚戒。巴萨尼奥说自己的婚戒不值钱，是因为他不想把它送给博士鲍西亚；婉拒索取，是因为"这指环是我妻子给我的；她把它套上我的手指的时候，曾经叫我发誓永远不把它出卖、送人或是遗失"。在这种情况下，婚戒在发出指令，巴萨尼奥在遵守指令，婚戒在叙事中的角色仅仅是讲述，而不是展示。苔丝狄蒙娜的信物手帕，也是一种具有讲述功能的象征，用奥赛罗的话讲，"当她保存着这方手帕的时候，它可以使她得到我的父亲的欢心，享受专房的爱宠"。手帕到了苔丝狄蒙娜手中，她如命奉从，所以平安无事。当静态象征反道而动，就成了动态象征，动态的象征能够展示。当巴萨尼奥把婚戒送给了博士鲍西亚之后，婚戒的性质发生了变化：在巴萨尼奥眼里，成为感恩的信物；在妻子鲍西亚眼里，成为背弃忠诚的物件。同样，当伊阿古把手帕送到凯西奥府上的时候，手帕的意义也就发生了本质的变化，由深爱与忠诚成为轻浮与背叛，行为是否真实地表达了主人的意愿已经不重要，因为奥赛罗拥有绝对、盲目的发言权。无论哪一种，婚戒的含义都在转移的过程中发生了变化，这个过程以及新意义的呈现就是展示，可显、可隐，而妻子鲍西亚的牢骚与奥赛罗的愤怒，都不过是一种总结而已。

有一种象征，只是一个物体，在戏剧发展的过程中，逐步演变而成的。例如，在奥尼尔（Engcne O'Neil, 1888—1953）的独幕剧《雾》（*Fog*）中，天气现象雾就是在戏剧的发展过程中，逐渐演变成一个象征。象征着什么？象征着存在主义关于生存的不确定性的思想。意义何来？因为海难之后，众人乘着一艘救生艇，在海雾的笼罩下，漫无目的地漂浮在海上，等待着未知的救援："一种不祥的宁静，如同雾魔笼罩着一切。"有了雾，视野就受到限制，何时消退，不得而知，这也正是陷入海难之中的人们的体验。当事件与天气现象发生吻合的时候，天气现象也就具有象征的特征。不过，海雾是在接受意义的过程中成为象征的，是一个容器，一个被动体，而不是一个积极参与表达的象征，既不具有讲述的功能，也不拥有展示的作用。讲述的象征是先在的，容器式象征是后在的，而展示象征则是过程性的。不是所有的象征都具有展示功能。[①]

正如《温得米尔夫人的扇子》（*Lady Windermere's Fan*，1893）题意所示，信物扇子在剧中是一个象征，重要的是一个动态象征，正因为是一个动态象征，所以才具有展示而不是讲述的功能。温德米尔夫人的扇子是丈夫送她的生日礼物，夫妻之间的生日礼物，仅次于婚戒，也是一种意义深厚的信物，代表着爱情、忠诚与长久。当温德米尔夫人的扇子出现在达林顿勋爵房间里的时候，不仅温德米尔勋爵十分震惊，执意要求达林顿给出一个合理的解释，而达林顿本人也是十分惊讶，温德米尔夫人的扇子不应该出现在自己的房间。双方都明白，此时温德米尔夫人的扇子出现在这里，只有一种解释：对于温德米尔勋爵，是一种背叛；对于达林顿，是一种邀约。显然，温德米尔夫人的扇子具有的意义发生了变化，之所以能够变化，是因为扇子从温德米尔夫人身上或房间转移到了达林顿府上，这个过程就是展示的过程，只是背景化了，在展示的过程中，新的意义显现出来了。

结果自身有一个过程，从开始到结果也有一个过程，这个过程为温德米尔夫人扇子的意义发生转变做好了铺垫。戏剧中，第一个注意到扇子的客人是达林顿勋爵，而达林顿勋爵也是第一个向温德米尔夫人献殷勤之人（在英国外交部）。可以说，扇子的出现，准确地向达林顿勋爵与读者表达了温德米尔夫人的一个重要信息：自己爱丈夫胜过任何男人。听到丈夫与臭名昭著的艾琳夫人有染之后，温德米尔夫人自然是气愤的，得知她又要参加自己的生日晚会，更是不会答应，决定"拿这把扇子打她的脸"。用扇子打她的脸，就是用自己与丈夫的爱情来捍卫外来入侵者。可是，这扇子的力量足够大吗？不一定。艾琳还是

---

① 舞台布景重在烘托，一般是展示的。面具归纳出了人物的性格特征，是一种象征，但不是讲述手段，因为不是作者的声音，也不是展示手法，除非经历演变过程。

来了，所以，温德米尔夫人的扇子就在她到来之时，突然掉到地上了。倒是达林顿勋爵及时地把扇子捡了起来，也就是说，达林顿勋爵掌握着温德米尔夫妇婚姻的命运。当温德米尔夫人拿着扇子来到达林顿勋爵府上，决定与之私奔的时候，扇子的出场就决定了这是一次迟疑不决的行为。爱温德米尔勋爵，就别来；来，就不要带着他送给自己的生日礼物扇子。内心是矛盾的，但事实已经不可否认，这就是为何温德米尔夫人的扇子必须让众人看见的原因。此时，扇子代表背叛。

当艾琳夫人救局之后，扇子的含义就从背叛还原到忠诚。据说，艾琳夫人是一个名声不好的女人，有着如此声名的女人拿着人家的扇子到处招摇，也就顺理成章了。对于温德米尔勋爵来说，一场虚惊，夫人还是原来的夫人。对于达林顿勋爵来说，也是一场虚惊，他不是不想私奔，只是事先没有通知，不知怎样应对，好在一场危机化解了。读者明白，事实并非如此。温德米尔夫人已经迈出了背叛的一步，尽管从她自己的视角来看，她做出选择是丈夫有错在先；她没有看到全部的事实，这也怪不得温德米尔勋爵。对于艾琳夫人来讲，无所谓，至多在达林顿勋爵面前再一次证明自己的身份罢了。可是，对于达林顿勋爵来说，艾琳夫人，经历了此次事件之后，就成为一位道德的女人。他有理由相信，艾琳夫人没有理由恶搞温德米尔夫人，何况温德米尔勋爵向来对她不错；一定是温德米尔夫人自己来到府上的。至此，扇子的意义经历了一个忠诚—背叛—忠诚的变化过程，这个过程是展示的，而不是讲述的。①

抽象的美国梦，在独幕剧《美国梦》（*The American Dream*，1959）中，则是一个起着展示作用的象征。先看一个反例。倘若读者处在一个历史的起点，而不是历史长河的某一个节点，美国梦的内涵应该是确定的。在一出表现美国梦的正能量的戏剧中，作为象征的美国梦就不是处于展示，而是讲述的地位。美国梦发出指令，人们在生活中，依样画葫芦，就像木匠模仿柏拉图的"床"一样，是一种演绎。讲述具有先在的确定性，而展示则不具有这种确定性。作为象征，美国梦在《美国梦》一剧中，不具有确定性，终极意义只有在展示的过程中逐渐获得。

什么是美国梦？恐怕没有一个可靠的定义。同一时期，不同的人有不同的阐释，即便同一时期所有的人达成共识，不同历史时期的阐释也不尽相同。从

---

① 扇子意义的变化进一步说明，好坏之间没有明显的界线，许多时候，界线只是一道虚幻的影子。

爸爸妈妈讲起。他们都是美国梦的践行者，也可以说是成功者。妈妈和爸爸都是物质主义的代表，爸爸有钱，妈妈嫁给爸爸也有了钱。然而，他们并不幸福，其标志是，两人没有了身体接触的欲望。原因有二，一是物质主义至上，精神追求倒在脚下；二是妈妈的女权主义行为（颐指气使）扼杀了爸爸的男子汉气质，爸爸并不是真正的无能。物质主义的美国梦根深蒂固，不容动摇：第一个领养的儿子死了，原因是敢于叛逆，叛逆的结果就是受虐致死。年轻人之所以成为"美国梦"的忠实代表，是因为拥有完美的身体，即青春、阳刚、俊美；然而，精神上，他"去除了心脏""无法带着怜悯和慈爱去看待任何事物"。不过，为了钱，则可以去从事任何事情。要不是奶奶，物质主义几乎是一家人的美国梦。

奶奶则是人文主义美国梦的代表。可以说，她是一位"美国亚当"（the American Adam），新世界的开创者，完全摆脱了旧世界制度的约束，充满朝气，富有智慧，面对美国的处女地（the American Eden），意气风发，用才干与勤奋，创造出了自己的神话。她的人文主义精神体现在人的尊严上："（人们）给你尊严，那才是最重要的……一种尊严。你必须有一种尊严感，哪怕你不在乎，因为没了尊严感，一个文明就要完蛋。"她与爸爸妈妈之间的冲突，其实不是个人的，而是意识形态的，整个民族的，① 是人文主义与物质主义的碰撞。她的身体衰弱了，但精神依旧，因此她的问题是形式上的。相比之下，爸爸妈妈与年轻人身强力壮，但精神发生缺失，因此他们的问题是内容上的。一个有内容，没形式；一个有形式，没内容：美国的社会何去何从？阿尔比反对虚无主义，反对非道德性，也不主张失败主义。人文主义美国梦的希望在于，奶奶并没有死去。②

作为抽象的象征，美国梦的意义是什么？戏剧结束之后才知道，答案是开放的，绝不是某一个时代的美国梦。美国梦的开放意义，自始至终，处于展示的状态，而不是讲述出来的。讲述的美国梦是确定的，展示的美国梦是不确定的。

可见，展示作为戏剧的一种重要手段，具有明显的选择性，不可能事无巨细，全盘托出；可以是文字的形式，如旁白、独白等有声形式，也可以是非文

---

① Edward Albee, Preface. The American Dream and The Zoo Story [M]. New York: Penguin, 1997: 53-54.

② Ervin Beck. Allegory in Edward Albee's The American Dream. [EB/OL]. https://www.goshen.edu/academics/english/ervinb/allegory/

字的形式，如体势语、沉默、象征等无声形式。

　　无论是讲述还是展示，它们都是戏剧艺术不可或缺的重要手段，二者之间并没有优劣之分；他们的艺术效果的高下，完全取决于剧作家的艺术涵养，而不是自身的品质。一种手法，一种情况下，可以是讲述，另一种情况下，可以是展示。手法的多向性，正是戏剧艺术取胜的法宝。

　　明确了戏剧的本质，就该着手厘定创作的原则，毕竟，没有规矩，不成方圆。于是，该是踏上第二程旅途的时候了。

第二章　三一律

万变不离其宗。"变"即"异","万变"即"繁复不同";"宗"即"质","质"即"理念"。换言之,所有的变体都来自同一的理念,或者,千变万化都不会改变其原有的本质:质或理念,就化身于千姿百态的变体之中。然而,质或理念也不是永恒的,质变或理念变化,具体的形态就开始发生变化,差异也就越来越大。不过,质变也不离其宗。这是历史发展的结论。

英美戏剧,可溯源于古希腊与古罗马戏剧,但历经数千年的演变,已经是千姿百态,繁花似锦。春色满园的梨花园中,总有一位花神(原则),辛勤地管理着沁人心脾的芸芸花姑(戏剧作品)。世事沧海,花神的心智早已数变,然而,每一次变化都带来了新奇的效果:真所谓,变化才是神奇。

戏剧可以根据不同的标准进行不同的分类。根据戏剧的性质,戏剧可以分为悲剧(tragedy)、荒诞剧(Theatre of the Absurd);喜剧(comedy)、情节剧(melodrama)。其中,悲剧与喜剧相对,荒诞剧与情节剧相对。

悲剧,来自希腊语 tragōida,指 goat-song(山羊歌):祭奠酒神狄奥尼索斯之时,用山羊作牺牲并有歌队唱颂歌。悲剧是对于一个严肃、完整、有一定长度、能够引起怜悯与恐惧的行动的模仿。[1] 悲剧的人物一般来自神祇、皇家或贵族群体,在戏剧中,经历着不可避免的痛苦或失败。古罗马和伊丽莎白悲剧比较血腥。自莎士比亚之后,奥尼尔开始创作古典悲剧。喜剧来自希腊语 komē-ōdē,指 village-song(寨歌):纪念酒神狄奥尼索斯之时,村民们狂欢作乐。喜剧与悲剧正好相反,具有幽默、诙谐和幸福的格调。古希腊和伊丽莎白时期是喜剧的高峰期。

---

[1] 亚里士多德. 诗学 [M] // 伍蠡甫, 胡经之. 西方文艺理论名著选编(上), 北京:北京大学出版社, 2001: 52-53.

荒诞剧是20世纪50到60年代戏剧发展的产物，主要反映无意义、反理性生存现状的存在主义哲学观念，1961年，由马丁·埃斯林（Martin Esslin，1918—2002）首先提出。轻喜剧，卢梭（Jean-Jacques Rousseau，1712—1778）首用，指一种情节夸张、耸人听闻的舞台表现形式，包括家庭的不幸与贫民窟的冷峻现实，18世纪，从欧洲传入英国。

根据戏剧题材，有历史剧（historical drama）、神秘剧（mystery play）、圣徒剧（saints'plays）、道德剧（morality play）、风俗剧（comedy of manners）与观念剧（play of ideas）。

历史剧是以历史事件、历史人物为主题的舞台表演。历史剧忠实历史，在重要情节不失真的前提下，对没有记载的一些细节，可以进行合理的艺术加工。神秘剧以《圣经》故事为题材，用方言写就，在户外表演；在中古时期的英国，其英语名称Mystery Play可与Miracle Play互换；14世纪末期，神秘剧一般由行业或手工业组织成员表演，因此有观点错误地认为，神秘剧源自中古英语misteri一词，与宗教主题无关，而是反映行业或手工业活动的戏剧。圣徒剧，欧洲则为奇迹剧（miracle play），主要再现圣徒的生活、表现出的奇迹与牺牲的过程。道德剧则是一种寓言剧，揭示人类追求善、从矛盾走向坚定的历程；剧中人物是一些人格化的抽象道德概念，如美德和邪恶等，15世纪后期超越了神秘剧。风俗剧是一种较为复杂的喜剧，主要以上流社会的故事为题材，展示他们优雅的举止与不俗、诙谐的谈吐；复辟时期开始流行，19世纪，在王尔德手中再次绽放。观念剧，主要通过辩论而不是行动的方式，讨论并解决一个重要社会现实的认知问题，代表剧作家有萧伯纳（George Bernard Shaw，1856—1950）。

根据戏剧结构来分，有独幕剧（one-act play）、多幕剧（multi-act play）与幕间剧（interlude）。其中，独幕剧包括独白剧（monologue）。

独幕剧，顾名思义，只有一幕，但可以分为几场。古希腊戏剧没有"幕"的概念，从头演到尾；不过，戏剧的层次还是十分清楚的。独幕剧多有坦白的性质，例如独白剧。近来，有一种由独幕剧发展而来的10分钟短剧颇受欢迎。多幕剧，从古罗马开始，每一幕之间有一段间歇。悲剧一般有五幕；喜剧，三幕；现代戏剧结构，多种多样，十分灵活。狭义的幕间剧是指幕与幕之间插演的短剧，扮演着衔接的作用，如《大教堂谋杀案》中的幕间剧。①

---

① 关于戏剧种类的定义，主要参考了Jonathan Law. Dictionary of the Theatre [M]. London: Bloomsbury Publishing, 2011.

根据戏剧的语言，戏剧可分为诗剧（verse drama）与白话剧（prose drama）。

古希腊与古罗马戏剧语言，使用的都是韵文，伊丽莎白时期以前的戏剧都是用韵文写就的，伊丽莎白时期的戏剧语言则是无韵体诗（blank verse）。除此之外，戏剧作品一般是使用散文语言创作的。

从历史的角度来看，莎士比亚时期是第一个分水岭，谢里丹时期是第二个分水岭，萧伯纳时期是第三个分水岭，品特与贝克特时期是第四个分水岭。

那么，用什么来统御这些种类戏剧的创作呢？亚里士多德戏剧理论。可以说，他的理论是西方戏剧理论的起点，其后的理论，都是对它所做的脚注。

亚里士多德在《诗学》（The Poetics）中，论述了戏剧的六大要素，由于关于喜剧部分的论述已经遗失，戏剧的六大要素实质上是针对悲剧提出的。第一，情节（plot）；第二，性格（character）；① 第三，言词（diction）；第四，思想（thought）；第五，形象（spectacle）；② 第六，歌曲（song）。亚里士多德认为，情节模仿的应该是一个完整的行动，其中的事件组织紧密，不可或缺，要有"发现"或"突转"，反对"穿插"。一出戏的时间长度最多不超过一整天，即从日出到日出之间。③ 至于地点问题，无论是演出地点还是事件发生的地点，亚里士多德并没有做出任何明确的要求。

当亚里士多德的戏剧理论成为圭臬的时候，古典主义（classicism）就产生了。16世纪下叶，意大利理论家卡斯特尔维特罗称亚氏戏剧理论为"亚里士多德规则"。17世纪中叶，因《熙德》（Le Cid，1636）之争，法国戏剧理论家沙波兰（Henry Chamberlain，1595—1674）祭出了古典主义戏剧理论大旗，布瓦洛则在《诗的艺术》（Art of Poetry，1674）中概括出了三一律："要用一地、一天内完成的一个故事/从开头直到结尾维持着舞台充实。"④ 在英国，德莱顿（John Dryden，1631—1700）通过戏剧论著《论戏剧诗》（An Essay of Dramatic Poesy，1668）和《悲剧批评的基础》（The Grounds of Criticism in Tragedy，1679）等，

---

① 由于六大要素中，前五个都属于人，人不可能成为戏剧的要素之一；要素中的character一词，只能表示人物的性格，而不是人物。
② "形象"不单纯指人物，也指"场景"。the stage machinist 或 costumier 显然与前一句的presentation and actors 有关，人与场景并存。
③ 亚里士多德. 诗学［M］// 伍蠡甫，胡经之. 西方文艺理论名著选编（上），北京：北京大学出版社，2001：60-63, 58.
④ 布瓦洛.《诗的艺术》［M］// 伍蠡甫，胡经之. 西方文艺理论名著选编（上），北京：北京大学出版社，2001：195.

有保留地奠定了英国古典主义戏剧的理论基础。古典主义戏剧理论，从一开始就没有得到广泛的认可。亚里士多德对另类的戏剧创作手法提出了严厉的批评，可并没有刹住所谓的不正之风。在17世纪的英国，古典主义偶现回光返照，却只是强弩之末。

在反对古典主义的浪潮中，浪漫主义（romanticism）诞生了。古典主义，在浪漫主义者眼里，就是专制、僵化的代名词。19世纪上半叶，雨果（Victor Hugo，1802—1885）在《克伦威尔》（Cromwell，1827）的"序"中批判了古典主义的金科玉律。19世纪下叶，浪漫主义运动进入了狂风骤雨的阶段，与古典主义公开决裂。浪漫主义提倡主观主义，强调艺术家的激情、想象与灵感在戏剧创作中的重要地位，因此，舞台上充满了情节的夸张、色彩的斑斓以及艺术形式的灵活多变。早在浪漫主义在欧洲大陆盛行之前，文艺复兴时期以莎士比亚为代表的英国剧作家就已经实践着自由多变的戏剧艺术。18世纪，英国的感伤主义戏剧异军突起，对理性主义提出了挑战；与此同时，轻喜剧又从欧洲大陆传入英国，并扎根、开花、结果。19世纪，则有拜伦（George Gordon Byron，1788—1824）与雪莱（B. P. Shelley，1792—1822）尝试了戏剧创作。情感因素，对于艺术家来说，似乎比理性更加重要。

其实，戏剧现实主义（realism）与浪漫主义几乎是并肩发展，甚至不分彼此，共同反对生活中工具理性给人类带来的桎梏，一道颠覆艺术上古典主义长期形成的陈旧与僵化，但并不赞成浪漫主义的过度抒情与怪异情节。固然反对古典主义的教条，在处理时间、地点的手法上，现实主义倒有些古典主义的影子。在人道主义的激励下，以萧伯纳与奥尼尔为代表的现实主义戏剧聚焦中产阶级以及下层群体生活中的大量细节，勇敢揭露社会现实中的众多阴暗面，对时弊针锋相对地予以无情的批判。由于要展现细节，行动在戏剧中的地位也就下降了。

戏剧中的象征主义（symbolism）从诗歌中的象征主义获得灵感。象征主义剧作家认为，现实主义剧作家表现生活，流于外表，没有能够揭示直觉或感官上的印象因而缺乏深度。象征主义就是要揭示人自身与宇宙内部那些神秘的内容，要解释这些神秘的内容，最好的手段莫过于使用象征（暗喻）、神话与情绪（主观情感反应），其中，象征可以是个人化的。这些象征的意义可能有些模糊，但足以表达作家的情绪，从而进一步揭示难以言表之现实的黑暗与混乱的统一性。19世纪末，象征主义达到了顶峰，对20世纪的英美戏剧产生了重要的影响，杰出的作家有叶芝（W. B. Yeats，1865—1939）和奥尼尔。

表现主义（expressionism），与象征主义不同，不是通过感官表现一种不可见的神秘现实，而是揭示人对现实生活的直观感受。戏剧中的表现主义受到柏格森（Henry Bergson，1859—1941）的直觉主义（intuitionism）和弗洛伊德（Sigmund Freud，1856—1939）的精神分析（psychoanalysis）启发，从外部的物理世界转向人内心的精神世界，来表达那种最真实、最本我的隐性品质。由于精神现实的主观性与隐秘性，表现主义不得不借用象征和舞台灯光产生的光怪陆离的视觉效果，来表达深藏内部的灵魂。奥尼尔是表现主义戏剧大师。

荒诞派戏剧盛行在20世纪50年代，主要以存在主义哲学（existentialism）为理论基础，表达人在现实生活中充满焦虑与虚无主义（nihilism）的非理性和荒诞。与象征主义、表现主义一样，善于使用象征来揭示生活的无厘头，但不是揭示人物的内心世界，而是更多地展示人与社会的异化关系。荒诞派戏剧的不同之处还表现在，轻松的戏剧气氛往往掩盖着严肃的人生悲剧。为了表达生活的荒诞性，剧作家抛弃了传统的情节结构，颠覆了严密的逻辑关系，打破了语言的完整性。反逻辑与碎片化是荒诞派戏剧艺术的主要特征。

到而今，英美戏剧界已是天地翻覆，但古典主义的三一律在变化中保持不变，因此，不妨以三一律为基础，稍作变通，从时间、地点与情节（艺术性过程）三方面，来逐一梳理一下变化中所积淀而成的理论精髓。

第一节　时　间

时间是人类的敌人，更是戏剧的一大艺术障碍。舞台表演不同于二维空间的文本叙事，却也始终受到时间与空间的限制。毕竟，没有谁能够在舞台上，把一个故事从头到尾原汁原味地重新演绎一番，也没有谁能够在狭小、有限舞台空间内，重复场面波澜壮阔的情景。所以，还是莎士比亚说得好，就靠观众朋友们充分展示自己的想象力了。不过，在观众运用自己的想象力之前，剧作家首先要当好这个特殊的观众，即作者，换言之，要遵守一定的戏剧表现规范。规范是有的，然而，剧作家们历来带头叛逆，留下了一系列的痕迹：顽劣的？不，珍贵的。

与戏剧有关的时间概念有五个：一是物理时间，即事件从头到尾持续的时间；二是事件时间，即实际占用的物理时间；三是展示时间，即予以展示的事件时间；四是讲述时间，即叙说的事件时间；五是戏剧时间，即戏剧演出持续的时间。两对矛盾：一是物理时间与事件时间，二是事件时间与展示时间。

关于戏剧时间，亚里士多德明确规定，不能超过24小时。布瓦洛没有解释"一天"是属于展示时间，还是事件时间，就可理解为两种时间，因此展示时间与亚里士多德的规定相同。按照当时的规定，酒神的庆典活动持续三天，庆典期间，举行戏剧比赛。凡是参赛的选手，每人可以上演三出悲剧、一出萨提洛思剧（希腊语 satyros，英语 satyr），选手多的时候，则以漏壶限制每场的时间。① 卡斯特尔维特罗则规定，演出的时间不超过12小时。他写道，"事件的时间应当不超过12小时"，而根据他自己的另一个规定，"表演的时间和所表演的事件的时间，必须严格地相一致"。由此可断，表演的时间是12小时。② 除了戏剧节的时间限制之外，另外一个原因应该是实际需要。阿里斯托芬曾写道，

要是能长出一对翅膀就更好、更开心了。你的观众长了翅膀，饿了的话，或者对合唱感到厌烦，就飞走；回家，吃上一顿好饭；饱了，再飞回来。③

进食、休息与睡眠，对于户外演出来讲，的确是不可忽略的考量。不过，由此也可以看出，在当时，戏剧与生活之间的关系相当密切，也十分接近，用事件时间来约束演出时间，还是可以理解的。不管影响因素是什么，演出时间的长度，最终还是受作家、观众等重要因素的影响。21世纪，最短的戏剧只有10分钟。24小时与10分钟，也许是极限了。

第一对矛盾：物理时间与事件时间。时间与作息习惯、季节以及生活、工作密不可分。早晨起床、吃了午饭之后、下班后、春暖花开等，都是用植物生长、人在生活或工作中的某个环节来表达时间概念，离开了这些环节，时间仿佛就会突然失去了真实性。阅读戏剧作品，读者的头一个疑问就是，他们不吃饭、不睡觉、不上班？问题的症结在于没有区分物理时间与事件时间。物理时间有着严格的空间、实物做参照，而事件时间是建立在逻辑关系之上的，完全可以不考虑空间与实物参照的重要性。当然，在事件时间里，根本离不开空间

---

① 亚里士多德. 诗学 [M] // 伍蠡甫，胡经之. 西方文艺理论名著选编（上），北京：北京大学出版社，2001：58，注释8.
② Ibid., 2001：169.
③ Ian C. Storey, Arlene Allan. A guide to ancient Greek drama [M]. Oxford：Blackwell Publishing, 2005：15.

与实物的参与，只是空间片段之间、实物之间没有必然的逻辑关联。读者不能问，这是哪儿？这几处建筑物怎么不一致？是不是不是一个地点呀？有时，也有植物出现，但这些植物也根本显示不出时序的变化。空间与实物成了时间的象征性摆设。

再以反映波希战争的《波斯人》为例。波希战争经历了三个重要历史阶段，下面主要归纳第二次远征希腊的过程，因为《波斯人》所反映的正是这一次远征的情况。公元前480年春，波斯王薛西斯一世亲率陆军25万及战舰1000艘再度进兵希腊。波斯号称百万大军，分水陆两路挺进，很快来到温泉关。由于希腊叛徒的引导，波斯军队抄小路从后方进攻斯巴达人，斯巴达人只好撤退，留下三百精兵死守温泉关，战至覆灭。斯巴达军队的牺牲为雅典军赢得了宝贵的时间，波斯军攻至雅典时，发现雅典只剩下一座空城。公元前480年9月，波斯海军进入萨拉米斯海峡。雅典300多艘战舰在萨拉米湾集结，并派人假装逃兵，以雅典舰队内讧为名，成功引诱波斯军600多艘巨型战舰驶进海湾。然而，萨拉米湾海域狭窄，波斯的巨型战舰尾大不掉，而雅典的战舰小巧灵活，完全掌握进攻的主动权。波斯舰队很快陷入一片混乱，8个小时后，波斯溃败。海军遭受重创，薛西斯一世深恐后路被断，仓皇踏上回国之旅。

戏剧中的物理时间模糊不清。在歌队与老王后见面的时候，老王后的一句话"昨天晚上"准确地表明，说话时刻已是白天，但不知具体时间。后来，得知她到庙里去许愿，许愿完毕，看到了一只鹰朝着太阳神庙飞去，接着，一只隼扑了上去。老王后起床之后的行动轨迹，一目了然，因为行动的先后顺序十分清楚，只是具体时间不清楚，事实上，也没有必要。不过，她与歌队见面的时间就十分模糊了：上午，还是下午，还是晚上？总之，此处，重要的是，一天，老王后与歌队会面。

接着，信使来到，带来了失败的消息。这里，没有任何提示，信使到底是何时到达：当天？两种可能：是与不是。是，太巧合了，但容易理解；不过，也时有发生。不是，则必定间隔了一日以上，而这期间发生的任何事情，都没有做任何交代。为何？难道什么也没有发生吗？不是，因为与戏剧情节无关紧要，一并省略。对于一个只知道物理时间、不知事件时间的读者来讲，这种衔接手法必定带来误解：当天信使就到了；否则，就是模糊了时间概念，不负责任。对于一个熟悉事件时间的读者来讲，毫无违和之感。

后来，老国王的鬼魂出现。鬼魂一般在夜间出没。是哪一天的晚上？不知。

有一点可以肯定，老王后一直没有退场。难道说，这一切都在一天内发生？没有答案。可是，老王后与歌队会面、信使到达与老国王的鬼魂出来三个重要事件，鱼贯而出。

就在老王后退场之后，薛西斯上场，衣衫褴褛。舞台指令是这样写的："他的母亲没有遇见他，也就没有给他换一身新衣服。"如果隔了一天或数日，薛西斯就不会不换新衣服就出场（与长老们见面）；出场时，没有换新衣服，也就是说，有两种可能：一是同一天到家，二是不同时间到家。是，那要信使干什么？他怎么能与国王同日到达？不是，为何没有交代？没有任何参照物或提示，根本看不出时间的流逝。重要的是，读者有一种强烈的感觉：老王后与歌队会面、信使到达、老国王的鬼魂出来以及薛西斯回家四个重大事件一气呵成。

历史上，《波斯人》是第一部流传下来的古希腊悲剧。时间和读者的淘洗，证明了它自身的艺术价值。《波斯人》的成功之处在于，埃斯库罗斯按照事物内在的逻辑把四个重要的事件串联起来了，当然，内在逻辑有时候与时间顺序吻合。逻辑严密的一系列事件，吸引了读者的全部注意力，他们根本没有时间去关注具体的时间节点，也无暇去留意事件之间的时间间隔有多大。对他们来说，关键的是事件本身的教育意义，而不是事件在时间中的节奏问题。历史长河中的事件，仿佛牛角中间的那一条灵犀线，只要把那条灵犀线抽出来就可以了；也仿佛甘蔗中的甜汁，榨出来之后，制成方块，按斤包装，不必考虑是哪一根甘蔗榨出的，甘蔗来自哪一亩地。歌队在开场之初交代了重要的背景信息，引出了主题；老王后的出现承接并发展了歌队的主题；信使的信息证实了戏剧的主题，把戏剧推向了高潮；已故国王的言论对过去、现在与未来做出了恰当的评价，加深了戏剧的哲学蕴含；薛西斯最后出场，意味着面对现实、思考未来的重任。整个戏剧结构严谨，丝丝入扣，所遵循的是事件时间，而不仅仅是物理时间。

再看一下信使的报告。在第一个重要的叙事中，他仅仅概括地交代了各路英雄都壮烈地牺牲了，至于具体的时间、地点都没有做交代，俨然几分钟之内就灰飞烟灭了。较为详细的描述属于第二个叙事部分：波斯军队夜间的军事行动以及第二天激烈的海战。夜间行动没有出发的时间与到达的时间，没有相关的天气与海洋情况；白天的海战也是如此。第三部分叙事也没有交代撤军的路线，每天的行程，只是交代了沿途的饥饿与死亡。在一般读者来看，信使的叙事有理由更加详细、更加感人，能够直接进入戏剧就更好了。对照一下历史的叙事，戏剧叙事的差异就显而易见了：物理时间模糊、可笑；有了物理时间的非面目化，事件时间才显得简约与紧凑。

第二对矛盾：事件时间与展示时间。事件时间小于物理时间，但总是大于展示时间，那如何在有限的时间内展示远远大于自己的事件呢？一是采取省略的方法，展示主要部分；二是采取讲述与展示相结合的手段，对时间跨度较大的历史事件予以完整的展示。布瓦洛说得好：

不便演给人看的宜用叙述来说清，
当然，眼睛看到了真相会格外分明；
然而，却有些事物，那样讲分寸的艺术
只应该供之于耳而不能陈之于目。①

"陈之于目"的部分就是展示，供之于耳的部分则是讲述。且慢，哪一部分陈之于目，哪一部分陈之于耳？一言难尽。可见，从一开始，事件时间与展示时间之间的矛盾，就是剧作家面临的一道棘手的难题。

采取省略的方法来展示历史事件，最好的例子是《大教堂谋杀案》。本书第一章第一节论述了幕间曲在两幕之间所起的作用，从侧面披露了部分历史细节。那么，整个完整的历史事件是怎样的呢？①1161年4月，坎特伯雷大主教去世，亨利二世为了巩固王权，亲自挑选可靠的亲信贝克特出任要职。贝克特以"不可能同时效忠两个主人"为理由，力辞任命，但亨利二世没有采纳他的意见。世人一致认为，贝克特会效忠亨利二世，而不是教廷。②1163年10月，亨利二世提出：犯罪的教士们必须剥夺圣职，然后交由世俗法庭审判处治。贝克特很清楚，教士一旦沦为普通罪犯，那几乎就是死路一条，为此他表示强烈反对。教皇亚历山大三世派人向亨利二世和贝克特游说，但贝克特没有一丝让步。③为了报复，亨利二世捏造了贝克特的犯罪"事实"，把他召到王室法庭接受讯问。贝克特被判有罪。④审讯刚一结束，贝克特感到大事不妙，逃到了法国。⑤1170年，为了给亨利小王举行加冕典礼，亨利二世和贝克特在法国展开了谈判，国王愿意赦免有罪的宗教人士，但贝克特拒绝妥协。⑥贝克特重返英格兰，并立即处罚与国王过往甚密的主教。⑦听到消息，亨利二世忘记了自己的许诺，怒吼道："就没有谁能替我除掉这个惹事的牧师吗！"⑧四位忠诚的骑士听了国

---

① 布瓦洛. 诗的艺术［M］// 伍蠡甫, 胡经之. 西方文艺理论名著选编（上），北京：北京大学出版社，2001：195-196.

王的话，直奔坎特伯雷。1170年的12月29日，骑士们要求贝克特去向国王请罪，遭到拒绝后，把正要做晚祷的贝克特杀害了。⑨面对基督教世界的轰动与开除他教籍的威胁，亨利二世不得不表示忏悔，冒着冷冬，跣足前往坎特伯雷"赎罪"。⑩其实，贝克特一直穿着表示忏悔（对不起国王）的硬毛衬衣（hair shirt）。

可见，戏剧中展示了⑥⑦⑧，其中，⑦隐含于⑧；之前发生的事件①至⑤与之后发生的事件⑨，省略不提。⑥⑦与⑧构成的事件时间成为展示时间，①至⑤以及⑨分别构成两个事件时间段，⑩则贯穿于②至⑨。没有省略，《大教堂谋杀案》就不可能只有两幕的长度，但具体截取哪一部分（哪一段作为展示时间），省略哪一些内容（哪一段事件时间），取决于剧作家要表达的主题思想。艾略特要表达的是信仰的真诚与坚定。不过，把前因、后果两段时间截掉之后，戏剧对读者提出了很高的要求。

采用讲述与展示手段来呈现历史事件，最好的例子莫过于《亨利五世》。本书第一章第一节以该剧为例，揭示了讲述的方式。当然，莎士比亚在讲述有关情节的时候，处理的是时间链条中的部分次要环节。众所周知，同一个例子，由于角度的不同，所展现出的功能也就不同。讲述与展示相结合，容易出现的一个弊病就是讲述（叙事）部分过长，戏剧进展的速度过缓："法国古典主义戏剧长篇叙事是那么多，而这种长篇叙事往往使得剧情进展迟缓，甚至丧失逼真之感。"① 相比之下，英国戏剧则没有这种特殊现象。

有了先前的文字，《亨利五世》的事件时间与展示时间通过一个表格可以一目了然。由于两军对垒，戏剧交代了双方的活动，但视觉焦点主要对准了英军。判断事件时间与展示时间，应以英军的活动轨迹为主。有了序曲的衔接，可以看出，从主张继承权到获得继承权，亨利五世的军事行动在剧中展示得十分清楚。事件时间构成如下：亨利五世主张法国的继承权、决定诉诸武力解决问题、厉兵秣马、剪除内奸、出征、到达法国、进攻哈弗娄、视察军营、逼近阿金库尔、回国（从卡莱到伦敦）、德国斡旋、返回法国前线、与查尔斯谈判、求婚、签署文件。展示时间构成如下（左栏）：亨利五世主张法国的继承权、决定诉诸武力解决问题、剪除内奸、进攻哈弗娄、视察军营、逼近阿金库尔、与查尔斯谈判、求婚、签署文件。讲述时间构成如下（右栏）：厉兵秣马、出征、到达法

---

① 布瓦洛. 诗的艺术 [M] // 伍蠡甫，胡经之. 西方文艺理论名著选编（上），北京：北京大学出版社，2001：195，注释5.

国、回国（卡莱到伦敦）、德国斡旋、返回法国前线。事件时间＝展示时间＋讲述时间。另外，事件时间属于过去，讲述时间属于现在，分属不同的时空。当然，事件时间，在历史上，是有据可查的，在戏剧中，只是没有必要具体交代而已。

开场白				
第一幕	亨利五世，依据母亲的血统，主张对法国的继承权；为了防止苏格兰后方进攻，决定把军队一分为四，自己领兵四分之一，进攻法国	序曲	厉兵秣马；三个卖国贼与法国密谋，准备在扫桑顿谋杀亨利五世
第二幕	福斯塔夫病危，尼姆与比斯托尔和解；亨利五世剪除了三位内奸；福斯塔夫去世；查尔斯六世（法国）准备迎战，爱克塞特到达法国；亨利五世登陆法国	序曲	英国军队从扫桑顿登船，扬帆出发，驶往哈弗娄
第三幕	进攻哈弗娄；弗鲁爱林敦促官兵向前杀敌；援兵未到，哈弗娄总督决定放弃抵抗，凯瑟琳公主在学习英语；查尔斯六世命令抵抗；爱克塞特掩护英军通过比卡第大桥，法国使者要求亨利五世退兵；法国哨兵报告，英军近在咫尺	序曲	两军相邻扎营；法军看到，一位英国军官夜间视察营地
第四幕	亨利五世微服视察军营，鼓励士兵；法军自信满满，传言英军绝望；两军即将交战，法国拒绝答应亨利五世的要求；英军后方虚弱；法军招架不住英军进攻；亨利五世命令杀死俘虏，迎战法军新一轮的进攻；法军要求亨利五世允许寻找牺牲的贵族尸体，并告知英军已经逼近阿金库尔；英军向亨利五世汇报战况	序曲	亨利五世回国，到达卡莱，从卡莱到达伦敦；德国皇帝前来斡旋；亨利五世返回法国前线
第五幕	亨利五世与查尔斯六世举行谈判，亨利五世授权贵族与法国国王谈判，自己与凯瑟琳见面；凯瑟琳答应亨利五世的求婚；查尔斯六世同意两人的婚事；亨利五世签署文件，署名法兰西继承人			
终曲				

戏剧的精彩并不在于事件时间有多长，而在于如何合理剪取形成展示时间。当然，亚里士多德说过，悲剧的事件时间越长越好，但不要超过观众的预见能力①。在展示时间之内，各场次之间也并不是无缝对接，只是之间的某段事件时间可以忽略不计而已。以《亨利五世》第三幕为例。由于要交代英法两军在阵前的情况，莎士比亚只能轮换进行。看一下英军的情况。第一场与第三场，英军进攻哈弗娄；哈弗娄战斗结束后，英军休整了几日？如果没有休整，何时开往新战场？行军时间多久？不知。第六场，英军已经到了比卡第；一入场，高厄就与弗鲁爱林谈论桥头堡一战，此战何时开始？持续了多久？从法军口中，也只知道"他已经渡过索姆河了"。事件时间，在幕与幕之间经过剪切，在场与场之间也要经过剪切。就这样，不到两个月的时间（1415年8月到10月），剩下了三、四天的时间；三、四天的时间，进一步压缩到了几个小时之内。戏剧规范揭示了一个道理：重大的历史事件中，值得关注的也就那么几个关键时刻；当然，更多的是从决策的角度出发。

事件时间与展示时间等时。对于一位没有戏剧创作实践的人来讲，这是必需的；对于一位有一定创作经验的人来说，这不是一件简单的事情，不会一蹴而就；对于老练的剧作家来说，这几乎是一场没有阻击的战斗，把历史场面搬上舞台就是了。的确。看一看《奥赛罗》第四幕，第三场便知。苔丝狄蒙娜与爱米利娅的一场对白，非常真实。一位妇女向对方倾诉苦衷，另一位妇女则极力宽慰对方，说的都是一些体己的话。无论是戏剧中，还是居家之内，作为知己，两位女性交心，也只能如此。回头再看《亨利五世》第三幕，第一场，非常之短，却也不失真实。国王御驾亲征，带头冲锋陷阵，无论何时，都是弥足珍贵的场面，给一个特写，十分恰当，也正是这个特写，体现了事件时间与展示时间等时的现象。

不过，戏剧中，几乎都是对话，难道不都是等时的吗？是的；然而，又是一个真实的错觉。一场对话，有两种可能：一是真实发生，二是把中间的空白过程切掉之后拼接而成。《亨利五世》第三幕、第二场的构成如下：比斯托尔与童儿的对话，高厄与弗鲁爱林之间的对话，以及高厄、弗鲁爱林、杰米、麦克摩里斯四人之间的对话；对话之时，背景是战斗的场面；对话结束之时，法国守军要求投降。如果攻打哈弗娄的战斗，真的如所展示的一样，在他们会话之

---

① 亚里士多德. 诗学［M］// 伍蠡甫，胡经之. 西方文艺理论名著选编（上），北京：北京大学出版社，2001：58-59.

间就结束了,那真可谓谈笑间,墙橹灰飞烟灭。其实,第二场是发生在三个不同时段的对话拼接而成的。当"弗鲁爱林重上,高厄随上"的时候,第二个会话开始发生;当"麦克摩里斯及杰米上"的时候,第三个会话开始发生了。会话之间间隔的时间也不是几十分钟的事情。毕竟,读者没有必要为没有任何意义的空白而等待,因此,不同时段的会话也就衔接在一起了。

  舞台上有打斗的场景,但更主要的是对话场景。所以,剧作家的任务就是让戏剧表演以对话为主体。一是让动作过程背景化,如莎士比亚在《亨利五世》中所采用的手法;二是选择交汇处、大结局这些节点作为展示对象。过程背景化,在第一章第二节从讲述的角度做了论述,容易理解,此处不再赘述,仅就交汇处、大结局等节点展开论述。《奥赛罗》主体上是一出心计加观念冲突的悲剧,这就为会话的产生奠定了重要的基础。第四幕,第一场(城堡前),由六个部分组成。第一,伊阿古与奥赛罗的对话。通过聊天,伊阿古告诉奥赛罗,他给妻子的手帕在凯西奥手上,并预言他已经睡在她的身上了。第二,当着奥赛罗的面,伊阿古与凯西奥谈论凯西奥与苔丝狄蒙娜的关系,而实质上,伊阿古给凯西奥的暗示是,他们在谈论比恩卡。第三,比恩卡突现,当着奥赛罗的面,把苔丝狄蒙娜的手帕扔给了凯西奥。第四,伊阿古第二次与奥赛罗聊天,火上浇油。第五,奥赛罗收到回国的通知,他的位置由凯西奥顶替。第六,奥赛罗当着众人的面,怒斥苔丝狄蒙娜,只留一层窗户纸。

  众所周知,当伊阿古告诉奥赛罗苔丝狄蒙娜把手帕给了凯西奥的时候,伊阿古已经把手帕偷偷送到了凯西奥府上;当伊阿古与凯西奥谈论比恩卡(苔丝狄蒙娜)的时候,他们已经有过多次性关系;比恩卡突然回来的时候,已经出去描摹过那枚手帕;奥赛罗收到回国通知之时,他与凯西奥的矛盾产生结果了。爱有多深,恨就有多深,奥赛罗与苔丝狄蒙娜的关系可想而知。这一场运作的机理是:信息的传递需要交流,只有人员汇集才能实现交流,只有交流发生之后,信息才可以产生预期的效果。可见,在事件时间的延续体上,选取好主要的节点是戏剧创作的关键,而且要保证,在这个节点上,人物有序到场,发表意见,产生冲突,冲突更多的是语言上的,而不是肢体上的。这就是等时效应。

  戏剧场所是世界的一隅,不过,要把物理时间迁移到剧本里,也并不是一件易事,其难度并不亚于把时间安置在舞台上。为此,要在戏剧中展示历史事件,剧作家就要有一定的智慧,灵活地运用戏剧规则:事件时间小于物理时间,展示时间小于事件时间;即便是展示时间与事件时间等时,也是一种艺术虚幻,不可过于当真，否则，艺术就会折价。要以小容大，就要洗练，既要大格局，又要小精细。

第二节 地　点

没有地点，万物就没有立足点或载体；没有时间，万物就没有生命的绽放；没有生命，地点与时间则是空洞无意义的。地点、时间与多彩的生命三位一体，方才构成活力四射的世界。在地点与时间交织的舞台上，生命可能从视野中消失，但只要其起舞的舞台尚在，生命也就不会彻底消失，永远以地点为依托，存活在历史的长河里。作为三驾马车之一的地点，无疑是构成戏剧艺术最基本的存在。

关于地点的规约是什么？亚里士多德没有明确，布瓦洛则提及"一地"之概念，"一地"只是表达了具体哪个地方以及这个地方的不可变更性："剧情发生的地点也需要固定，说清。"有例外："比利牛斯山那边诗匠随随便便"[1]，也就是说，诗匠可以，众人不行。这等于什么也没说，也许是因为卡斯特尔维特罗早就说清楚了吧："事件的地点必须不变，不但只限于一个城市或者一所房屋，而且必须真正限于一个单一地点，并且一个人就能看见的范围。"[2] 从中可以归纳出三个要素。一是单一地点。二是地点可大，可小：大，不能超过一座城市；小，不能小于一间房屋；不过，那时候的城市也大不到哪里。三是一览无余：如果是城市的话，观众应该有一个可以想象的制高点，站在那儿，能够看（想）得清清楚楚；房屋的话，应该是院子或者大厅，房屋后面绝对不能有戏。城市与房屋只是两个例子，实际地点也可以是户外的开阔地。总之，一切方便演员，一切为了观众，才是最高的宗旨。

凡是规定，必有其内在缘由。能够观戏的应该是有一定身份之人，他们一般居住在城市里，地方不大，十分熟悉，发生了任何事情，就地点而言，稍加想象，就可以勾勒出心里地图。由于古典主义戏剧只能上演皇帝、贵族、天神、

---

[1] 布瓦洛. 诗的艺术 [M] // 伍蠡甫，胡经之. 西方文艺理论名著选编（上），北京：北京大学出版社，2001：195.

[2] 卡斯特尔维特罗. 亚里士多德《诗学》的阐释 [M] // 伍蠡甫，胡经之. 西方文艺理论名著选编（上），北京：北京大学出版社，2001：169.

英雄的悲剧，城市是他们的政治、生活的舞台，即便是房屋，也多有大厅。地点不能改变，也是因为当时的舞台没有背景，观众没有必要的参照物来判断事件具体发生的地点，地点发生变化，或者过度地变化，观众可能适应不过来，容易造成混乱，或者误解。显然，这是古希腊戏剧延续下来的传统。到了古罗马，舞台上到是出现了较为复杂的背景，即便如此，场地也是保持不变：一是不方便频繁更换场景，二是大地点不变，小地点都忽略不计了。其实，过度重视舞台背景意义不大。在亚里士多德厘定的六个戏剧要素中，根本没有场景的位置，因为情节的推进与场景没有逻辑联系。最早的背景应该是《波斯人》一剧中的帐篷，出现在舞台的后方，有人说是大流士一世的议会厅，或者坟墓。《阿伽门农》（*Agamemnon*）也有一幢房屋出现在舞台后方。一幢房屋也就逐渐成为舞台上的一个背景，流传了下来，不过，其主要作用是供演员更换服装或者面具。后来，据说索福克勒斯使用绘画背景，其目的是增加戏剧的深度感。[①]总之，舞台上，要么没有背景，要么背景较为简单，一般做象征性的点缀。有背景，剧中的地点也不发生变化。

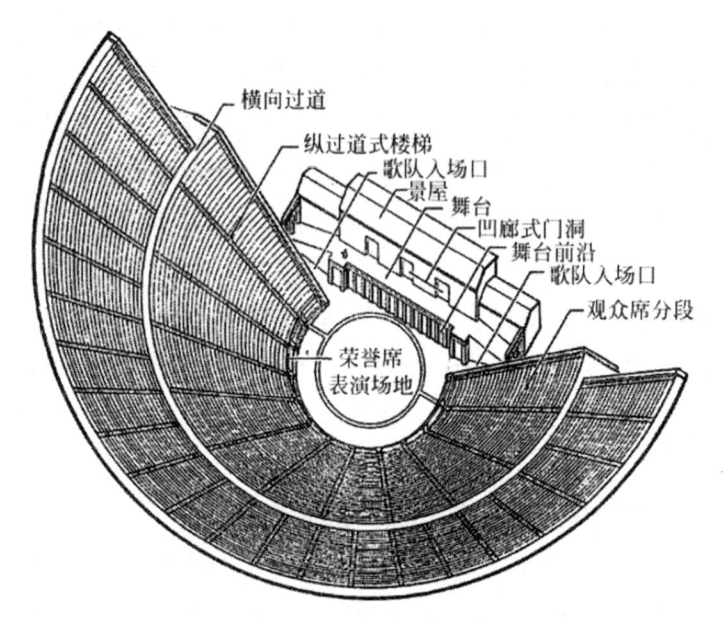

图1 希腊普化时期典型剧场透视图[②]

[①] David Rosenbloom. Material Elements and Visual Meaning [M] // Mary Lefkowitz, James Romm. The Greek Plays, New York：Modern Library, 2016：733.
[②] 曹孝振. 西方古代剧场建筑设计中的声学因素 [J]. 电声技术，2013, 37（5）：7.

可以把一些有名的古希腊、古罗马戏剧作品中的地点，进行简单的归类。从古希腊和古罗马的戏剧作品来看，一部分作品把事件的地点设置在重要建筑物的前面。宫殿前：《俄狄浦斯》(Oedipus the King)，底比斯皇宫前，中央门前有一座祭坛，两个旁门前，各一座小的祭坛；《阿伽门农》，阿尔戈斯镇的一处丘陵上，戏剧一开始，皇宫的屋顶上；《安提戈涅》(Antigone)，黎明前，底比斯皇宫前；索福克勒斯的《厄勒克特拉》(Electra)，迈锡尼皇宫前；《海伦》(Hellen)，埃及国王西奥克莱门托斯的王宫前；欧里庇德斯（Euripides，480BC—406BC）的《美狄亚》(The Medea)，美狄亚房前，舞台一入口通往皇宫，另一入口通往周边地区；《费德拉》(The Phaedra)，雅典提修斯皇宫前；《提厄斯忒斯》(The Thyestes)，迈锡尼，阿特柔斯宫殿前。神庙前：《奥瑞斯提亚》(Eumenides)，清晨，特尔斐，阿波罗神谕殿入口处。

　　一部分作品把背景设置在城市里：《波斯人》，苏萨市的某个地方；《缆绳》(The Rope)，北非的昔兰尼（潮坪的右侧是昔兰尼与码头，左侧是海岸；背景右后是维纳斯神庙，左后是迪蒙尼斯房子；两幢建筑物的上方露出一片蓝天；神庙前有一个祭坛；房子的左前方枝叶茂盛；神庙两侧则是岩石）。街道上：《迈纳可米孪生兄弟》(The Twin Menaechmi)，埃比达姆诺斯，迈纳可米与伊洛提姆房前的街道；《弗尔米奥》(The Phormio)，雅典的一条街道，三个房门；《兄弟》(The Brothers)，雅典，米西欧与所斯特拉塔房前的街道。

　　还有一部分作品把背景设置在乡下：《被缚的普罗米修斯》(Prometheus Bound)，树立起一块巨岩的荒凉之地；《克隆努斯的俄狄浦斯》(Oedipus at Colonus)，克隆努斯，雅典卫城西北部一英里半的乡村，背景是一片小树林，树林不远处，有一块巨石，场景的右侧坐落着克隆努斯的雕像；《奠酒人》(Libation Bearers)，阿尔戈斯，阿伽门农的墓前，背景是出现宫门的皇宫。

　　从上述17部戏剧中可以看出，地点一般不是室内狭小的空间，而是室外较开阔的空地。难道这些戏剧的事件，没有一件或者一个环节是发生在室内的吗？不是的，主要是室外视野开阔，没有屋顶与墙壁等障碍物遮挡视线。舞台背景大部分是皇宫或者房屋，而这些皇宫与房屋，如前文所述，都是供演员表演期间更换服装用的那幢房子扮演的。所以，这幢房子的存在，就决定了许多戏剧的舞台背景。不过，这也不是一个苛刻条件，历史事件有几个可以离开宫殿与房屋的？唯一的一个例外是《缆绳》，舞台背景较为复杂，颇有现代戏剧舞台背景的意味。正如天神可以飞来飞去一样，人间的重大事情都必须发生在户外。

这是一个古老的戏剧游戏规则。在过去，要看戏，就要接受这个游戏规则。然而，还是有逼真的地方：宫廷里的人物从宫殿的大门出入，外地来的人物从远方走来，然后回到远方去，他们汇聚在重要建筑物的前面，推演着人间的重大历史事件。戏剧，就是一句话：有要事？请到屋外说。

事件时间，经过这个固定不变的地点之后，会发生弯曲吗？会的，这里也有引力，只不过引力来自剧作家本人。换言之，在一个地点发生的故事，在一个地点展示，不难理解；在不同地点发生的故事，如何在一个地点展示呢？这就需要剧作家展示他们的叙事艺术了。

先看《美狄亚》：两个美狄亚的戏剧，古希腊欧里庇德斯的与古罗马塞内加（Lucius Annaells Seneca，约4BC—65）的。塞内加的版本最大的不同之处在于，有两个地点：美狄亚房前与克瑞翁宫殿前；不过，都在同一城市之内。也许，是因为艺术上要有所区别吧；其实，从美狄亚的人物性格上，塞内加已经做出了很大程度上的改变。好在两位剧作家都采用了相同的手法，即由奶妈转述克瑞宫里发生的惨剧。为何要转述呢？一方面，让四面八方的信息汇聚于一地容易，让一个信息传遍四面八方困难；而且采用信息汇聚的方式，主人公就不用分身了。另一方面，时间拐弯了：美狄亚那里没有事件发生，而克瑞宫那里则有；事件时间离开了中心地点，跑到克瑞宫那里去了，于是就拐弯了。主要地点变化了，也就不存在时间转弯的现象了。可以说，差别改变本质；同时，也说明了为何戏剧中总是离不开一位信使。如何处理事件时间呢？展示事件时间，从头演到尾，也太没有艺术性了，除非要展示悲剧的步步深入。两个版本都从美狄亚人生发生重大转折的节点开始。众所周知，柯林斯之前，美狄亚的人生是幸福的，幸福的人生正是她在科林斯复仇的原因。一个没有原因的剧情是难以接受的，可戏剧时间有限，戏剧艺术的规范也不允许作家流水线般地处理事件时间。所以，把柯林斯之前的事件时间减裁掉，其中的重要信息，通过各种方式，适当地透露出来，给受众一些必要的提示。于是，时间呈现部分重叠。重要的是，地点的变动转化为固定。可见，从中间开始才是王道。

《俄狄浦斯》，可以说，一个地点，两段时间。地点：底比斯皇宫前；两段时间：一是展示时间，二是事件时间。事件时间又分两段：一是展示时间，二是展示时间前的事件时间。展示时间由以下几个主要节点排序构成：①俄狄浦斯来到底比斯，为民除灾；②提瑞西阿斯说出真相，遭到怀疑，不得不离开底比斯；③下令处死克瑞翁（未遂），俄狄浦斯怀疑克瑞翁与提瑞西阿斯共谋，企图置自己于死地；④审问科林斯使者；⑤用两枚金针刺伤自己的眼睛；⑥离开底比斯。展示时间前的事件时间，在展示过程中，由于弯度太大，处于碎片状态：①根据提瑞西阿斯所说，俄狄浦斯杀死自己的父亲；②提瑞西阿斯预言，俄狄浦斯的妻子是自己的母亲，自己是妻子的儿子，自己孩子的兄长；③妻子告诉他说，老国王是在去特尔斐的一个路口那儿，被土匪杀害的，俄狄浦斯开始怀疑传闻是真的；④波吕波斯国王去世，俄狄浦斯不用担心杀死自己的父亲了，但仍然担心与梅洛普皇后乱伦；⑤信使就是牧羊人，曾经捡到一个婴儿，抚养一段时间后，交由波吕波斯国王抚养；⑥信使告诉俄狄浦斯说，他就是弑父之人。

事件时间（1）：拉伊俄斯与乔卡斯塔因神谕弃子于山坡；牧羊人捡到弃婴；牧羊人把弃婴交给波吕波斯与梅洛普抚养；俄狄浦斯听闻波吕波斯与梅洛普不是自己的亲生父母，便置之不理；俄狄浦斯得到神谕，自己会杀死自己的亲生父亲，于是离开科林斯；在路口与父亲拉伊俄斯发生冲突，杀死父亲；俄狄浦斯杀死史芬克斯；俄狄浦斯娶母亲乔卡斯塔为妻；事件时间（2）就是展示时间，不再赘述。显然，底比斯皇宫之内与之外发生的事情，都汇聚在皇宫前，并一一呈现在受众的面前。当内部信息与外部信息汇合之后，经过逻辑的推演，真相大白于天下：一条连贯的事件时间出现了。地点与时间演绎了一场精彩的戏剧。

就那么一个固定的小地方，要让剧作家用时间直线变出花样来，就像在圆盘里，做出形状各异的蛋糕来，还真有些难为人。不过，剧作家还是有才华的，把时间对折起来，就成了；把一段时间敲碎了，揉进另一段时间里去也不错。可是，不能改变的，早晚要改变，只是一个时间问题；改变了之后，更多的精彩就会纷呈张扬。变化是，把人物请到屋内，与此同时，观众似乎也坐到里面了。

前面谈到贝克特的《一出独白》，其事件地点就是一个房间，布置得也相当简单。

讲话人站在舞台的前方，观众的左侧。
……
两米开外的左侧，同一平面，同一高度，一座标准的落地灯，骷髅大小的白色灯头，光线暗淡。

最右侧，同一平面，一张简易床的白色床脚，依稀可见。

如此一来，剧院的屋顶，也就成了房间的天花板；房间，与平时相比，只是少了一面墙，或者说，不同的是有了一面透明的墙。至于时间，也顾不上布瓦洛曾经说过的话："在粗糙的演出里时常有剧中英雄/开场是黄口小儿，终场是白发老翁。"① 贝克特的剧中人，已经耄耋之年，从自己（人）的出生讲到未来的死亡，而舞台时间却不足一小时。贺拉斯建议，"情节可以在舞台上演出，也可以通过叙述"②。贝克特似乎忘记了这一点，整个舞台上，没有表演，只有讲述，人物一动不动，唯一移动的是叙事中的那个自己：人生是一截短线段，一头是坟墓，另一头也是坟墓。

在品特的《独白》中，地点同样是一个房间，但布置得十分简单，物件少得可怜，几乎是零：一张是椅子，另一张还是椅子。

先生独自一人，坐在椅子里。
他面对着另一把椅子，空空的。

与他交流的人不在场，不在场就是在场，这是现代人生存的现状。他在与两个旧友交谈，一男一女。时间在他的话语中，断断续续，因而表现出来的都是碎片。眼前的时间，一片虚无；过去的光阴，一片空无；未来的日子，倒是充满了实在的理想。同样没有任何活动。在过去的戏剧中，担心动作太多，把许多过程都背景化了；现在，不作为就是作为，凸显的就是这种僵尸般的生存方式。时间，过去，在人们的行动中延续；现在，在静止中流淌。时间生病了。

在现代戏剧中，地点也有户外的。贝克特的《啊，美好的日子！》（*Happy Days*，1961）就发生在野外的一个地方；不过，这个野外之地却是室内空间的一个象征：

一片枯焦的草地，中间鼓起一个小土丘。土丘的左右两侧和靠舞台前部的这边都是缓坡。后边和舞台平面成陡坡。布景极其简单而对称。
光线刺眼。

---

① 布瓦洛. 诗的艺术 [M] // 伍蠡甫，胡经之. 西方文艺理论名著选编（上），北京：北京大学出版社，2001：195.
② 贺拉斯. 诗艺 [M] // 伍蠡甫，胡经之. 西方文艺理论名著选编（上），北京：北京大学出版社，2001：102.

背景逼真，很陈旧，呈现出光秃秃的原野和没有云彩的晴空在远处相交，逐渐消失。

温妮埋在土丘正中，一直埋到腰上。……

她的右后方，威利躺在地上睡着了，身子被土丘遮住。(金志平译)

其实，从后面的剧情可以看出，威利住在一个一人多粗的洞穴里。从剧中对场景的交代来看，主要地点就是一个：一座坟墓；从实际来看，还有一个，那就是洞穴。显然，一个前景化了，一个背景化了；不过，本质上都一样，取其一即可。总之，它象征着家庭的起居间。生活中，不是老头、老太太赶时间奋进，而是时间从他们身边匆匆地流过。地点与时间结合，便产生了意义：无限的时光，无聊的人生。

地点到了伊丽莎白时代，终于在莎士比亚手中，突破了种种约束，成了可以自由延伸、随意移动的戏剧要素。其实，从前文就可以看出，塞内加在《美狄亚》中，就或明或暗地使用了双地点；不过，明暗双地点同属于一座城市；即便如此，塞内加也是破格了。也许是塞内加无形中产生的影响，也许是莎士比亚自来就是桀骜不驯的天才，莎剧中的地点随着剧情的发展不断变换。由于地点能够发生改变，剧中的时间直线也就可以伸直了，剧作家可以使用的手法因此丰富了起来，戏剧结构相应地呈现出更加多样化的趋势。

莎剧中，按照作者给出，故事发生在多国的有：《泰尔亲王配力克里斯》(*Pericles, Prince of Tyre*, 1609)。两国的有：《麦克白》，苏格兰与英格兰；《辛白林》(*Cymbeline*, 1623)，英国与意大利；《亨利五世》，英国与法国。两国两地以上的有：《终成眷属》(*All's Well that Ends Well*, 1623)，罗西昂，巴黎，佛罗伦萨与马赛；《威尼斯商人》(*The Merchant of Venice*, 1600)，威尼斯与贝尔蒙特。一国多地的有：《安东尼与克里奥佩特拉》(*Antony and Cleopatra*, 1623) 罗马帝国各部；《科里奥兰纳斯》(*Coriolanus*, 1623)，罗马，科里奥里及附近与安提乌姆；《罗密欧与朱丽叶》(*Romeo and Juliet*, 1597)，维罗纳与曼多亚。一地多点的有：《仲夏夜之梦》(*A Midsummer Night's Dream*, 1593)，雅典的忒修斯宫与附近的森林；《第十二夜》(*The Twelfth Night*, 1623)，伊利里亚某城及其附近海滨。

莎士比亚戏剧地点的多变，并不是因为技术的进步，而是因为思想的解放。16世纪初期，英国出现了两种剧团：一是职业剧团，四处巡演，舞台一般设置在会客厅里、酒馆里或者市场上，舞台布置十分简陋，故事发生地往往通过人物的表述或者一个手势予以明确；二是业余剧团，由戏剧爱好者、大学生组成，为宫廷、乡绅等一些有身份之人表演。1576 年，出现了第一个固定的剧院，名叫"剧院"（the Theatre）；1599 年，"环球剧院"竣工（the Globe）。木制的剧院，与希腊、罗马的大剧场相比，并不豪华，倒是略为先进。演出期间，可以往舞台上搬动一些道具，以示情景的变换，但根据现有的资料来看，出场的道具有限，笨重的一直留在舞台上，较轻的由演员随身带走，如此一来，场景就会出现矛盾，但观众根本不在乎。① 由此可见，担心观众会因故事地点发生变化而产生误解的顾虑有些多余，只要有好的作品，观众还是能够接受的，不可低估他们的记忆力或智力。

图 2　莎士比亚时代的环球剧院②

地点发生变动之后，戏剧作品也发生了变化。地点不变的时候，要展示线性叙事，故事必须都发生在一个地方；如果事件发生在其他地方，对主地点事件进展有着重大影响，就必须有一个信使把信息传递过来，例如《波斯人》中的信使把波斯军队在希腊的战况传递给宫中的老王后。地点不变，但要追求叙事情节的艺术性，那就要在时间直线上下功夫。例如，在《被缚的普罗米修斯》

---

① The Elizabethan Stage [EB/OL]. https：//www.britannica.com/art/theater-building/The-Elizabethan-stage：2020.
② The Globe Theatre [EB/OL]. https：//www.britannica.com/topic/Globe-Theatre.

中，第一事件时间是偷取圣火与扶助宙斯，第二事件时间是在高加索山上遭受老鹰啄食肝脏的痛苦，第三事件时间（虚的）是对未来所做的预言；第一事件时间只能隐现在第二事件时间中间，为此戏剧结构具有了复杂性和艺术性。再比如，《俄狄浦斯》把俄狄浦斯来到底比斯之前的事件时间碎片化，按照非逻辑方式分散到他来到底比斯之后的线性事件时间之内，为定点叙事带来悬念，为西方二元对立思维增加逻辑的色彩。无论是哪一种形式，就事件时间与固定地点的关系而言，戏剧叙事就是在一颗米粒上雕刻亭台楼阁，小巧玲珑，应有尽有。可见，定点叙事即是微雕的精湛艺术。

地点变动之后，手脚得到解放的剧作家，在戏剧创作过程中，大刀阔斧。纵观莎士比亚的戏剧作品，很难看到倒叙的戏剧结构。直线叙事的戏剧作品，有足够的时间与空间来充分展示悬念。例如，《奥赛罗》的情节结构就是直线叙事，每当伊阿古构思一计，读者无不拉紧心弦。再例如《哈姆雷特》，当老国王的鬼魂出现之后，不仅哈姆雷特渴望真相，而且读者也亟待答案；哈姆雷特用计，克劳狄斯除患，鹿死谁手，不到剧终，难见分晓。两部戏剧作品有一个共同之处：戏剧人物（伊阿古与哈姆雷特）的行为目的十分明确，到底能否实现他们的目标自然成为戏剧最大的谜底，而这个谜底也牢牢地吸引着读者。除了必然因素之外，偶然因素也可以产生悬念。《麦克白》中，女巫们的预言没有任何道理，可是，就是这种没有任何逻辑的话语，激活了麦克白与夫人内心的邪恶欲望；夫妇有了贪欲与邪念，如同瘟疫，所到之处，一片肃杀。读者的情绪，就在痛心与期盼中，跌宕起伏。《仲夏夜之梦》中，所见即所爱与迫克的失误，都为情节埋下了悬念的伏笔：误解而非主观之恶，给读者一个在紧张中享受快乐的机会。由于地点的变动，直线叙事所产生的悬念与紧张，不是靠歌队酿造出来的，而是靠叙事逐层堆积而成。

废除了定点的束缚，戏剧的情节呈现出波澜壮阔的场面与多变的节奏之美。《亨利五世》，从决策到执行，从执行到取胜；地点从英国到法国，从法国再到英国，整个过程就是一个直线突进：王者所到，锄奸攻锐，无所畏惧，无坚不摧，一切尽在自己的掌控之中。显然，亨利五世是一个英明的决策者，洞察秋毫、行为果断的政治家，运筹帷幄、深入阵地的军事指挥家，以及调动情感、征服人心的高手：征服了法国的军队，还要征服法国的公主，那样才算是完美收官。《浮士德博士的悲剧》（*The Tragical History of Dr. Faustus*，1588）展示了人的高贵与狂放：看一看浮士德对各门学问所做的评价，就不再怀疑他的博学与智慧；见一见他对教皇的轻视、对皇帝的无礼，就明白宗教、政治与人性的对立；想一想他对世俗快乐的执着，就知道人生的目的是此世，而不是彼世；当他纵马天空，居高临下，回首过去，展望未来的时候，方知人之能力无所不及；当他离开书房，来到异域，从异域返回书房的时候，山那边的一切秘密就成为经验了。唯一的遗憾是，他把科学理解为魔术。总之，人就是天地间的尺度。

离开了地点的转换，这一切几乎不可能。在定点的戏剧中，读者的视角几乎是静止的，所有的信息从四面八方汇集而来，要紧之事就是开动大脑，高速运转。当地点不断转换的时候，读者的视角也随着剧情的开展，从一地来到另一地，不仅可以"目睹"一切，享受视觉的快乐，而且可以调动自己的思维，吸收来自异域的营养。戏剧中的场景不够详尽，但给出了应有的提示，读者就有理由任凭自己的想象纵横驰骋。在定点的戏剧中，读者没有理由，也没有时间，在内心深处，通过想象去体验才过一地、又见他乡的那种一泻千里的激扬之情。相反，在伊丽莎白的戏剧中，读者不仅眼界大开，眼前的景色也万花筒般地转换；不仅没有车马劳顿，而且说走就走，想住就住。可见，解放了的剧作家，能够展示给读者的是，波澜壮阔的场面与抑扬、徘徊、奔腾的节奏。

在不变的舞台之上，人物可以在各地之间自由地往来，这就是跋涉与开拓。可是，在《推销员之死》（*Death of a Salesman*, 1949）中，不同的场面定格在不变的空间内，演绎着不同时期的人生片段。

房子中央的厨房确实真切……厨房后墙上是一个挂着帘子的门，通向起居室。厨房右边，高出厨房地面二尺，是一间卧室……卧室有窗……

厨房后面，高出厨房地面六英尺半，是两个儿子的卧室……（这间卧室位于视野之外的起居室的上层。）左边有一道弯曲的楼梯，由厨房上来。

整个布景全部或者部分透明……房子前面是一片台口表演区，越过舞台前部，伸展到乐池上方，呈半圆形，表演区代表这家的后院，威利的幻想场景以及他在城里活动的场面也都发生在这里。每当戏发生在现在时，演员都严格地按照想象中的墙线行动，只能通过左边的门进入这所房子；当戏发生在过去时，就可以打破这些局限，从屋中"透"过墙，直接出入于台前表演区。（英若诚译 译文略有改动）

威利的房子，一分为二：屋内与后院。两个区域，两项功能：后院，展示个人的幻想，以及城中其他地方发生的故事；屋内，两个主要展示区域，儿子的卧室与威利夫妇的卧室。两套行为规范：一是现实的，依照现实行动；二是虚构与过去的，遵照指令行事。

不同之处在于：各幕之间与各场次之间，不用调换场景，该在儿子房间发生的故事就在儿子的房间，该在主人卧室发生的故事，就在主人的卧室。重要之处在于：不同地点之间的距离缩小了。这不仅仅是一个比例问题，而且比例超过一定数值的范畴时，就发生了质变。从叙事艺术上讲，这是空间蒙太奇（space montage）手法，即把不同的空间拼凑到一个完整的空间内。更重要的是：现实与幻想也都发生在同一区域，也就是说，两个区域重叠了。从剧情上讲，每一个片段都是按照先后顺序展示的；但是，由于事件的地点不变，特别是地点之间处于毗邻、可视状态，特殊的舞台布局，就为受众审美提供了一个意想不到的便利：他们可以把发生在不同时间的故事，并置在同一空间框架内，然后通过对比的方式予以观照，这就是时间蒙太奇（time montage）。空间蒙太奇与时间蒙太奇都是意识小说的重要叙事手段，《推销员之死》创造性地移植到了戏剧叙事中来，极大地拓展了可变地点在戏剧中的灵活运用。可见，一地与另一地发生的故事，过去与现在发生的故事，现实中与幻想中发生的故事，都可以在同一时间或同一地点越界展示。戏剧中，地点的运用进入了新时代。

地点，作为一方自然的区域或一个人工的创造物，在戏剧中，并不能够展示自身迷人的风光，但足以让艺术家充分展示自己的艺术才华。地点不变，没有机会旅行与开拓，那就安坐下来，静静地思考哲学问题；地点可变，能够自由移动，那就一脚千里，遨游世界，从陆地到海洋，把异域的风光与经验采撷下来，奉给读者；作为回报，读者定会赠以热情的赞扬。

第三节　情　节

根据古典三一律，时间、地点之后就是行动，可是，现代主义与后现代主义戏剧用会话取代了行动；空间上，古典主义的行动是动态的，而现代主义与后现代主义戏剧会话是静态性的，行动与会话显然不能互相隶属。由于行动与会话均为戏剧情节的核心，情节根据亚里士多德又是戏剧的灵魂，因此，不妨用情节取代行动与会话，与时间、地点构成新的三一律。那么，什么是情节？

情节就是一个艺术性过程，即把现实中的事件（行动或会话）按照审美需要进行重新组织的结果。本节关于情节的论述，集中在情节要素及其之间的关系，而关于情节类型则在第三与第四两章进行。

关于戏剧情节的本质，亚里士多德说，"情节乃悲剧的基础，有似悲剧的灵魂"。至于如何理解灵魂，那是另一回事。那么，情节的灵魂是什么？情节的灵魂就是一个完整的行动，"没有行动，则不成悲剧"。因此，悲剧（戏剧）的主要任务就是直指灵魂，即模仿行动。当然，模仿行动不是照相式地机械记录，而是"安排"或者"布局"，"安排"与"布局"所蕴含的意思则是，情节是作家对行动进行有意识排列的结果。① 人为的控制就是戏剧作为艺术的秘密。

那么，行动的主体是谁？他与情节的关系如何？行动的主体当然是戏剧中的人物，不过，人物的唯一作用就是行动；他们的性格与思想（话语）可以忽略不计。根据亚里士多德的解释，戏剧，"没有'性格'，仍然不失为悲剧"，只要有行动。换言之，人物的性格对戏剧来说，可有可无；戏剧中出现人物性格的话，那是行动所产生的一种"附带表现"。显然，人物是一个没有主体性的行动主体，仅仅服务于情节。

情节必须是完整的。所谓完整，就是要有头，有身，有尾。"所谓'头'，指事之不必然上承他事，但自然引起他事发生者；所谓'尾'，恰与此相反，指事之按照必然律或常规自然地上承某事者，但无他事继之后；所谓'身'，指事之承前启后者。"承前启后，当然，就是逻辑关系，逻辑关系必然符合必然律与常规律，必然律或常规律中有两种重要成分，即"突转"与"发现"。情节到底多长为宜？"就长度而言，情节只要有条不紊，则越长越美"，因为"一个非常小的东西不能美"，当然，长度也要"以易于观察者为限"。② 这也就是为何在情节上，悲剧要比喜剧长的原因。

那么，戏剧（悲剧）的主要目的是什么？其主要目的是引起"怜悯与恐惧"（喜剧，反讽和愉悦）③。如何理解人物的思想？人物的思想就是一种话语

---

① 亚里士多德. 诗学 [M] //伍蠡甫, 胡经之. 西方文艺理论名著选编（上），北京：北京大学出版社，2001：54-56.
② 亚里士多德. 诗学 [M] //伍蠡甫, 胡经之. 西方文艺理论名著选编（上），北京：北京大学出版社，2001：55-59.
③ 亚里士多德. 诗学 [M] //伍蠡甫, 胡经之. 西方文艺理论名著选编（上），北京：北京大学出版社，2001：53.

能力，就当时、当地之情，说宜说的话，属于修辞范畴。① 亚里士多德对思想的解释，与现代人的理解有些出入，总之，不是剧作家在戏中对叙事所做的整体哲思，而是片言聪慧之语：亚里士多德似乎对戏剧中的主题思想不感兴趣，或者说，并不认为戏剧应以哲学思考为终极目标（但并不妨碍戏剧具有哲学意义），因为戏剧属于诗学而不是伦理学的范畴。

以上是亚里士多德就情节与人物所做论述的精华。从以上的简单回顾中可以看出，要讨论情节，就要从以下几个方面入手：一是行动（必然律、可然律、穿插、双情节、不作为、行动的主体），二是冲突（突转、发现），三是怜悯与恐惧。

亚里士多德一再强调，行动要有统一性。所谓的统一性，就是行为之间有直接的因果关系，直接的因果关系把众多行为紧密地连接在一起，移动或去掉任何一个环节，都会造成整体的松动或解体。反过来讲，移动或去掉一个环节并没有造成整体的松动或解体，这个环节就不是整体的有机组成部分。这种直接的因果关系就是一种必然律。可然律呢？双方之间没有任何排斥力或吸引力，或者没有任何矛盾或义务；可是，当双方相遇的时候，由于自身所具有的特点，双方之间必然发生一种前所未有的关系，这种关系就是可然律。在《俄狄浦斯》中，当神谕说，俄狄浦斯长大之后，必定弑父、娶母，拉伊俄斯与乔卡斯塔就毅然决定把俄狄浦斯弃置野外：弑父、娶母与遗弃之间的因果关系就是必然律。当牧羊人偶然遇到弃婴俄狄浦斯的时候，两个本来没有任何义务关系的双方之间，竟然产生了义务关系：牧羊人身上具有一个人应当具有的人道主义精神，当他发现俄狄浦斯的时候，俄狄浦斯处于生死存亡的关头，人道主义精神最能体现出价值的地方，就是救死扶伤；所以，牧羊人把俄狄浦斯抱回家抚养就是一种可然律。戏剧行动统一性所依赖的，就是必然律与可然律。

与统一情节相违背的现象就是"穿插式"。何为穿插现象？就是出现与主要情节没有必然律或可然律关系的行动。穿插式情节，在亚里士多德看来，是"最劣"的方式。例如，在《被缚的普罗米修斯》中，河神的访问与伊俄的出现没有任何关系，伊俄的出现与神使的到来也没有关系。造成这种现象的原因是，剧作家故意把情节拉长，以便给更多的演员提供戏份；行动多了，可是没

---

① 亚里士多德. 诗学 [M] //伍蠡甫，胡经之. 西方文艺理论名著选编（上），北京：北京大学出版社，2001：55-56，56注释3.

有衔接好，因此就成了穿插现象。①

亚里士多德反对的，莎士比亚偏偏喜欢。在《亨利五世》中，莎士比亚在第二幕第一场、第三场，第三幕第二场、第五幕的第一场中，展示了与决策、战场厮杀没有任何关系的场面，完全是一些个人之间的小恩小怨，或者愤愤不平，或者打情骂俏。按照亚里士多德标准，这些都是穿插式的行动。与紧张的军事行动，重大的历史时刻相比，这些行为反倒悠闲自在，大有任你东南西北风的豁达。一张一弛，火药与情趣，国事与私事等，诸多元素对立并存，恰恰体现的就是最大的和谐与真实。布瓦洛在谈到刻画英雄人物的时候，给出了一条黄金法则，这条法则用来说明穿插的意外用途十分恰当：

> 我们不能像小说，写英雄渺小可怜，
> 不过，伟大的心灵也要有一点弱点。
> 阿什尔不急不躁便不能得人欣赏；
> 我倒很爱看见他受了气眼泪汪汪。
> 人们在他的肖像里发现了这种微疵
> 便感到自然本色，转觉其别饶风致。②

令亚里士多德想不到、许多读者至今也不理解的是，必然律、可然律在戏剧作品中失去了作用，直接导致情节的碎片化。逻辑的碎片化，就是情节的碎片化。人类的生活避免不了碎片化。从考古学的角度讲，有几个环节的文物缺失的时候，事件或程序的整个过程就发生了断裂，历史学家不可能因为缺少几个环节的物证，就放弃了对整个事件或过程进行解读的努力，他们可以根据这一文化的历史规律进行合理的推测，虚构出缺失的环节，从而构建出一个完整的图景来。历史学家此时的研究成果就是一种阐释，可能正确，也可能错误。也有时候，拥有可靠、完整的文物，历史学家依然就结论问题争执不休，因为每一个文物背后，有着众多的可能性，每一个可能性都会产生一种不同的结果。生活中，由于时间的限制，目击者不可能见证一个事件的整个过程；由于地点

---

① 亚里士多德. 诗学 [M] //伍蠡甫，胡经之. 西方文艺理论名著选编（上），北京：北京大学出版社，2001：62，注释 4, 5.
② 布瓦洛. 诗的艺术 [M] //伍蠡甫，胡经之. 西方文艺理论名著选编（上），北京：北京大学出版社，2001：198.

的限制，只能看到整个场面的部分情景；由于身份的限制，只能了解决策中的部分信息；由于能力所限，只能理解其中的个别现象；凡此种种，都不会影响、也挡不住人们对事件进行完整解读的尝试，每一种解读，在解读者看来都是合理的，既然合理，就会对他们产生必然影响。文学的本质就是虚构，既然是虚构的，也就可以让读者参与虚构，读者参与虚构的上好途径就是作家提供碎片化的戏剧作品。

在强调行动统一性的时候，亚里士多德其实映射着另外一个规则，即戏剧应当具有单一情节（非"简单情节"）。亚里士多德在总结戏剧理论之时，主要依据古希腊与古罗马的戏剧作品。在人物刚刚成为舞台角色的时候，或者说，演员数量尚未实现规模的时候，单一情节是唯一的可能。可是，到了伊丽莎白时期，双情节（非"复杂情节"）戏剧异军突起。双情节的标准是什么？首先，要有不同的目标。目标相同，但需要双方参与的，不是双情节。例如，《亨利五世》是关于英法战争的一出戏，出场的有英军与法军双方，但结局只有一种：一方赢、另一方输；而且，双方交战，共同构成一个军事事件。其次，在为各自的目标奋斗之时，两个情节之间会产生一定的直接关联或作用，如对比、互动等。再次，有行动、有展示，才有情节；只有讲述，没有展示，属于事件。

有三种常见的戏剧双情节：一是双情节中的一个阐释或反映了另一个情节。在《哈姆雷特》中，有一个著名的戏中戏，哈姆雷特戏称为《捕鼠器》（*The Mousetrap*），其作用就是诱捕克劳狄斯与乔特鲁德。其实，《捕鼠器》开场的哑剧就概括了其主题。由于哈姆雷特实现了预期的目标，哑剧、《捕鼠器》所展示的情节真实地反映了老国王、克劳狄斯、乔特鲁德三人之间的关系。在《李尔王》中，第二个情节就不是戏中戏了：葛罗斯特、爱得伽与爱得蒙的命运轨迹正是李尔、考狄利娅与里根人生的真实写照，双情节的出现，揭示了李尔王的家庭悲剧所具有的普世性，警告人们，生活或历史在不断地重复自己。第一种双情节的特点是，两个情节中的可然律与必然律独自运行，两个情节中的人物可以汇聚一起，相互扶助，但他们的行为并不推动另一个情节的发展。

二是双情节的互动关系。与第一种不同，互动型双情节中，一个情节与另一个情节交织一起，通过相互作用，沿着各自的逻辑向前发展。在第一种双情节中，两个情节，一主、一副；在互动型双情节中，没有主副之分，戏剧视角先后切换的做法，给读者造成一种一主、一副的错觉。《仲夏夜之梦》中，赫米娅与拉山德相爱，海伦娜则与狄米特律斯相爱。可是，赫米娅的父亲，乱点鸳鸯谱：让赫米娅嫁给狄米特律斯。小精灵迫克（与仙王），由于失误，则让拉山德爱上了海伦娜。海伦娜与赫米娅都十分生气：海伦娜生气，因为不该爱她的也在追求她；赫米娅也生气，因为该爱她的却不爱她。魔法解除，有情人终成眷属。戏剧中，首先进入读者视线的是赫米娅与拉山德的故事，容易产生一种错觉，认为他们的爱情故事构成主情节，海伦娜与狄米特律斯的故事构成副情节。其实，这是二维空间表现艺术的局限。另一方面，没有伊吉斯和奥布朗的干预，没有误解中双方对爱情的认真确认，也就没有最终的幸福结合。有理由说，两个情节之间，没有主次之分，也不是彼此独立发展，而是互动中推动了各自故事的进展。

三是双情节中，一主一副，主副情节相互起到补充、衬托与教育的作用。《亨利五世》中，第二幕第一场、第三场，第三幕第二场，第五幕的第一场，有足够的理由成为戏剧的次要情节，因为他们都是围绕着较为集中的几个人物所发生的几个行动所组成，行动之间当然没有所谓的必然律或可然律，但行动的主体无一不是随军征战的军官与随从，行动主体的主观意志，就是诸多行动的必然律，相遇之后的熟悉与交流的渴望，就是可然律。它所起到的作用是衬托与补充：衬托了战事的激烈，补充了战争的真实画面。《暴风雨》（*The Tempest*，1623）有两个情节：一个情节属于蓄意的普洛斯彼罗，另一个属于不知情的安东尼奥与那不勒斯王阿隆佐。普洛斯彼罗要借机教育安东尼奥，而安东尼奥则在不知情的情况下，要摆脱困境。知悉事实真相之后，安东尼奥历尽折磨始见真，最终回归本性；普洛斯彼罗以德报怨，化解了仇恨。两个情节互动的方式有二：一是在戏剧结束前，昭示身份真相，让实力说话；二是同意米兰达与斐迪南的婚事。从戏剧的角度来看，普洛斯彼罗是主情节，但处于流亡之中；安东尼奥属于次要情节，却是当朝国王。无论如何，安东尼奥等受到了教育，这才是情节之间的关要。

亚里士多德把行动与思想列为六要素之二，并对二者做了必要的区分：思想（语言交流）属于行动的范畴，但不是行动。行动包含一系列要素：主要有行动的主体、任务、阻碍、帮助、克服困难、位移、语言交流等。要发现行动是否包含必要的要素，可以通过以下的提问方式予以确定：关于行动（帮助）的主体，可以提问"你（他）是谁？"；关于任务，"干什么？"；关于困难，"为何不行?"关于位移,"到哪里去?"关于语言交流,"你(他)说了些什么?"有了行动要素,并不标志着行动开始了。行动只要开始了,就有一个过程性,其表现为:受领任务、准备、遇到困难、得到帮助、克服困难、位移、语言交流、任务完成。其中,任务、克服困难、位移是必要条件。位移,即地点的变动,可以是主人公的,也可以是敌人的。无论是从行动的要素还是从行动的过程来看,语言交流行为(思想)都不是独立于行动的一个行为单位,作为一个行为单位,只属于行动,并为行动提供服务。总之,语言交流不可能取代行动。

行动,在亚里士多德那里,完全是物理空间的;其实,行动也是精神空间的。哲学家的思考,就是一个精神领域的行动;小说家的创作,也是精神领域的一个行动。对于一个战时的国家来说,战斗是物理世界的,谈判则是精神世界的,当然,精神世界更多地依赖于物理世界的情况,不过,精神世界的情况也完全可以对物理世界产生重大的影响。《亨利五世》第五幕中的谈判就是以物理领域行动为基础的精神领域行动。在《威尼斯商人》中,有两个行动,一是物理世界的,订立合同与执行合同;另一个是精神世界的,法庭裁决。精神领域的行动,与物理世界的行动一样,同样包括行动的主体、任务、阻碍、帮助、克服困难、位移、语言交流,只是都是一些抽象的概念而已。例如,主体,法官;任务,做出裁决;阻碍,各执一词;帮助,法理与证据;克服困难,厘定是非;位移,从一事(一方)到另一事(一方);语言交流,提问与应答。行动,从物理世界转向精神世界,成为戏剧创作的重要革新。

由此可见,物理世界与精神世界的行动,都是积极与有意义的。何为积极?积极就是一种主动精神,一种劳动的付出,其结果可以是成功的,也可以是失败的,可以是自成的,也可以是自毁的。古希腊、古罗马戏剧中的行动一般是成功的,既有自成,也有自毁。在剧中,美狄亚与俄狄浦斯都完成了自己的任务,因此《美狄亚》与《俄狄浦斯》的行动是完整与成功的。可是,美狄亚的成功是一种自成,而俄狄浦斯的成功是一种自毁。行动的另一种形式是,消极的或无意义的,即少作为、不作为或者无意义的作为。消极行动的结果难言成功,也难言失败。在品特的《独白》中,那位不知名的先生在剧中的完整行动就是独自言说与沉默(少作为、不作为)。在《克拉普的末盘磁带》(*Krapp's Last Tape*, 1959)中,克拉普唯一的行动就是听前一盘磁带录音,然后录下自己对刚刚听过的录音所做的评价。在《等待戈多》(*Waiting for Godot*, 1953)中,爱斯特拉冈（戈戈）与弗拉季米尔（狄狄）在等待戈多，等待是一种积极的行为，戈多没有来，不是不想来，而是来不成；他们想上吊自杀，一种主动精神，可是没有成功，没有成功也没有再试。生存就是一种无意义状态。行动，可以是正面的，也可以是反面的。

  行动与人物有关，论述行动，不涉及人物，就缺乏完整性。从上文可以看出，亚里士多德明确指出，人物的性格对情节没有本质上的影响，离开性格，悲剧照样是悲剧。戏剧中出现了人物的性格，那是副产品。可是，没有人物，哪有性格？没有人物，戏剧还是戏剧吗？不是。在人物出现在古希腊舞台之前，人物存在于歌队的叙事之中，自从舞台上有了人物，人物也就从歌队的叙事当中分离了出来。可见，对于戏剧，人物从来就是不可或缺的。不过，古希腊与古罗马戏剧的总体走势是，戏剧用以教育观众，不是用来刻画人物的。可以肯定的是，戏剧不能没有人物，人物也是行动的主体，也有情感，但人物就是没有主体性，仅仅是一个可以承载道德、命运内容的客体、一个道具而已。人物固然不重要，但也不能以一个苍白之物出现在舞台上。亚里士多德强调说，人物性格要有四点：一是必须善良，二是必须合适（身份），三是必须相似（典型性），四是必须一致（不矛盾）。要实现这几点，就要合乎必然律与可然律。① 人物，一个生动的陪衬物。

  自从英国戏剧进入文艺复兴时期，人物的命运就发生了改变。文艺复兴的宗旨就是，歌颂人，把人放到主体的位置上。用哈姆雷特的话来说，人是一个高贵的生灵，值得尊崇："人类是一件多么了不起的杰作！多么高贵的理性！多么伟大的力量！多么优美的仪表！多么文雅的举动！在行为上多么像一个天使！在智慧上多么像一个天神！宇宙的精华！万物的灵长！"（第二幕，第二场）。情节退位了吗？没有，只不过人物不再那么边缘化了。世俗地位的提升，也就意味着宗教地位的下降。人物与情节的关系呢？人物的性格决定着情节的发展，情节的发展揭示了人物内在的性格。《哈姆雷特》的伟大之处在于，主人公学会了思考，而不是听命于神谕、国王的命令；他的性格决定着情节的发展方式：通过独白，他向世人昭告，复仇的道德、鬼魂话语的真实性、关于死亡的认识等，对他的复仇计划产生了不可或缺的影响。性格与情节之间互动成为新型

---

① 亚里士多德. 诗学 [M] //伍蠡甫，胡经之. 西方文艺理论名著选编（上），北京：北京大学出版社，2001：72-73.

关系。

到了启蒙主义运动时期，人的主体地位再一次得到确认。可是，让人类引以为豪的理性，却成为人类的陷阱，人类在工业化文明的进程中，沦为工具理性的牺牲品。人类面对的敌人不再是自然、无常的命运，而是自己的刚性规则与技术。所以，人类有主体地位之名，而无主体地位之实。表现在戏剧作品中，人生是荒诞的，人是理性的奴隶，是物欲的牺牲品，在喧嚣中，以孤独的方式，向死而生。可是，人类还有最后一点的主体尊严，人的主体尊严表现在，能够认真思考自己的生存状况，即从物质与精神的视角，全方位考察困惑之因与走出困境之路。可以说，在文艺复兴与现代主义戏剧中，人物就是情节，情节就是人物。人物与情节的关系变化了。过去，行动而不是人物的性格成为情节的焦点，现在，人物内在的精神状态而不是外在的行动成为情节的精华。

什么是冲突（conflict）？黑格尔（Georg Wilhelm Friedrich Hegel, 1770—1831）认为，冲突是"两对立面斗争的结果"[①]。其中有两个要点：一是对立，对立就是指双方就某一问题具有相反、不可调和的关系。二是斗争，即消除对立状态的过程：从第三方的角度来看，斗争可以推动进步与发展，但对于矛盾的双方来讲，由于斗争过程就是一个破坏的过程，则都想力争消除矛盾，创造利于发展的和平环境。亚里士多德提出的概念"结"（complication）与黑格尔的"冲突"相一致。"所谓的'结'，指故事的开头至情势转入顺境（或）逆境之前最后一景之间的部分。"[②] 可见，"结"的部分就是冲突形成的部分。

黑格尔对冲突进行了分类，并认为"由心灵性的差异而产生的分裂"最适合做戏剧的对象。不适合做戏剧情节的冲突有两种。第一，物理的或自然的情况所产生的冲突。由于"这些情况本身是消极的，邪恶的，因而是有害的""单就它们本身来看，这一类冲突是没有什么意义的"。不过，有一个例外情况，那就是当自然灾害造成心灵分裂的时候，就可以成为戏剧内容的一个部分。第二，自然条件产生的心灵冲突。"凡是以自然的家庭出身为基础的冲突都属于这一类。"黑格尔认为，出身的卑微的确是一种不公平，往往可以造成一种极大的不幸与冲突，但"这种不公平不是真正自由的艺术所应尊重的"，因为"阶级的分

---

① 黑格尔. 美学 [M] // 伍蠡甫, 胡经之. 西方文艺理论名著选编（上），北京：北京大学出版社，2001：506.
② 亚里士多德. 诗学 [M] // 伍蠡甫, 胡经之. 西方文艺理论名著选编（上），北京：北京大学出版社，2001：75.

别，统治者与被统治者的分别等等当然是重要的而且合理的"。①

什么是"由心灵性的差异而产生的分裂"？心灵性分裂包含两个方面，一方面是"由人的某种现实行动所引起的困难、障碍和破坏"；另一方面是"本身合理的旨趣和力量所受到的伤害"。可以从三个方面考察：第一，"行动发生时的意识和意图与后来对这行动本身的性质的认识之间的矛盾"。例如，俄狄浦斯与拉伊俄斯的打斗。根据俄狄浦斯的脾气与认识，他在那场打斗中的行为，只是打死了一个自己所不认识的人；但他的搏斗行为却在不知不觉中杀死了自己的父亲。第二，"由人的行为所引起的一种对于精神力量的精神性的破坏"。例如，阿伽门农为了赢得特洛伊战争，献祭了自己的女儿，可是女儿是妻子的心头肉，妻子一气之下，杀死了阿伽门农；儿子为了给父亲报仇，杀死了自己的母亲。第三，一种行动本身并不一定引发冲突，但处于一种与其显然对立的关系与情境中就必然引发冲突的行为。例如，罗密欧与朱丽叶相爱并不会引起破坏的后果，但他们后来知道，双方家庭是世仇，父母都不同意这桩婚事，家庭的分裂与彼此的相爱就构成了冲突。② 成功的戏剧，就是要以上述三种冲突为材料进行艺术加工。

有冲突或"结"，就要有"解"（unraveling）。亚里士多德把"解"称之为"转变的开头至剧尾之间的部分"。他认为，要解开结，就要经过一个"发现"（recognition）和一个"突转"（reversal）。发现，可以是人物的发现，也可以是物件的发现，有时是一个人被另一个人发现，有时则是两个人物互相发现。物件与人物的发现都与认知能力有关，可以是正确的发现，也可以是错误的发现。进一步讲，发现的性质可以是不可逆的，也可以是可逆的。突转，即情势到了某一场中，突然朝相反的方向发展，造成突然变化的原因是一件意外发生的事件，而意外发生的事件与现在的情节又有因果联系。如果由顺境发展到逆境或由逆境发展到顺境是逐渐完成的，观众可以从中预见到这种转变，那么转变就不成为突转。在《俄狄浦斯》中，"突转"就是从信使告诉俄狄浦斯，波吕波斯不是他生父的时候开始的。"发现"，相比之下，晚于"突转"，是从信使（牧羊人）承认婴儿俄狄浦斯是王后乔卡斯塔亲手交给他的，俄狄浦斯这才发现

---

① 黑格尔. 美学[M]//伍蠡甫，胡经之. 西方文艺理论名著选编（上），北京：北京大学出版社，2001：507-515.
② 黑格尔. 美学[M]//伍蠡甫，胡经之. 西方文艺理论名著选编（上），北京：北京大学出版社，2001：516-519.

自己杀父娶母。在《伊菲格涅亚在陶洛人手里》（*Iphigenia in Tauris*）中，俄瑞斯忒斯发现了姐姐，经过对证，伊菲格涅亚也发现了弟弟，但只有伊菲格涅亚发现了俄瑞斯忒斯，俄瑞斯忒斯的命运才发生突变。上乘的悲剧是发现与突变同时出现。不通过"发现"与"突转"而达到结局的情节，就是简单的情节（行动）；相反，就是复杂的情节。① 复杂的情节是高级的情节。

关于恐惧（fear）与怜悯（pity），亚里士多德指出，二者是悲剧的终极目标。在《诗学》第九章最后一段，他指出，"悲剧所模仿的行动，不但要完整，而且要能引起恐惧与怜悯之情"。在第十四章第一段，他又强调说，"我们不应要求悲剧给我们各种快感，只应要求它给我们一种它特别能给的快感""这种快感是由悲剧引起我们的怜悯与恐惧之情"。什么是怜悯与恐惧之情？他在《诗学》第十三章第一段（英文，第二段）指出，"怜悯是由一个人遭受不应遭受的厄运而引起的，而恐惧是这个遭受厄运的人与我们相似而引起的"。怜悯的对象是他人，恐惧的主体是自己。怜悯与恐惧的关系是什么呢？就在给怜悯与恐惧下定义前不远的地方，亚里士多德有过这样的表述："更不能引起怜悯或恐惧。"显然，一个"或"字把二者区分开来了。莱辛谈及这个问题："既然亚里士多德认为怜悯的情感这个概念必须跟为我们自己所产生的恐惧联结在一起，为什么还要单独论及恐惧呢？"他一语道破其中的奥妙："悲剧结束，我们的怜悯便也停止了，并非任何被感受到的感情活动都会保留在我们心中，而保留下来的只有唯恐我们自己也会遭遇的值得怜悯的厄运所引起的真实恐惧。我们感受了这种恐惧；正如它作为怜悯的组成部分，净化怜悯一样，现在它也作为一种持续存在的激情，来净化自己。"② 恐惧与怜悯之间，恐惧又是终极目标。

情节所包含的要素最多，要素多了，组合的方式也就多了，方式多了，花样也就多。不过，理想的标准是，要有冲突，冲突的化解要经过突转和发现，唯有如此，戏剧才能产生最高的艺术效果，如果是悲剧的话，就会产生恐惧与怜悯之情，在恐惧与怜悯之中，人道主义精神与认知进入了新的境界。

三一律，关于时间、地点与情节（艺术性过程）的规范，长时间以来，指导并约束着戏剧创作活动。戏剧创作，往往是先有实践，后有理论：理论总体

---

① 亚里士多德. 诗学 [M] // 伍蠡甫，胡经之. 西方文艺理论名著选编（上），北京：北京大学出版社，2001：64，注释1；65，注释2；63.
② 莱辛. 汉堡剧评 [M] // 伍蠡甫，胡经之. 西方文艺理论名著选编（上），北京：北京大学出版社，2001：343-344.

上是描述性的，例如浪漫主义、现实主义、现代主义；也有规约性的，例如新古典主义。描述性也好，规定性也好，都是戏剧艺术发展的必然结果：发展是硬道理，发展是戏剧艺术繁荣的唯一路径。

规划有了，劳动也付出了不少，该是收获总结的时候了。就从情节开始，归纳一下情节的种类，看一看英美戏剧史上的智慧结晶。于是，就有了第三、第四两章。

第三章　情节：行动

人有格局，事有走向，剧有情节。格局，就是千头万绪中，脚踏繁事、心驭情欲，矢志不移地朝着高远的目标跋涉。走向，即为趋势，就是天道、历史运行的轨迹与方向，不因妄言、逆行、矫饰而改变。情节，作品之龙骨，就是一条逻辑线，把剪取的生活片段或采撷的心灵花瓣，本着赏心悦目的宗旨结为一体，其结构可长，可方；可紧，可散；可实，可虚。混沌可开，形体有演。

凡是形体都有样式。戏剧情节的样式就是开头、结与解、结尾的三位一体结构，三个部分一般按照先后顺序、因果关系与分析逻辑的方式呈现，顺序、关系或逻辑可以是显性（存在）的，可以是隐形（不存在）的。开头与结尾各占情节结构的三分之一，但与结与解相比，无一不是末节：开头是起点，或者是起因；结尾则是终点，或者是结果。因，需要发展；只有发展，才有结果；由因到果才是一个过程。可见，发展与否乃是情节的关键。

在集中论述以结与解为主体的情节结构之前，不妨简单地归纳一下开头的方式与结尾的种类。

中间切入，即戏剧开始的时候，事件已经发生了一段时间，例如《美狄亚》中，美狄亚复仇是因为伊阿宋背信弃义。续写，即从一个重要事件的结尾处开始，展示另一个事件的发展，如《解放了的普罗米修斯》（*Prometheus Unbound*，1820）中，普罗米修斯得到拯救，结束了三千年的囚禁与磨难。解密型，即戏剧的整个过程聚焦于发现秘密之根源，如《俄狄浦斯》。（积极与消极的）任务型，即戏剧一开始，主人公受领一项重要任务，如《哈姆雷特》中，哈姆雷特得知父亲死于谋杀，替父报仇即成为他今后的主要任务；再如，《琼斯皇》（*The Emperor Jones*，1921）中，琼斯获悉即将发生叛乱，慌忙踏上了逃命的旅途。寓言型，即单凭一句话，就激发出了主人公的欲望，从而引发一系列的行动，如

《麦克白》中，女巫的预言。偶遇型，即主人公偶然遇见一件事，并以此事为契机，实现一个目的或心愿，如《暴风雨》中，普洛斯彼罗突然得知，宿敌乘船经过此地，于是兴风作浪，进行报复。日常型，即新的一轮日常生活开始了，如《啊，美好的日子！》。

戏剧的开始要单刀直入："头几句诗就应该把剧情准备得宜，以便能早早入题，不费力、平平易易。"因为听戏本来是一件"乐事"，"点题太慢"，不仅让人茫然，也会感到"疲乏"。毋"拖拉"与"纠缠"。①

艺术上，结尾可以是封闭式的，如古典主义戏剧、伊丽莎白戏剧等；也可以是开放的，如荒诞派戏剧，人生何去何从，未有答案。（留有余味的传统戏剧，不在此范围。）主题上，结尾可以是悲剧性的，也可以是喜剧性的，也可以是虚无主义的。希腊早期的戏剧是悲剧，后来产生了喜剧；莎士比亚以后，戏剧含有悲剧因素，但多以和解、喜结良缘、大团圆的方式结束；（后）现代主义戏剧则主要以悲剧或荒诞的方式为结尾。其要义是：科技得到了前所未有的发展，灵魂却陷入了前所未有的危机：前者前行，后者后退。

戏剧的情节短小精练。小说的情节，由于篇幅的绵长，跌宕起伏，错综复杂，绝胜之景，不胜枚举。戏剧，与此相反，一事一议；情节以小取胜，没有宏大叙事，却也不乏惊鸿一瞥。

不聚不成形，无形不入戏。聚的问题，就是逻辑问题。逻辑可简单地分为现实主义的和浪漫主义的：现实主义的逻辑性，就是生活的逻辑，即先后关系与因果关系；浪漫主义的逻辑，就是心理逻辑，内心可以接受的即是合理的。人法天，天法道。大自然从来不以异常的方式组合事情，那么剧作家想象出来的逻辑是否是不可信的呢？狄德罗说得好：

在自然界中，我们往往不能发觉事件之间的联系，同时由于我们不认识事物的整体，我们只在事实中命定的相随联系，而诗人却要在他的作品的整个结构中贯穿一个明显而容易察觉的联系。所以，比起历史学家来，他的真实性虽少，而逼真性却多些。②

---

① 布瓦洛. 诗的艺术 [M] //伍蠡甫，胡经之. 西方文艺理论名著选读（上），北京：北京大学出版社，2001：194.
② 狄德洛. 论戏剧诗 [M] //伍蠡甫，胡经之. 西方文艺理论名著选读（上），北京：北京大学出版社，2001：236.

因此，悲剧作家可以从历史那里借来故事，因为历史的东西多为"事实"，容易接受。喜剧作家就不同了，他们没有可借鉴的内容，只有依靠自己的想象力：想象的逻辑，可以符合也可以违背生活的逻辑，但必须确保自身的一致。这就要求读者与剧作家共谋："如果我们愿意相信可能发生的某些事情是真实的，那么有什么会阻碍我们把从未听说过的，完全虚构的情节当成真实的历史呢？"[①] 无论如何，必然律与可然律不可违背。

不妨把现实主义的逻辑称之为线性逻辑，以线性逻辑为组织手段所形成的情节为线性情节；以浪漫主义思维方式组织成的情节为非线性情节。本章将以线性和非线性逻辑为墨线，对戏剧作品的情节种类进行梳理，并尝试着分析其中的逻辑联系。

第一节　线　性

线性情节，从内部构成的方式来看，可以是依照时间顺序结构而成的戏剧骨架，也可以是遵照因果关系组织事件的方式，或者是按照认知模式条分缕析的展示过程：简言之，逻辑驱动方式。不过，由于人物是行动的主体，人物的性格对情节的结构方式起着决定性的作用，情节因此又可进一步分为逻辑驱动和人物驱动两种。再从数量的角度来看，线性情节可以分为单情节与双（多）情节。本节将以数量、驱动方式以及互动关系为分类标准，对戏剧作品中常见的情节结构进行适当的论述。

单情节结构，可以从逻辑驱动与人物驱动两个角度进行讨论，两个角度的分析，都以情节与人物的关系为中心。

情节决定人物的性格特征。亚里士多德之所以一再强调情节决定人物，是因为人类的认知方式促使他做出这样的论断。俗话说，人心隔肚皮，一个人到底有怎样的想法，外人是无法得知的；要得知一个人的想法，就要观其言，察其行，两相对照，才能得出结论。从历史的角度来看，古希腊时代，人类面临的主要敌人是神秘的自然界与不可知的命运，其次才是人类自己，换言之，人心和性格。自然之神秘与命运之不可知，可以从求神行为与神谕的表述方式略

---

① 莱辛. 汉堡剧评［M］// 伍蠡甫，胡经之. 西方文艺理论名著选读（上），北京：北京大学出版社，2001：330.

见一斑。神谕之所以成为神谕，就是因为其内在的含混性：含混则无所示，亦无所不示。例如"当心跛足的统治"，再如"如果克洛索斯进攻波斯人，他就可以灭掉一个大帝国"。对于政治家来说，了解人心则是首要的任务；但对于普通人来说，了解大自然，趋利避害，则是头等大事。如此一来，对命运的预测，而不是对人性的了解，就成为大多数人的第一要务。不过，第一要务与第二要务之间，并不存在着矛盾，能够让观众认识命运的不可知与自身的局限性，同时通过歌队的赞美确认理想的合法性与崇高性，并因此净化自己的情感与灵魂，乃是重中之重；当然，要有主次之分明。

不妨从逻辑分析、因果关系与重写三个角度，对逻辑驱动情节发展的这一命题进行论证。

《波斯人》的情节属于逻辑分析型：发现问题—分析问题—解决问题。要描述萨拉米斯之战，剧作情节一般有两种可能：一是叙事视角与故事中主要人物的视角重合，逐步跟踪事件的发展进程，从而形成一个以时间顺序为组织方式的情节结构；二是从局外人的角度出发，在等待结果的过程中，发现问题；有了问题（失败的结局），就分析问题；分析问题之后，就是解决问题。《波斯人》与众不同之处在于，不是采用时间顺序或因果关系，而是分析逻辑的方式，向观众呈示萨拉米斯之战的现实意义。逻辑分析型情节在当时并不多见，其艺术价值因此弥足珍贵。

第一部分，发现问题。在展示部分，歌队从一开始就向观众传递出一种浓重的情绪信号：此次出征，宫中忧心忡忡；这种惴惴不安的情绪，只是一种直观感觉，却为整出戏剧奠定了基础格调。然而，老王后的出场则为这种基调提供了有力的证据。在当时，主要人物的梦境与重要关口发生的自然现象，都可以成为人们预见结局或做出判断的合理证据。可以说，老王后与歌队的对话，基本上完成了戏剧展示部分的任务。信使带来的消息则从另一个角度，即事实的角度，发展了展示部分所呈现的主题，至此，发现问题的过程已经完成。换言之，发现问题这一环节包括展示与发展两个环节。

第二部分，分析问题。要分析问题，就要从客观的角度出发，而旁观者往往最为客观，这位旁观者就是已故的老国王大流士。大流士国王追忆了其在位之前五代国王的统治历史，可以说，五代国王都是按照宙斯的神谕，逐步完成了征服亚洲的历史重任。可见，波斯人的历史，就是辉煌的过去，在过去的辉煌中，隐含着宙斯的允诺与波斯人的智慧。薛西斯进军欧洲，在大流士看来，没有能够从历史中发现天神的秘密，没有继承波斯人的智慧，无疑违背了宙斯的意志，冒犯了阿波罗，同时也辱没了祖先的智慧。大流士进一步指出，此次出征，过于仓促，薛西斯夜郎自大，在贪婪的驱使下，贸然征战希腊，失败是必然之结果。

第三部分，从薛西斯出场开始，属于解决问题部分。薛西斯归国之后，颇感沮丧与后悔，为痛失爱将与士兵噬脐莫及，对未来忧虑无限。解决问题的方法隐含在大流士的建议之中，那就是尊重神谕，力克傲慢之心与贪婪之欲。

剧中出现的主要人物有老王后、信使、大流士与薛西斯。老王后的作用是确定戏剧的主题，即波希之战即将失败。从她的身上，看不到鲜明的人物性格特征，她所表露出的忧虑，乃是老国母应有之责；她所展示出的母爱，依然是每一位母亲都具有的品质。信使的主要角色就是准确地传递信息，作为一个叙事者，没有时间、也没有权力，对历史事件进行过多的评论：他只是一个没有个性的信息载体。大流士，除了身份之外，扮演一位智者的角色，通过分析薛西斯的失败，彰显了自己的性格特征。不过，对大流士的评价，与其说是取决于他对战争的分析，倒不如说取决于他在历史上的作为。可见，老王后、信使与大流士都是提线人物，他们的出现以及出现的时间与方式，完全服务于戏剧的情节。从事理的角度看，大流士完全可以在薛西斯之后出场，然而，先于或者后于薛西斯出场，对情节产生的影响决然不同，他的出现因此完全是出于艺术的考量。其实，薛西斯也是一个提线人物，他的出场并没有提供任何新的信息，对情节没有产生任何影响。不难发现，薛西斯的戏，只有一个主题，后悔。没有他，歌队照样可以完成兴叹的任务。他所应承担的责任，不仅缺乏因果分析与说服力，而且没有成为戏剧展示的主体。有理由说，他只是一个失败与后悔的符号，在观众面前缓缓划过。

三联剧《俄瑞斯忒斯》（Orestes）拥有一个宏大的循环复仇的情节，其时间顺序与因果关系相吻合：在《阿伽门农》中，克莱婷因丈夫阿伽门农祭献了女儿伊菲吉妮娅，与埃癸斯托斯联手，杀死了丈夫；在《奠酒人》（Libation Bearer）中，俄瑞斯忒斯，为了替父报仇，杀死了母亲与情人；在《欧墨尼得斯》（Eumenides）中，弑母的俄瑞斯忒斯豁免无罪。母亲克莱婷与儿子俄瑞斯忒斯并没有独特的人物性格，有限的人物性格特征，也是情节的产物，而情节则是社会规范的一次生动演绎。换言之，人物只是社会规范的执行者，他们的一切行动所反映的不是个人的性格，而是外在的社会制度与伦理道德。

克莱婷，在戏剧中，给观众留下的印象是一位经历着极度悲伤的母亲，她反复重复的三个词就是母亲、孩子与祭献；同时又是一位擅长谋划之人，为了给女儿报仇，她处心积虑，给丈夫编织了一个可怕的陷阱；为了赢得宙斯的支持，不惜把自己许诺给天神。杀死了丈夫之后，克莱婷表现出了极度的欢喜：她把丈夫身体喷射而出的鲜血比作春雨，丈夫的鲜血滋润着生机勃勃的大地（第1388~1392行）。克莱婷，作为一个妻子，给现代观众的印象是恶毒之人；作为一个母亲，由于自己的女儿死于丈夫之手，她无论如何不会原谅阿伽门农，其心情，通过伊菲吉妮娅死前的绝望，可略见一斑。作为一个戏剧人物，克莱婷是真实的，其真实性表现在一个母亲失去女儿的本能反应上：她的行为，相信天下的母亲都会暗自认可。其实，手刃丈夫的行为，也是真实的，不过，其真实性不是体现在悲痛中的过激反应，而是反映了当时社会的行为规范。

在克莱婷的时代，社会上流行着一种有仇必报、父罪子偿的习俗，报仇与索债的方式是，手刃仇家；人们认识到这种做法会引起冤冤相报的恶性循环，但尚没有实行彻底的改革。克莱婷与埃癸斯托斯杀死阿伽门农所遵循的就是时下流行的社会习俗。克莱婷有杀女之仇，埃癸斯托斯有杀父之仇。阿伽门农的父亲阿特柔斯与埃癸斯托斯的父亲堤厄斯忒斯为亲兄弟，因堤厄斯忒斯勾引阿特柔斯的妻子，阿特柔斯杀死了堤厄斯忒斯的孩子（除了埃癸斯托斯），把尸体炖熟，喂给堤厄斯忒斯。与此同时，阿伽门农有三宗罪：杀死亲生女儿、攻打特洛伊的手段残忍、父罪子偿。可以肯定，埃斯库罗斯不可能宣扬暴力，他要表达的是，暴力与仇恨思维，以及以眼还眼的社会习俗，贻害无穷，该是引起全社会的关注并实行改革的时候了。显然，人物性格不是戏剧的焦点，作为情节的推动者，人物只是一个信息的载体，作家的传话筒，社会道德的演绎者。

俄瑞斯忒斯弑母，不需要过多的理由，也不需要在行动中表现出个人的优秀品质，只要有一个理由即可，这个理由就是来自德尔菲神庙的神谕。俄瑞斯忒斯当时不在国内，而是生活在与德尔菲接壤的德西斯，在那里，一直受到国王斯特罗菲斯的庇护。阿伽门农死后，同时有两条信息飞向俄瑞斯忒斯，一条来自母亲，另一条来自德尔菲神庙。来自神庙的神谕是，俄瑞斯忒斯必须杀死母亲，弑母之后，他本人的安危由阿波罗负责；如有不从，则面临身体之残（第1028~1033行）。他唯一的个性就是面对母亲犹豫不决，倒是一直沉默不语的皮拉德斯，仿佛阿波罗附体，提醒俄瑞斯忒斯，神谕不可违背。可见，弑母是一项神圣使命，在文艺复兴之前，面对神谕或者国家使命，个体从来都是无足轻重的，俄瑞斯忒斯自不例外。

其实，俄瑞斯忒斯有两个选择：一是听从母亲的命令，放下屠刀；二是遵照父魂的命令，替他报仇。父母各自有令，俄瑞斯忒斯到底应该执行谁的命令？执行父亲的命令。在潜入王宫之前，俄瑞斯忒斯先去祈求父亲在阴间相助，而不是先到母亲那里弄个水落石出。显然，阿波罗的神谕远比母亲的要求重要，父亲的指令远比母亲的养育之恩重要。在《欧墨尼得斯》中，阿波罗说得很清楚，母亲与俄瑞斯忒斯没有血缘关系：儿子是父亲的种子，母亲只是一个供种子生长的容器而已；关键是，阿波罗本人就不是母亲生养之人。可见，俄瑞斯忒斯执行的是父权的法令，执行父权的法令，个人没有讨价还价的余地，必须牺牲所有的个性，这也就不难理解为何悲剧不会展示个人的性格。

克莱婷弑夫、俄瑞斯忒斯弑母、愤怒女神审判俄瑞斯忒斯，所有的焦点最终都集中到了两派天神的对立之上：愤怒女神要治俄瑞斯忒斯死罪，阿波罗则代表宙斯赦免俄瑞斯忒斯无罪。两派之间，力量的对比不言而喻，其结果也不言而喻：俄瑞斯忒斯无罪，阿波罗获胜。阿波罗的胜利是父权的胜利，愤怒女神的让步是母权的退却。这是大势所趋：在《阿伽门农》，歌队就明确表示对克莱婷治国之不满，而伊莱克特拉支持弟弟的行为也毋庸赘言，就连哺育过自己的胸脯也敌不过代表父权的神谕。既然是父权与母权之争，也就没必要彰显人物个性。毕竟，不是英雄救国。不过，剧作家的用意，则另当别论。

证明情节驱动最具说服力的例子是两个《美狄亚》，一个是古希腊欧里庇德斯的，另一个是古罗马塞内加的。两个复仇剧的情节不变，人物性格却体现出了差异，这就足以说明，人物性格可以发生变化，但变化不会对情节产生任何影响，因为情节的发展有着内在的驱动力，即建立在因果关系与社会规范之上。

两出悲剧，共同的一个复仇情节：美狄亚与伊阿宋结婚之后，来到科林斯。伊阿宋不满足于现状，始终怀揣重返权力顶端的梦想。在科林斯，唯一的方法就是与科林斯公主克柳萨联姻。伊阿宋实现了梦想，同时抛弃了美狄亚和两个孩子。为了杜绝后患，国王下令驱逐美狄亚。美狄亚偶遇雅典国王埃勾斯，答应替他续嗣，作为回报，埃勾斯为美狄亚提供庇护。于是，美狄亚开始了报复计划。她在伊阿宋面前悔过，并祝福他们；作为表达，她指派孩子把涂有剧毒的婚袍送给了新娘，新娘与国王克瑞翁（非底比斯的）一同身亡。伊阿宋准备质问美狄亚何故下此狠手，却又发现自己的两个儿子也惨遭杀害。当着伊阿宋的面，美狄亚乘车升空离去。

欧里庇德斯的美狄亚，与塞内加的美狄亚相比，有所不同。在欧里庇德斯的笔下，透过仆人的视角，观众看到了处境可怜的美狄亚，美狄亚的感叹也加剧了观众对她的同情：女人必须遵守婚约的约束，忍受分娩的痛苦，与此相反，男人则可以为所欲为。与克莱婷不同，她没有同盟，没有人能够帮助她。埃勾斯的庇护也是她自己通过交换的方式赢得而来的。所以，当她的复仇计划逐渐成形的时候，观众不自觉地成为她的共谋，当埃勾斯答应为她提供庇护的时候，观众甚至为她感到高兴。美狄亚的确具体有杀戮的历史，她就曾杀死对自己穷追不舍的兄弟，但在杀子一事上，她只是一时冲动，因为在第1007行之前，并没有如此打算。此外，剧中，美狄亚也并不像一位异域人，她与希腊人在言行举止上并无二致。[①] 可见，对于美狄亚，欧里庇德斯给予了足够的同情。

在塞内加的笔下，美狄亚还是美狄亚，却有所不同。戏剧一开始，塞内加就让美狄亚出场，用了整个一场的时间直接向观众表达心中的愤怒。塞内加要的不是缓冲空间，而是愤怒的效果直冲观众。观众很快就感觉到美狄亚的力量：她坚定、果断，面对丈夫的忘恩负义，直接呼唤复仇女神的到来，让死神降临到新娘与克瑞翁身上，让伊阿宋无家可归，四处流浪，内心备受折磨，让科林斯陷入一片火海之中。后来，塞内加在第四幕第一场，整场描述了美狄亚制毒的过程。观众看到了美狄亚利用自己的魔法，把动物（蛇、龙、蟒蛇、水螅）的毒液混合一起，然后与（艾利克斯、高加索等多地出产的）毒草的汁液混合一起，最后加入她自己恶毒的咒语。美狄亚之毒，无人能敌；其恨之深，也无人能敌。杀掉自己的儿子，美狄亚也是毫不手软。杀死第二个孩子之前，她竟然说，"让我享受吧！"至于孩子的尸体，美狄亚干脆扔给了伊阿宋，然后扬长而去。[②]

两个美狄亚：一个无路可走，不得不复仇；另一个毫不犹豫，直接选择复仇。她们的行为，一代又一代，震撼了无数的观众；然而，她们不是情节的驱动者，而是情节的副产品。

人物成为戏剧的道具是历史的必然。在强大的自然面前，人是渺小的；在

---

① Mary Lefkowitz, James Romm. The Greek Plays [M]. New York: Modern Library, 2016: 452.
② 复仇是人类文化初期的一种行为规范，原因有二：一是离开此世之后，人还有彼世，离开此世是痛苦的，可自己总是拥有另一种存在；二是在艰苦的生存过程中，人类保留了一定程度的冷漠之心，它是保护自己、谋求生存的必要手段。关于复仇及其心理，可进一步阅读：塞涅卡伦理文选 [M]. 包利民，等译. 北京：中国社会科学出版社，2005；徐芹芹. 论"愤怒"的悲剧 [J]. 浙江理工大学学报（社会科学版），2019，42（8）：1-6.

动荡的社会现实面前，人也是渺小的；如何组织起来，共同抵抗未知命运，自然的或者社会的，无疑是群体人类应该思考的重要内容。显然，组织起来就是解决问题的方案，而组织起来的关键就是要有一套行之有效的规范，规范深入人心因而就是社会的一个首要任务，戏剧自动成为这一任务的承担者。文艺复兴之前，戏剧在英国的主要任务就是传播宗教，要利用戏剧传播宗教，人物自然也就是道具。不过，等到莎士比亚在戏剧领域一试身手的时候，人文主义精神深入人心，戏剧人物的作用则开始发生转变，人物的性格直接决定着情节的发展。

下面将从人物信任鬼魂、质疑鬼魂、个体自信的三个角度，分析人物驱动情节发展的艺术手法，展示情节与性格或思想相互印证的关系。情节之所以与人物性格或思想相互印证，是因为没有情节，性格或思想就会成为一句空话，一个没有存在的虚无。

众所周知，鬼魂与天神一样，都是人类想象的创造物；可是，在人类文明的早期阶段，人们对鬼魂与天神的存在毫无怀疑之心；不仅如此，人类往往积极地邀请他们以不同的姿态参与人间的事物，例如祈求鬼神的保佑或者对人间罪恶予以惩罚等等。人类对鬼神的态度体现着自我认识的水平，自我认知的深度又直接决定着人类的行为方式，要么被动地作为，要么积极地行动。文艺复兴时的戏剧，不仅表现出了人的主体地位的提升，而且推动了戏剧情节从逻辑驱动模式逐渐转变为人物驱动模式。

《浮士德博士的悲剧》的情节如下：呈现动机、签订合约、行使权力、履行义务。具体地讲，浮士德博士博览群书，厌倦了书本上的有限知识，想要周游世界，阅尽古往今来。要实现这一宏伟规划，仅靠一己之力显然是不够的，而能够帮助他实现伟大理想的只有卢西弗（撒旦）。于是，他与卢西弗签订合约，以灵魂作抵押，获得周游四海、审视古今未来的神奇力量。梦想实现，合约到期，浮士德只好把灵魂交付卢西弗。戏剧的冲突完全建立在信仰（灵魂）与世俗（肉体）、直觉与理性的对立之上；其中，灵魂、直觉与宗教信仰有关，世俗、理性则与人文主义有关；冲突的产生，无疑是人类欲望的直接结果。

浮士德傲视群雄。他认为，亚里士多德的逻辑学，仅仅是让人能言善辩，再也没有"更大的神奇"了。他掌握了草药医生盖伦的医术，却不能左右生死。查士丁尼的律法，同样不过是雕虫小技。神学嘛，他早就晓得，有罪，作为报应，就是一死；所有之人都是罪人，所有有罪之人，都不免一死；神学为此也不过如是而已。不难看出，浮士德博学，研究了神学，又研究了医学、逻辑学与法学，从这个角度来看，其行为无可挑剔；即便是表现出不满，也不一定就是过错，他可以进行更深入的探索，丰富相关的知识。他没有否定神学，可也没有肯定神学，他的错误在于选择了魔术而不是神学：魔术，从一个角度来讲，就是科学的前身；选择魔术，就是选择科学，而科学与宗教向来是对立的。无论是早期的故事，还是马洛的故事，其背景离16世纪伽利略的悲剧都不是太远，宗教与科学的矛盾，由此可略见一斑。浮士德的人性体现在注重此生，他的主体性表现于主动选择而不是被动接受。

在宗教势力如日中天、科学力量刚刚升起的时代，浮士德做出如此的选择一般面临着巨大的精神压力。然而，他丝毫没有感到选择的压力；相反，他的选择让宗教感到了压力。善良天使一再劝他，放弃幻想，但他执意不肯：因为在邪恶天使的帮助下，他看到了人世间的权力与财富，而不是天堂的幸福与荣光。面对上帝的威力，浮士德则以拥有"星辰一样多的灵魂"和"人类的坚毅"为自豪。可见，浮士德以此世而不是彼世为栖身之所，以世俗的欢乐而不是天国的荣光为人生之追求，以个人的意志而不是上帝的圣谕为支撑。他的选择当然也不是一时的冲动，而是在善良与邪恶天使互陈利弊的情况下，自主做出的，完全体现了个体的意愿；不过，他也并非毫不犹豫，只是在犹豫之中，更倾向于世俗的欢乐。有了自主的选择，才有了与魔鬼的协议，有了协议，就有了后来的行动。

一戏罗马教皇。浮士德借助魔法隐身，大肆戏弄教皇一班人马。他让枢机主教陷入沉睡中，然后假借身份，宣读教廷判决，当众把布鲁诺带走。真相大白，又找不到布鲁诺，教廷陷入一片慌乱之中。教皇进餐之时，更是遭到浮士德的百般戏耍。人的意志与宗教的规范进入了尖锐的冲突中，在冲突中，人的意志战胜了宗教的规范，在胜利的快乐之中，人类离上帝越来越远，人类离上帝越远，人类的独立性也就越强。

二捧德国皇帝。教皇是人类精神的主宰，皇帝则是人类肉身的主管。为了逢迎德国皇帝，浮士德决定向他展示一下自己的超凡法力：借助法力，他让亚历山大大帝出现在了皇帝面前；借助法力，他让班伏里奥头上长角；当班伏里奥报复，砍下浮士德头颅之后，浮士德死而复生，把班伏里奥和他的三个朋友在野外来回拖拉；通过点草成兵，又打败了前来助阵的军队。可见，逢迎德国皇帝而不是敬仰上帝，浮士德已经把世俗的权威架到了神权之上；他施展魔法，拥有了仅有上帝或天使才能拥有的能力，从而向整个世界昭示，人与天神之间进入了平等阶段。有理由说，浮士德不仅主导了自己的人生，同时也主导了《浮士德博士的悲剧》这一出大戏。

哈姆雷特，与浮士德相比，已经大为不同了，不是利用鬼神的威力，而是开始怀疑他们的可靠性。《哈姆雷特》的戏剧情节是：接受任务、确认任务的真实性、执行任务、完成任务。哈姆雷特的任务来自已故国王的鬼魂，要求他替父报仇；与薛西斯和浮士德不同，哈姆雷特不再无条件地相信鬼魂，而是要通过实践亲自检验，检验证实之后，方可采取行动。在执行任务的过程中，他不受情感所左右，权衡利弊，寻找最佳行动机会。就在他完成任务并倒下的时候，仍然能够安排好身后之事。哈姆雷特是一个善于思考的人文主义者，人文主义精神成为戏剧情节向前发展的驱动力。

发出与受领任务。哈姆雷特遇见父亲的鬼魂，父亲的鬼魂向他披露了自己死亡的真相：他并非官方所称，遭到蝰蛇袭击而死，而是他的亲弟弟趁他中午熟睡之际，把毒药灌入耳朵，毒杀而亡。他要求哈姆雷特报仇雪恨，但不要伤及母亲。但从发出与受领任务来看，无法区分情节发展是逻辑驱动，还是人物驱动。

证实鬼魂所言。哈姆雷特反对不加甄别，便全盘接受鬼魂之语。其实，鬼神之语可信是一个悠久的传统，例如，俄瑞斯忒斯无条件相信阿波罗的神谕，关于征战希腊失利的原因，已故国王的鬼魂所做的分析，整个波斯宫廷深信不疑。哈姆雷特并不盲从，彰显了自己的个性，因而与众不同。他从一开始就做好了两手准备：一是证实，二是证伪；两手准备可以一次性完成，即装疯卖傻，暗中调查。在第二幕第二场最后，哈姆雷特说道：

我听人家说，犯罪的人在看戏的时候，因为台上表演的巧妙，有时候会激动天良，当场供认他们的罪恶；因为暗杀的事情无论干得怎样秘密，总会借着神奇的喉舌泄露出来。我要叫这班伶人在我的叔父面前表演一本跟我的父亲惨死的情节相仿的戏剧，我就在一旁窥视他的神色；我要窥视到他的灵魂的深处，要是他稍露惊骇不安之态，我就知道我应该怎么办。

其实，这次暗中试探是《哈姆雷特》的重头戏，共有近两个场次集中展示谋划的过程：第二幕第二场之一半与第三幕第二场。通过观察克劳狄斯与乔特鲁德的反应来判断他们是否是罪犯的做法，表现出了哈姆雷特调查研究、让事实说话的科学审慎态度；一如《欧墨尼得斯》中的陪审团，哈姆雷特注重的是双方当事人的权利；哈姆雷特明白，与克劳狄斯不能对质，则必须与母后言明。哈姆雷特过度自责，不过，也确实在行动中表现出色，诚如其所言，人是一个高贵的生命。

执行任务中，哈姆雷特审时度势与果断坚决。第三幕第四场，哈姆雷特遇到了一次完成任务的机会，他本可以在克劳狄斯祈祷的时候，替父报仇，但他还是及时收手，原因是："一个恶人杀死我的父亲；我，他的独生子，却把这个恶人送上天堂。啊，这简直是以恩报怨了。"哈姆雷特是一个人文主义者，但并不具有彻底的人文主义精神，身上仍然带有一些宗教色彩。依照基督教的说法，一个有罪之人，惨死于祷告之时，其灵魂不仅不会打入地狱，反倒可以升入天堂。显然，仇要报，但不能送仇人上天堂。第三幕第四场，在母后的房间里，哈姆雷特误以为，躲在窗帘后的波洛涅斯就是国王，果断抽出宝剑，一剑毙命。哈姆雷特行动果敢，也因此铸成大错，误杀波洛涅斯的行为，成为后来悲剧的导火索，否则，他与雷欧提斯就不会受国王利用，在决斗中双双身亡。

由此可见，哈姆雷特在整个行动过程中，处处体现出了个人行为的主体性：从验证父亲鬼魂之言，到放过祈祷之中的克劳狄斯，再到误杀波洛涅斯，所有的一切，都是他个人决策与行动的结果。正因为他不是完人，在做出判断的过程中，才出现失误，失误又进一步导致了自己的悲剧。他的失误是理性的失误，而不是命运的无常。哈姆雷特的主体行为直接推动着情节的发展。

《奥赛罗》一剧中，既没有鬼魂，也没有神仙，人成了自己的主宰。奥赛罗，作为题名人物，只是悲剧的主角，但从情节的角度来看，伊阿古却是戏剧的中心人物。不过，没有奥赛罗的轻信，伊阿古也不会频频得逞。换言之，两人之间，伊阿古为主，负责策划；奥赛罗为辅，专事上当吃亏；因此，伊阿古与奥赛罗之间的互动，就成了戏剧的主要情节。《奥赛罗》的悲剧情节如下：确立目标、策划与执行、实现目标。出于妒忌，伊阿古的主要目标就是毁掉奥赛罗与苔丝狄蒙娜的幸福婚姻，为了达到个人的目的，伊阿古无所不用其极，栽赃苔丝狄蒙娜与凯西奥，蛊惑奥赛罗，最终促成了一对恩爱之人反目为仇，并酿造了一场悲剧。伊阿古，由于自己的妒忌与奸诈，玩弄众人于掌股之间。

目标的确立与原因。《奥赛罗》与《哈姆雷特》不同，在第一幕第一场就交代了自己的目标与原因。伊阿古说得明白，"我这样对他赔着小心，既不是为了忠心，也不是为了义务，只是为了自己的利益"。他的利益是什么？从他随后的行为就可以看出来,要破坏奥赛罗与苔丝狄蒙娜的婚姻。此外,还要取代凯西奥。究其原因才发现,伊阿古一肚子的委屈:"城里的三个当道要人……举荐我做他的副将……他都……回绝了。"伊阿古认为,自己立下汗马功劳,为此不会"低首下心,受一个市侩指挥"。

策划与实施。伊阿古使出的第一计,通风报信。第一幕第一场,伊阿古在勃拉班修的屋前,高声叫喊他的女儿出轨了,为此一时间,满城风雨。不过,鉴于奥赛罗的威望与出于对时局的考量,勃拉班修同意了女儿的婚事。

第二计,一箭双雕。第一幕第三场结束部分,伊阿古有两个任务要完成,第一个,也就是最主要的任务,他要搞垮奥赛罗;第二,夺取凯西奥的位子。两个任务可以同时进行,其办法是:给奥赛罗造成凯西奥与苔丝狄蒙娜过分亲热的假象,利用奥赛罗的忌妒心,除掉凯西奥,毁掉奥赛罗的婚姻。可行性:一是,奥赛罗"坦白爽直",而苔丝狄蒙娜又是一种"媚感夫人","容易引起疑心的";二是,奥赛罗"对我很有好感",对他用计"格外方便";三是,伊阿古善于伪装,又足智多谋。

第三计,引诱上钩。伊阿古怂恿凯西奥过度饮酒,罗德利哥在伊阿古的指使下,与凯西奥发生冲突,冲突中,凯西奥误伤罗德利哥;奥赛罗为此解除了凯西奥的职务。

第四计,阵前寒暄。伊阿古设法把奥赛罗从苔丝狄蒙娜身边支开,然后又让自己的老婆到苔丝狄蒙娜那里为凯西奥求情,再让凯西奥亲自向苔丝狄蒙娜求情。由于凯西奥不想与奥赛罗冲突,他请求苔丝狄蒙娜相助后,见奥赛罗回来,立马离开。可是,伊阿古借机说事,让奥赛罗相信,凯西奥与苔丝狄蒙娜暗送款曲。奥赛罗开始信以为真。

第五计,栽赃。伊阿古老婆捡到苔丝狄蒙娜的定情物手帕,伊阿古把它偷偷地丢到凯西奥府上。凯西奥不知此物的来历,占为己有。后来,比恩卡在不知内情的情况下,当着奥赛罗的面出示了手帕。

第六计,瞒天过海。当奥赛罗在场的时候,伊阿古与凯西奥公开谈论比恩卡,却给奥赛罗一个假象,他们在谈论苔丝狄蒙娜。凯西奥的轻浮言行,暗中激怒了奥赛罗。

以上六计,环环相扣。当然,有一计是莎士比亚使出的,这就是披露真相。有了真相,蒙受的不白之冤,可以得到雪洗;然而,有时候,真相大白之日,就是另一悲剧发生之时。奥赛罗得知真相之后,自刎而亡。苔丝狄蒙娜的悲剧是伊阿古设计并实施的，凶手是奥赛罗（伊阿古）；奥赛罗的悲剧是偶然发生的（莎士比亚设计好的）：一个是必然律，另一是可然律。

显然，没有伊阿古就没有奥赛罗的悲剧。奥赛罗的悲剧既是伊阿古的阴谋陷害，也是自己的轻信所致。有理由说，与其他剧中的人物相比，《奥赛罗》剧中的人物不多，但几乎每一个都是伊阿古的提线木偶。人还没有创造奇迹，就已经开始作孽。

双（多）情节出场了。双情节到了伊丽莎白时代，成为戏剧的宠儿。戏剧要发展或革新，一条可行之路似乎是提升剧作的趣味；要提升作品的趣味，就要增加冲突的机会与情节曲折的程度；增加了冲突与曲折，就增加了信息量；要实现信息量的增加，非双情节莫属。不过，双情节在谢里丹手中，就发展成了多情节，多情节戏剧作品，可以想象，令人眼花缭乱。

根据关系与作用来区分，双（多）情节具有以下几个种类：平行式、对照式、对立统一、交互式与三位一体式。

平行式情节是指戏剧中独立发展，但在主要方面具有相同本质的两个或以上的情节。当情节平行发展的时候，两个情节之间必须具有同时存在与展开的必然性与可然性。《李尔王》具有两个情节，两个情节之间存在着平行发展但没有互动的关系。

第一个情节属于李尔王。李尔王剥夺了小女儿的权利，把自己的国土平均分给大女儿与二女儿，让她们打理自己的国家，自己从烦琐的事物当中抽出身来，畅享天伦之乐，安度幸福晚年。孰料，两个女儿不孝，李尔王愤怒之下，流落荒野。小女儿从法国出兵讨伐不孝的姐姐，兵败身死，李尔王伏尸悲痛而亡。

李尔王的情节可以分为三个阶段。第一阶段，理想的破灭（第一、第二幕）。李尔王分配财产的标准是女儿对自己孝敬的程度；当然，由于财产分配在先，孝敬行为在后，孝敬的程度，没有字面合同作保障，也只能以口头表达为依据。也许是看透了两个姐姐的美言与虚伪，了解了父王的飞扬与虚荣，考狄利娅没有半点过多的热忱。在权力的巅峰看到的都是真相，在权力的谷底目睹的也是真相。不过，前者是此世的真相，后者是历史的真相。李尔王没有预见到权力可以产生真理，却把防范的恐怖变成骨感的现实。

第二阶段，从人生的巅峰到人生的低谷（第三、第四幕）。叛徒早晚要露面，忠臣时时在身边；乔装打扮的肯特、侍臣与弄人紧随李尔王四处漂泊。得知父王流落荒野的消息之后，法兰西王后考狄利娅与丈夫（中途因事回国）御驾亲征，讨伐逆贼（第三幕，第三场）。

第三阶段，回天无力（第五幕）。讨逆失败，观战的李尔王与讨贼的考狄利娅双双成为高纳里尔与里根的战俘。爱得蒙秘密授意部下，在狱中处死考狄利娅。得知逆子高纳里尔与里根皆死于非命，李尔王无动于衷；面对孝子考狄利娅的尸体，年迈的李尔王悲痛而亡。

第二个情节属于葛罗斯特公爵。为了争夺财产，爱得蒙设计诬陷爱得伽，说他企图谋害父亲性命，夺取家庭财产，不明真相的葛罗斯特公爵气愤不已。由于爱得蒙的出卖，葛罗斯特公爵遭受酷刑，失去双目，像李尔王一样，流落荒野。最终，爱得伽在决斗中，杀死了爱得蒙。

第一部分，不择手段（第一、第二幕）。庶出的弟弟爱得蒙，感叹命运的不公，决定凭借个人的智慧，打败嫡出的哥哥爱得伽。他制造假信，诬陷爱得伽逆天行事，谋财害父；再诱骗敦厚的哥哥，制造谋害自己的假象。为了不与父亲正面冲突，爱得伽有家不能回，流落野外，栖身于一间茅屋之内。考狄利娅与葛罗斯特秘密联系，准备发兵征讨两位姐姐。事情败露之后，葛罗斯特蒙受酷刑，双目不再，不得不流落野外。

第二部分，落难父子相互扶持（第三、第四幕）。爱得伽在荒郊野外，无意当中与父亲相遇，却以落难汤姆的身份，侍奉父亲左右。在父亲的要求下，爱得伽搀扶着葛罗斯特公爵，一路赶往多佛，与即将抵达那里的考狄利娅汇合。

第三部分，复仇（第五幕）。此时的爱得蒙，早已是高纳里尔与里根的情夫，只等她们内部争斗，坐收渔翁之利。可是，在正直的奥本尼的帮助下，爱得伽在没有公开自己身份的情况下，与爱得蒙阵前决斗，实现了为父亲报仇雪恨的愿望。

两个情节平行，没有正当的理由，不仅会成为独立的故事，而且能破坏戏剧的整体感。理由之一，葛罗斯特公爵，作为国家的重臣，必然与李尔王、高纳里尔、里根、考狄利娅之间，在工作与生活上，产生一定的关系。理由之二，由于葛罗斯特公爵与考狄利娅之间有信件往来，当爱得蒙告密之后，酷刑惩罚葛罗斯特公爵就成了连接两个情节的另一个关键。理由之三，流落荒野，必有相遇之可能（第三幕）。理由之四，李尔王得知考狄利娅出兵讨贼，必定与葛罗斯特公爵一道前往多佛，与考狄利娅汇合。第一、第二、第四个理由是必然性，第三个理由则是可然性。

两个平行情节贯穿戏剧始终，其节奏却略有不同。到第二幕第四场，李尔王的命运就已经完成了转折。相比之下，葛罗斯特公爵的不幸节点，直到第三幕第七场才开始出现。不仅如此，两个情节同时又朝着同一方向发展，即姊妹之间的大决战：决战之后，李尔王完成了人生的悲剧；葛罗斯特则借爱子之手，清理了门户。不能说，葛罗斯特情节是李尔王情节的直接结果，却也有着不能与之割裂的关联，特别是失去双目。总之，双情节既彼此关联，又相对独立。

对照式双情节是指每一个情节的行为方式具有鲜明的独特性，在价值观念上形成一套与众不同的生存哲学，如《无事生非》（*Much Ado about Nothing*, 1600）。

《无事生非》的两条情节，由于婚姻观念的不同，按照各自的轨道发展，形成两个独特、对立的婚姻模式，既反映了社会的主流价值观，又体现了作者的人文主义精神。两个情节的视觉焦点均是女性的，而不是男性的。

希罗的情节：父母之命与媒妁之言。在父权社会，女人仅仅是男人之间的交换商品，而不是私有领域和公共领域的行为主体。父亲里奥那托是梅西那的总督，克劳狄奥是胜利归来的战斗英雄，而希罗则是一个美丽的高档商品。在没有征得希罗同意的情况下，里奥那托用具有社会地位符码的女儿换取了克劳狄奥的军人声誉与家庭安全，而克劳狄奥则利用个人的军功勋章，以交换的方式，获得了具有地位、身份与财富象征的希罗。

订婚。克劳狄奥带着军人的荣耀，从战场回来，很快就爱上了希罗（第一幕，第一场）。彼德罗，愿意成就属下的婚姻大事；不过，他要借假面舞会的机会，才能替克劳狄奥求婚。可是，消息很快就传开，彼德罗而不是克劳狄奥即将向希罗求婚（第二场）。里奥那托与希罗都做好了接受彼德罗求婚的准备。彼德罗与里奥那托见面后，却就希罗与克劳狄奥的婚事达成了一致的意见（第二幕，第一场）。希罗准备与克劳狄奥结婚（第三幕，第四场）。

婚变。婚礼上，有人证实，希罗与波拉契奥私下约会；瞬间，希罗从一个纯洁的天使，堕落成一个荡妇，遭到未婚夫、父亲与众人的诅咒。希罗当场晕倒，传闻身亡。贝特丽丝坚信希罗清白（第四幕，第一场）。真相终于大白（第五幕，第一场）：经过对犯罪嫌疑人的审问发现（第四幕，第二场），约翰出于忌妒，设计陷害希罗（第三幕，第二、第三场）。

婚礼（第五幕，第二场）。

贝特丽丝的情节：不是冤家，不聚头。培尼狄克誓言终身不娶，贝特丽丝坦言终身不嫁。可是，偷听对方对自己颇有好感，两人旋即下定决心结婚。可是，到了婚礼现场，两人仍旧是心是口非。

对抗。贝特丽丝关切地询问培尼狄克的近况，可转眼就说，他是一种疾病。谈话间，培尼狄克表示，终身不娶（第一幕，第一场）；贝特丽丝直言，终身不嫁（第二幕，第一场）。

相吸。培尼狄克无意间得知，贝特丽丝眷恋着自己，随即暗下决心，迎娶贝特丽丝：他落入了彼德罗与克劳狄奥的圈套（第二幕，第二场）。贝特丽丝碰巧听说，培尼狄克钟情于自己，于是要做他的温柔妻子：她落入了希罗与欧苏拉的陷阱（第三幕，第一场）。

结合。婚礼上，两个人再次否认彼此间的爱恋；可是，歌颂贝特丽丝与爱慕培尼狄克的两首十四行诗堵住了他们的嘴（第五幕，第四场）。

希罗的情节，就是传统婚姻观念的一次演绎。决定嫁给谁的，不是个人的情感因素，而是父亲的个人意志；所以，她的丈夫是彼德罗还是克劳狄奥，对她来讲，并无任何差别。婚变的那场戏，与其说是好事多磨，倒不如说是现场道德课。对女人来说，贞操是她的生命之本，失去了贞操，就是与社会为敌，包括自己的父亲。换言之，抽象的观念演变成具体的利害关系，隐形的权威成为在场的制裁。相信经过这场实战教育之后，希罗与观众都会铭记在心。

贝特丽丝，特立独行，命中注定没有父亲，没有父亲，也就没有实际的管束力。她当然爱着培尼狄克：果真恨他，又何必频频相聚；每每尖牙利嘴，互相刺扎，都是爱的表现。不过，既然他决定终身不娶，她当然也就终身不嫁；你培尼狄克会摆架子，我贝特丽丝也有处女的狂傲。可见，克劳狄奥不是贝特丽丝的菜，希罗也不是培尼狄克的草。有了敢于惊世破俗的才子佳人，总不能令其晾晒陈列。高明的人文主义者也现场说教：放下自我，方得新生。

由于克劳狄奥猎取了培尼狄克，希罗捕捉了贝特丽丝，两个爱情的情节也就关联在一起了。

对立统一的情节是指两个建立在不同价值观念之上、形成对立却又走向统一关系的情节，代表作品有《情敌》（*The Rivals*，1775）。

《情敌》共有四个情节。第一个情节：海军少尉贝弗利与贫民姑娘莉迪亚的浪漫故事；第二个情节：上校阿布斯鲁特与富家小姐莉迪亚的爱情故事；第三个情节：福克兰德与茱莉亚的爱情故事；第四个情节：玛拉普罗普夫人与鲁西乌斯的夕阳恋。可以说，一出戏，四个情节，已经是极限了。其中，第一、第二情节是戏剧的核心部分,第三情节次之,第四情节再次。其实,头两个情节都是围绕着同一对恋人展开的:男青年是阿布斯鲁特(假名,海军少尉贝弗利),女青年是莉迪亚(一贫、一富)。不过,两个情节,一实,一虚;虚实之间,从对立走向统一。一对主要情节与一对次要情节之间呈现平行关系。下面主要论证一对主要情节的对立统一关系。

贝弗利与莉迪亚的浪漫情节。从仆人的交流中得知,少主人阿布斯鲁特爱上了富有的莉迪亚。由于莉迪亚不爱财富,只想以贫民之女的身份恋爱,阿布斯鲁特,为了能得到莉迪亚的爱,只好假扮少尉贝弗利(第一幕,第一场)。原来,莉迪亚沉溺于感伤主义潮流之中,想要体验另一种不同生活方式的浪漫(第二场)。玛拉普罗普夫人的府上,面对莉迪亚,贝弗利谎称,自己刚才以阿布斯鲁特的身份与玛拉普罗普夫人交流(第三幕,第三场)。真实身份暴露,贝弗利原来就是阿布斯鲁特,莉迪亚十分失望,没有私奔的可能了(第四幕,第二场)。作为情敌,他与阿克里斯、鲁西乌斯之间的决斗及时得到了阻止(第五幕,第三场)。

阿布斯鲁特与莉迪亚的现实爱情。阿布斯鲁特喜欢莉迪亚,但不愿与之私奔,让莉迪亚失去财产继承权(第二幕,第一场)。父亲要阿布斯鲁特与莉迪亚结婚,上校假装不情愿地答应父亲的要求,为的是报复父亲平日里的专制(第三幕,第一场)。在玛拉普罗普夫人府上,阿布斯鲁特向大人表示,一定协助她阻止莉迪亚与贝弗利两人私奔(第三幕,第三场)。阿布斯鲁特不得不随父亲一起到玛拉普罗普夫人府上,就自己与莉迪亚的婚事提亲;在努力掩盖真相失败后,阿布斯鲁特只好实情相告(第四幕,第二场)。

两个情节,但现实战胜了理想。阿布斯鲁特与富家小姐莉迪亚的情节完全是一次父权婚姻观念的成功演绎:儿女结婚,毫无疑问,是为了执行父母亲的意愿。贝弗利消失以后,莉迪亚的浪漫主义爱情也就当然消亡了。不过,贝弗利与贫民之女莉迪亚的爱情,体现了个体的自主性,尤其是莉迪亚的自主性。过农民的苦日子,莉迪亚当然相信,自己与贝弗利能够通过共同努力改变命运;与少尉私奔,脱离家庭的庇护,莉迪亚想走出闺房、认识男人的世界。方式过激,精神可嘉。两个情节的对立,其实是传统与理想之间的对立,理想暂时屈从于传统,但终究会变成现实。

在两个主要情节之间,阿布斯鲁特的不同身份成为必不可少的纽带;两个主情节与第三个情节之间,莉迪亚与茱莉亚之间的堂(表)亲关系、阿布斯鲁特与福克兰德之间的朋友关系成为必要的桥梁；第三个情节与第四个情节之间，玛拉普罗普夫人与茱莉亚的监护关系成为必然的环节。

交互式双（多）情节是指情节之间由于共同或各自的利益而发生的短暂或长时间的合作或冲突；合作与冲突一般以一方为主导，另一方为合作或反抗对象。《亨利四世》（上、下）（*Henry IV*, Part I and Part II, 1598）具有双情节，两个情节之间在合作与冲突中互动发展。

《亨利四世》的第一个情节属于哈尔，第二个情节属于福斯塔夫。哈尔的目的就是继承王位，平叛维和，福斯塔夫的目的就是以哈尔为靠山，将来获得荣华富贵。哈尔，作为王位继承人，显然属于高雅文化的代表；福斯塔夫，作为一个破落的爵士，无疑代表着世俗文化。作为高雅文化的代表，哈尔与福斯塔夫终日为伍，可以说是体验世俗文化，但福斯塔夫，偷鸡摸狗，毫无道德准则，无论如何也不能说是世俗文化的代表。不过，镇压叛乱不是国王的唯一使命，偷鸡摸狗也不是世俗之人的主要营生。由于两人性格上的相互吸引与排斥，哈尔的人生抱负与福斯塔夫的苟且偷生，必然决定着他们的貌合神离与最终的分道扬镳。

亨利四世的故事是否是第三个情节？是的。亨利四世的情节由两个内容组成：一是亨利四世领导下的平叛行动，二是他关心王位继承人的成长与王位的传承；两个重要行动合二为一，贯穿戏剧（上、下）的始终。三个情节中，哈尔与福斯塔夫的情节是整个戏剧的中心，而亨利四世的情节，相比之下，则起着衬托哈尔情节的作用。为此，哈尔与福斯塔夫成为整个双联戏剧的焦点，深深地吸引着观众，也就不足为奇了。下面集中论述两个中心情节之间的互动关系。

情节的汇合：表象与事实。情节的汇合是指哈尔的故事与福斯塔夫的故事同时展开，而同时展开，不是指分立与同步，而是指合二为一：哈尔与福斯塔夫共同演绎一个故事。表象是指亨利四世对哈尔表现出的忧虑，事实则是哈尔内心的真实抱负。第一幕，第二场，从福斯塔夫的口中得知，哈尔是一个王子，未来王位的继承人；从哈尔的口中得知，福斯塔夫醉生梦死，又从福斯塔夫自己口中得知，他过着偷鸡摸狗的日子。既然与福斯塔夫厮混一起，贵为王子的哈尔，在剧中的外人看来，自然是浑浑噩噩，不思进取。其实，关于哈尔，亨利四世在戏剧开始之初，就给出了总体性评价："当我听见人家对他（潘西）的赞美的时候，我就看见放荡与耻辱在我那小儿哈尔的额头上留下的烙印。"

99

不过，就在第二场，观众很快就看到哈尔的远大理想。"当我抛弃这种放荡的行为……我将推翻人们错误的成见，证明我自身的价值远在平日的言行之上……将要格外耀人眼目，格外容易博取国人的好感。"那么如何解释哈尔所参与的抢劫活动呢？从第二场来看，哈尔从一开始就不愿意参与他们的违法活动，他"姑且干一回荒唐的事"，也是口是心非，远远地看着别人抢劫。当然，作为王子，对犯罪行为不加阻止，也就予人口实了。何况，再把福斯塔夫一伙抢来的赃物洗劫一空，也并不是合法行为。到底是何因勾起哈尔心中隐藏的小恶来呢？"只有偶然难得的事件，才有勾起世人兴味的力量。"原来，哈尔心中始终藏着一颗童心：一种乐于扮演海盗的天真、不羁之情；也怀揣一颗成年人之浪心：那种不触碰法律底线却又十分开怀的恶作剧之瘾。哈尔的准则意识还是十分强烈的，他曾半真半假地警告过福斯塔夫，搞抢劫，"时来运转，两脚腾空，高升绞架"。由此可见，哈尔与福斯塔夫共同演绎一个故事，却在故事中明确无误地埋下了分道扬镳的善根。

第二幕，第一到第三场，哈尔与福斯塔夫一干人马，演绎了第一幕所谋划的抢劫。第四幕，展示了时局，揭示了哈尔即将承担的重任。第五场成为哈尔情节与福斯塔夫情节分立前行的预演。莎士比亚再一次运用了自己擅长的戏中戏，揭示了哈尔与福斯塔夫之间的本质不同。扮演亨利四世，福斯塔夫指责哈尔浪费光阴，批评他"眼睛里有一股狡狯的神气"，但下唇却显露出"那股傻样子"，为此，"怀着满腹的悲哀"。借助国王之口，福斯塔夫给哈尔指明了一条道路，要他学习福斯塔夫，因为他是一个"有德之人"，"非常高贵"。当哈尔扮演国王的时候，他把福斯塔夫批得一无是处："酒囊""怪癖""兽性""恶徒""白须的老撒旦"。同是扮演国王，哈尔远胜于福斯塔夫，不仅威风凛凛，而且言辞逼人。同是对福斯塔夫进行评价，哈尔的更加准确。不过，关于哈尔，福斯塔夫说得不错，敦厚与狡黠并存。不同的气质决定了他们的合作同床异梦。

分工不同，但都是为了共同的事业，可是，福斯塔夫与哈尔渐行渐远。第三幕，第二场，哈尔获得国王的任命，担当戡乱重任。第三场，福斯塔夫获得统领步兵的任命。第四幕，第一场，哈尔从一个游手好闲的混世王子，摇身一变成为一代战神。第二场，福斯塔夫战时征兵，不是以个人的能力为标准，而是千方百计，从中渔利。第五幕，第一场，哈尔下战书，决定与霍茨波单独决一胜负；第四场，哈尔受伤之后，依然不下火线，最终战胜道格拉斯，杀死了霍茨波。与此同时，福斯塔夫不仅不能杀敌，替哈尔分忧，反倒请求哈尔保护自己（第一场），当哈尔同意使用福斯塔夫手枪的时候，他拿出的却是一个酒瓶，酒囊饭袋的形象跃然纸上（第三场）；当哈尔从战场上得胜归来的时候，福斯塔夫也在口头上大吹大擂，虚构出一场鏖战（第四场）。哈尔与福斯塔夫，近在咫尺，相差万里。

《亨利四世》（下）第一幕，第二场，由于福斯塔夫实行抢劫，身负死刑的罪案，大法官决定逮捕福斯塔夫，可鉴于他率军迎敌，且有"战功"，决定予以豁免。第二幕，第一场，因福斯塔夫骗财劫色，大法官再次找到福斯塔夫，要他欠债还钱，并痛改前非。可是，福斯塔夫花言巧语，百般抵赖；遗憾的是，战时命令又到，福斯塔夫再次躲过一劫。第四场，福斯塔夫公然恶语中伤哈尔，污言他"浅薄无聊"，只配伙房听差，与那波因斯半斤八两。隔墙有耳，波因斯怒斥福斯塔夫，福斯塔夫却狡辩说，"我当着恶人的面前诽谤他，为的是不让那些恶人爱上他，这是尽我一个关切的朋友和忠心的臣下的本分"。福斯塔夫巧言诡辩，暴露出了他的本色，哈尔与他几乎不需什么遮羞布了；可是，也就在两人之间相距越来越远的时候，哈尔与福斯塔夫突然合二为一。

第四幕，第五场，对待王冠，哈尔使用的就是福斯塔夫的强词夺理之计。哈尔情愿误以为父王去世，便把王冠取走。父王醒来之后，指责他说，"你是那样贪爱着我的空位……现在我离死不远了，你还要向我证实你的不孝……你把一千柄利刃藏在你的思想中……要来谋刺我的只剩半小时的生命"。哈尔辩解说，"我一面这样责骂它，陛下，一面就把它试戴在我头上，认为它是当着我的面杀死我父亲的仇敌，我作为忠诚的继承者应该要和它算账"。福斯塔夫诋毁了哈尔，却说是以此保护他；哈尔戴上了父亲的王冠，却说是替父亲报杀父之仇：两人的逻辑何其相似，如出一辙。众所周知，哈尔如有孝心，看到父王离世，第一反应不是取走王冠，而是失声痛哭。其实，第二幕，第二场，哈尔闻听父王病重，不知是哭泣好，还是不哭泣好，那只是一种托词，他根本就没有眼泪。当面对父王的严词训斥，无言以对之时，他谎称"因为我的眼泪使我哽咽得说不出话来"。估计观众不会赞同本文的说法，以为这手段用在敌人身上最好。从21世纪的角度来看，此种观点无疑低看了莎士比亚，莎士比亚远比观众认识复杂得多，他没有义务去赞美亨利四世，只是再现了可能发生的一切而已。没承想，哈尔从民间学来的东西，首先用在了父王身上。

第五幕，哈尔果断与福斯塔夫分道扬镳，只是没有恩断义绝。做国王，与福斯塔夫之流接近，有失大统，亨利五世自然心知肚明。对福斯塔夫进行任命，只是对曾经的友谊做出的一种回报。至此，两条互动的情节，由合而始，由分而终，中间经历了一次重要的智慧重合。

三位一体式情节关系是指各个情节具有相对的发展独立性，但在戏剧的总体结构层面上，三个情节又形成新的结构范式。例如，《仲夏夜之梦》(*A Midsummer Night's Dream*, 1600)共有三个情节，三个情节之间的关系，不是平行或对照等上述类型，而是对婚姻过程的整体映照。

《仲夏夜之梦》拥有三个情节。其一，忒修斯公爵与希波吕忒的婚庆大典；其二，仙王奥布朗与仙后提泰妮娅之间发生的争吵；其三，赫米娅与拉山德、海伦娜与狄米特律斯的求婚过程，该过程又进一步包含真实与虚幻的两个部分。三个情节总结概括了人生三个重要阶段的规律：求婚、婚庆与家庭生活。

忒修斯公爵与希波吕忒积极筹备婚礼。再过四天，忒修斯与希波吕忒就要举行盛大的婚礼了。公爵要全雅典城的公民沉浸在一片欢乐之中，而且还要准备一场戏剧演出予以助兴（第一幕，第一场）。庆典演出如期举行（第五幕，第二场）。

仙王奥布朗与仙后提泰妮娅发生争吵。奥布朗与提泰妮娅又是一对冤家，不见面则已，一见面就吵架。奥布朗指责提泰妮娅不忠，私养小白脸，必须把小白脸交给他。提泰妮娅不从（第二幕，第一场）。迫克执行命令，趁仙后熟睡之际，在她的眼睛上施加魔法，让她爱上睁眼后见到的第一个东西（第二幕，第二场）。仙后一睁眼就看到了成为驴子的波顿（第三幕，第一场）。后来，仙后把小白脸让给了仙王，仙王同意解除仙后身上的魔法（第四幕，第一场）。

赫米娅与拉山德、海伦娜与狄米特律斯的爱情，好事多磨。赫米娅爱上拉山德，父亲却命她与狄米特律斯结婚。赫米娅不从，决定与拉山德潜入树林，伺机到姨妈那里结婚。赫米娅把她的计划透露给海伦娜，让她大胆追求狄米特律斯（第一幕，第一场）。树林里，狄米特律斯告诉海伦娜离自己远点。仙王同情海伦娜，决定帮她一把（第二幕，第一场）。迫克误以为拉山德与赫米娅就是狄米特律斯与海伦娜，于是给拉山德施了魔法。海伦娜到处找狄米特律斯，见到拉山德之后，就唤醒他，打听情况。拉山德醒来之后，见到海伦娜，就向她表达爱恋之心（第二幕，第二场）。为了纠正错误，迫克趁狄米特律斯熟睡之际，给他施加魔法。找到狄米特律斯后，海伦娜把他唤醒；见到海伦娜，狄米特律斯立刻向她表达仰慕之情（第三幕，第二场）。后来，迫克趁四人靠近各自恋人熟睡之际，重施魔法（第三幕，第三场）。忒修斯狩猎的号角吹响了，年轻人一觉醒来,看到的是各自的心爱之人(第四幕,第一场)。

不难看出,两对情侣,各自经历了两个不同的恋爱阶段。第一阶段:拉山德与狄米特律斯同追赫米娅,冷落了海伦娜;第二阶段,拉山德与狄米特律斯同追海伦娜,冷落了赫米娅。两个阶段正好互为镜像。其实,第二个阶段只是一个父权主义梦境,在这个具有说教意义的梦境中,拉山德与狄米特律斯认识到,所爱并非应得;赫米娅与海伦娜都认识到,所得并非应爱。有两相情愿的婚姻,如赫米娅与拉山德;也有两相将就的婚姻,如海伦娜与狄米特律斯。他们的未来呢?也许如仙王与仙后,也许如同匠人们捉襟见肘、弄真成假的演出。

可见,三个情节隐含着剧作家对婚姻的一体化理解:恋爱阶段,正如赫米娅与拉山德、海伦娜与狄米特律斯之所经历;走进婚礼殿堂,又如公爵与公爵夫人那样高贵;完婚之后,恰如仙王与仙后,在争吵与和解之中厮磨。用婚庆场面开始与结束,更多的是一种祝福。

双(多)情节的出现,体现了生活的复杂性。单一情节逐渐走向固化,固化的情节经过重新组合,则产生新颖的故事情节。双(多)情节更能准确地反映生活的规律性。当然,双(多)情节状态下,单一情节的信息量必定减少;不过,由于情节之间的不断交切,多情节可以派生出一系列的悬念。情节间的互动,也可产生繁复的结构模态。

线性情节由客观的逻辑驱动转向主观的人物驱动、从单一情节结构转向双(多)情节结构,揭示了戏剧发展的必由之路,体现了戏剧艺术的逐渐成熟。长时间以来,线性情节成为戏剧结构的宠儿,但并不会成为永远的主宰,因为非线性情节很快就登场了。

第二节　非线性

非线性情节是线性情节的另类。历史证明,线性情节是戏剧创作的不二法则,是理性思维的重要标志,是人类智性的有力体现。其实,线性与非线性是一体两面,或者一线两端,一面或一端的存在都离不开另一面或另一端。两者之间的确存在形式上的差异,但无疑都是认识或表达事物的有效方式;仅以一种形式来认识或表达事物,有限的方式必定产生有限的结果;只有无所抛弃,适者皆用,方可创造出无限的精彩。

在行动的范畴内讨论非线性，一个关键要素就是动态性，而非静态性。换言之，情节必须是由一系列的行动构成的；不过，不再沿着直线方向发展，而是不断地调整方向，以更加立体的姿态呈现在观众的面前。非线性情节自有内在的连贯性，而非处于一种自由的散落状态。

概括起来，非线性情节有六种形式：一是倒叙，二是线性与回忆组合，三是线性与幻觉组合，四是线性与意识流组合，五是成分并置，六是同心圆。

戏剧中，严格意义上的倒叙有两种，一是叙事从中间切入，早期事件的披露由近及远，或重要的事件由轻及重，最初、最重要的事件直到结尾处才出现，如《都是我的儿子》(*All My Sons*, 1947)；二是在叙事向前推进的过程中，每一阶段叙说的事情都是前一阶段发生的，如《克拉普的末盘磁带》。

《都是我的儿子》的倒叙手法属于第一种，不过，时间与重要性的倒叙并存。戏剧所揭示的历史真相是：凯勒的工厂为空军生产的一批飞机部件有瑕疵，导致21架飞机机毁人亡。凯勒与合伙人斯蒂夫被捕，儿子拉里得知消息后，驾机撞山自杀。后来，凯勒上诉成功，无罪释放，而斯蒂夫承担全部责任。三年后，事实大白于家人与好友，凯勒自杀身亡。

为了取得更好的戏剧效果，《都是我的儿子》采取了逐步披露真相的艺术手法。第一幕，三年后，八月的一天。凯勒的后院，一片平静、安详。弗兰克指出，纪念拉里的那棵树在大风中折断了；从凯特的言语中得知，11月25日，拉里失踪了；吉姆抱怨说，一个患有抑郁症的客户根本没病，可总是缠着他；妻子苏认为，只要给钱，管他有没有病；克里斯认为，拉里早就死了，可母亲就是不相信，总认为他失踪了；克里斯坚持要与拉里的前女友安妮结婚；安妮说，母亲和父亲不会离婚，出来后，要一起生活；凯勒说到，出狱之后，一切回归正常；原来，与凯勒合伙，斯蒂夫把有瑕疵的部件卖给军方，导致21架飞机失事；乔治从哥伦布打电话，要安妮过去一趟；听到关于斯蒂夫的事情，凯特就感到紧张。

在第一幕中，米勒缓慢地、小心谨慎地、零碎地、一点一滴地透露出关于过去的一些细节。这些细节看似无关，但有了这些信息，观众开始产生一系列的疑问：一个重要的问题就是，为了公司而不是个人的利益，斯蒂夫为何不经过领导的同意，冒天下之大不韪，以次充好，令自己身陷囹圄？凯勒与此案到底有无关联？凯特为何对斯蒂夫一案十分敏感？苏的唯利是图与情节有何关联？克里斯秉持的道德理想是否是对资本主义价值观念的一种讽刺？安妮如何影响戏剧情节的发展？

在第一幕信息的引导下，戏剧的第二幕进入了第一个高潮。凯特担心会重新审理斯蒂夫的案件；外界都认为凯勒有罪；苏抱怨说，克里斯过于理想化，让周边的人感到都有罪；安妮表示绝不会原谅父亲；凯勒许诺，斯蒂夫出狱后，就给他一份工作；乔治从父亲那里得知，发现汽缸盖有裂纹之后，凯勒要求斯蒂夫照常发货，谎称自己感冒，不能参与，但乔治没有证据。凯特无意中出现口误，说丈夫15年来从未感冒过，凯勒赶忙圆场，说那次是一个例外；乔治抓住凯特的口误不放；凯特坚持拉里没死，如果死了，也是凯勒杀死的；克里斯恍然大悟；凯勒坦言，曾寄希望于军方发现瑕疵。

第二幕中，斯蒂夫一案实现了反转，澄清了部分历史事实，也回答了读者关切的部分问题。其实，凯特的担心与外界的传闻只是进一步为戏剧情节的反转做好了铺垫，等到凯特做出这样的推断：如果拉里死亡了，那就是凯勒杀死的，真正的导火索就出现了。拉里死亡的事实、凯特的口误与怨恨、外界的传闻、克里斯与乔治的不断质问终于压垮了凯勒。借凯勒之口说出事实真相，戏剧实现了第一次高潮。此外，凯勒的人生价值观念与苏的价值观念如出一辙，由此可知，它所反映的是一个时代的概貌。同时，与安妮不会原谅父亲的犯罪一样，克里斯与原形毕露的凯勒形成了尖锐的对立：安妮与克里斯是资本主义核心价值观念的维护者，凯勒与苏则纯粹是自私与商品意识的牺牲品。

那么，拉里到底死没死？安妮与克里斯能否结婚？拉里死了，又是怎么死的呢？凯勒如何面对众人与社会的指责？其中，拉里之死是重中之重。

第三幕，随着第二个秘密的披露，戏剧的第二个高潮也就到来了。由于凯特坚持拉里没有死，克里斯与安妮的婚姻也就永不可能。为了移除这个巨大的障碍，安妮不得不向凯特以及克里斯出示重要的物证——拉里留给她的信件。原来，拉里知道父亲的所作所为之后，难以面对世人，决定在即将执行的飞行任务过程中自杀。凯勒现在与全社会为敌，也就在此刻，他明白了拉里的人生观：所有的飞行员，像他一样，都是凯勒的儿子。凯勒的儿子（飞行员）死了，拉里（飞行员）怎么可能活着呢？飞行员都是他凯勒的儿子，这就是那个真正存在的、高于个人利益与家庭幸福的东西。凯勒说过，只要他找到了这个东西，他就会自杀。

从平平安安的晚年，到选择自杀，凯勒的故事应该是正叙。然而，通过揭露隐藏的秘密，凯勒从一个无罪之人，变为有罪之身，这不仅是一次情节上的反转，重要的是，是倒叙手法的一次胜利；斯蒂夫遭到诬陷，身有不幸，但拉里之死更加凸显了道德力量，让道德的真相在最后一刻冉冉升起，再一次彰显倒叙的能量。死亡是悲剧性的，但通过倒叙，死亡与崇高共生并存。

如果《都是我儿子》的倒叙手法有些像《俄狄浦斯》，那《克拉普的末盘磁带》则全是独树一帜了。众所周知，线性叙事就是向前发展，所谓向前发展就是把将来变成现实，让现实沦为历史。相比之下，倒叙就是把历史变成现在，把现在变成未来。《克拉普的末盘磁带》的叙事方式就是在前进中倒退，其中，倒退无疑是主要特色。

可是，《克拉普的末盘磁带》只有一幕，其情节从何而来？由于一幕剧是缩小的戏剧版本，要展示剧中的情节，就必须采取放大的手法。69岁的克拉普无聊至极，仅仅从聆听以往录制的磁带中找到乐趣。他聆听的磁带实际上是39岁生日那天录制的，其内容就是，他听了10到12年前录制的磁带之后，对27到29岁之间的生活方式所做的相关评论。听完39岁的他录制的磁带之后，69岁的克拉普又录制了一盘磁带，对前一盘带再加评述。简言之，戏剧的情节只有两个步骤：第一，聆听以往的录音带，第二，录制评述性的磁带。

不难理解叙事是如何向前发展的。聆听以往的录音带就是从事的第一件事，做完了第一件事情之后，产生了新的动机，有了新的动机，才有了第二个行动，即录制评述性磁带。从这个意义上看，戏剧的情节是向前发展的。那么，如何理解倒退呢？要理解倒退，就要理解前进式线性叙事的本质。前进式线性叙事就是以实现未来的目标为主导，以过去的事件为基础，通过克服困难，完成一个近期目标，从而不断向前推进的过程。倒退叙事的本质是，以回顾往事为主要目标，通过追忆一件往事，达到追忆另一件往事的目的。倒退叙事的逻辑是越退越远。前进式倒退叙事，与此不同，是把刚刚过去的历史事件作为任务，从而进行相关的必要活动，而相关的活动又会成为新的任务。69岁的克拉普所完成的任务就是，对39岁生日那天所录制的磁带内容进行评述；他的前进式行为是以过去为基础的，并以过去的事件为目标，展开行动的，而不是以过去为基础，朝着未来的目标进行活动的。

如何放大这个前进式倒退情节？一是往历史深处看，二是往未来的深处看。往历史的深处看就是把情节向后延展。39岁生日那天的行动，就是对27到29岁之间的生活方式的后退评述，而69岁的克拉普也尝试着对39岁的他进行相同的评述活动。两次回顾性评述活动，因其同质，可以视作一脉相承。向未来的深处看，克拉普在不久的将来，会进行第三次回顾性评述活动，评述的内容很可能就是69岁时所作的评述或者当时发生的事情。这样，69岁，一如39、27或29，成为下一个年龄节点的评述对象。39岁的时候，是10到12年之后；69岁的时候，是30年之后；可以预计，下一个年龄节点大概在79到81岁之间。

何以见得会有下一次回顾性评述？一是符合对称性与人生发展轨迹。39岁到69岁属于中间部分，之前的人生阶段是克拉普的第一次辉煌，而69岁之后的第三个阶段，则是与第一次辉煌相反的一次夕阳返照。二是克拉普的生活习惯为证。39岁的克拉普颇有嗜酒的爱好：八千多个小时中，有一千七百个小时花费在酗酒上面；换言之，40%的活动时间中，有高于20%的时间浪费在饮酒上面。当然，他发誓坚决戒酒；可是，从舞台上看，69岁的克拉普没有半点进步，因为当他三次回到后台的时候，观众听到的都是打开酒瓶的声音以及酒瓶与玻璃杯的轻撞声。69岁的克拉普酷爱香蕉，两个抽屉，一个则是用来存放香蕉的；39岁的他同样酷爱香蕉，而且是连吃三个都不够。再看一下他的行为方式：习惯重复相同的动作。"一动不动，长叹一声，从口袋里拿出钥匙，凑近看了看，选中一把钥匙，起身来到方桌前"，重复了舞台指令前半部分的一系列动作，也在后来的部分再一次重复。可见，重复行为构成克拉普的生活方式。

前进式倒退叙事在两个维度上隐含于戏剧文本之中。第一，后退叙事隐含在克拉普聆听39岁录制的磁带的行为上。播放磁带，磁带从开始匀速向前运动，在运动的过程中，逐渐揭示一个完整的故事情节。然而，克拉普极度不耐心，不时地进行跨越式地向前快进，听取那些自己感兴趣的部分。不过，让磁带快进并没有改变叙事向前推进的本质。重要的是，克拉普进行了磁带回听，回听当然就是后退叙事。有两次回听：第一次，磁带放音结束的时候，克拉普回听了三月一个夜晚的浪漫故事，因为那部分内容，克拉普第一次聆听的时候，快进略过了。可以想象，克拉普感兴趣的不是整个故事，而是故事中的某个已经播放过的部分。第二次回听：克拉普突然停止了磁带的录制工作，拿出先前的那盘带，再一次播放自己感兴趣的部分。相对于磁带的录制工作，磁带重播就是后退式叙事。

第二，隐藏在戏剧背景时间与戏剧主叙事方式之间。整出戏不是发生在眼下，而是未来的某一天。戏剧一开始的舞台指令写得十分清楚："未来的某一天晚上。"可见，既不是现在，也不是过去。那么，未来意味着什么呢？这意味着，对于读者来说，克拉普眼下就坐在他们中间，而此时此刻克拉普正好39

岁。戏剧一开始，时光就跨越了30年，飞行到了某一天晚上；在这天晚上，69岁的克拉普开始了舞台上的一切活动。从读者的角度来看，他们所经历的一切都是正叙；从年老的克拉普的角度来看，他所做的一切则都是对往事的回顾与评述（当然，也有一部分近况的记录），是倒叙。如此看来，克拉普的倒叙仍然是前进式倒叙。

这种前进式倒叙结构，对于年轻人来说，是一次警示；对于老年人来说，则是一次真实的反映。

线性叙事与回忆组合式情节由两部分组成：一是线性叙事部分，二是回忆部分；其中，回忆部分镶嵌在线性叙事之中。线性——回忆组合情节与普通线性情节的相同之处在于，它们都包含过去的事件；不同之处在于，前者以展示的方式向读者传递信息，而后者则借助人物之口，以讲述的方式向读者提供信息。面对讲述的历史信息，读者习以为常，处理信息之时，只需把有关信息按照理解或规定的逻辑关系重新排列；面对展示的历史信息，由于与展示的现时信息鱼贯而出，读者容易陷入理解僵局。与意识流不同的是，线性——回忆组合情节，在展示过去事件的时候，往往采取一事一演的处理手法，永保线性的主体地位。不过，在展示过程中，读者须聚精会神，否则，稍有不慎，就失去了线索。

线性——回忆情节含有倒叙的内容，但不属于倒叙情节。以《都是我的儿子》为例，戏剧的情节实质上有两个，一是正叙，二是倒叙：正叙的情节就是拉里的纪念树折断、克里斯与父亲发生冲突、凯勒自杀，倒叙情节则是拉里之死、凯勒以次充好、拉里因无颜面对死去的兄弟自杀。正叙与倒叙之中，倒叙成为叙事的焦点，吸引着读者的主要注意力；相比之下，正叙反而成了倒叙的一个支架或载体。在线性——回忆组合情节中，只有一个情节，即发生在现在时间里的一系列行动：由于回忆呈现碎片化的状态，难以形成一个较为完整的情节，回忆的主要作用就是提供信息，对已经发生的事件做出合理的解释。《都是我的儿子》中，倒叙的内容以讲述的方式呈现，而线性——回忆情节中，回忆的部分则是以展示的方式呈现。线性——回忆情节与线性情节不同。

线性——回忆情节的代表之作首推《推销员之死》。剧作的情节是：威利已经60多岁了，却仍然工作在路上；由于身体的原因，威利要求换一个岗位，不再推销产品，而是做一些管理性工作。由于交流方式的不妥，威利不仅没有得到管理性工作，反倒丢掉了仅有的推销工作。在儿子不争气、自己又失业的双重压力下，威利选择了自杀。在戏剧的线性情节之外，剧作家一反常规，插写了一些过去的事件，对线性情节的重要行为提供了必要的阐释。为了避免没有提示造成审美困难现象的发生，剧作家对现时事件与过去事件的展示做出了严格的规定：凡是现时事件，人物一律遵守进出空间的行为规范；反之，人物则可以打破有关的规则。

《推销员之死》共有两幕，但根据地点与进出方式的变化（时间），可以进一步细分成若干场次。总体来看，第一幕可以细分成八场，第二幕也可以细分成八场；其中，第一幕共有四场事件回顾；第二幕，两场事件回顾。具体分布如下：

	（场）	地点	时间		（场）	地点	时间
第一幕	一	家中	现在	第二幕	一	家中	现在
	二	家中	现在		二	瓦格纳办公室	现在
	三	家中	过去		三	家中	过去
	四	宾馆	过去		四	查利办公室	现在
	五	家中	过去		五	饭店	现在
	六	家中	现在		六	宾馆	过去
	七	家中	过去		七	饭店	现在
	八	家中	现在		八	家中	现在

下面主要分析六个回忆场次所起的作用。

第一幕、第三场，通过描述少年比夫与哈皮的行为方式与会话内容，揭示了两人成年时期的世界观与行事方式的根源。在第二场，比夫与哈皮给人留下极为不成熟的印象，成年的不成熟其实是父亲一手造成的。威利在培养儿子的时候，强调形象与性格的重要性，贬低才华与成就对人生与社会地位的影响。因此，比夫酷爱体育，而轻视课程学习；进入大学深造，全靠体育奖学金，并以此为荣。哈皮则频频炫耀自己的体型。他们对查利与伯纳德的成功并不以为然。

第四场，聚焦于威利在宾馆的不忠行为，揭示了儿子哈皮对待女人玩世不恭的态度。在第二场，哈皮在比夫面前炫耀，自己可以很容易地搞定女人；不过，他讨厌她们，只喜欢母亲那样的女人；可见，他患有严重的圣母——妓女情结（madonna whore complex）。第四场的情节清楚地向观众展示，威利不是一位值得琳达为之骄傲的男人，他不仅不忠，而且没有足够的能力给他喜欢的女人提供可靠的保障。他的性伙伴一针见血，他只是有些幽默感而已。

第五场，进一步揭示了比夫性格的成因。威利希望，在高中毕业会考（regents exams）的时候，伯纳德能够告诉比夫答案，全然不顾考试的严肃性以及可能产生的法律责任。当伯纳德告诉他，比夫无证驾驶，也有可能放弃数学考试的时候，威利根本不以为然。他告诉琳达，比夫不错，一点都不像伯纳德，缩手缩脚，像一个蠕虫。他的评价充分说明，比夫的性格是他一手塑造的。

第七场，再一次暴露出家族性性格缺陷。威利的兄长本告诉比夫说，与陌生人打交道，莫要实心实意，否则，在充满竞争的人生丛林中，比夫永远不会活着出来。做一个虚伪、奸诈之人，自己的未来如何？本与威利都向比夫灌输说，一定会走向成功。因此，儿子从附近的楼房偷窃装修木料，在好友查利看来，这是堕落的开始，在威利看来，这是优秀性格的正面反应，因为无惧胜于怯懦。查利为此看到的是监狱，威利为此看到的则是成功。以无道为道，必为天理不容。

第二幕、第三场，进一步展示了琳达与威利人生观与价值观的局限性。琳达认为，与其像本一样，出去闯荡世界，倒不如待在纽约，稳稳当当地工作。要取得人生的成功，威利再一次指出，靠的是人际关系，而不是奋斗与能力。他与老瓦格纳的关系很好，很快就会成为瓦格纳的合伙人。至于查利，威利则频频以羞辱的方式贬低他的才华与努力。威利的信条是，只有打压他人，才能抬高自己。不过，他这是在替自己酿造苦酒。

第六场，威利在宾馆寻欢作乐刚刚结束，比夫就敲门进来。儿子要父亲替自己为考试问题到老师那里去说情。可是，比夫意外地发现了父亲的隐私，秘密泄露之后，威利毫不客气地把他的性伙伴撵了出去，由此可见，威利辜负自己人，毫无顾忌。不过，令其惊讶的是比夫因此进行抱怨，而是失声痛哭。比夫的痛苦表明，他的内心发生了崩塌。不难看出，比夫当时没有参加暑期补修班，其主要原因就是威利的背叛行为对他产生了极大的消极影响。

至此，剧情中的重要现象都得到了充分的阐释。总体上，第一幕的正叙与倒叙处于平衡的状态，比例是四比四；第二幕集中展示剧情的发展，其次，深入挖掘现象背后的成因，其比例是六比二。可以说，《推销员之死》在艺术上最大的一个贡献就是，以展示代替讲述，把线性叙事艺术推向了一个新的高度，让非线性手法成为戏剧叙事的有效工具。如此一来，戏剧艺术能够与小说叙事艺术并驾齐驱。

　　线性—幻视情节是指，在以线性叙事为主的情节展开过程中，适时地插入人物在特殊情境下所产生的幻视，并以即时展示的方式呈现给观众的叙事艺术。线性—幻视情节与线性—回忆情节的区别体现在历史与幻觉：回忆是缺场的真实，幻视是在场的虚构。回忆出现的时间与位置，完全取决于剧作家的安排，而且，回忆与现实之间存在着明显的分界；相比之下，幻视的出现，则完全取决于戏剧人物自身所处的环境与状态，而且，对于人物来说，他（她）们一开始并没有意识到，亲眼所见实为幻视。进而言之，回忆带有人工的裂纹，幻视带有自然的裂缝。由于戏剧创作本质上就是想象的艺术，戏剧中的真实与虚构也就失去了必要的区分，虚构即真实，真实即虚构。不过，鉴于逻辑上的差异，为了方便研究，有必要保留回忆与幻视的区分。

　　《琼斯皇》（*The Emperor Jones*，1921）一共八场，除了第一场与第八场之外，其余各场均出现幻视；除了第一个幻视，其余全部发生在夜间、月亮照耀下的森林中。六个幻视场面固然是《琼斯皇》的主要艺术特色，也是情节的主要构成部分，不过，离开了第一场与第八场两个现实主义部分，六个表现主义幻视部分的意义也就成了空中楼阁，难以独立表意。

　　何以成为幻视？幻视主要表现在动作具有失真性；其次，幻视与环境具有冲突性；再次，第一时间内存在的事物，在第二时间内突然消失。失真性：例如，"他（杰夫）正往身前的地上掷两颗骰子，拾起来，在手中摇晃几下，又自动做出僵硬而机械的动作掷下去"（第三场）；"在月光照耀下，那条道闪闪发光，恐怖而不真实，看上去仿佛森林故意暂时闪开，好让这条道通过，并完成它那隐蔽的目的似的"（第四场）。与环境的冲突性：例如，杰夫独自一人在夜间的森林中掷骰子；"起先他们默默无言，静坐不动。接着，他们开始慢慢朝前倾斜，又一齐朝后仰俯，好像在一条海船上松松垮垮地任凭波涛无休止的摇晃"（第六场）。可消失性：例如，"那阵硝烟消失后，杰夫不见了"（第三场）；"待它完成之后，树林便会自行合拢，那条道也就不复存在"（第四场）；"琼斯企图用铁锹打碎那个白人的脑壳时，忽然意识到自己双手空空"（第四场）。

　　当然，也存在着介于现实与幻视之间的场面。例如，第三场，在琼斯进入森林之前，读者就看到了杰夫在月光下的森林中掷骰子的情景。一般情况下，只有剧中的人物，才能体验到幻视现象；为了展示幻视的内容，当幻视出现的时候，剧作家采取特殊的叙事手法，让读者的视角与人物重叠，一睹幻视现象。

杰夫的场面就是一个例外。另一个例外就是第八场的活人献祭。幻视的地点是"大河边上的一棵巨树脚下……背景近处是高起的堤岸"。可见，非洲的环境与西印度群岛的环境没有明显的区别，可以合二为一了。幻视与现实之间的模糊性，为的就是强调场景的双重性与艺术的本质：亦真亦幻，亦幻亦真。

主题上，幻视与现实之间存在着必然的联系，不妨从现实主义的两个场面开始，简单地勾勒出一个现实主义框架来。

第一场。作为背景，有两个人物及其历史值得关注。一是黑人琼斯皇，二是琼斯的搭档，白人斯密泽斯。琼斯依靠夸张、弄虚、暴力、暴敛等方式来维护自己的地位。第一，琼斯不仅是黑人，而且是非混血黑人；第二，他统治着西印度群岛的黑人和土著；第三，非银弹不死：由于一次近距刺杀中幸存，琼斯制造神话，只有银弹才能毙命；第四，腰胯手枪，不仅以武力护身，而且以武力统治；第五，高额赋税，穷奢极欲；第六，执法犯法。斯密泽斯则是"一个伦敦佬、气派的商人"。第一，心术不正；第二，胆小如鼠却又无所不用其极；第三，阳奉阴违，极其蔑视琼斯却又毕恭毕敬；第四，琼斯犯罪行为的共谋者；第五，叙事缺乏准确性，他认为，琼斯20年的刑法是因为杀死了一个白人；第六，间接主张酷刑（黑人谋杀白人，要用汽油烧死）。

第八场。为了逃命，琼斯在森林中跑了一个晚上，孰料林中迷路，又重回原地；在黑人的伏击中，身中银弹而亡。重要信息如下：第一，斯密泽斯怀疑黑人能够抓住琼斯；第二，黑人坚信，琼斯之所以能够返回原地，是因为他们不停地击鼓，诵念咒文；第三，银弹的神力大于铅弹的威力；第四，琼斯死于自己的臣民之手，死于黑人之手。

琼斯的六次幻视就是六个虚构片段；其中，主要是暴力与迷信。

第一次幻视体现了双方敌对关系的历史。琼斯发现了森林中无数的眼睛注视着自己，注视他的眼睛，给他带来的不是同伴的快乐，而是莫名的恐惧，只有用武力才能驱散。驱散注视他的眼睛之后，琼斯反倒认为那是一些野猪。既然是野猪，又何必恐惧，用武力加以驱散？放大一件小事的行为说明，与黑人的对立紧张关系才是他心头的重压。

第二次幻视揭露了他第一次杀人的罪恶行为。在一次赌博的过程中，琼斯用剃刀杀死了杰夫；再次看到杰夫，琼斯先是惊讶，后来就干脆拔出手枪，朝着杰夫的鬼魂开火，并扬言道，"黑鬼，我已经杀死过你一次。难道我还得再杀你一次吗？那可是你自找的"。琼斯的性格与心理跃然纸上。

第三次幻视揭示了琼斯第二次杀人的过程。"狱卒用鞭子严厉地指着琼斯，叫他就位，同其他拿铁锹的人一起干活儿。""突然，那名狱卒发怒而威胁地走近他，扬起鞭子，恶狠狠地抽他的肩膀。""琼斯企图用铁锹打碎那个白人的脑壳时，忽然意识到自己双手空空。"于是，拔出手枪，朝着狱卒的后背开了一枪。

第四次幻视展示了琼斯遭到贩卖的经历。"拍卖商开始哑剧般地叫价。他指着琼斯，招呼种植园主自己来细看。这是个干农活儿的好手……这家伙还有头脑，性情温顺，容易管教。"看到白人像南北战争之前那样，准备拍卖自己，琼斯怒不可遏："你在卖我吗？你在买我吗？我要让你们知道知道，我是个自由的黑人，见你们的鬼去吧！"又是一枪。

第五次幻视生动地再现了黑人在大海之上所遇到的非人痛苦。"他们都是黑人，除了裹着一块腰布之外，全身裸着。""好像在一条海船上松松垮垮地任凭波涛无休止的摇晃，同时，一阵低沉而忧伤的哼声在他们当中腾起。""他好像在某种不可思议的强制下，同其他人一道哼哼起来。在这种合声响起时，他爬起来，坐在地上，像那些人一样前后摇摆。"不难看出，这一切发生在从非洲驶往美洲的海上。

第六次幻视表现了非洲大陆原始的活人献祭仪式。"巫医用魔杖指一下那棵圣树，指一下远方的河流，指一下祭坛，最后凶恶而命令式地指向琼斯。琼斯好像理解这种意思，是他本人必须当作祭品。""巫医腾跃到他的面前，用魔杖触他一下，可怕地示意他朝那个等待的巨兽凑过去。琼斯腹贴地面，一点点向前蠕动，不断地哽咽。"琼斯的命运是成为一头巨鳄的食物。

孤立地看，六次幻视仅仅是琼斯个人恐怖的人生经历；可是，这些包含辛酸与泪水的个人经历，与他万人之上、飞扬跋扈的皇帝人生相联结，自然就发生了化学反应，产生了丰富、深邃的内涵。可见，传统的线性叙事部分不仅仅是一个沉默的框架，而是一个能够言说的有机成分。幻视固然呈现了黑人血泪史的不同阶段，但孤立起来，就不免流于形式，成为一种简单的控诉。与现实主义框架部分结合起来，幻视就产生发人深省的魅力。

幻视也并不是以一种无序的状态呈现给观众的。君民关系、谋杀杰夫、暴力袭警、拍卖黑奴、海上之旅以及活人献祭之内，存在着严格的历史顺序：由近及远的倒叙过程。正常的时间顺序：在非洲，琼斯曾经是献给鳄鱼的祭品；遭到白人强制之后，他与黑人同胞一起被卖到美洲；来到美洲之后，经历多次

113

转手拍卖；在一次强制性劳动中，不堪忍受暴力，以暴制暴；逃跑之后，因赌博纠纷，再次暴力杀人；因暴力杀人，锒铛入狱，面临20年的囚禁。越狱而逃之后，来到了马提尼克岛，称王称霸。倒叙的确是戏剧的宠儿。就这样，倒叙包含于正叙之中，正叙与倒叙相辅相成，构成《琼斯皇》的完美情节结构。

线性与虚构式想象组合情节是指在线性主框架之下，插入发生在人物脑海里的活动所构成的叙事模式。由于发生在人物的脑海里，想象活动不是交流的对象，其他人物不得而知；如有知情，或是因为人物无意间说出内心的想法。在线性与回忆组合情节中，剧作家根据情节需要，以发生在人物意识里的回忆为假象，主动地以场景展示的方式公开披露历史信息。在线性与幻视组合的情节中，幻视是一种视觉行为，而不是内心活动。总之，表面上，历史事件的出现，是剧作家安排的结果；幻视，是人物不自觉中看到的东西；虚构式想象，则是发生在人物内心的活动。

《驶下摩根峰》（*The Ride Down Mount Morgan*，1991）的情节，主要是由线性叙事加虚构式想象两种成分构成的，同时兼顾历史事件。情节的整体走势是，由多元与混杂逐渐过渡到单一与条理。剧作品共有两幕组成，每幕三场。为了便于展示情节的构成方式，先以表格的方式简单梳理一下，然后再做详细的分析。

		节	地点	类型			节	地点	类型
第一幕	第一场	(1)	室内	想象	第二幕	第一场	(1)	室内	现在
		(2)	大厅	想象			(2)	海滨	过去
	第二场	(1)	室内	现在		第二场	(1)	室内	想象
		(2)	室内	过去			(2)	室内	现在
		(3)	室内	过去			(3)	野外	过去
		(4)	户外	过去			(4)	室内	想象
	第三场	(1)	室内	现在			(5)	室内	现在
		(2)	室内	想象			(6)	户外	想象
						第三场	(1)	室内	现在

第一幕，第一场(1)，里曼发生梦呓，梦呓属于无意识状态下的想象。此时，护士正坐在他的身旁，听到他梦呓，情不自禁地笑了起来。醒来之后，里曼问道，"我为何动弹不得？"护士告诉他，"你浑身打满了石膏，你有多处骨

折"。戏剧一开始，剧作家就向读者提供了一个重要的信息：里曼卧床不起。因此，剧中，里曼在病床以外的正常行动，都是历史事件或者意识流。

第一场（2）展示了里曼在西奥与利尔（两位妻子）以及贝茜（与西奥的女儿）面前的种种反应，属于幻想活动，是心理活动的一种形式。三个舞台指令明确表明，里曼即将进行的活动属于想象：其一，"他想象而不是真地注视着她们"；其二，"由于想象，他穿着病号服，从床上下来"；其三，"缓慢地来到了女人们的面前"。此后，里曼所做的评论，都发生在他的意识中，女人们根本听不到。不过，此番想象活动与众不同，既是虚构的，也是真实的。何以见得？第三场开始不久，里曼与汤姆的对话可以作证：

汤姆：她们见面了，里曼。
里曼：停顿；努力控制自己，保持镇定西奥……没晕倒吧？
汤姆：晕倒了，不过，又醒过来了，现在没事了。
里曼：我糊涂了，觉得都是梦中发生的事……
汤姆：常见的，不发生，那才怪呢。

一个重要的事实是，汤姆提到的见面、晕倒与恢复，三个重要的环节，与里曼所幻想或所梦见的几乎一样；其余的，由于不可能在戏剧中重复，可理解为相同。为何？汤姆说得好，人之常情，不用说，也能猜出个八九不离十。因此，亦真亦幻，也没必要区分是真还是幻。

第三场（2）包括两个小节：其一是，面对西奥的质问，里曼在内心发出的呐喊；其二是，里曼幻想着三人一起躺在床上的情景。第一小节。西奥质问里曼，他与里尔是否有了孩子？此时，"里曼从床的内侧出来，双手捂住耳朵；西奥与贝茜仍然对着床说话，好似他还在床上"。不难看出，里曼人在床上，但由于妻子与女儿的烦扰，开始心不在焉了。那又如何理解他与西奥的对话？一是，当西奥质问里曼，却得不到答案的时候，西奥只能按照自己的逻辑，不断地向里曼进行提问；每一次提问，西奥都有所期待，可是，每一次期待都落了空；与此同时，也就在西奥提出问题并有所期待的时候，里曼在内心，对每一个问题做出了回答，只是其回答只有观众才能听得见。

第二小节。"就在里尔准备把手放到里曼身上的时候，里曼举起双手，恳切地叫喊着。"里曼说，"每一个人都给我躺下"。接着，"……里曼一摆手，根本没有碰到她们，西奥与里尔却躺在了床上"。里曼与两位妻子躺在同一张床上的那一节,到底是真还是假?显然是他自己内心的想象。第二小节开始之前,里尔对着里曼说道,"是我,里曼。你听得见吗?"不难看出,里曼不想回应任何人的问话;同时,两位妻子相见不欢,虽然还没有发展到水火不相容的地步,总不至于会在那种场合,同时相伴在一个男人的两侧。实际是什么?其一,里曼在内心表白,自己能够同时爱着两位妻子,同时演示着她们各自的性格特征与优点。其二,里曼在内心回忆自己是如何在里尔与西奥之间周旋。就在内心思绪即将结束的时候,"一道光照在了他的石膏身体上。他走上前去,看了看床上的自己"。不久,"里曼就移动到了石膏身体的上方"。可见,出窍的灵魂,表演了两个小节的情景之后,又回到了躯体之内,这无疑是心理活动的典型范式。

第二幕,第二场(1)展示了两位妻子,在里曼的睡梦中,如何谦让并和睦相处。开场的时候,"里曼熟睡之中,开始发出鼾声,不一会儿,就嘟嘟囔囔说起梦话来了"。护士离开里曼之后,马上就出现了西奥与里尔,场上,她们就像两位"石刻的女神""一动不动"。"过了好长时间,她们才开始活动。"两位女人互敬互爱之后,"里曼在梦中大笑",就在此刻,她们"举起手中的匕首,不停地刺向他的身体。他扭动着身体,大声叫喊;护士冲了进来;两个女人消失了"。在护士的呼唤下,"他停止挣扎,睁开了眼睛"。

第二场(4)再现的是里曼在睡梦中所作的另一段回忆:里曼告诉里尔,他要向西奥摊牌,提出离婚。开始之初,"护士就在不远处,一动不动"。睡梦快要结束的时候,里尔与护士"就站在床边,听着他大呼小叫"。听到里尔的呼唤声之后,里曼从梦中醒来。

第二场(6)揭示的是里曼与里尔在自家附近的宾馆下榻,又与西奥相聚的过程。表面上,这是里曼的一次内心回忆,实质上也是里尔的一次讲述。先看舞台指令:"舞台后方渐渐出现了一个窗户,隐约可见西奥读书的身影。他从床上下来的时候,转身注视着那个窗户……里尔不停地诉说着。"由此可见,里曼开始神游,而里尔则自顾唠叨。内心回忆与外在的叙说同时进行。中间部分,又出现了舞台指令,"她转身走向石膏体,灯光聚焦其上。他仍旧站在窗户下,注视着她远去的身影"。床边的里尔属于现在时,远去的里尔属于过去时。第二幕,第三场一开始出现的舞台指令是,"灯光聚焦于医院房间里的里尔;里曼正回到他的床上"。显然,里尔一直在医院里,喋喋不休,而里曼则刚刚从内心回忆中回过神来。里尔所说的,与里曼所追忆的,都是一回事。可见,第一个虚构式想象与最后一个虚构式想象的形式完全相同。

<<< 第三章 情节：行动

当然有必要证明,《驶下摩根峰》中的历史事件不是虚构式想象。在第一幕,第二场（2）展示的一个重要历史事实是,里曼把离婚证书扔掉了,有了这一历史事实,"我傻透了"（里尔之语）也就不难理解了。第二场（3）再现的是里曼与汤姆就重婚问题进行的讨论,里曼关于重婚的见解,进一步揭示了里曼的人生观,也让里尔和读者彻底明白了里曼的生存哲学。第二场（4）回忆了里曼劝阻里尔不要堕胎的经过以及他为自己与里尔的未来所做的安排,让汤姆与读者明白了里曼的为人之道。有了上述三个历史事实,里尔的主张就更加有力；否则,就很难说服汤姆支持自己。归结起来,（2）（4）与（3）所展示的分别是里尔和汤姆向对方所作的陈述,这些陈述不属于私密的内容,而是可分享的事实。相比之下,虚构式想象,逻辑上较为私密与独立,与文境相悖,而且具有明显的提示。第二幕,第一场（2）与第二场（3）同理。

其实,线性叙事与虚构式想象组合是以线性叙事与回忆组合为基础的,由于虚构式想象的参与,线性叙事与回忆组合情节更加扑朔迷离；观赏难度提升了,不过,艺术性也更加精妙了。

并置型情节指的是,戏剧中的重要事件,不是按照时间顺序或者因果逻辑顺序排列,而是按照剧作家的意志或者人物意识的流动性,以平行、并列的姿态进行排列的产物。剧作家的意志是一种艺术创造力,具有武断性；人物意识的流动性则是一种思维方式,具有随机性；平行与并列反映的是事件之间的一种关系,具有流动性与平等性。意志型情节如《三个高大的女人》（*Three Tall Women*, 1995）,意识型情节如《堕落之后》（*After the Fall*, 1964）。①

一般情况下,戏剧情节围绕着一个人物的成长逐步展开,在成长的过程中,少不知老,老不见少。可是,《三个高大的女人》一反常态,老、中、少三个人生阶段的自我不仅可以穿越时空,彼此见面,而且可以互相交流、彼此沟通。这一切之所以成为可能,是因为剧作家的个人意志使然,剧作家的个人意志为戏剧艺术带来了一股新鲜的空气。

在第一幕中,观众看到的是三个不同年龄阶段的女人,一个是92岁高龄的A,家境富足,养尊处优；另一个是52岁的B,人到中年,照顾年迈的A；最后一个是26岁的C,受律师事务所委派,前来打理A的法律事务。从A那绵延不断、忽左忽右的独白当中,读者逐渐得知,她有过一个幸福的童年,却经历了一段不幸的婚姻,婚姻不幸表现在,丈夫不仅拈花惹草,而且早早过世；令她

---

① 《亨利四世》（上）与（下）、《等待戈多》第一幕与第二幕之间,都存在着结构上的平行性。

更加痛苦的是，儿子不孝，是一个同性恋者，与自己越来越疏远。由于婚姻与家庭不幸，她赢得了读者的同情；可是，由于种族主义倾向与反犹太人情结，又遭到了读者的指责。年龄可以改变一切，却改变不了她的自恋与自卑。

为人保姆，替人分忧。B一边无奈地听着A的唠叨，一边不停地打趣她。不过，这并不能掩饰她内心的不满。其实，隔一段时间就要扶她起来、上厕所、扶她上床躺下，重复单调的劳动令人不胜其烦；可是，再烦，只要是工作就要忍受。在日常的交流当中，C一般情况下没有说话的机会，有机会说话，则因A表达缺乏逻辑性，开始与其争论不休。与A争论，C只能增加B的劳动强度，当然遭到B的反对。不难看出，这是一幕再普通不过的线性戏剧情节。

然而，停留于此，作品也就流于平淡了。奇笔突起。有道是，一个青年人，见识了足够的中年人，便知自己的中年辛苦；识遍了众多的老年人，方知自己的年迈百态。《三个高大的女人》就是要让广大的年轻妇女认识自己的未来。所以，第二幕中，B、C与A穿着相同，摇身成为A的青年自我与中年自我。通过交流，C明白了自己未来的婚姻：根本没有白马王子；为了反抗丈夫的不忠，自己寻找外遇，却与儿子不期而遇；儿子负气出走，20年不归。其实，B也是C的一种未来，而且，A也是B与C的老年状态，否则，《三个高大的女人》的表意也就过于简单。那么，C的未来呢？迎接死亡，死亡是最幸福的时刻。可以说，第一幕是一个人的潜在未来，尚未实现，彼此独立（设定为C的视角）；第二幕则是一个人的已然全部，隔空聚首，指点历史（设定为A的视角）。无论是彼此独立，还是隔空聚首，情节的三个组成都是并置状态。

还有一种常见的情况，戏剧的情节围绕着一个任务逐步向前推进，每一步都是前一步的结果，后一步的起因，前因后果之间的逻辑绝对不可逆。《堕落之后》同样反其道而行，打破事件内在的逻辑关联，放心纵欲，杂乱呈现。在没有时间顺序或者逻辑顺序的情况下，所有的组成部分平等、并列。

根据作者的设计，《堕落之后》就是一出意识流戏剧作品。在戏剧指令中，作者写道，"行动发生在昆丁的脑海里、思想中以及记忆里"。所以，戏剧中，"人物就像发生在脑海里一样，出现之后，接着就消失"。这种表演方式给受众留下的印象是，"大脑在审视其表面现象，探索其深层秘密的时候，不断发生涌动、飞掠和瞬变的现象"。为了更好地展示大脑里所发生的这一切，"舞台设计为三层，前低，后高，从舞台的一端呈弧形延伸到另一端"。表演过程中，"当人物坐下来的时候，就座的地方可以是接合处、突出部分或裂缝处的任何部位。

场面开始之后,可以延展到舞台的任何区域"。为了给受众一个真实、可靠的印象,舞台上发生的一切是人脑意识流动的外化,"昆丁要在舞台的前方,向一位坐在舞台以外、隐身的听众叙事"。换言之,昆丁独自在舞台上,向一位不知姓名的受众叙说一段隐藏在心中的往事,随想随说,所说即有所现。

戏剧一开始,作者给予了适当的诱导,估计受众适应了戏剧叙事模式之后,就适时地停止了帮助。

菲丽丝,进来之后:还记得我吧?两年前,在你的办公室,你让我丈夫在离婚协议上签了字。
昆丁,朝着听众:我不知道为何提起她来。上一个月,在街上碰见她……
菲丽丝:我总想跟你说,你改变了我的人生!
昆丁,朝着听众:这姑娘,不知怎么,让我不安。

舞台指令"朝着听众",就是要向受众说明,昆丁正在向他人进行叙事,叙事的内容正是舞台上的表演活动。由于昆丁既是叙事者,又是剧中人物,而受众也已经熟悉了戏剧的叙事模式,所以,当他以人物的身份频频地出现在舞台上的时候,昆丁直接向受众叙事的身影也就不见了。由于受众从一开始就对戏剧展示的方式有所了解,所以,当一个场景结束,另一个场景切入的时候,场景之间的不相关性与灯光的晦明,就成了重要的提示。

自由联想成为场景衔接的关键方式。在一个场景中,往往有一个主题词或一个重要的观点,或者一个不起眼却有趣味的点(细节),以其类比性、对立性或相关性而非逻辑性,成了叙事者昆丁从一个事件过渡到另一个事件的桥梁。例如,第一幕开始不久,出现了这样一个场景:

昆丁:宝贝,你总是想爱谁就爱谁,这是为啥?
路易丝向他走来,玛姬身着金色服装,出现在一群男人中。昆丁转向听众。
我说这番傻话干啥!
玛姬,在一群男人中,笑了起来,仿佛见到他十分开心:昆丁!她消失了。
昆丁:这些臭娘们可是把我害苦了!我难道不长见识吗?
霍尔佳,当玛姬和那群男人隐没在黑暗中,出现在摆放着鲜花的塔楼下:想不想看萨尔兹伯格?今晚上演《魔笛》。
昆丁,针对霍尔佳:真不知给那位姑娘带点什么好。
霍尔佳退场,路易丝向他走来,他望了她一眼。

119

我一点都不会责怪人。

接着，菲丽丝与昆丁之间的对话又开始了。可见，路易丝的出现以及玛姬、霍尔佳与昆丁的对话，虽说简短，却都是相对独立的事件，而这些事件之所以能够出现在昆丁与菲丽丝的对话之间，是因为昆丁自由联想的结果。菲丽丝，在昆丁看来，水性杨花；一想到女人与水性杨花的性格，昆丁自然就联想到路易丝、玛姬与霍尔佳。对于路易丝，昆丁的无语，实质上是冷淡的表现；再从两段不同的简短对话来看，玛姬与菲丽丝十分接近，而霍尔佳与菲丽丝则明显不同。自由联想的机制，即类比、对立、相关，把出现在脑海中碎片化的历史片段，以平等、并行的方式，组合在一起。

自由联想，并不意味着漫无边际，否则，一出戏如何载得了如此多的内容。简言之，《堕落之后》主要围绕着一生中出现在自己生活里的几个女人，以及是否为进入共产主义分子黑名单的客户做代理律师两条主线展开叙事的。自由联想，实质上是有限浮想联翩。

不可否认，由于昆丁自由联想，整出戏剧在结构上给受众一种零散、无序的印象。不过，自由联想的本质是，意识调动了记忆存储的历史事件，只是在调动的过程中，打破了理性思维的模式。由此可见，自由联想的一个重要前提是，已经拥有储存的历史事件，而历史事件的储存，必定带有时间与空间等标志性符码，标志性符码的出现，必然为受众理解剧情提供必要的提示。所谓的杂乱、无序，只是戏剧叙事的表面现象而已。

有学者已经就此做出了重要的贡献。有关昆丁的大事时间整理如下：

1. 当前时间是 1963 年；
2. 昆丁生于 1920 年，时下 43 岁；
3. 昆丁于路易丝 1946 年结婚，1956 年离婚；
4. 路易丝生于 1924 年；
5. 昆丁与玛姬 1956 年结婚，1961 年离婚；
6. 玛姬生于 1926 年，1962 年去世，时年 36 岁；
7. 1962 年，昆丁辞职；
8. 1963 年 6 月，昆丁与霍尔佳相识；
9. 霍尔佳生于 1926 年，时下 37 岁；

10. 昆丁于1961年与菲丽丝第一次见面。①

　　同心圆情节结构指的是，戏剧作品中出现了两条叙事线，一条叙事线镶嵌于另一条叙事线之中（戏中戏）；其中，内嵌叙事线的主题思想，反映了外在框架性叙事线的主旨内容；由于两条叙事线围绕着一个共同的主题展开叙事，因而形成了两个同心圆的情节结构。《哈姆雷特》也是戏中戏，不过，两条叙事线仅有部分重合，不能称作真正的同心圆结构；《堕落之后》与《玻璃动物园》（*The Glass Menagerie*, 1945）的叙事方式，明显体现了同心圆关系，但狭义地讲，属于叙事视角而不是情节结构的层面。② 真正具有同心圆情节结构的戏剧作品当属《动物园的故事》。

　　《动物园的故事》中，第一个（外）叙事层是隐含叙事者的叙事，讲的是杰里与皮特之间发生的故事；第二个（内）叙事层面是杰里的叙事，讲述的是他自己与一只狗之间发生的故事。两个叙事层都是发生在动物园里的故事：在外叙事层中，动物园里只有两个角色，即杰里与皮特，其中，杰里是动物的化身；在内叙事层中，动物园里只有三个角色，两主一次，即杰里、狗和女房东。动物园也是一个象征，或者是人与动物的家园，或者是人与人之间的场所。

　　分析剧作品中的同心圆结构，就要从内叙事层中的动物园开始。内叙事层的动物园在哪里？戏剧一开始，杰里就冲着皮特嚷道，"我去过动物园"。那么，动物园里，让杰里感兴趣的东西是什么？就在杰里开始与皮特争抢座位前不远处，杰里说道，"我来告诉你动物园里发生了什么事"。

　　我去动物园，看看人与动物、动物与动物之间、动物与人之间如何相处。每个人与其他人之间，大多动物之间，人与动物之间，都是隔着一道铁栏杆：该是不公平的考验。可是，既然是动物园，就应该如此。

　　众所周知，内叙事层有一个显著的标题："好像是在阅读新闻栏中的一则广告——《杰里与狗的故事》。"人与动物之间的关系，根据前文的描述，显然是动物园里的故事，而《杰里与狗的故事》就发生在杰里租住的楼房的过道里，因此，那幢楼房就是内叙事里的动物园。

---

① Jere Pfister. Guide to *After the Fall* [EB/OL]. https://arthurmillersociety.net/guide-after-the-fall/：2005.
② 广义地讲，叙事视角属于情节结构的一个重要方面。

动物园里的人与动物处在孤独与压抑之中。那条看门狗是孤独的，他没有伙伴在侧；他只是人类的一个工具，人类因此没有必要考虑他的生理需求。"可怜的家伙，我觉得他不是一条老狗……当然受过虐待……几乎总是处于一种性亢奋的状态。"杰里同样孤独，孑然一身，与邻居不相往来。从他的描述中，读者了解到邻居的一些情况，可就是没有与邻居互动的信息；其实，他提供的关于邻居的信息，也是近距离隔着一道心墙观察到的。唯一一次近距离的接触，发生在他与那位女房东之间：女房东的身体主动地与他的身体接触，杰里整个过程中反映出的是冷淡，是拒绝交流的信号。得不到交流与拒绝交流，其结果皆一样，都是孤独与压抑。

狗与杰里之间的故事是相爱、相杀、理解的故事。根据杰里的描述，那只狗对他颇有敌意，总是龇牙咧嘴。按照后来的认识，那是一种交流的邀约，却遭到杰里的误解。常见的交流方式是，友善地接触对方；还有一种特殊的方式，就是以质问开始的交流：你是谁？到哪里去？干什么？这种交流，就杰里看来，就是狗龇牙咧嘴的敌意。杰里误以为，满足了狗的食欲就是爱，就是有效的交流；可对狗来说，第一次喂食远远满足不了交流的欲望。当投毒行为发生之后，双方把各自交流方式的意义表述得十分清楚：从杰里的角度来看，相安无事就是爱，就是有效的交流；从狗的角度来看，杰里是一个凶残之人，不再予以理会。具有讽刺意味的是，也就在彼此相安无事的时候，杰里明白，狗的龇牙咧嘴是一种特殊的交流邀约，而不是一种敌意的表现；狗也明白，杰里的第二次喂食，原来是暗算，而不是爱。人与狗之间似乎没有理解的可能。

还是应该回到杰里的视角。就在开始讲述《杰里与狗的故事》时，杰里说得好，"要找到正确的捷径，就必须走上长长的一段弯路"（it's necessary to go a long distance out of the way in order to come back a short distance correctly）。是的，都是为了爱，为了交流；可是，相杀之后，才懂得如何相爱，如何交流。

外叙事的动物园在哪里？就在眼前，中央公园。可以肯定地说，对于读者来说，《杰里与狗的故事》就是发生在动物园里的故事；但对于皮特来说，《杰里与狗的故事》就是故事本身。重要的是，直到《动物园的故事》结束之后，杰里也没有告诉皮特动物园（泛指的）里到底发生了什么事。不过，就在《杰里与狗的故事》之后不久，杰里"神秘地"说，"皮特，你想不想知道动物园里发生的故事？"皮特答道，"是的，是的，一定听听；告诉我，动物园里发生了什么事。天哪，我不知道自己会摊上什么事"。根据上下文，"天哪，我不知道自己会摊上什么事"显然缺乏逻辑,但是意味深长:皮特等于在说,"动物园里,我会摊上什么事?"他身在中央公园,却说是动物园,可见,中央公园就是动物园。当然,此语模糊,正是靠模糊,才得以实现隐喻的转换。

可见,外叙事同样是一个发生在动物园里的故事。杰里讲完故事之后,就坐在皮特的长椅子上。可是,杰里要求皮特向外移动一下,给自己腾出更多的空间。皮特让一寸,杰里就进一寸;杰里得寸进尺,结果,惹恼了皮特。就在此关键时刻,杰里问皮特是否想听动物园里的故事;显然,马上要发生的事情就是动物园里的故事。由于杰里想独自占有这张长椅子,两人发生争执。杰里扔过一把弹簧刀,让皮特捍卫自己的尊严。杰里之死,是自己扑向弹簧刀的结果;皮特手持道具,是不得已的自卫行为。令人惊讶的是,杰里没有诅咒皮特,反倒表示感谢:"谢谢你,皮特。我是真心的;非常感谢。"为何感谢皮特?这是杰里与皮特,经过长时间的互动努力之后,第一次发生的真实性的接触;有接触才有交流,有交流才有可能产生爱。不过,交流的代价之大,竟然需要以生命为砝码。

正好验证了杰里所说的那句话:"有时候,人需要走很远的弯路,才能找到回来的捷径"(sometimes a person has to go a very long distance out of the way to come back a short distance correctly)。一个意思,两个相近的表述。从一开始,杰里就想与皮特进行交流,可是,皮特一直表现出冷淡的态度。《杰里与狗的故事》是两个人实现交流的第一次尝试,交流基本失败了,因为皮特不感兴趣,而且扬言说要回家。杰里只能通过挤占座位的方式,与皮特发生接触,可是,第二次交流还是失败了。第三次,流血的方式,成功了。这就是杰里要向皮特讲述的发生在动物园里的故事;皮特也终于知道了自己在动物园里会遇到什么事情。早知如此,何必当初。

两个动物园里的故事,一个相同的主题。在杰里与狗的故事里,描述的是人与动物之间的关系;在杰里与皮特的故事里,描述的也是人与动物的关系;不同的是,动物的化身是杰里。正如狗想与杰里进行交流一样,杰里何尝不想与皮特沟通。然而,出于误解,杰里要毒杀狗;出于误会,皮特则在自卫中杀死了杰里。最终,杰里明白了狗表现爱的独特方式,皮特也懂得了杰里示爱的古怪手段。狗与杰里都是为了寻求交流与爱,经过相杀之后,有关当事人都明白了爱存在的特殊方式。绕了一个巨大的弯路之后,才到达了人生的理想之地。

视觉上,非线性情节结构,较之线性情节结构,以其多变与繁复,略胜一筹；艺术上，则难分伯仲；高下之别，完全取决于艺术家的旨趣。非线性情节结构的胜出，是人性的胜利：当理性成为一切主宰的时候，人就沦为僵化教条的牺牲品；当人的非理性情感诉求进入意识中心的时候，戏剧情节结构就开始发生变化，有了变化，也就有了多样性，多样性是人性的基质。

  戏剧的确是会话的艺术，不过，会话只是表象，表象之后则是一系列的行动。所以，研究戏剧的情节，实际上就是在研究行动之间的逻辑关系，研究行动之间的逻辑关系，就要落脚于逻辑关系所呈现的视觉意象。视觉意象可以分为两类：一是直线式，二是曲线式；其实，直线也是一波三折的，曲线也是在迂回之中不断推进的。可见，直线有直线之美，曲线有曲线之趣。

  既然一系列的行动竟要以会话的方式加以呈现，纯粹意义上的会话会不会成为戏剧情节的主要构成，而不仅仅是表象呢？会的，有第四章为证。

第四章 情节：会话

一切皆处于流变之中，只有变化才是不变的道理。变与不变永远是人类审美追求的两个焦点。为何求变？变化代表着发展与进步，变化能够催生多样与繁荣；发展与进步、多样与繁荣，不仅能够满足人类日益增长的审美追求，而且能够促进人性的持续升华。何事不变？叙事性、高度代表性与可理解性不能变。为何不变？叙事性变了，戏剧本质就变了；没有了高度的代表性，戏剧故事就会面目全非；不可理解，变化也就失去了意义。简而言之，戏剧中不变的是故事，可变的是情节的要素与结构形态。

能够引起情节变化的当然有会话。会话是戏剧的主要表现形式，离开了会话，戏剧也就不存在了。其实，作为信息交流过程的会话有两种：一是以提供描述性或总结性信息为基础的会话，二是以交换主观认识为对象的信息交流。两种会话的产生完全取决于故事、舞台与观众三要素的自身特点。故事有两个重要的元素，即行动与时间：行动可以构成宏大的场面，时间可以持续多日、数月乃至数年。舞台的主要特点是空间的有限性与固定性：有限的空间容纳不了宏大的场面，固定的地点难以应对事件场景的不断转换。观众的主要特点是观赏时间有限：戏剧可以持续很长时间，但观众只能利用闲暇时间欣赏戏剧表演。

故事、舞台与观众的特点决定了第一种会话成为传统戏剧的主要表演形式。戏剧中的人物用不着长途跋涉，只要运筹帷幄，就可以决定千里之外的一场巨大动荡；场面再宏大，再精彩，也不能搬上舞台，只能一言以蔽之，要么陈述过程，要么告知或展示结果。因此，行动过程背景化成为戏剧表演牢不可破的规范，戏剧表演几乎是谋划与结局的浓缩；几乎是信息交流而不是过程的再现。总之，信息是一元的，是权威性的。如此一来，观众必须与演员之间订立一份观赏与演出合同,确保演员能够真实表达,观众能够坦然接受与理解。

　　双方从未就合同表述卷入任何纠纷。可是,有一种因素,不仅能够直接决定情节的发展方向,而且引人深思、改变观众的行为方式,这种因素就是行动背后抽象的动机或思想观念。可是,限于戏剧传统,这些抽象的动机与理念,没有能够得到详细与令人信服的展示,观众难以了解其中的道德理性,只能被动地接受或模仿剧中的行为模式;在跨越时空的情况下,戏剧作品往往更加费解;观众偶有质疑的冲动,也因倾向性引导的缺场,陷入莫衷一是的尴尬境地。例如,在《俄瑞斯忒斯》三联戏剧中,妻子杀死丈夫、儿子杀死母亲,这些血腥的行为背后,到底体现了怎样的动机与理念,剧作家没有做出令人信服的表述;《李尔王》中,面对儿女的不孝,李尔没有多少据理力争的行为,就识趣地流落荒郊野外,以痛苦为砝码,博得观众无限的同情。固然,情节能够陶冶情操,情节能够改变观念;可是,能够详细揭示动机的成因不更好吗?其实,观念的问题,只有通过抽象的辩论,才能更加明晰,直指人心。当然,辩论的重要前提是,观众受教育的水平普遍得到了提升,有了坚实的教育基础,通过抽象的辩论,才能及时有效地传播社会伦理与价值观念。

　　观念的讨论进入戏剧经历了两个阶段:第一,启蒙与工业化时代。启蒙运动兴起之时,主张理性,提倡教育,以提高人的素质为终极目的,再一次扫荡了宗教迷信思想,无形中为新戏剧的出现,奠定了坚实的文化基础。由于教育的兴起,越来越多的知识成为常识;由于科学的繁荣,越来越多的神秘褪去了怪异的外衣,成为可以合理解释的自然现象。在科学的引领、知识的支撑下,人类逐渐成为名副其实、高贵的生物。在人走向神坛的同时,众神则从神坛之上跌落下来,世俗取代了宗教。与此同时,工业化程度进一步提高,实际的贫穷取代了幻想的富足,具体的物质取代了空泛的精神。在这样的社会背景下,观念而不是行动,越来越成为生活的中心问题,思考什么,如何思考,从生活中走上了舞台;抽象思考,取代了具体事件,成为戏剧关注的重心。等到观念剧独领风骚的时候,就抽象的观念在舞台上展开对话,成为戏剧情节的重要构成。当然,开创思想辩论先河的作家首推莎士比亚。在《威尼斯商人》一戏中,莎士比亚大胆地展示了庭辩现场的情况,为观众生动地展示了控辩双方秉持的道德价值观念。莎士比亚的敢为人先,得益于文艺复兴的破除迷信运动,得益于世俗的人生提升到了一个新的高度。不过,观念剧并不是畅通无阻,而是历经了强烈反对、适应与接受的过程。

第二，后工业化时代。启蒙与工业化时代，思考人生追求的时候，理性还是工具；等到思考后工业化时代生存现状的时候，理性也就顿显不足，于是，困惑、迷茫、绝望频现。当初，理性战胜了感性，成为宇宙的尺度；可是，在以血肉为材料的生命面前，理性就像一把利刃，无时不在伤害着人类的肉体与情感。最为骨感的莫过于集中营与原子弹：在高效的屠杀方式面前，生命无限脆弱。以二元对立为基础的文明破产了，一切失去了中心，没有中心的文明陷入荒诞。新的社会关系现实，不仅需要全新的角度与高拔的视野，也需要寻找新的表达方式。于是，荒诞的现实催生了荒诞派戏剧艺术。

总体来看，关于追求的思考积极地邀请理性参与；可是，关于后工业化时代生存现状的思考，基本上就把理性排除在外了，剩下的只有"不可理喻"了。展示思考的方式就是抽象的对话：有理性参与的对话可称之为舌战，理性缺失的对话则必然是谵语。

第一节 舌 战

舌战作为会话情节的标题表明，它是戏剧情节中的一个主要环节，或者整体结构。什么是舌战？舌战即是双方就一个命题展开的一场公正、平等的辩论，辩论的结果对未来的行动将会产生直接的影响。在传统的戏剧情节中，舌战基本上处于缺场的状态，因为传统戏剧盛行之时，正是政治一元化与文化一元化成为主宰的时候。传统戏剧中的确存在冲突，冲突体现的是善与恶、规范与欲望以及未知与已知之间的矛盾，冲突的结果是善、规范与未知的胜出。换言之，传统戏剧中，二元对立乃是世界存在的方式，表现冲突的目的是彰显其中一元的主体地位与另一元的客体地位。舌战是民主时代的一个缩影。只有一个民主、自由、平等的社会才有可能实现公正、平等的辩论，只有公正、平等的辩论才能很好地澄清问题，只有对问题有了清晰正确的认识，才能制定出合理的政策，才能赢得民心，才能实现真正的发展。以舌战为特色的情节结构仍然属于线性结构。

舌战作为会话情节的一个类型包括：其一，辩论定局，如《威尼斯商人》；其二，辩论驱动，如《华伦夫人的职业》；其三，历史解析，如《圣女贞德》(*Saint Joan*, 1924)；其四，命题辩论，如《1776》(1776, 1975)。

辩论定局式会话情节结构是指，一个情节中，有一幕的空间围绕着一个关键性的命题展开辩论，辩论的结果直接决定了戏剧情节的结尾方式。展开命题辩论的过程一般是戏剧情节的高潮，高潮之后的结尾急转直下，顺理成章。表面上，《玩偶之家》(*A Doll's House*，1878)成为英国会话式情节模式的先驱，实质上，《威尼斯商人》早有辩论定乾坤的模式。萧伯纳总体上批评了莎士比亚的戏剧，但并没有批评《威尼斯商人》。① 该剧得益于主题属于一项法律纠纷。

《威尼斯商人》共有五幕，三个情节。第一个情节属于安东尼奥与夏洛克的恩仇与借贷关系，第二个情节属于巴萨尼奥与鲍西亚（以及葛莱西安诺与尼莉莎）的爱情故事，第三个属于罗兰佐与杰西卡的爱情故事。第二个情节因第一个情节而生，第三个情节却因第一个情节而进一步获益。可见，第一个情节，即安东尼奥与夏洛克的恩仇与借贷关系，成为《威尼斯商人》的核心叙事。第一情节发生在第一至第四幕之间，其中，第四幕主要展示了调解与庭审的辩论环节；第二情节与第三情节集中发生在第一、第二、第三与第五幕，其中，第五幕只有一场，仅仅是一个皆大欢喜的结尾。由于第四幕第二场只有半个页面的篇幅，第四幕第一场的辩论就是第一情节最后的决定性环节，也是全剧的核心内容。

第四幕第一场分为两个部分，第一部分为调解，第二部分为庭审，两个部分都以辩论为主。

调解以辩论为主，一方分别是巴萨尼奥【包括公爵（D）、葛莱西安诺（G）等】与鲍西亚（女扮男装），另一方则是夏洛克。为了清楚地展示双方的观点，下面以表格的形式对双方的观点加以梳理。

巴萨尼奥与夏洛克

巴萨尼奥	夏洛克
D：仁慈恻隐	积久的仇恨与深刻的反感
恨，即置于死地	不杀就别恨
初次冒犯	毒蛇咬两次
借三千，还六千	照约处罚
以慈悲，换慈悲	不干错事，不怕刑罚
G：刻毒的心肠；豺狼	恳求与诅咒无用

---

① G. B. Shaw. The Quintessence of Ibsenism [M]. Cambrigde (USA)：The University Press，1913：141-157.

鲍西亚与夏洛克

鲍西亚	夏洛克
慈悲	照约处罚
三倍还钱	照约处罚
执行合约	赞扬

庭审阶段，一方是鲍西亚【包括公爵（D）、安东尼奥（A）等】，另一方则是夏洛克；主要观点梳理如下：

鲍西亚与夏洛克

鲍西亚	夏洛克
请外科医生准备止血	没有约定
一磅肉，不带基督徒的鲜血	接受三倍的还款
照约处罚	还我本钱
照约处罚	放弃官司
财产一半归安东尼奥，一半充公；可以请求开恩	不要宽恕
A，D：夏洛克既要皈依基督教又要把遗产转交罗兰佐与杰西卡	满意

在审理案件的过程中，公爵与鲍西亚依法照章行事：先调解，调解不成，再庭审。原告与被告享有平等的发言权，并充分表达了各自的意愿。双方争论的焦点在于"一磅肉"（a pound of flesh）。其实，无论是安东尼奥还是夏洛克，都没有很强的法律专业知识；鲍西亚，作为一名知识渊博之人，显然利用了夏洛克法律知识匮乏的弱点。她认为，肉中不能带有鲜血，而且，排血的责任落到了夏洛克的身上。其实，没有不带血的肉；即使是割下的肉不允许带血，夏洛克也没有排血的义务，因为一是合同没有规定，二是血液属于安东尼奥所有，安东尼奥不把自己的财产管理好，损失由他自己负责。所以，在割肉之前，夏洛克可以通知安东尼奥阻止血液流到有关部位及其附近，而这一点，安东尼奥又是做不到的。这就足以说明鲍西亚为何做出那样的裁决：一是彰显基督教的慈悲理念，二是恪尽公平之道，给夏洛克一个教训。

《玩偶之家》成为萧伯纳开创戏剧新局面的启蒙者，而不是《威尼斯商人》，原因估计有二：一是灵感就在观赏《玩偶之家》的时候产生，二是《威尼斯商人》的民事纠纷审理过程，无论哪一位剧作家，凡是要展示夏洛克的阴险、鲍西亚的智慧以及基督徒的慈悲，也只能如此处理。换言之，对于《威尼斯商人》来说，展示庭审过程是自然而然的事情，并无任何不妥；相比之下，在《玩偶之家》一剧中，能够通过行动加以展示的情节却以辩论的方式予以呈现，显然有悖戏剧创作原则，似乎是作家江郎才尽的表现，因此得不到评论家的肯定。不过，要创新，就要有新的视角与大胆的设想，这个创新性的设想就是以会话的方式作为戏剧展示的主要手段。

辩论驱动式情节指的是，线性情节与辩论场景交互出现，其中，辩论的结果成为情节进一步发展的决定性动力。不过，线性情节亦非往昔，若不是一个原点，那也只是一个极小的线段。

《华伦夫人的职业》共有四幕，每一幕不分场次；不过，根据每一幕的内容，可以粗略地分为两个部分。这样，第一幕的两个部分与第二幕的第一部分构成线性情节的第一段；第三幕的两个部分与第四幕的第一部分构成线性情节的第二段。第二幕的第二部分是母女之间进行的第一次辩论，第四幕第二部分是母女之间进行的第二次辩论。线性情节第一段的主要任务是，揭示华伦夫人过去职业的神秘性；母女之间第一次辩论的话题是，母亲选择的职业是否合理；结局是，薇薇理解母亲，并与母亲和解。线性情节第二段的主要任务是，揭示华伦夫人仍操旧业的现实；母女之间第二次进行辩论的话题是，华伦夫人脱贫之后，仍操旧业是否合理；结局是，薇薇反对母亲的选择，与母亲分道扬镳。总体上看，线性情节与辩论所处位置与所占比例处于均等、平衡的状态。

线性情节的第一段。第一幕第一部分：普雷德与薇薇就她在剑桥大学的学业情况进行交谈；与普雷德交谈中，薇薇开始就母亲的职业产生了疑问。第二部分：与母亲见面之时，薇薇问及父亲的身份，母亲没有回答。第二幕第一部分：弗兰克公开了对薇薇的倾慕之情，遗憾的是，他的经济状况不佳；克罗夫茨也表达了对薇薇的爱恋之情，不足的是，他的商业气息太浓了。其中，华伦夫人的职业秘密成为本部分的关键内容。

母女之间的第一次辩论。薇薇向母亲表示，她们两人不能长时间生活在一起，因为薇薇的生活方式并不适合母亲。薇薇的冒犯行为，引起双方就母女关系进行了一番争论；华伦夫人在薇薇的进逼之下，不得不吐露真相与原委。薇薇提出的辩题是：女人应当自强；有了资金，凭借自己的才华，从事体面的职业；你的选择令我蒙羞。母亲的反论是：作为女人，我们只有美貌；作为穷人，家的孩子，我们别无选择；我们的事业，无可挑剔；我们下水，为的是你们能在岸上。以下是双方辩论过程的压缩版，非引语部分是归纳所得。

　　华伦夫人：有两个同母异父的姐姐：第一个在白铅厂工作，一天12小时，一周九先令；自知危险，估计双手可能有些瘫痪，却不料死于中毒。第二个嫁给了一位政府勤杂人员，三个孩子；丈夫一周18先令，后来酗酒。这样的生活方式是否体面？

　　薇薇：表示怀疑（你与你的姐姐这么想吗？）。

　　华伦夫人：做厨房帮工、当店员、做家务，人不到40岁，就老态龙钟，你愿意我成为这样的人吗？

　　薇薇：不愿意！可是，为何偏要选择那种职业呢？有了资金，凭借着自己的管理才能，从事其他职业，不也能够成功吗？

　　华伦夫人：普通女子，没有音乐天赋、表演才华和写作能力，如何攒钱？我和利兹只有较好的容貌，与其受人盘剥，何不自食其力？

　　薇薇：从商业的角度来看，完全合理。

　　华伦夫人：女人有三种选择，一是嫁给富有的男人，二是自食其力，三是一贫如洗、借酒浇愁；做女人，要有个性。

　　薇薇：有个性的女人是不是不应该那样赚钱？

　　华伦夫人：当然。没有人愿意工作赚钱，可是还是要干；穷人家的女孩子，只能逆来顺受。

　　薇薇：你认为，对她们来说，值得吗？

　　华伦夫人：值。

　　薇薇：倘若我们一贫如洗，你不会让我做招待、嫁给勤杂工或者到工厂做工？

　　华伦夫人：当然不会。

　　薇薇：你是一位女强人，可是，你不觉得有些羞愧吗？

　　华伦夫人：人们给女人的安排就是这样，装模作样毫无益处。我们做事，从来不让人挑出毛病。

　　薇薇：睡不着觉的，该是我了。

　　华伦夫人：我没让你受苦，是吧？

　　薇薇：是的。

　　华伦夫人：你会善待你可怜的妈妈，是吧？

131

薇薇：是的。

线性情节的第二段。第三幕第一部分：弗兰克与薇薇过家家，打情骂俏；第二部分：克罗夫茨向薇薇表白心迹，再一次遭到拒绝；无意之中，克罗夫茨说出一个秘密，华伦夫人仍然在经营妓院。第四幕第一部分：薇薇向普雷德和弗兰克委婉转述母亲职业真情。其中，华伦夫人仍然经营妓院，成为线性情节引出的关键信息。其实，克罗夫茨与薇薇的对话，也是一次辩论，辩论的主题是，"我母亲当时一贫如洗，走投无路，只能做此下策。你是一位富有的绅士，却投资妓院，并获利35%"。为了简单、清楚地说明线性情节与辩论之间的关系，此处不再另做详尽的分析。

母女之间的第二次辩论。母女第一次辩论之后，薇薇主动坦诚，"我原想你说服不了我，可现在，你完全说服我了"。薇薇认输之时，产生了一个错误的想法，认为母亲已经金盆洗手，与过去一刀两断。可是，华伦夫人只是解释了她当初做出选择的理由，并没有认识到，按照薇薇的逻辑，自己不应该继续经营妓院。发现现实之后，薇薇退回了母亲给付的资助。母女两人为此从现实、能力、母女关系、性格四个方面开始了新一轮的辩论，辩论的结果是：各持己见。

华伦夫人：你不知道这意味着什么：这意味着舒适的生活，意味着欧洲优秀的男人拜倒在你的脚下。否则，你只能是一个苦工，起早贪黑，勉强维持生计，一年两件便宜的裙子。

薇薇：这就是理由，而且跟无数个女人说过。

华伦夫人：有人故意误导你，你根本不知世界到底是个什么样子。

薇薇：我不理解。

华伦夫人：你认为人就是展示给你的那个样子；你在学校学的那一套，就是正确认识事情的方法。错了。那只是一个伪装，让那些胆小、俯首帖耳的老百姓闭嘴而已。那些大人物、聪明人，还有管理人员，都知道，都像我一样做事，像我一样思考。他们多了去了。

薇薇：这是克罗夫茨那一套。我知道，要是我现在就像利兹姨妈当年那样，我一定步她后尘。可是，我不想做一个毫无价值之人。

华伦夫人：无语。

薇薇：告诉我，你既然独立了，为何继续经营老本行？

华伦夫人：这种生活适合我。

薇薇：可是，我的工作不适合你；我的生活不适合你。我们分道扬镳吧。

华伦夫人：我想和你待在一起，你我是母女关系。

薇薇：你想要一个女儿，克罗夫茨想要一个太太。我既不想要母亲，也不想要丈夫。

华伦夫人：要是你还是个孩子，我会让你成为真正的女儿。我白白让你上大学了。

薇薇：我不会信仰一种生活，却过着另一种日子。

可见，华伦夫人与女儿之争纯属观念之争。观念之争，只能据理力争，理正则服人。当然，并不是说，类似的主题，只能通过辩论的方式加以展示；而是说，除了传统的行动展示方式之外，还有一种可能，这就是辩论方式。辩论式不一定就比行动式高级，当然，也不一定就比行动式低劣；重要的是，辩论式开创了一种新的戏剧形式，一扫一百多年来压抑在戏剧事业头顶上的阴霾。

那么，《华伦夫人的职业》的线性情节是什么？简言之，就是华伦夫人与薇薇之间的母女关系危机。这种母女关系危机是抽象的，可长，可短：可长，如果是利益的话；可短，如果是观念的话。戏剧中，提出挑战的一方是剑桥大学学生、有着鲜明的性格特征的薇薇，只要事实与道理呈示清楚，结论也就水到渠成。因此，线性情节极为短促。要驱动短促的线性情节发展，辩论就能够胜任。第一阶段，危机出现；第二阶段，转危为安；第三阶段，危机定型。化解第一次危机的是母女之间的一次辩论，把和平关系再次转变为危机的还是母女之间的另一次辩论。可见，辩论决定着线性情节的发展。

辩论属于经院派，而且很抽象吗？不是的。华伦夫人没有受过良好的教育，却是一位富有智慧的女性，她的教育背景与社会经验就决定了辩论的本质特征。当然，薇薇是一位剑桥大学的学生，有可能把辩论引入抽象的哲思范畴。不过，在母亲面前，薇薇只是一个倾听者，只要母亲说得对，她就改变观念；说的不对，就坚持己见。实际中，薇薇的话语并不多，只是提问，提出的问题也都属于生活观念与方式的范畴，根本没有涉及学术术语。因此，辩论的性质完全取决于华伦夫人的表述水平。事实是，华伦夫人在辩论过程中，没有体现出多少理论水平，而是大量讲述生活中的事例，自己的亲身经历，或者亲眼所见，这些事例无一不是饱含故事性，其展示方式，与传统戏剧相比，别无二致。众所周知，传统戏剧讲究表述，反对过多的行动展示，所有的行动，要么令人但闻其声，不见其影，要么借人物之口予以描述。由此看来，华伦夫人式的辩论与其说是抽象的说教,倒不如说是剧中的经典表述。当然,作为一个经过社会打磨的智者,华伦夫人说出一些睿智之语,也并非反常之事。不能否认,连珠妙语正是戏剧作品赖以征服观众的撒手锏。

历史解析式情节指的是,戏剧作品以重大的历史事件为背景,分析展示每一个环节背后处于对立状态的认识,揭示对历史事件某一个环节起到决定性作用的观念,让不同环节背后矛盾冲突的思想观念按照时间顺序排列起来,构成戏剧作品的框架结构。行动型历史戏剧作品展示的是历史事件的发展过程,包括行为主体、历史任务、时间、地点、行为方式、行为结果等;历史解析型戏剧作品不是展示历史事件的发展过程,而是以它为作品的组织方式,重点分析整个事件背后的意识形态上的原因;分析原因的过程中,不是聚焦于观念的正确与错误,而是观念的对立性与主导地位。历史解析式情节决定了主题思想的对话性与开放性,因而成为话剧的典型特征。

《圣女贞德》共有六个场次,每一个场次都以辩论为主,以此展示观念上的差异,而不是行动上的一致。可以说,贞德的英雄事迹,经过文学作品、电影、戏剧和音乐的不断传颂,家喻户晓。通过简单的比较,不难发现,《圣女贞德》是一出全新的观念剧,而不是以行动为主的传统情节剧。

第一场,罗伯特与贞德之间展开辩论,辩论的主题是:罗伯特应该支持贞德的请求,同意她前去面见王长子。辩论从三个方面展开:授命、圣命的真实性、战场经验。

> 贞德:我主要求你给我战服与武器。
>
> 罗伯特:我只听命于国王。
>
> 贞德:你说过不见我,可我还是来了。
>
> 罗伯特:我绝不改变主意。
>
> 贞德:请同意派遣波利、杰克等人随我面见王长子。
>
> 罗伯特:真倒霉。
>
> 贞德:不,圣凯瑟琳与圣玛格丽特说,帮助我,你就会升入天堂。
>
> 罗伯特:什么是圣音?
>
> 贞德:就是上帝给我的命令。
>
> 罗伯特:那是你的想象。
>
> 贞德:上帝的意旨。
>
> 罗伯特:去攻打奥尔良?

贞德：并给王长子加冕。

罗伯特：士兵听命于封建郡主。

贞德：我们都听命于天庭之主。

罗伯特：你见过英国士兵打仗吗？他们烧杀抢掠，无恶不作。

贞德：无所畏惧。

按照传统戏剧的创作惯例，除了鸡不下蛋、牛不产奶之外，剧作家可能展示的大概是以下行动：第一，满脑子污秽思想与满口污浊之语之徒，见了贞德之后，没有一句不雅之语。第二，贞德聆听上帝向她发出指令的情景。第三，贞德与士兵斗勇、斗智，展示她的英雄气概与雄才大略。然而，这一切无影无踪。

第二场，贞德一行来到希农，面见王长子查尔斯。查尔斯与大主教、贞德与查尔斯之间展开了辩论。查尔斯与大主教辩论的主题是：贞德是一位具有神奇力量的圣女。贞德与查尔斯辩论的主题是：查尔斯应该尽职尽责地履行王储之责。

查尔斯与大主教就贞德是否是一位圣人进行辩论：

大主教：德博垂库尔（罗伯特）送来了个乡下丫头。

查尔斯：不，他派来的是一位天使，一位圣人。

大主教：只有教会才有权力封圣。

查尔斯：可是，她能打败英军。

拉希尔：弗兰克说脏话，遭她诅咒，落井而死。

查尔斯：真是一个奇迹。

大主教：一个巧合。

查尔斯设计考验贞德，看她是否能够真的认出自己。贞德不为伪装所欺骗，在众人当中，一眼认出查尔斯，并与查尔斯进行辩论。双方就查尔斯是否应当勇担国之重任展开了辩论：

贞德：你害怕吗？

查尔斯：是的。我不想杀人，不想做国王，可他们强我所难。

贞德：我赋予你力量。

查尔斯：饶了我，另择贤者吧。

贞德：不为王，便为奴。

查尔斯：为人傀儡，情何以堪？

贞德：上帝会帮助法国的，请祈祷吧。

查尔斯：祈祷免谈。

贞德：你要为儿子战斗。

查尔斯：不想为人父，只想图自在。

贞德：我愿意为法兰西战斗。

查尔斯：那就一试吧。

相比之下，一般的做法是什么？常规手段是：宫廷内，有关查尔斯债台高筑的传言不断；国内危机四起，查尔斯在处理国家事务的过程中，软弱无能，不思破局，只求作乐；忽闻有一圣女，信言可以拯救国家于危难；查尔斯经历了一系列的失败之后，满口应允。糊涂之人，不怕再多一件糊涂之事。总之，做事可以，说事不行。不过，也就无法进入人物的内心深处。

第三场的辩论发生在贞德与迪努瓦之间，焦点是如何夺取奥尔良。通过辩论，贞德不仅展示了自己的勇敢，也展示了自己的军事才华。当然，也有一个传统情节小段，即贞德借西风。这样的辩论场景，传统戏剧处理的手法是：制定作战方案；信使或者下级指挥官报告战况，如有困难，布置新的作战方案；传来捷报。简言之，行动在幕后，结果在幕前，结果穿起来就构成了线性情节，《圣女贞德》的"姊妹篇"《亨利五世》，就是如法炮制的经典案例。

第四场共有一个主题辩论和一个共识。辩论的主题是：贞德是巫女还是妖女；辩论的双方是德斯多甘博与科雄大主教。共识是：贞德对教会与英国都构成威胁。这里只展示贞德是巫女还是妖女的辩论。

沃里克：她是一位妖女（sorceress）。

科雄：没错。

德斯托甘博：才不是呢，一个巫女（witch）。

科雄：在法国人看来，她妖女也不是。

德斯托甘博：能打败塔尔博特的人不是巫女？！

科雄：迪努瓦也有功劳。

德斯托甘博：她手持白旗，独自冲上城墙，我们的士兵立马瘫痪；我们的士兵退到桥上的时候，木桥马上着火，然后坍塌。这场大火就是地狱之火，这不是巫术还能是什么?

科雄:旗子上写着圣主与圣母之名。

德斯托甘博:她是一个巫女。

科雄:只是一个异教徒而已。

德斯托甘博:有何区别?①

科雄:她并没有神奇力量(miracles),只是聪明而已;不过,她的信仰却是一个伪信仰。

沃里克:我们要烧死贞德。

科雄:教会不杀人,而是拯救灵魂。

沃里克:教会也杀人。

科雄:不。当教会断定一个人是异教徒之后,才会交给世俗机关,任其处理。

对本剧持反对意见的评论家认为,与其坐而论道,莫如展示行动。要证明贞德是不是巫女,其实并不难:在第三场的基础上,采取倒叙的手法,进一步解释事实真相,以此否认贞德利用魔术蛊惑民众之论断:借西风之举,乃是贞德利用乡下学来的普通天气知识;英国士兵瘫痪不动,则是因为有一种声音告诉他们,一位女性带领着士兵们第一个冲上城堡,她的勇气震慑住了所有的敌人;桥上大火,不是天火相助,而是法军战术的一部分。然而,《圣女贞德》关注的不是历史事实,而是历史事件本身的性质,因此,思想与观念的展示自然成为戏剧的焦点。

第五场辩论的话题是:法军应该夺取巴黎;辩论的一方是贞德,另一方是查尔斯、大主教还有过去的盟友迪努瓦。贞德为查尔斯加冕之后,产生了解甲归田的愿望,就在众人憧憬着贞德回归故里的时候,贞德突然宣布要攻取巴黎。到底该不该攻取巴黎,双方展开了激烈的论战。

贞德:攻取巴黎。

查尔斯:应当签订条约。

贞德:英军不退,战斗不止。

科雄:你有些傲慢。

---

① 巫女与妖女的区别:巫女利用魔术作恶,妖女利用恶神之力兴风作浪;巫女接受世俗机关的管辖,妖女接受宗教机关管辖;异教徒不受宗教机构的保护。

贞德：不是傲慢，而是正确。

查尔斯：何以见得？

贞德：我听到了圣音。

迪努瓦：自己该做的事，完全依靠上帝的话，早晚要失败。

贞德：想一想奥尔良之战，你们的骑士与军官，没有一人跟随我；跟着我冲锋的是市民和普通人。

迪努瓦：俘虏你的人会得到一大笔赏金。

查尔斯：我可并不富有。

贞德：教会比你富有。

科雄：他们会判你火刑。

贞德：你会阻止他们的。

科雄：你傲慢、叛逆，我不会祝福你的。

迪努瓦：她被俘，我可救不了她。

内视角与外视角看到的事物就是不一样。观众拥有的是外视角，外视角下，一切现象都是单一的：唯一的意图，统一的方案，一致的行动。殊不知，唯一的意图背后，是多种设想经过权衡之后的冒险；统一的方案背后，是少数人服从多数人的折中；一致的行动背后，是一小部分人唱主角，一大部分人唱配角的协作。通过展示的辩论场面，观众对历史事件的认识进入了一个新的高度，能够透过表象，看到了事物的本质。从这个意义上讲，戏剧的辩论场面具有划时代的进步性，是线性情节不可取代的。

第六场再现了两场辩论，一场是沃里克与科雄的辩论，辩论的主题是，政治与教规孰重孰轻；另一场是贞德与教会方的辩论，辩论的主题是，贞德的行为是异端还是伪信仰。

沃里克与科雄就政治与教规的优先权问题进行辩论：

沃里克：审判何时结束？

科雄：一直努力呢。教会的正义可不是做做样子的。

沃里克：贞德必须死，这是一个政治问题。

科雄：教会不为政治服务。

沃里克：我们只能自行其是了。

科雄：我不愿遭到诅咒。

以下是贞德与教会就其行为性质进行的辩论：

德斯提瓦：你想逃跑？
贞德：笼子开了，鸟儿能不飞吗？
德斯提瓦：这就是异端言论。
贞德：逃跑就是异端行为？
德斯提瓦：逃离教会，就是背弃教会，背弃教会就是异端行为。
贞德：只有傻瓜才会这么想。
库赛尔斯：应该用刑。
贞德：五马分尸，我也如此回答。
德斯提瓦：她企图把一切罪责归为教会。
贞德：教会让我违背上帝，我不会遵从。
评判员：不折不扣的异端行为。
科雄：你是否觉得受到上帝的恩典？
贞德：如果没有，希望上帝能够赐予；如果已有，希望上帝仍然赐予。
刽子手：火刑就位。
贞德：圣音告诉我，我不会受火刑。
拉德瓦努：魔鬼出卖了你。教会向你伸出了援救之手。
贞德：是的，我受到了魔鬼的诱惑。

最后，贞德在死亡与囚禁之间选择了死亡。若非第六场，观众对英雄贞德的了解也只限于信念坚定，英勇就义；至于教会的荒唐与贞德对生的渴望，几乎不会浮现在观众的眼前。的确，既然不能在舞台上直接表现行动，只能通过人物的交谈间接展示，那么何不把人物之间发生的观念冲突通过辩论的形式和盘托出？外在的冲突能够构成精彩的情节，内在的冲突也同样能够进入戏剧。行动有行动的激动人心，辩论有辩论的醍醐灌顶。没有《圣女贞德》，文学所揭示的贞德固然是立体的形象，有了《圣女贞德》，无论是文学叙事，还是历史记载，贞德都是一个极具厚重感的血肉之人，她与她的时代也深深地烙在观众的脑海里。

命题辩论式情节指的是，戏剧在开始部分提出一个重大的议题，然后围绕着这个议题展开辩论，辩论的过程就是戏剧情节展开的过程，辩论的结束就是戏剧情节的大收煞。学术界习惯把话剧称之为静态剧；其实，外部的行动停止了，可内部的思想斗争开始了。

《1776》共有七个场次，除了第一场介绍出场人物、第七场签署独立宣言之外，其余各场次就北美十三殖民地独立问题进行了激烈而富有建设性的争论。就独立问题进行的辩论，后来又演变成几个分主题的辩论。如果《圣女贞德》所展示的是一体两面之一面的话，那么《1776》所展示的就是美国独立革命史的一事两期之第一期。

第二场，对立的两个动议之间进行大决战：

李：决定：联合殖民地是（有权成为）自由、独立之州，对英国国王没有任何臣属关系，联合殖民地与英国的所有政治关系完全（也应该）终止。

约翰：主席先生，我附议。

汉科克：动议与附议有效，大会将予以讨论。

迪金森：主席先生，宾夕法尼亚，一如既往，动议：独立事宜无限延期。

李德：特拉华州附议。

汉科克：延期的动议与附议有效，大会将予以讨论。

汤姆森：同意辩论的，说"同意"，支持无限延期的，说"反对"。

第三场，全体会议就独立动议进行自由辩论：

汉科克：本主席宣布本次大会为全体会议，就弗吉尼亚州提出的独立动议进行辩论。

迪金森：亚当斯先生，为何独立？

约翰：很明显，我们与大不列颠的存续关系难以为继。

迪金森：这就是你一个英国人对生养你、高尚而又文明的民族的态度？

约翰：不是英国人，是美国人。

迪金森：除了动乱、私刑和无政府，独立能带来什么？

舍曼：新英格兰已经与魔鬼打了一百年了。

拉特利奇：亚当斯先生，告诉我，独立之后，谁来统治南卡罗来纳？

约翰：当然是人民。

柴兹：等华盛顿打赢了再宣布独立不行吗？

约翰：他需要一个目标为之奋斗。

第四场，就两次新的动议进行投票表决：

迪金森：宾西法尼亚动议：独立表决必须得到各州的一致同意。
威尔森：我附议。
约翰：理由何在？
迪金森：未经一个州的同意，谁也不能强迫它与祖国分离。
汤姆森：六票同意，六票反对。
莫里斯：纽约弃权。
约翰：主席先生，我动议延期表决。
富兰克林：为何？
约翰：我们需要一个书面宣言。
柴兹：目的何在？
杰弗逊：昭告天下独立的公理，赢得大众的支持。
富兰克林：我附议。
汤姆森：六票同意，六票反对。
汉科克：本主席支持延期表决。下面成立一个委员会，负责起草《独立宣言》。

第五场，大会秘书宣读《独立宣言》。
第六场，就《独立宣言》进行辩论：

麦基恩：请不要开罪苏格兰人。
韦瑟斯普：请在最后增加一句，"坚决依靠上帝的庇护"。
巴迪特：我觉得，"无同情心的""战时敌人"有些伤人。
舍曼：杰弗逊先生，你认为议会从未对我们行使管辖权？
迪金森：杰弗逊先生，你认为乔治国王是一位独裁者？
杰弗逊：他剥夺了我们的权利。
迪金森：一切权利来自国王。
杰弗逊：自由的权利天授。
拉特利奇：奴隶制度是南方人珍视的生活方式。
杰弗逊：奴隶制度违背了人权。
麦基恩：南方人坑害了我们。
富兰克林：我们必须放弃废除奴隶制度的主张。

第七场，全体代表就弗吉尼亚州提出的北美联合殖民地独立动议进行表决，动议获得全票通过。

可见，这出以辩论为主要结构的戏剧，生动、真实地再现了美国独立革命的一段历史现实。这段历史不是由外在的军事行动或者示威游行组成，而是由是否独立、独立的理由、独立的方式等抽象的问题构成；要展示这次大陆会议的历史事实，就必须展示激烈的辩论过程，辩论过程因此是这次大陆会议的生命。辩论过程同样是一个具有情节结构的戏剧范式：辩论主题的提出就是开始的说明部分，中间两次新的动议的提出可以说是戏剧的两次高潮，第七场的文件签署也就是戏剧情节的收尾。一个三段式的戏剧情节跃然而出。

辩论式情节结构戏剧的确给人一个抽象、枯燥的印象。不过，既然是戏剧，与正式的辩论会议相比，就会有不同的表现。辩论会议往往是紧张激烈的，因为它是一次内部的工作会议，没有表演的需要。戏剧中的辩论则不同，既要体现辩论场面的唇枪舌剑，又要体现一定程度的戏剧性，戏剧性就是人性化与生活化的细节描写。在此，《1776》精彩迭出。喝酒、灭苍蝇与代表之间的不雅言语冲突，无一不生动、有趣地再现了这一紧张的历史时刻，把一个政治场面与一个生活化的场面合二为一。

总之，辩论型情节结构戏剧，与行动型情节结构相比，没有场所的不断变换，一个行动与另一个行动的衔尾而出，却有着抽象逻辑上的推演与转折，因而以不同的方式构成戏剧的跌宕起伏。行动型戏剧有生活化的真实与哲思性的深邃，辩论式情节剧则有着抽象化的厚重与个性化的生动。行动型情节具有外在的悦心，辩论型情节具有内在的悦智。辩论式情节剧是戏剧史上的一次伟大实践。

第二节 谵 语

有理性的辩论，就有非理性的谵语。什么是谵语？谵语就是如同无声的言说，又是胜过逻辑的悖论。简言之，谵语就是逻辑与意义发生缺失的交流行为。那么，谵语的意义何在？谵语的意义就在于用无意义表现意义，用无逻辑来充当逻辑。当谵语成为叙事的主宰，逻辑也就消失了，逻辑消失了，传统情节也就几乎不存在了，唯一能够起到支撑作用的是流动的时间。稳定的意义中心解构了，语言与现实脱节，摆脱其约束：一切都依靠语言来构建，而语言使用的方式，归结到底，就是一种选择。谵语决定着事实的真相，决定着人的身份，决定着生活的秩序。话语方式与意义之间的关系，成为情节在语义上的结构。取代了以行动为中心的情节之后，谵语成为非线性、反理性的一场狂欢：形式即内容。

谵语体现了生活的荒诞，生活可能是荒诞的，不过，反映荒诞生活的戏剧本身则不是荒诞，而是一种高级的艺术形式。归结起来，谵语的结构形式体现在以下四个方面：一是话语方式与权力构建，如《哑巴侍者》（*The Dumb Waiter*, 1960）；二是话语方式与历史构建，如《往昔》（*Old Times*, 1970）；三是话语方式与群体关系构建，如《沉默》（*Silence*, 1969）与《风景》（*Landscape*, 1969）；四是话语与身份构建，如《生日晚会》（*The Birthday Party*, 1959）。

《哑巴侍者》中的交流方式反映了话语方式与权力构建的关系。权力是机构与机构、机构与个人、人与人之间的一种等级关系，也是一种抽象的主观存在。由于权力的抽象性，为了维护权力，人们创建了一套具体可行、可见的行为规范，时刻彰显权力的存在，强化人们的权力意识，确保整个社会在权力关系的维持下正常运转。权力运作的方式是自上而下的，等级层次越多，权力传递的速度越慢，权力的效力损失越大。权力的主要任务之一就是决策，要决策就要掌握必要的信息，因此，权力周围是全局信息集中的地方。在一个分工化的社会里，由于信息的不对称，人们往往感到政策的神秘与不可知；由于工种之间存在着业务距离，权力的运作往往缺少有限的监督。历史证明，权力可以理性地运行，也可以反理性地运行，但运行的方式，总体上呈现进步的态势。

《哑巴侍者》揭示的就是权力在反理性状态下运行的方式。作品中，权力主体与权力客体之间明显呈现出荒诞的关系，也正是依靠这种荒诞的关系，权力主体才得以确立自己的主体地位。权力的主体性是通过荒诞的对话方式表现出来的，荒诞的对话主要有三个：一是通过仪式内化权力的至高无上，二是双方通过半仪式化的对话强化权力的尊严，三是通过社会交往中的不对等来确立权力的稳固地位。当然，学界广泛讨论的空间与权力关系，不在讨论的范围之内。

通过荒诞的仪式内化权力的至高无上。就在格斯抱怨自己不能饿着肚子工作的时候，本恩突然要向格斯发出行动指令。表面上，他们接到的行动指令表述准确，逻辑清晰；然而，经过仔细分析，再结合戏剧的结尾综合判断，行动的指令不无荒诞，荒诞之中暗藏杀机。

本恩：有人敲门，你不要开门。

格斯：有人敲门，我不要开门。

本恩：当然没人敲门。

格斯：所以，我就不用开门。

…………

本恩：他看不见你。

格斯：（茫然地）嗯？

…………

本恩：他不知你藏在那儿。

格斯：他不知你藏在那儿。

…………

格斯：我还没有按照你的要求举枪。

…………

本恩：他看着我们。

格斯：我们看着他。

本恩：没人说一句话。

停顿

格斯：要是一个女孩怎么办？

发出命令的过程和命令本身具有荒诞性。正如格斯所言，他们不是第一次执行任务了，而每一次的行动指令都是一样的。可是，就是反复重复的指令，本恩却奇怪地出现了差错：忘记了说明格斯需要举起手枪，这也许是无意之中暗示不必要了。为何？因为即将出现的那个小子不是外人。何以见得？当本恩说"他看不见你"的时候，格斯不知为何迟疑了一下，颇感失落。而且，格斯在确认下一个行动指令的时候，竟然忘记了更换人称。显然，冥冥之中有一种暗示，那个小子可能是自己人。更有甚者，命令中执行的对象明确是男性而不是女性。如何解释命令中的"我们"？这就是权力令人更加恐怖之处。权力知道执行的对象是自己人，为了不在行动之前暴露秘密，只能使用"我们"来掩饰真相，而格斯则一直蒙在鼓里。戏剧结束的一幕与指令的描述何其相似："他"看见了"我（们）"，双方长时间对视。"我们"只剩下"我"了，曾经同伴的"他"变成外来者的"他"。当然，本恩与格斯造成的荒诞都是出于无意，不过，第六感觉的存在，不也说明了荒诞的真实吗？本恩即将执行自己人，格斯即将执行的是自己,他们都有一种不祥的感觉(本恩皱了皱眉头,按了按自己的脑门),可谁也不甚清楚。遇到荒诞的指令,不应该停止行动吗?不能。其实,关于不敲门就不开门的指令本身就是荒诞的,可是,本恩与格斯对此没有做出任何不正常的反应,可见,面对荒诞,他们已经习以为常了。

　　权力在两个层次上,以荒诞的对话方式,彰显它的神圣性。一是上级与下级,二是本恩与格斯;本恩一方面代表着上级向自己和格斯下达指令,另一方面又以组长的身份,向格斯下达指令。指令是荒诞的,可还是执行了,顺应荒诞就是尊重权威,这就是权力的至高无上。

　　权力通过半仪式化的方式强化自己的不可挑战性。本恩与格斯蛰居黑暗的地下室,原本为了执行刺杀任务。可是,他们却突然收到了哑巴侍者(饭店传送订单与菜品的自动装置)送来的荒诞指令,于是,一场荒诞不经、以哑侍为中介、订单与食品为手段的对话开始了。哑侍传来四个命令:第一个,两份炖排和炸条、两份西米布丁、两杯净茶。第二个,例汤、肝烩洋葱、果酱馅饼。第三个,Macaroni Pastisio(通心粉羊肉派)、Ormitha Macarounada(未知)。第四个,一份竹笋、荸荠炒鸡,一份叉烧豆芽。如果饭店正常营业的话,他们就不会进入厨房重地;如果饭店歇业的话,他们就不会收到订单。荒诞的是,他们就在厨房重地接收到了莫名其妙的点菜单。谁给的指令?他们并不知道。第一个订单没有完成。可是,自从接到第二个指令之后,他们还是应付了一下,送上去了一盘杂食;第三个订单,送上去的是三块麦维他和普拉斯、一块红牌莱昂斯、一包史密斯土豆片、一块葡萄干小饼、水果果仁饼还有一瓶牛奶。第四个订单无法完成。

　　不同的反应折射出权力的威严。普通人的反应是置之不理,至多负责任地向上通知一声。本恩与格斯的反应,反映出职业素质。他们是杀手,如果不做反应,就有可能暴露目标;反应错了,说明没有所需食品,但至少提供了解饥的手段,也证明了他们是厨师而不是杀手。如果上面是组织的人,指令显然更加荒诞。可是,本恩是一位训练有素之人,他明白,他们的行为规范就是无条件地服从;接受任务之后,有条件,就出色地完成任务;没有条件,就创造条件设法完成任务。其实,第二次把食品送达之后没有接到抱怨,就已经证明他们的举措是正确的,第四次能够收到一包茶叶说明,无语的交流已经取得对方认可。发现传声管之后,对方传递过来的评价更能说明交流行动的正确性。食品过期了,质量下降,不能食用,却没有受到批评,为何?两个原因,一是执行了命令，二是没有把生存问题放在第一位。可见，命令越是荒诞，组织对成员的要求越是苛刻，要证明自己能够应对突变事件，队员必须证明自己能够适应荒诞。权威向弱者证明自己的方式是死亡，向强者证明的方式是生存。

有一次失败，没有在火柴、茶叶与煤气之间建立联系，却得到了组织的原谅。组织向他们发出的第一个信息就是装有十二支火柴的信封，除了火柴之外，他们在信封的里外都没有找到任何其他的信息。他们想进行询问，可是，权力不予回复，因此无人等候问话。权力的交流方式，很多情况下，是十分简约的，简约意味着高深；是单向的，单向性意味着不可逆抗。火柴的用途是什么？在当时的情况下，只有点烟，点煤气。第三次的订单下来之后，他们要进行的行动是煮茶，煮茶就要用煤气，用煤气就要用火柴。可是，有煤气表，却没有煤气。不过，如果他们打开煤气，等到划最后一支火柴的时候，煤气很可能就来了。

交订单与送火柴，其实，都是组织通过对话考验成员的一种准仪式。格斯有一种强烈、正确的预感，即他（们）在接受组织考验。可是，"我们已经通过考验了""几年前就通过了考验""他到底在玩啥游戏？"格斯似乎明白游戏的目的，却又不愿意相信，他没有想到的是，组织要清理门户，而他却成了被清理的对象。他遭到清理的原因并不隐秘，即缺乏对权力表现应有的尊重。他不仅牢骚满腹，而且行为鲁莽，曾经粗野地朝着不露面的权威呼喊，他的举止与本恩的行为形成鲜明的对照。对于权力，顺我者昌，逆我者亡。

权力的游戏在本恩与格斯之间的荒诞对话中进一步得到突出的体现。莫名其妙地收到火柴之后，格斯与本恩就点火烧水的表述发生了你死我活的冲突：

格斯：我现在可以把壶点着了（light the kettle）。
…………
本恩：去点着吧。
格斯：点什么？
本恩：壶呀。
…………
格斯：壶怎么能点着呢？

格斯第一个使用了"把壶点着"的表述，紧接着又否定了这一说法，与本恩发生了激烈的争论，他为何无事生非呢？为了权力。不难看出，从戏剧一开始，在几次的对话过程中，格斯一直都处于下风。一起执行任务的老搭档，工作之外，原本是互尊互敬的，可是，格斯根本找不到一点尊严。格斯连续两次提问，本恩连续两次冷淡地打断了他。第一次，本恩置之不理，问起煮茶的事情；第二次，本恩置若罔闻，开始谈论八岁女孩虐猫事件。进入一个话题之后，格斯得到的要么是否定，要么是再一次地被打断。第一次，本恩指责他做事毫无兴趣；第二次，谈论床单不干净，本恩转移话题；第三次，格斯请求观看自己球队的比赛，本恩予以否定。所以，格斯自知可以说"把壶点着了"，却故意否定本恩的表述方式，其目的是挣得发言权，有了发言权，也就拥有了权力。可是，发言权是可以剥夺的，方法有二：一是利用上下级关系，即本恩告诉格斯，他才是资深队员；二是诉诸暴力，本恩几乎掐死了格斯。哪里有权力，哪里就有反抗。不过，反抗遭到镇压之后，权力更加难以撼动。可见，权力与荒诞对话互为依靠，形成同盟；不过，二者之间，权力才是根本。

　　话语方式与历史构建。人类历史存在的方式有哪些？从信息的渠道看，有目击、传闻与考证；从作者的角度看，有官方与个人的；从载体的角度看，有书面和口头的；从考古的角度看，分有据与无据的；从权威的程度看，有正史与野史。归根结底，证据、逻辑、记忆与表述是决定历史本质的关键。就证据而言，所有的实物应当形成一个完整的证据链，完整性就是封闭性；在没有完整证据链的情况下，任何一个证据都具有多种可能性，多种可能性就是开放性。就逻辑而言，历史事件之间的环节必须是连贯而又合乎理性的，经得起时间与视角的检验。就记忆而言，记忆必须可靠，记忆的可靠性取决于消息源在场与否以及历史间距的长短。就表述而言，语言的使用必须是稳定、可靠的，文体风格必须是现实主义而不是浪漫主义的。任何一个要素的变化，都会改变历史的本质。历史难以回避的问题是，叙事性（主观的、虚构的）与多元性（文化的、政治的）。

　　《往昔》反映的就是通过回忆的方式重构历史的困境。迪利追忆自己与凯特的浪漫史、自己与安娜的邂逅经过，以及安娜追忆自己与凯特的幸福时光的过程，无不生动地展示了记忆之不可靠、个体对历史进行再书写的主观冲动与语言在使用过程中之不稳定。由于上述不稳定因素的存在，历史一元化几乎是一种幻觉。

　　历史充满了错位与裂纹。说起凯特，迪利与安娜争先恐后地追忆往事。根据迪利回忆，他第一次遇见凯特的地方是在一家破旧脏乱的电影院，而这个电影院坐落在一个偏僻的地方。可是,就是在这个城区附近,他的父亲曾经给他买过一辆三轮车。他的父亲为何在一个偏僻的地方给他买三轮车,不得而知;而且,他还看见,工作期间,电影院的一个女引座员在"揉着自己的双乳,另一个女引座员说了一声'不要脸的东西'",这样一个充满色情的场景,到底是真有其事,还是他信口胡言,为他们的聊天增加些佐料,也不得而知。

电影院里究竟是两位观众,还是三位观众?根据迪利回忆,只有两位观众,另一位是凯特:"另外,电影院里只有一个人,整个电影院里另外只有一个人。"可是,根据安娜的回忆,她与凯特一道去看的电影。迪利看的影片是《怪人出场》(*Odd Man Out*),她们看的影片也是《怪人出场》。如果安娜所言属实的话,影院里应该是三个人;或许,凯特觉得电影很有意思,自己又单独去了那里一趟,也就是这一次,迪利与她相遇?电影院位于偏僻之地,再看一遍,也不必跑到那里。可见,同一时间,有疑问;不同时间,也有疑问。由于凯特从不置喙,真相也就无从得知了。此外,迪利对电影没有任何评价,而安娜却大加赞扬。果真如此,电影院里观众怎么会寥若晨星呢?他们的回忆,有实话,更有谎言。"事件本身,即与凯特相遇,沉溺于叙事的快乐里,没有去关注真相与准确。"① 进一步讲,戏剧的意义不在事实是什么,而在历史的本质是什么。

那位哭泣的男人是谁?迪利不知,安娜也不知。根据安娜所述,"有一位男士在我们屋里哭泣""双手捂着脸""瘫坐在扶手椅子里,而凯特则手捧一大杯咖啡,坐在床上"。他走了之后,不久又回来;回来之后,"他就在床上躺在凯特的腿上"。他是谁?没人知晓。不过,在戏剧结束的时候,迪利做出了两个动作:一是"迪利开始哭泣,默不作声地",二是"他坐在她的睡榻上,枕着她的腿躺下"。根据行为习惯判断,安娜叙事中的那位男士就是迪利,可是,安娜记不起来那人就是迪利,尤其是她与迪利有过浪漫的一遇;迪利也没有意识到那就是自己,特别是曾经在凯特的房间里,躺在心爱之人的腿上。关于这个事件,安娜再一次表现出记忆的不可靠性。在描述当时发生的事情时,安娜刚说道"那位男士朝我走来,动作很快……",就立马纠正自己说,"不,不,我错了……他移动……很慢……"。错误与纠错发生在一瞬间,也就是这一瞬间,体现了剧作家的深刻用意。"真实与虚假之间没有清楚的界限,事情也不必具有对

---

① Stephen Maritineau. Pinter's *Old Times*: The Memory Game [M]. H. Zeifman et al. eds., *Contemporary British Drama*, 1970-90. London: McMillan Publishing Press Ltd, 1993: 8.

错之分，既可能是真的，也可能是假的。"①

历史其实只是一种阐释。同是一个文明的历史，不同时代具有不同的版本，国内与国外也有各具特色的版本。书写历史的规律，也反映在个体的追忆之中，反过来讲，个体的追忆也是宏大历史叙事的一个缩影。针对安娜穿着凯特的内衣去参加舞会的事实，凯特与安娜就有不同的阐释。凯特的阐释是："她是一个小偷，时常偷东西""偷的都是一些小物件，内衣一类的东西。"与此相反，安娜的阐释是："我借了她的一些内衣，去参加一个舞会。""偷"与"借"显然是两个不同的概念，不能混为一谈；可是，同一行为，两位密友却有决然相反的阐释。由此可见，历史真相更多的是阐释的结果。

凯特请假去浴室冲澡，围绕着凯特净身的自理能力，安娜与迪利合作，又创造出了一个历史真实。迪利说道，"当然，把自己正确地擦干，她简直就做不到，你知道吗？……你总是会发现，有些莫名其妙的、你不愿意看到的、令人讨厌的小水珠四处往下滴"。出浴之后，凯特说了一句，"谢谢，我感觉精神多了"。迪利为此十分惊讶：

迪利：你好好地擦干了吗？
凯特：我觉得擦干了。
迪利：你敢肯定？全身都擦干了？
凯特：我想是的，感觉很干爽。
迪利：你真的肯定？我可不想你坐在这儿，把什么都弄湿。
凯特笑了笑。

凯特自己出浴，以事实向迪利与安娜表明，自己是一个完全有自主行为能力的人；可是，凯特在无意中所做的宣示，实实在在地解构了迪利的叙事，迪利为此感到难堪，这也正是他为何反复地与凯特确认她是否真的擦干了自己身体的原因。迪利的阐释完全是主观臆断的结果，没有任何的调查研究。凯特之所以没有反驳，是因为她知道，任何人有权就任何事情进行独立的阐释，她的微笑所蕴含的就是这个道理。

独立的阐释有危害吗？有的。有阐释，就有作为。迪利根据自己的阐释，在安娜的帮助下，形成了一套有效的方案。安娜建议：迪利帮她净身；使用她

---

① Tony Aylwin. The Memory of All Time: Pinter's *Old Times* [J]. Journal of the English Association, 1973, 22 (114): 100.

自己的浴巾。迪利请求安娜帮助凯特：女人最了解女人；可是，安娜否认了迪利的主意：没有两个女人是一样的。他们达成的共识是：用爽身粉干身。不过，他们又注意到，自己用爽身粉是一回事，让人施用爽身粉又是另一回事。不难看出，其中包含了多少的幽默与讽刺。不过，人类都活在历史中，没有历史，也就没有现在，要摆脱历史的影响几乎是不可能的。因此，以多元形式存在的历史必然产生意料之中或意料之外的影响，这都是人类必须面对的事实。

历史也有可能是一个虚构的叙事。西伯恩园林路某一个住宅里的故事，引发了两个虚构的历史版本。历史的阐释是以认可的历史现实为对象，按照自己的逻辑进行完整的解读的一种结果，阐释的结果不会改变历史事实的客观存在；相比之下，历史的虚构，则是以一定的事实为基础，对缺失的环节按照一定的历史规律进行补充，或者，根据新的历史事实，对当时的反映做出与时间不相符的更改。

迪利是历史的虚构者，他根据新的历史事实对历史中的反应做出了更改。关于迪利遇到安娜时的反应，他第一次叙述的事实是："我坐在对面，看着你的裙子。黑色的袜子，因为你的大腿很白，显得黑黑的……我只是坐在那儿，啜饮着淡啤，注视着……注视着你的裙子。你没有反感，觉着我的目光完全可以接受。"接着，他又说道，"不久，你的一位朋友就来了，一个女孩，一位女性朋友。她和你坐在沙发上，你们一起边聊边笑……"如果知道那位女性朋友是谁的话，迪利也就直呼其名了。可是，后来，当他告诉凯特，自己与安娜曾经认识的时候，他的第二次叙事几乎变了样。第一，"注视着她的黑丝袜"的地点，从"在西伯恩园林路某一人的住宅内"突然换成了"海员酒馆"；第二，"他对她感兴趣"成了"她对他感兴趣"；第三，作为一个陌生人，迪利竟然知道安娜穿的黑丝袜是凯特的，而那时凯特是否在场，迪利只字未提。迪利是怎么知道这些信息的呢？原来，在这两次叙事中间的一个对话中，安娜告诉了迪利，自己穿着凯特的内衣参加舞会的经历。所以，在向凯特追忆那段往事的时候，迪利也就把当时不知的内容换成了后来已知的东西。当然，详尽的历史总是会受到欢迎的。

其实，历史之所以不可靠（叙述性与多元性），除了记忆的不可靠以及主观的冲动之外，还有语言在使用过程中暴露出的问题。关于安娜的印象，凯特一再强调，"很久以前的事情""我几乎想不起来，几乎把她忘掉了"。过去，安娜曾就某一天的日期问题与凯特发生争论，当天到底是星期五还是星期六，两人莫衷一是，时至今日，凯特还坚持当时是星期六。迪利当场对凯特进行测试，凯特过关了。是凯特的记忆好，还是固执己见？无从知晓。安娜一针见血地指出："我从未见过罗伯特·牛顿，但的确相信我知道你是什么意思。有些事情从未发生，可是人们记得很清楚；记忆中有些从未发生的事情，回忆的时候，也就发生了。"不存在的事情，为何出现在记忆里？内心喜欢。不存在的事情为何经过回忆就存在了？人们相信记忆，能够回忆起的就是真实的。显然，记忆的本质包括杜撰。

从上文的论述中，就可以略见迪利重写的冲动。其实，迪利与安娜都有这种冲动。凯特抱怨说，按照安娜的口气，自己好像死气沉沉。

安娜：不，不，你并不沉闷，你活泼，精神饱满，喜欢笑。
迪利：当然喜欢笑，是我逗你笑的，对吧？
安娜：是的，她会如此……精神饱满。
迪利："精神饱满"不大合适。她笑起来的时候……怎么讲呢？
安娜：眼睛炯炯有神。

一个小小的片段，但足以反映整个追忆过程的全貌。"简单地讲，过去引发了一场争胜好强的游戏，一场看谁记得最清楚、表达得最生动的比赛。"① 不过，游戏彰显了两个叙事的矛盾之处，但两人的目标却是一致的，讨凯特欢喜。总之，"安娜与迪利记忆之间的冲突体现了他们对凯特进行主张的方式"②。

人们在追忆的时候，使用语言的方式存在问题。第一，难以就共同的概念达成一致的意见。迪利问凯特，安娜有多少朋友，凯特回答说，正好（normal）。"正好"到底是啥意思，两人没有共同的概念。同样，对于"住在一起"的理解，也不相同。从凯特与安娜的描述来看，"住在一起"仅仅是同处一室；与此相反，迪利潜意识里认为，"住在一起"就是"发生性行为"。第一次，他的反应是恍然大悟；第二次，他的反应是让安娜住嘴。第二，逻辑出现错误。迪利与安娜在三人的会话过程中，反复打岔，其思维方式完全是意识流式的自由流动。安娜没有携丈夫来，迪利因此认为她没有结婚；凯特认为人人

---

① Stephen Maritineau, Pinter's Old Times: The Memory Game [M]. H. Zeifman et al. eds., Contemporary British Drama, 1970-90. London: McMillan Publishing Press Ltd, 1993: 9.
② Tony Aylwin, The Memory of All Time: Pinter's Old Times [J]. Journal of the English Association, 1973, 22 (114): 101.

结婚，因此推定，安娜一定结婚了。迪利与凯特的逻辑推理方式，其实也是历史学家在某种情况下所采用的方式。语言固然不可靠，不可靠的也有人。

荒诞的会话方式同样能够折射出现代社会的群体关系构建。如果说《哑巴侍者》的荒诞主要在于逻辑错位、《往昔》的荒诞主要在于空指，那么《沉默》的荒诞则在于碎片化、阻断与模糊。会话本质上就具有碎片性，不过，与《沉默》相比，《哑巴侍者》和《往昔》还能够体现出一些交流的成功性；而《沉默》中的交流则几乎中断，发生的交流也基本上失败了。思维的碎片化、交流的阻断与表意的模糊，体现出了人际关系的零点现状，即冲突与疏远。

《沉默》剧中只有三个人物，但三个人物的背后却是整个社会。贝茨生活在暴力与冷漠构成的高墙之中，向爱伦求助，却遭到了她的拒绝；艾伦，由于自我选择的结果，同样生活在由房间与黑暗构成的封闭空间里；拉姆西表面上给人一种热情的印象，可是，热情的表象之下，却是一种主动的自我封闭。整个社会，人与人之间的距离如此之近，心与心之间的距离如此之远。

从贝茨与艾伦的对话中，读者看到的是贝茨的热情与艾伦的冷漠：热情，主动建立人际关系的表现；冷漠，麻木与封闭的生存状况与选择。

贝茨：今晚碰个头？
艾伦：不知道。
…………
贝茨：去哪儿？
艾伦：不知道。
…………
贝茨：来吧，一起去散步。
艾伦：不。

与艾伦相比，贝茨可谓前工业化时期一个具有主体地位之人，不过，积极的人生态度却没有赢得快乐的人生。对于贝茨的询问，艾伦一问三不知，不知就是麻木；凡是邀请，必予拒绝，拒绝就是封闭。贝茨在艾伦面前的遭遇是一种象征，折射出了他在社会活动中的际遇。

贝茨患有幽闭恐惧症，因为他长时间处在一种封闭的状态。他说道，"草坪围起来了，还有湖泊。天空就是一道围墙"。传统上，自然是善的源泉；可是，在贝茨的眼中，自然同样是囚禁自己的一道屏障。当自然堕落之后，人似乎就失去了一切可以避难的场所。贝茨面临的是怎样的一种生活（人际关系），竟然让人无处可逃呢？其一，四周尽是"难以忍受的喧嚣"，"我快要死掉了"。喧嚣，当然有个人的，政治性的，也有文化性的；例如，"他们的音乐，以及他们的爱情"，就是文化的喧嚣。其二，欺凌代替了宽容与同情。"有人……告诉我忍着"，忍受而不是对话成为一种生存方式，而且，忍受不是一种自主的选择，而是一种强加在自己身上的选择。其三，生存本身就是全部的意义，生存全然没有精神价值。活着就是"一种幸运"，不仅要"心存感谢"，而且要"付出代价"。感谢谁？感谢上帝，感谢政府；什么代价？无条件地忍受。其四，愚昧代替了智慧。贝茨年仅30多岁，竟然有人称其为老爷子。"老爷子"当然是一种讽刺，讽刺他虚度年华，竟然不知生存的法则。何种法则？逆来顺受。贝茨显然是政治、文化上的受害者，受害者在受害美学的掩饰下，往往成为正义者；不过，贝茨做出的反应更多的是愤恨与暴力。"我一脚踢开了门，站在他们的面前。"一句"假如我年轻的话……"所要表达的同样是暴力的潜台词。通篇来看，时有表达紧张情感的词汇："咬牙"（clench）、"狂吠"（barking），还有"摔门"（throw）、"下压"（press）等。贝茨同样是一位情感匮乏的行尸走肉："把她带到这个地方，我堂亲开的店。脱下她的衣服，放上我的手。"爱情沦落为肉欲。贝茨并不追求一元化，只是没有对话的机会；他也没有彻底堕落，可是其生存环境几乎是动物世界。

艾伦拒绝了贝茨的诉求，也遭到了拉姆西的拒绝。拒绝与被拒绝成就了艾伦的人生。第一次，当拉姆西问及艾伦是否会做饭的时候，艾伦的答复是："下一次，我就给你做饭。"当艾伦表示喜欢音乐的时候，拉姆西的答复是："我会演奏给你听的。"他们的行为不是发生在当下而是在未来，未来有多远，则无从知晓；可知晓的是，未来是一道墙，横亘在当下。艾伦主动与拉姆西再次对话：

拉姆西：找一位年轻一点的。
艾伦：没有年轻的。
拉姆西：不要犯傻了。
艾伦：我不喜欢他们。

简短的对话包含着两层意思：一是拉姆西的拒绝，二是艾伦的绝望。艾伦的绝望不言而喻，拉姆西的拒绝倒是十分隐秘。显然，艾伦转向拉姆西是因为对他具有好感，可是，拉姆西的第一反应就是把她引向他人。拒绝贝茨与遭受拉姆西的拒绝成就了艾伦的人生，而拒绝艾伦则造就了拉姆西的人生。

与贝茨，艾伦保持着心理距离；与世人，同样如此。贝茨回忆起艾伦说过的话："我没听见你说的什么，她说道。"对于贝茨，艾伦是唯一一位可以获得慰藉之人，然而，艾伦拒绝倾听他的诉求，拒绝倾听就是拒绝给予一切理解与帮助。"由于缺乏真诚的交流，他们之间的关系注定是无效的，最终的结果就是有性无爱。"① 贝茨只是艾伦人际关系中的一个环节。其实，她根本就没有能力与人建立正常的关系：

下班之后，穿过人群回家；可是，我根本就没有注意到他们的存在……我清醒地意识到周围的世界，就是觉察不到人的存在。他们一定有些趣味；事实上，我知道有。我敢保证。可是，从他们中间走过，我什么也看不见……

可见，对于艾伦，在大街之上行走，仿佛梦游一般，与现实建立恰当的关系可谓难以逾越之事。要是朋友越界，她就会感到不安。当朋友问她是否成家，她违背事实，给予了肯定的答复。婚姻，在她看来，都是一些琐碎之事，关心琐碎之事是她与朋友之间一个重要的分歧。身在其中，又远离世界；身为一个能够思考的主体，却又感到自己极为陌生。贝茨的女房东曾经问他："你从哪里来？如何对待自己？你选择的是一种怎样的人生？"贝茨有理由自信，可终究没有找到答案。艾伦同样如此："我可以听到自己的呼吸。捂住耳朵，就能听到心跳。如此寂静。那是我吗？我是沉默还是言说？我怎么知道呢？"世界是一个谜，自己也是一个谜。可是，艾伦放弃了思考："我必须找一个人给我讲讲。"不思考，任何事物都是迷。自足、无思就是孤立；孤立的社会是碎片化的社会。

不是走出去，就是封闭起来。除了偶尔走访朋友之外，其余的时间就是待在房间里："我喜欢回到我的房间，房间的视野悦目。"悦目有两个条件：一是注视的对象没有欲望，二是注视的主体自由行使意志。艾伦的精神追求无疑是以自我为中心的。品特笔下的房间往往是封闭的，固然抵住了外来的入侵，同时也把自己禁锢起来了。房间的同谋就是黑暗："我的四周就是黑暗。"与世隔绝，身外即是空无；世界失去意义，空无也就是黑暗。艾伦固然拒绝了贝茨，可远没有贝茨积极。贝茨的理想就是出去走走，见见风（walk into the wind）。出去走走就是冲破自闭的牢笼，见见风就是向往自由，寻求一种理想的人际关

---

① Rudiger Imhof. Pinter's Silence: The Impossibility of Communication [J]. *Modern Drama*, 1974, 17 (4): 452.

系。毕竟，风更多的是柔弱、低就，而贝茨对风也没有苛求。风再柔弱，无论如何不会退却；贝茨再强势，无论如何也奈何不了风。世间哪得人如风？

艾伦选择了自足与孤立，而拉姆西则用观念制造了孤立。有趣的是，在交往的过程中，艾伦没有听到贝茨的诉说；拉姆西也没有听到艾伦的诉说。当然，是否听到对方的诉说，不仅是一种整体印象，而且是一种象征。例如，当艾伦第二次主动转向拉姆西的时候，拉姆西的表达"找一位年轻一点的"，就是没有倾听的表现：他没有听懂或者读懂艾伦的潜台词。拉姆西坦承："我听不见她的话。"既然相距如此之近，都听不见对方的心声，那么，萍水相逢也就更没有机会听到任何声音了。

有时，我遇见人。他们朝我走来，不，不是这样，朝我这个方向走来，但从未来到眼前，要么左转，要么突然不见；接着，又出现了，然后就消失在树林中。

不过，莫要误解：不是人们不想接近他，而是人们无法接近他；在接近他的过程中，人们不时地迷路或消失。是什么让拉姆西如此难以接触？他的思想。回忆与艾伦在一起的时候，他说道，"我告诉她我的观点"。后来，他又重复说，"我告诉她我的人生观"。值得注意的是，《沉默》的剧情并不长，无论是对话还是回忆都十分简短，因此，每一条信息都具有丰富的蕴含。"我的观点"或者"我的人生观"也是如此。其实，无论是历史上还是现实中，人类因观念而群分，群体因观念而冲突，再因冲突而孤立。执着理念之人，必定是中规中矩之辈。拉姆西惯用一般现在时，"一般现在时表达的要么是普遍真理，要么是习惯性行为。因此，拉姆西给人一种感觉，一切都是按规划进行"。遗憾的是，"通过行为的规范化，他掩饰了生活的无效"。[1] 无效的一个重要表现就是，"我从未有过怦然心动"，而且，与之亲密无间的动物们也并不需要他。即便是需要他，与动物的关系也不能替代与人之间的关系。无怪乎，拉姆西生活在山顶之上：山顶上人烟稀少，山脚下人烟稠密；观念抽象，高大而仰止；现实可感，具体而卑下。可见，观念又是造成行为与现实脱节的根源。总之，观念成为社会的分裂物。

在戏剧快要结束的时候，三个人物又回到各自封闭的状态下，沉溺于对往

---

[1] Rudiger Imhof. Pinter's Silence: The Impossibility of Communication [J]. *Modern Drama*, 1974, 17 (4): 455.

事的追忆；在追忆中，他们的话语相互交切，互不连贯。自我中心主义导致了孤立，孤立的人生导致了碎片化的社会。话语方式与存在现状互为映射。

话语方式也是身份构建的一个重要手段。当符号与现实发生分立的时候，历史就是符号游戏（选择或自由书写）的结果；同理，身份也可以是符号游戏的产物。因此，处于游戏状态下的符号系统是自足的，因而也是封闭的。在自足、封闭的状态下，游戏符号就是听凭主观意志自由地排列组合；由于不同的意志显然具有不同的结果，哪一种意志成为主宰就成为制造现实的关键。众所周知，决定一种意志成为主宰的核心力量就是权力，权力的获得可以是继承的、民主的或者是暴力的。总之，拥有了权力，就等于拥有了驱使符号系统的合法性，有了书写的合法性，历史和身份的合法性在权力的有效期内也就毋庸置疑了。

不过，历史与身份的书写并非恒定的。历史的书写即便有了权力做保障，也难免出现裂纹，即逻辑上的矛盾或者跳跃；通过分析逻辑关系存在的缺陷，主体书写的真实目的也就彰显出来了，在真实的目的面前，原来设定的表象也就得到了解构。书写的身份可以满足特定的愿望，甚至完美无瑕，但主体的行为不可能因为书写已经完成而发生停止的现象；当行为方式与书写的身份特征发生抵牾的时候，现实中的行为方式必然对书写的身份构成解构。因此，解构就是一个去伪存真的过程。书写与解构永远处在互动的过程之中。

《生日晚会》揭示的是斯坦利的重生，围绕着他的重生，进一步揭示了梅格与戈德波的性格特征。那么，斯坦利原来是怎样的一个人？这主要取决于梅格、戈德波与他自己的言说方式。后来又成为怎样的一个人？这又取决于戈德波与麦卡恩的言说方式。当然，梅格与戈德波的身份特征主要取决于各自的言说。不过，有时候，各自或者对方的行为方式也同时解构了由语言塑造而成的形象。身份是该剧的一个主要关注点。[1]

斯坦利的身份由三个部分构成。他的过去、他的现在以及他的未来。

斯坦利的过去完全由他个人的叙事所构成。通过斯坦利与梅格的对话，可以发现，他曾经举行过钢琴演奏会，第一次的演奏会十分成功；可是，第二次则是一次沉重的打击（第一幕）："当我到那儿的时候，大厅不开，整个场地关门了，连个看场子的人都没有。"两次演出，其情形决然相反，这就难免引起质

---

[1] Michael W. Kaufman. Actions that a Man Might Play: Pinter's *The Birthday Party* [J]. *Modern Drama*, 1973, 16 (2): 169.

疑：第一次到底是真的成功还是亲朋好友的鼓励？当晚喝香槟庆功就一定是成功吗？可见，斯坦利把自己描述成一位钢琴家，一位受人陷害的钢琴家。很有可能，他会弹奏钢琴，不过，不是一位技艺高超的演奏家。在与麦卡恩的对话中，斯坦利表示，他曾经有过一个小小的生意，正是因为生意的原因，他才来到这里。不过，他对这份生意并没有浓厚的兴趣，打算不久就放弃。什么生意？无从知晓。他也十分恋家："哪个地方也不如家好"，而且，"住在别人家里，你决不会习惯的"。原因呢？他告诉麦卡恩说（第二幕），"这家住宅公寓不伦不类，不适合住宿"。然而，就是因为这个小小的、难以名状的生意，他才来到这个并不适合下榻的地方，一住就是很长的时间，"比打算的要长"。到底是什么样的生意，逼得他在一个并不适合住宿的公寓里，一住就是很长时间？在戈德波与斯坦利的对话中，有一句话可能是一个关键事实："你为何杀死了你的妻子？"斯坦利矢口否认杀妻事实，剧中也没有足够的事实证明他谋害妻子。不过，在第三幕捉迷藏的游戏中，斯坦利对露露实施侵犯行为未遂，这足以说明他的暴力行为。所谓的出差，其实是逃罪来的。由于事实并不充分，可以隐隐地感觉到，斯坦利与家人（父亲、妻子）的关系不好，在梅格家中居住，其实是畏罪潜逃。

在梅格家居住，斯坦利当下的身份是双重的：一是房东夫妇的儿子，二是女房东梅格的情人。不过，斯坦利的双重身份主要是通过房东夫妇的言表方式构建起来的。根据戏剧提示，皮蒂与梅格都已经六十多岁了，可是，他们并没有自己的孩子。通过就报纸新闻所发表的谈论可以看出，两人都喜欢孩子，可对孩子的性别持有不同意见：梅格喜欢男孩，皮蒂也不反对女孩。巧合的是，快要四十的斯坦利就居住在他们的家中，由于年龄上的差距与长时间的相处，斯坦利无疑扮演着一个儿子的角色。从梅格的角度看，斯坦利是他们的儿子。第一幕，由于斯坦利始终没有起床，她对丈夫说，"我去把那个坏孩子（that boy）叫醒"。呼喊斯坦利，梅格的称呼是"斯坦！斯坦利！"两个称呼都是昵称。叫床，梅格不是直呼其名，而是使用昵称，这对于房东来说，体现出的不是一般的感情关系。皮蒂的视角传递出的也是相同情感意义。在与斯坦利道别之时，皮蒂的用语完全是儿语："斯坦，拜拜（Ta-ta）。"斯坦利的回复也是儿语：Ta-ta。第三幕，当戈德波要带走斯坦利的时候，皮蒂做出的表示是，"他可以待在这儿""我们可以照看他""他是我的客人""我们可以帮他治疗"等等，言语之间，亲情油然而生。这就是语言的力量。当然，语言构建身份的同时,也有欲望与行为的配合。

斯坦利既然是儿子,梅格就是母亲;不过,在梅格眼里,斯坦利还是情人;因此,梅格就是母亲式的情人。① 第一幕,当梅格从斯坦利的房间出来之后,梅格"呼吸急促,理了理头发"。呼吸的加速与头发的凌乱无疑指向了性行为,可是,发生性行为显然是不可能的。梅格的性暗示倾向后来干脆转移到了话语方式上。当斯坦利用"多汁的(succulent)"来评价梅格烤制的面包之时,梅格自觉或不自觉地把话题引向自身:

梅格:你不应该用那个字。
斯坦利:哪个词?
…………
梅格:你不应该当着一位已婚女性说那个字。
…………
斯坦利:哦,我从未听说。
…………

不错,语言早已遭到污染,可是,同时遭到污染的还有人的意识;意识不主动在能指与污染的所指之间建立关系,能指还是可以保持干净的。梅格的性倾向可以通过随后不经意间的举动来佐证:就在斯坦利抱怨梅格准备的早茶之后,梅格拿起鸡毛掸子,一边打扫房间,一边恍惚地注视着他,还没干几下,就转到了斯坦利的餐桌。接着,梅格一句羞涩的问话,完全暴露了梅格内心的感情冲动:"我真的多汁吗?"说到斯坦利的房间,另一句同样模糊的话语透露出梅格急于强化两性关系的欲望:"斯坦利,那是一个可爱的房间。在那里,我度过了几个美好的午后时光。"戏剧始终没有直接或间接地揭示梅格与斯坦利之间的关系,不过,斯坦利对待梅格粗鲁与不耐烦的态度足以说明,梅格试图通过言说的方式构建一个根本不存在的事实。梅格用语言虚构了斯坦利的身份,也虚构了自己的身份。

在戈德波与麦卡恩的视角下,斯坦利不仅是一个罪犯,更重要的是,一个急需涅槃重生之人。要涅槃重生,靠的不是行动,而是语言;当然,不是斯坦利的语言,而是戈德波与麦卡恩的语言;不是个体的语言,而是官方的语言。

---

① Michael W. Kaufman. Actions that a Man Might Play: Pinter's *The Birthday Party* [J]. *Modern Drama*, 1973, 16 (2): 173.

戈德波与麦卡恩指责斯坦利背叛了组织，怎样的组织不得而知，不过，他们二人此次执行任务代表的显然是官方。在官方与个体之间，存在着多个不对等现象：前者强大，后者渺小；前者发令，后者听命；前者监督，后者尽责。可见，官方与个体之间的关系，就是塑造与被塑造的关系，而塑造的主要手段则是话语方式。第二幕，就在梅格把玩具鼓交给斯坦利之前，戈德波、麦卡恩与斯坦利之间进行了一次长时间的对话。对话中，一般是一问一答，可是，他们三人的对话中，出现了一个奇特的现象：戈德波与麦卡恩长时间反复地质问，斯坦利则只有一次回答的机会。话语的方式表明双方的权力关系：当提问之后等待回答的时候，官方需要的是信息；倘若一直提问，不给对方任何回答机会的时候，官方要展示的是威严，是正确，而不是收集信息与等待辩解。戏剧中，官方提供的只有结论，没有证据，斯坦利，甚至观众，似乎只能接受，不能提出挑战。权力话语就是事实。

如何让斯坦利重生呢？最佳的方式当然是一次生日晚会（第二幕）。由于真正的生日还要等一个月，可见，生日晚会更多的是一种象征。[①] 不过，第三幕中，戈德波与麦卡恩以官方的身份开始对斯坦利进行身份重塑，重塑的手段是权力话语方式。这是一次经典的权力话语模式：从麦卡恩把斯坦利领进房间之后，斯坦利就根本没有发言的机会，言说的只有戈德波与麦卡恩。戈德波与麦卡恩言说的主要话语摘录如下，有时做了必要的合并：

戈德波：多年来，你一直戴着有色眼镜。

麦卡恩：行事刻板。

戈德波：你看起来患有缺血病（近视）。

麦卡恩：风湿病（癫痫）。

戈德波：从现在开始，我们就是你的主心骨（监视你）。

麦卡恩：给你提建议（祈祷之日，帮你祈祷）。

戈德波：提供衬衫和短裤（一系列其他日用品）。

麦卡恩：香油膏（一系列其他日用品）。

戈德波：我们将把你塑造成一个男人。

麦卡恩：一个女人。

---

① Charles A. Carpenter. "What Have I Seen, the Scum or the Essence?": Symbolic Fallout in Pinter's Birthday Party [J]. Modern Drama, 1974, 17 (4): 389-402.

戈德波：动物。

麦卡恩：动物。

关于过去与现在，权力做出了定论；关于未来，权力也有了打算。历史告诉人们，对自己有利的时候，权力总是说到做到。可以看出，权力的参与是全方位的，权利的监管也是无孔不入的，权力的塑造也是无情与彻底的，更是荒诞的。未来的斯坦利是怎样的一个人，通过权力的表述，不言而喻。无怪乎，听到了官方的言说之后，斯坦利突然失去了语言能力，只能发出模糊不清的声音：Uh-gug…Caahh…关于 Caahh 的意思，有学者认为，如同许多语言中的 caca 一样，源自希腊语的词根 kakka-，儿语，意思是，"狗屁（shit）"①。没有言说的机会进行公开反抗，却总能找到机会暗中抵抗。哪里有语言压迫，哪里就有语言反抗。

权力的言说可靠吗？戈德波的表演充分说明，权力的言说并不可靠。第三幕，在与麦卡恩的交流中，戈德波把自己的人生信条和盘托出，这些人生信条就是戈德波的身份标志：

努力，努力，按照游戏规则来。孝敬父母。照章办事。守规矩，守规矩，麦卡恩，你就不会出岔子……父亲曾告诉我，宽恕……给人生存的机会……回到你妻子的身旁……任何时候都要问候你的邻居……怀有尊敬之心……

根据戈德波的话语，他称得上是一个优秀的公民，把公权力交到他的手中，人们有理由感到万分的放心。遗憾的是，他与露露的关系，暴露了他人性黑暗的一面："你满足了你丑陋的欲望。至少有三次，你教给我一个姑娘结婚前不应该知道的东西。"可是，作为权力的代表，他不仅没有忏悔，反倒要求露露跪在自己的面前，进行忏悔。权力永远没有错，有错的都是接受监督的一方。可以想象，聆听戈德波训示之人芸芸，得知露露冤屈之人寥寥。言说，对于权力来说，永远利大于弊：它可以塑造一个公平、正义的虚假身份。

言语的确具有力量。言说就是权力，有权利就要服从；言说就是历史，有言说在，就不怕昨日之日不可追；言说就是交往，唯有架桥才能对外；言说就是身份，因为行为不可能时时在场。忽视了言说的权力，就等于放弃了存在的

---

① Charles A. Carpenter. "What Have I Seen, the Scum or the Essence?": Symbolic Fallout in Pinter's Birthday Party [J]. *Modern Drama*, 1974, 17 (4): 400.

可能性。

　　不可能终于成为可能：具有意义的不再仅仅是行动，同样具有意义的还有决定行动的思维方式；语言不再是稳固不变的，语言也可以是流动不居的；谵语破坏了逻辑，没有逻辑，戏剧也就没有情节；不过，混乱的逻辑依然是情节。因此，解决了思维方式的问题，也就等于解决了行动的问题，舌战与谵语终于成为戏剧的情节类型。可见，掌握了话语权力，也就掌握了书写的主动权，自由的书写可以创造。以会话为中心的戏剧结构，具有不可替代性。

　　难道情节就是一切吗？不是的，没有人物在场，情节就是凄凉的宇宙。该是人物出场的时候了。

第五章 人　物

宇宙有万物，万物人为尊；然而，没有高贵的人，宇宙依旧精彩。继承了上帝的形象，人类固然没有宏大的视角，却也可以矜夸无限的想象之力。于是，戏剧文本替代了世界剧本，既是人类特定视角的剪影，又是人类社会的缩影。不过，没有人，剧本的世界再精彩，也不属于人类。所以，剧本之中，天涯海角，古往今来，国内国外，无处不见人的身影。人，不分肤色，不分尊卑，不分职业，不分个性，凡所应有，无所不有。

小说中的人物分为两类，一是扁形人物（flat character），二是圆形人物（round character）；相比之下，戏剧中的人物，有理由说，多属扁形人物。扁形人物就是在戏剧的时间与空间里，身体与精神始终没有发生本质变化的人物；圆形人物则是在戏剧的时间与空间里，身体或精神发生了本质变化的人物；可见，人物身体与精神上的本质变化是区分扁形人物与圆形人物的关键。为何戏剧中几乎没有圆形人物呢？主要原因有二，一是戏剧的演出时间有限，在有限的时间内，不便于展示时间跨度较大的事件；二是演出时间与事件时间的比率不能过小，比率过小了，情节发展必然流于过快，过快则粗糙失美。为此，一个人物，戏剧开始之时出生，戏剧结束之时，已是耄耋之年，如此之大的时间跨度，令人难以接受。当然，从戏剧发展的历史来看，一切皆有可能。小说之所以拥有圆形人物，是因为小说的篇幅之巨，可以容纳跨度较大的时间与空间；在足够的时空里，人物可以合理地成长；在自由的空间里，人物可以尽情地周游四方，增长人生阅历；在社会的空间里，人物可以通过交往，快乐地或者艰难地认识社会，从生涩到醇熟。当然，小说也可以根据需要，选择扁形人物。一言以蔽之，选择了扁形人物，就是要展示价值观念的冲突，而不是人物的成长历程或者民族的历史进程。

第五章 人物

　　如同小说一样，戏剧中的人物大致可以分为主角（protagonist）与反角（antagonist）。主角一定是社会的人，而反角既可以是社会的人，也可以是无形的自然力量、宗教力量或社会力量。主角一般是任务的执行者或信念的追求者，相比之下，反角则是主角的对立方，有意或无意地阻碍着主角的行动。身处社会之中，没有人是一座孤岛：主角有主角的团队，反角也有反角的团队；在团队里，成员分工不同，各司其职，但主次分明。主角与反角的形成，主要是视角的结果，每一个视角都不可避免地属于民族、政治、宗教或文化的范畴。以《威尼斯商人》为例，主角的视角是基督教的；以《圣女贞德》为例，主角的视角则是法国的。《威尼斯商人》，从犹太民族或者犹太教的角度来看，必定是另一番情景；当法国以贞德为自豪的时候，英国则以《圣女贞德》背后的另一个故事为自豪。当然，英雄品质可以跨越国界，成为人类的价值观念。总之，好与坏、正义与邪恶都是相对的价值观念，完全受到视角的制约。

　　其实，戏剧中，除了扁形人物（主角、反角）外，戏剧中还有一种角色，即配角（或称提线人物）；不过，戏剧中的配角中，又有一类特殊群体，他们就是丑角。丑角，如第一章所述，是不愿当坏人的作家的替罪羊；不过，由于地位之卑微、才思之敏捷与言语之尖锐，丑角一跃成为戏剧中颇受欢迎的角色。当然，无论是主角、反角还是配角，戏剧中的人物可以表现自己的性格，也可以展示价值观念的冲突，更重要的是，性格与价值观念相结合，以此揭示人类生存的现实。

　　要立体地展示人物形象，剧作家拥有两个法宝：外部塑造与心理刻画。在剧本中，很少能够读到人物的外部描写，不过，这并不意味着人物的外部形象特征可有可无；事实上，在演出的过程中，导演无一不重视时代服饰的特点、着装与人物性格的关系。可见，由于剧本的再生产是迅即的、也是终端的，对于反映时代精神的作品，剧作家也就没必要对服饰做必要的着墨；对于历史的甚至是异域的叙事，剧作家也是如法炮制。显然，他们似乎在遵循着一个不成文的传统，把情节之外的一些次要内容交给导演或者读者，让他们根据历史事实自由处理，毕竟，情节几乎是上帝。当人们更多地关注人物内心世界的时候，剧作家借助于人物语言、行为方式、歌队、音乐、服饰、灯光等手段来揭示人物丰富的内心世界。当人物直抒胸臆的时候，由于人物自主言说，也就掩盖了作家操弄的痕迹。剧作家之所以能够成功地揭示人物的内心活动，是因为人同此心，心同此理。的确，作品中的心理描写永远带着一层虚构；其实，生活中

163

的知人知心，也永远含有一定成分的虚构。虚与实可以无界，但内外现实不可偏废。

就人物而言，性格无疑重于外貌；就性格而言，双重性或复杂性优于单一性。不过，戏剧中，主角的性格往往具有双重性或复杂性；相比之下，团队里其他成员的性格更多的是单一化。不是说，现实中，领导者的性格一般具有双重性或复杂性，追随者的性格一般呈现单一化，而是说，戏剧中，为了凸显主要人物，更好地揭示主题思想，在有限的空间内，比较普遍、行之有效的做法是，用主角的双重性格或复杂性与配角的单一性格相匹配。不过，要揭示主角性格的双重性或复杂性，只靠配角单一的性格远远不够，还要靠人文环境的复杂性，而人文环境的复杂性往往可以通过众多单一却各异的性格构成。由于戏剧作品所展示的永远是生活的一个侧面，面对复杂多彩的生活，如何切割、如何剥离出一片值得展示的生活切片，永远是戏剧艺术的兴趣点。

双重性与复杂性不同。双重性表现为对立性格的共存，例如，爱与恨、惜生与赴死、精明与愚蠢等，可以同时体现在一个人物的身上。复杂性性格表现为非对立性性格的共存，例如，开朗、严谨、善良等共存一身。对立的性格能够共存，是因为矛盾的双方互为依存、自由转化。表面上，对立统一关系难以理解，但事实是，当双重性格成为戏剧标准之时，戏剧作品缺少的不是矛盾性，而是双重性格转化过程的可信度以及其中的知识量与智慧度。复杂性格似乎可以自由组合，但复杂的类型是什么，复杂的程度到底有多大，则是必须与戏剧的主旨思想与审美意趣紧密结合。对人性的把握以及创作目的的明确是塑造人物的关键要素。

基于学界对人物分析已经取得的成就，本章试图从一个稍加不同的视角对戏剧人物进行简单的整理与研究。由于主角与反角往往具有对立的价值观念，人物分析就以主角为主；此外，由于丑角是戏剧所特有的配角人物，丑角也就顺理成章地成为本章的另一个重要焦点。其余的配角，由于性格的相对单一性，不再予以详细的分析。主角的分析，以哲学的视角为取向，倾向于思想性，并以此作为区分的标准；丑角的分析，则主要聚焦于人物的性格类型。

第一节　主　角

戏剧中，作为独立的自由人或者团队的领导人，主角是任务的主要执行者。

在执行任务的过程中，主角必然会受到各种自然条件的限制，遇到来自社会不同方面的阻力；要克服自然困难、化解社会矛盾，完成既定的任务，主角往往能够得到志同道合之人或团体的帮助。最终，主角可能成功，也可能失败。无论是成功还是失败，主角都是一个符号的化身，展示着各种可能的人性，或承载着不同的价值观念；所反映的人性或价值观念，因时间变化、地点不同、目的相左、内外有别等，往往陷入对立冲突之中；对立冲突的状态可能朝着两种方向发展：一是一方战胜另一方，二是双方势均力敌，和平共处；前者形成天下一统的局面，后者形成多元共存的状态。从单一到多元是人性与价值发展的历史轨迹。

由于人既是生活中的主宰，也是戏剧作品的中心，人在戏剧内外的关系也就演变成为戏剧与生活之间的关系。简言之，戏剧与生活互相依存，密不可分：戏剧要么反映生活，要么引领生活。反映生活，戏剧在领导人民进行思考；引导生活，戏剧表达出了一种理想的生存模式。归结起来，戏剧主要是一种反映生活、促使人类进行思考进而改变生活的手段。

人类与其他的生命体向来就表现不同。由于并不满足于自己的简单欲望，在认识世界、改造世界和提升自我的过程中，人类走过了三个不同的重要阶段：第一，探索世界的本质；第二，思考认知手段的合理性；第三，质疑表述介质的可靠性。不同阶段的人类活动，通过即时或穿越时空的方式，反映在各个时代的戏剧作品中，给主角打上了鲜明的文明烙印。当然，各个文化发展的节奏不一，但总体走向却是不约而同。因此，就英美戏剧而言，要反映民族的生存状况以及对生存的思考，就必然呈现人类文明的共性特征。

因此，英美戏剧中的人物可以分为三种：第一，本体论视角下的人物；第二，认识论视角下的人物；第三，语言论视角下的人物。

本体论视角下的（ontological）人物。人的本能就是确保人身的安全，追求肉体与精神上的快乐；可以说，人类的一切活动，都是以快乐为中心的一种尝试与努力。所谓的活动，就是与环境、与自己交往；要交往，就要正确地认识交往的对象。人的认识分为两个范畴：第一，认识环境；第二，认识自我。人认识世界的方式是由己及人，由人及物，由物及物，由近及远；其中，由人及物是主要的方式。受欲望的驱使，同时也出于精神上的追求，人在追求的过程中显现出一种高贵或者卑下。高贵是人的优秀品质，卑下则是人性的弱点；要培养高贵的品质，就要认识到自己的卑下，克服自己的弱点。

在认识自然、自我反思以及社会交往的过程中，人形成了典型的性格特征，反映在戏剧作品中，则成为典型的人物性格特征。以下从正反面、多角度地归纳、论述本体论人物类型。

人是高贵的。人的高贵性表现在与命运抗争的过程中。命运是什么？命运就是神，神就是神秘而不可战胜的自然力量；就是复杂、多变而不可知的未来；就是高远而难以实现的理想。与命运抗争，就是挑战自我的极限，逼近神的国度。这就是人身上高贵的神性。

罗密欧与朱丽叶在与多变、不可知的未来做斗争的过程中，表现出了人的高贵。罗密欧与朱丽叶敢于把世仇化作恩爱，他们的超越之举，动天地，泣鬼神。有谁能够拍着胸脯，坦然地说，我身上没有一滴仇人的血液？君不见，多少次，部落之间，民族之间，相恨相杀；可是，到头来，群体之间的个体，有多少逐渐走到一起，相敬相爱，繁衍生息。罗密欧与朱丽叶遇到的阻力，当然是社会价值观念的对立；① 然而，要解决问题，他们却选择了与命运斗勇、斗智。

与命运斗勇、斗智，朱丽叶当然离不开合道之人的帮助。按照教父劳伦斯的安排，计划的第一步是：朱丽叶同意父母之命；第二步，以"死"来结束父母指定的婚姻；第三步，42小时之后，"死"后的朱丽叶还阳，与流放中的罗密欧聚首。一个地地道道的金蝉脱壳之计。此计的关键是假死。众所周知，死亡乃是自然力量，把假死作为解决问题的手段，就是与命运斗勇、斗智。斗勇，因为假死具有一定的危险系数；斗智，因为死亡的手段中含有生的玄机。朱丽叶是高贵的，她的高贵来自对叛逆爱情的忠贞以及对神父的信任：再好的计谋，没有充分的信任，也只能停留在纸面上；而驱动信任的则又是惊世骇俗的爱情。当她发现罗密欧为自己殉情之后，她选择了自杀。在特殊的情况下，自杀，就是把命运掌握在自己手中；在特殊的情况下，自杀，就是剥夺了失道之人（师）取胜的资格。

与命运抗争就是要承担不可控的后果。劳伦斯的失误是一个克尽职责却没有足够预见力之人的失误。第一，没有事先与罗密欧沟通。第二，请约翰神父告知罗密欧计划的时候，虽尽职责，却没有与约翰沟通好。第三，劳伦斯神父有逆世的勇气，却无坚持到底的决心；当事态失控之后，为了逃避责任，他置

---

① D. Scott Broyles. Shakespeare's Reflections on Love and Law in Romeo and Juliet [J]. *Journal Jurisprudence*, 2013, 88: 75.

朱丽叶于不顾；劳伦斯神父终究是一个人，而不是一个神。人的有限能力，与事物的无限复杂性相比，也只能处于下风。劳伦斯神父，如同罗密欧与朱丽叶，具有高贵的品质，但不是一个纯粹之人。

哈姆雷特，可以说，是英美戏剧中第一位善于思考的人文主义人物。不是说，人类从哈姆雷特开始才学会了思考，而是说，从他开始，人类摆脱了宗教迷信思想的控制，从世俗的角度出发进行思考。人类自从有意识的那一刻开始，就开始了思考，思考自然的本质。不过，思考的结果是，自然界有一位天神在主宰一切，要生存，就要满足天神的欲望，获得他的许可。其实，天神的思维方式与行为方式，都是人类自己的写照，只是人类并不知道而已。在认识天神的过程中，人类把自己的性格、理想与思维模式，在不知不觉中（后来，在少数人的清醒意识中），投射到了一个类人的但终究是虚幻的抽象概念之上，然后，用这个抽象的理想概念来规约自己的生活。

哈姆雷特开始从敬鬼神转变为疑鬼神。质疑是思考的开始。父亲的鬼魂命令他替父报仇；哈姆雷特的第一反应十分理性，他问自己，鬼魂之语是否可靠。在古希腊戏剧《波斯人》中，老国王鬼魂对波希战争的评价，完全是一种可靠的话语，没有人产生怀疑。与此不同，哈姆雷特不仅怀疑，而且亲自验证，充分体现了自我的能力与价值。好在验证的结果是肯定的。不过，验证的结果不是说有鬼魂的存在，也不是说鬼魂的话具有可信度；而是说，任何结论，无论是主观的还是客观的，都要经得起检验，唯有经过检验，才具有说服力。哈姆雷特是检验者，也是独立判断者。

怀疑鬼魂的可信度，也怀疑天堂（梦乡）的存在。哈姆雷特的痛苦是可以理解的。自己的父亲，由于母亲与叔父合谋，被毒杀而亡。三个人，哪一个都是至亲；然而，也就是至亲给他造成了巨大的伤痛。他痛不欲生，于是想到了死亡。也就在死亡的问题上，哈姆雷特表现出了人文主义精神。他的理由是，人们都说死亡即入梦，甜美如梦乡；可是，没有人从梦乡返回世俗的世界，以亲身的经历言说梦乡之美。没有证据，就没有可信度。事实上，在鬼神面前，宗教的要求是，越是不可信，越是要笃信。思考能力，或者说理性，无疑是多余之物。哈姆雷特从相信鬼神，开始转为相信自己。

哈姆雷特装疯更是体现了人的自主性。在莎士比亚之前，剧中人物都是以个人的身份正面进入事件；哈姆雷特则以疯癫的虚假身份，从侧面而不是正面，对事件展开调查。直，是人敬神之道；曲，是神令人之法。在神谕一统天下的时代，巫师们吸入了毒气之后，处于半昏迷半清醒状态，说出一些令人似懂非懂的话语。而今，哈姆雷特装疯卖傻，不仅呈巫师之态，掌握着国王与王后的秘密，而且借疯言疯语，道出了似非而是的道理。疯癫是假，清醒是真，把疯癫与清醒融于一体，哈姆雷特挑战了神权，强化了人权。

作为人文主义者，如何相信鬼魂的存在？鬼魂的出现，当然不是自然现象，可能是幻视、人为之事或者猜测。对于哈姆雷特来讲，当务之急不是揭开鬼魂的秘密，而是父亲暴死之谜。他也迟疑过；他的迟疑则是宗教思想与人文主义思想交锋之际的一丝困惑；他的迟疑造成了他的抑郁。① 对于莎士比亚来说，鬼魂只是一个道具，人物的人文主义精神才是戏剧的核心。坦率地讲，在宗教迷信与人文主义交错的时期，借用老旧的话语方式传递新式思想，也不失为一种策略。

贝克特，完全是一位忠于职守，敢于担当，更不会苟且偷生的一代宗教领袖。通过贝克特的形象，作品传递出的信息是，宗教享有独立的政治地位，在现实生活中，具有超验的引领作用。塑造贝克特的形象，艾略特采用了新中古主义手法（neo-medievalism），不过，不是为了怀旧，而是为了当下。②

要理解贝克特的人物性格，就要回答两个问题：第一，政治与宗教发生冲突，作为大主教，贝克特何去何从？第二，20世纪，贝克特的意义何在？

当民族与国家概念相统一的时候，根基于民族的宗教与根基于国家的政治一体化，宗教的就是政治的，政治的也是宗教的。当基督教成为不同民族共同精神信仰的时候，超越国界的宗教也就高于囿于国界之内的政治，宗教与政治之间也就不可避免地发生冲突。同样，当不同信仰的民族聚集在同一面国旗之下，宗教与政治的关系也就必然发生冲突。12世纪的贝克特，作为国王的挚友，在与国王亨利二世发生冲突的时候，他选择了宗教而不是政治。

戏剧作品聚焦于贝克特从法国返回并死于坎特伯雷大教堂的经过，不过，他与国王亨利二世的恩怨还是隐现在戏剧作品中。亨利二世之所以让贝克特主掌坎特伯雷大教堂，是因为让自己的心腹接任大主教一职，就可以统一总揽宗教事务与政治事务，实现宗教与政治一体化的夙愿。遗憾的是，宗教本身就高于政治，对政治拥有不可或缺的影响力；要让宗教服务于政治，成为政治的附

---

① 本书采用古典人文主义视角分析哈姆雷特；基督教人文主义视角可参考 Robert B. Bennett. Hamlet and the Burden of Knowledge [J]. *Shakespeare Studies*, 1982, 15: 77-97.

② Krystynal Michael. Neomedievalism and the Modern Subject in T. S. Eliot's *Murder in the Cathedral* [J]. *Postmedieval*, 2014, 5 (1): 34-43.

庸，贝克特决不会应允。在没有磋商或谈判的情况下，放弃宗教原有的地位与权利，贝克特必将失信于教会，成为历史的罪人。从理性的角度来看，自从文艺复兴开始，宗教地位开始下降，到了20世纪，宗教的影响力已经式微，宣扬贝克特维护宗教地位的历史事实，似乎有悖历史潮流。可是，艾略特所要表达的是，历史现实说明，宗教不可或缺，也不能失去应有的主导地位；失去了宗教信仰与引导，就等于失去了一切的精神引领。

贝克特的人生经历告诉人们，宗教永远不可能从现实中消失。对于贝克特来说，人生不仅仅是享乐（第一个诱惑），人生也不仅仅是拥有权力，为百姓造福（第二个诱惑），更不仅仅是开创一种新型的政治体制，即共和体制（第三种诱惑）。贝克特否认了三种诱惑，但并不是彻底否定了它们的价值：其实，享乐、为民服务、共和体制正是西方文明进步的具体表现，而是要表达宗教信仰的超越意义。宗教的超越意义何在？贝克特在布道之时说得很清楚：宗教信仰的核心乃是，让上帝的意志主宰一切。当人的意志服从于上帝意志的时候，一切自私与虚荣皆去；该有的必有，拥有了也不值得矜夸。可见，上帝，如同柏拉图的理念，抽象并且完美，固然不可企及，但永远成为人生的组织者。有组织，就有目标；有目标，就有意义，就不会空虚。

第四个骑士质疑贝克特殉道的动机，其实，就是质疑人取代上帝的可行性。人取代上帝所依靠的就是"我们优秀的自我"（our best self）[1]，对此，贝克特深有感触。第四个诱惑提出，贝克特可以选择殉道；选择了殉道，贝克特就可以成圣，在坟墓里统治世界；而他的敌人，永远背负着有罪的枷锁。这正是贝克特曾经有过的念头。庆幸的是，贝克特消除了这个念头；不幸的是，我们没有这个境界："上界熟悉我们，由于熟悉我们，首先赋予了我们生命以及生命的目的；可是，我们拒绝接受上界的安排。"[2] 贝克特就是新世纪给人们的警示。

人是高贵的，也是卑下的。改掉恶习，养成高贵，人类才能进步。恶习既是体制的，也是环境的。从统治者的恶习与平民的恶习当中，可以看出人类进步之路到底有多远。

琼斯，作为一位旧式的皇帝，是文化的产物，也是人性的必然。他的肤色是黑色的，其实，也可以是棕色的、黄色的与白色的。他的经历告诉人们，历

---

[1] Matthew Arnold. Culture and Anarchy [M]. edited by J. Dover Wilson. London: Cambridge University Press, 1960: 94-97.

[2] James Matthew Wilson. The Formal and Moral Challenges of T. S. Eliot's *Murder in the Cathedral* [J]. *Logos*, 2016, 19 (1): 198.

史到底可以造就怎样的统治者，一个统治者又到底可以造就怎样的政治体制。

琼斯是一位专制的统治者。他能够坐上皇帝的宝座，靠的就是他的手枪和银弹；历史再一次证明，强大的暴力总是成为改朝换代的主要工具。暴力可以改变统治者，要改变政治体制，则要靠统治者的政治纲领。琼斯不可能拥有新的政治纲领，没有新的政治纲领，也就不可能建立新的政治体制。琼斯的人生经历决定了他的统治方式。在暴力面前，他从一个自由人变为奴隶；作为没有人权的奴隶，他经历了人身的买卖，肉体的践踏；然而，从暴力反抗中，他也懂得了暴力的作用。可以说，逃亡过程中，是神话后的武力以及群体的愚昧，把他推上了皇帝的宝座。他所熟悉的专制统治自然也就成了他的首选治国方式。任何一个不能思考、回避思考、无暇思考的民族，要建立一个政治制度，凑手之法就是用历史的制度瓦砾进行自欺欺人的拼凑。

另一个重要的警示是，阶级压迫与种族压迫是一样的。从黑人的文化传统来看，他们所熟悉的政治体制从来就是专制体制，历史只是从一个专制统治者过渡到另一个专制统治者的过程。美洲的奴隶制压迫，表面上是种族之间的冲突，仿佛废除了种族压迫，黑人就可以实现平等、民主的政治制度。现实有力地证明，摆脱了种族压迫之后，黑人能够实施的统治模式，依旧是专制政治，唯一不同的是，统治者不再是白人，而是自己人。难道自己人之间实现专制统治，与种族间的专制统治，真的像拜伦所言，是不同的吗？现代文明答道：完全相同。

要改变治理模式，就要有效地约束人性。专制统治能够极大地满足统治者人性的欲望。看一看琼斯为人之主的享乐与陶醉，便知人性的私欲与专制统治之间的关系。琼斯的追随者，并非与众不同。饱受压迫与磨难，走过了漫长艰苦卓绝的斗争之路，琼斯与他的政治团体，不可能放弃到手的权利。天下皇帝轮流做，曾是无数人的人生梦想。要建立一个人人平等的社会，需要宽广的胸怀与超凡的政治勇气。人类历史上，不乏美好的初衷，可是，转眼间，历史赋予一个民族走向永久昌盛的机会，还是重新潜入了专制统治的历史之中。究竟是文化之错，还是人性之错？特定的人性造就了特定的文化，特定的文化反过来又固化了特定的人性。话语方式可以制造虚化的现实，却造就不了良性发展的历史。上位者需通过约束自己的方式，改造民族文化与社会风气。

与君者相对的则是平民。当然，平民见识有限，不足也就更加明显。然而，不怕明显之瑕，但忧隐性之过。考验一下如何？人性经不起检验，唯一能做到的是健全制度，增加保障，减少人性不幸遭遇检验的概率。

《防空掩体》(The Shelter)中的主人公，表面上是斯多克顿博士，实际上是他的众邻，而他只是一面镜子，折射出众邻的人性，即我们人性的阴暗一面。从他人身上看到自己的阴暗面，总比赤裸裸地展示自己要好得多。

和平时期，制度至上，人间充满了安居与友情。斯多克顿博士关心邻居，邻居们身心健康；他们心怀感恩，齐心协力，为博士举办生日晚会；生日晚会上，斯多克顿任由浓浓的友情包裹着自己，享受着一年一度的幸福时刻。和平时期，邻居、朋友、同事之间所展示的均是人性的美德。当导弹攻击事件成为一场虚惊之后，人性之恶顿时消失，人性之善强势回归。善是制度与和平之花。

在生死考验过程中，本能战胜理性。就斯多克顿博士与邻居而言，解决生存的问题，方式只有两个：谈判与暴力。当生死逼近，只有强者生存；邻居人多势众，没有必要谈判，毕竟暴力对于强者来说，最直接、最有效。这是丛林法则，不应该是人类生存之道。消灭了主要的敌人，如何解决邻居内部的生存问题呢？理性是：末位淘汰；末位淘汰的原则是，先来后到，即原居民优先，移民居后。可是，生命又是等值的。理性失效之时，暴力再一次胜出。人类最基本的生存能力是本能，而本能的主要表现则是暴力。要隐藏本能、减少暴力倾向，就要降低生死考验的机会。

斯多克顿博士胜利了吗？没有，无论他站在几级台阶之上。假如他和家人存活下来，历史就得到了延续；假如他放弃了生存的权利，韦斯一家活了下来，历史与文明都得到了续写。动物界只有历史，没有文明。人类与此不同。

人性是多面的，既有善，也有恶；揭示人性之恶是一件痛苦与危险的事情。不过，唯有彻底认识人性，才能防患于未然。《防空掩体》与《泰坦尼克号》不同，描述的是概率极低的情况，由于概率极低，相应的制度建设也是流于表面，不过，暴露出的人性则是深层次的缺陷。然而，人性不可一概而论。

由于对世界有了认识，也就有了行动，认识与行动给每一个生命体打上了烙印。认识是无止境的，人的性格特征也就处于无限变动的可能之中。当然，认识也受方法的约束。

认识论视角下的（epistemological）人物。认识论是一种以质疑的方式来探讨意识与物质之间关系的哲学方法。本体论认为，意识与物质之间保持着统一的关系，意识是可靠的，认识的结果也就可靠。然而，人类的认识活动逐渐表明，人类的思维方式对认知的结果能够产生重要的影响。换言之，人类认识世界的方式不是客观的，而是有着局限性的；用有限的方法去认识世界，所获的知识也就必然具有一定的局限性。把认识论与人物类型结合起来，不是说人物发现的认知方法与发现的过程揭示了人物的性格，而是说人物认识事物的方法决定了自身的性格特征，或者说，一种认识世界的重要手段如何改变人生的本质。总之，认识论视角下的人物聚焦于人物与认识方法之间的互动关系。

理性作为人类认识世界的主要手段，曾经给人类带来了科技上的飞跃、文化上的辉煌。然而，凡事过犹不及，理性也莫过于此。当理性一统天下的时候，人作为理性与感性的动物，开始出现异化现象，异化的主要原因是，过度理性化的行为方式，摧残了人的身体，忽略或压制了人性的本能。因此，认识论视角下的人物分为两类：一是理性的主宰，二是理性的牺牲品。

以理性为工具，一跃成为社会精英的时代人物，可以归为辩论型人物与侦探型人物。

辩论型人物可以称之为萧伯纳式人物。辩论型人物不是萧伯纳首创，却是他推向了新高度的戏剧人物类型。戏剧要发展，就要革新；革新的契机来自戏剧作品所要揭示的社会问题。社会问题不仅抽象、复杂，而且需要思考与辩论，思考与辩论的性质决定着戏剧的分析型情节，戏剧的分析型情节，由于与人物之间密不可分的互动关系，也就决定了人物的思辨类型。辩论型人物的出现当然遭到了剧烈地反对。可以说，人性的底色是情感或者欲望；作为表现人类喜怒哀乐的艺术形式，戏剧必然区别于抽象、思辨的哲学。当然戏剧人物呈现出抽象、思辨的特色，戏剧与哲学的边界似乎消失了；边界的消失即是身份的消失，辩论型人物的出现，葬送了戏剧艺术，是可忍，孰不可忍？然而，思考与辩论的确是生活的一个方面，戏剧既然要反映生活，也就有理由反映思辨的一面。可见，思辨型人物的出现是历史的必然，也符合艺术规律。

辩论型人物作为主角，一般具有鲜明的理想主义色彩；不过，在现实面前，有的人物不得不接受现实，有的则依旧坚持个人的理想主义。其实，现实总是理想与人性折中的结果。每一个社会、每一个时代，都拥有自己的理想主义；理想主义思想，作为概念性产品，永远是高拔的，它能够指引着人们不断地进步，创造出一个更加美好的社会。不过，为理想主义奋斗者众，到达理想主义顶峰者寡。为理想主义奋斗，就要放弃物质主义；追求物质主义，就不可能捍卫理想主义。把物质主义放在第一位，理想主义放在第二位者，乃是芸芸众生；把理想主义放在第一位，物质主义放在第二位者，却坐拥大量财富者，乃是硕鼠伪人。把理想与现实结合起来的，或许能够"变容"（transfiguration），成为新宗教的教主。①

薇薇是一位宽厚、坚定的理想主义者，她的世界观主要通过辩论的方式体现出来。薇薇的理想主义就是靠诚实的劳动收获，以体面的工作立足于社会。她之所以原谅母亲的过错，是因为她懂得，生存权乃是第一人权。后来，她之所以不原谅母亲，是因为母亲拥有可靠保障的生活方式之后，仍然坚持原来的谋生手段。母亲的谋生手段，在薇薇看来，是一种古老的却始终是卑下的生存方式；对于一位理想主义者来说，母亲做出的选择应当是，体面的而不是下等、具有盘剥性的经营活动。贵族可以从事不法活动牟利，但贫民出身的母亲不仅应该体面经营而且要经营体面。薇薇的可贵之处在于，她知道并鄙视上流社会运作的模式，但没有主张暴力革命，而是清者自清，浊者自浊。作为文学人物，她可能带有一定的软弱性，却是一位识透人性之人。不过，薇薇不是英国社会的最后答案。总之，薇薇的人物特征，主要是通过提问与批评的方式表现出来的。作为正方主辩，她的人物形象遵循了一个共同的规律：开场时，胸有成竹，振振有词；辩论过程中，面对反方的驳论，正方主辩逐渐失去了自己的主战场；结束时，完全变成了一个新人。与另一位辩论型人物芭芭拉不同的是，由于母亲的原因，薇薇没有彻底放弃自己的立场。戏剧中的辩论型人物，毕竟不是哲学家，必须具有一定的生活气息。那么，他们身上的生活气息来自哪里呢？来自戏剧中几乎占一半的生活展示。萧伯纳的辩论式戏剧作品，总是在辩论与展示之间，小心翼翼地均衡展开。辩论型人物既有鲜明的思辨特质，又有浓厚的烟火味道。

《愤怒的陪审员》（Twelve Angry Men）中的 8 号陪审员，则是一位娴熟运用理性，成功从电椅上拯救一位无辜少年的典型侦探式人物。与其他侦探式人物不同，8 号陪审员不是在庭外的犯罪现场做仔细的勘探，会议上与队员激烈争论，或者以福尔摩斯的方式抖包袱，而是机智地与其他陪审员进行激烈的辩论，最终澄清事实。薇薇的辩论结果尚有一丝遗憾，而 8 号陪审员的舌战群雄则取得了决定性的胜利。

生命至上。把一个鲜活的生命送上电椅，简直是草菅人命。不过，如此漠视生命、亵渎责任之人始终是少数。可是，这些少数人就出现在《愤怒的陪审

---

① Robert J. Cardullo. Transfiguration and Ascent in Shaw's *Major Barbara* [J]. *The Explicator*, 2019, 77（1）: 4-7.

员》里,做出了平庸之恶(the banality of evil)。有道是,挑战不可能,方显英雄本色。8号向常规发出了挑战。挑战常规,则是对生命的尊重。生命高于一切。

　　8号成功的另一个原因是勇气。表面上,8号之勇是匹夫之勇。现实是,除了自己,所有人对官方的指控均无异议。也正是此时,他居然建议再次进行无罪投票:如果只有他坚持被告无罪,他就放弃自己的主张。投票的结果,不仅说明8号不是胡搅蛮缠,而且说明案件本身的确存有很多疑点。8号真的是在豪赌吗?不是。他是在否定了官方的重要证据之后,大胆提出了这一要求。官方认为,作案的凶器具有独特性与排他性,只能指向被告;8号则当场出示了在事发地购买到的同一款刀具。以事实为依据的一次勇敢挑战胜利了。

　　理性为英雄助力。8号的理性表现在,讲证据、讲逻辑。作案凶器之外,8号对被告的三个不利证据进行质疑。第一,男孩杀死父亲之后,不可能回家;作案工具上没有留下指纹,这说明凶手作案老道。第二,伤口与现实不符:死者身上的创口自上而下,而男孩身体矮小,他留下的创口只能是自下而上。第三,男孩之所以回忆不起来电影的名字,是因为在"巨大的情感压力之下",不可能进行正常的回忆。对老年男子作为证人的行为能力提出了质疑。一是老者之所以提供与公诉方相同的证据,是因为他想享有从未有过的公众注意力(高明的论断);二是年迈迟缓,不可能及时赶到现场,并发现被告匆匆离去的事实。对老婆婆的证言提出质疑。老婆婆近视,可出庭之时,并没有戴眼镜;也就是说,躺在床上,她也不可能戴着眼镜。作案不可能,证言不可靠,被告只能是无罪。

　　他的智慧表现在,步步为营,稳打稳扎,不求冒进。整个过程中,一共进行了八次投票。第一次,8号否决了有罪判断。从第二次投票开始,8号步步用计,其中一个主要计谋就是,一事一议,通过理性与影响力,逐渐扩大自己的阵营;否则,9号就不会在议事过程中,产生越来越大的孤独感,也就不会受到刺激,亲自说出"我杀了你!"的过头话。通过自己的言语行为,9号明白了一个道理:情绪激动之时的话语,不足为凭。同样,3号,一个固执、缺乏理性的陪审员,也就不会在激动中,把自己内心的真实想法和盘托出:其实,潜意识里,他把自己对同龄儿子的不满,完全转嫁到了被告身上。能晓之以理的,用逻辑证明;不能晓之以理的,令其在行动上自证。8号的形象,不让福尔摩斯。

　　在以上的人物案例中,理性无一不是正面的标志;然而,理性也可以成为人物的负面标志。不可否认，由于科学理性，人类走出了蒙昧与宗教迷信，创造了先进的生产工具，改造了自然，提升了生活的质量。可是，当理性成为一切社会活动的尺码之时，理性主义的负面影响也就暴露出来。作为理性的产物，工业化把人从灵长类变为机械类，从主人变为奴隶。更有甚者，人征服了自然之后，又发明了可以征服自己的恐怖武器。生存成为一个严峻的社会问题。戏剧人物记录这一切反常的变化。

反理性人物可以简单地分为两类：一是异化型人物，二是荒诞型人物。异化型人物表现为理性过度化的僵硬特征，而荒诞型人物则表现为理性故障化的失控特征。

异化是现代文明的一个重要精神特征，既可以是社会的，也可以是个人的。异化，简单地理解，就是变异，变异就是发生了不同于传统形态的现象。造成异化的原因有两种：一是机械地理解并僵硬地或过度地执行具有文化传统的生活规则，例如过度强调工具理性的重要性，导致了作为产品制造者的人，受到自己产品的役使；二是背弃了原有的生存法则，片面地追求对立的生活方式，例如道德沦丧与神的遗弃。此处主要论述过度化导致的物极必反。

《巫蛊案》(The Crucible)中的丹佛斯就是一位异化型人物。在这场世纪性巫蛊审判活动中，主审官之一的丹佛斯把宗教理性推向了极致，制造骇人听闻的宗教冤案。所谓的宗教理性，就是宗教信仰内含的逻辑。科技理性虽然反哺了宗教理性，但宗教理性依然区别于科技理性，始终带有一定的超验成分。

宗教法庭审判巫蛊案的一个重要原则就是"有罪推定"，即被告若不能证明自己无罪就是有罪。根据丹佛斯的阐释，其理由是：巫蛊属于一种不可见的犯罪，整个犯罪过程中，只有巫师与受害人知情。吊诡的是，巫师不可能指控自己，要查明事实真相，也只有询问受害人。

另一个原则是，受控犯有巫蛊罪之人，只要认罪忏悔，就可以免于死罪。为此，一些不能自证无罪的受迫害者，为了保存自己，不得不违心撒谎。毕竟，基督教认为，轻易地抛弃自己的生命，乃是有罪之举。

其结果是，卷入巫蛊案的人数急剧增加，而多数无辜之人，为了生命与家庭，只好认罪。海蒂与阿比盖尔在树林中伴随着提布塔的歌声跳舞，后来演变成在树林中裸舞；人们指控提布塔为女巫，提布塔又指控他人为女巫；海蒂与阿比盖尔跳舞与招魂的有罪行为，进一步发展成撒旦崇拜。

此外，教会无孔不入，甚至把私下交谈的内容作为庭审的证据。在萨勒姆，根本没有私密事情与公共事务之分，牧师们为了取得有利于教会的证据，不择手段；而且，任何信息，牧师们一旦掌握，就有权进行质疑。

丹佛斯的执念与严苛把萨勒姆巫蛊案推向了荒谬的尽头。他是一位严肃、冷漠之人，不过，没有什么政治野心，倒是死心塌地地维护宗教法庭的尊严。他坚信，法庭能够甄辨善恶，维护正义，因此，法庭的尊严神圣不可侵犯。在审理案件的过程中，凡是针对原告和庭审程序的任何指控，无一例外地遭到丹佛斯的质疑。面对普罗克特的理性声音，丹佛斯毫不犹豫地指责他企图干扰法庭的正常审判工作。即便是阿比盖尔的诬告行为破产之后，为了维护自己的尊严，法庭依然坚持案件的审理工作。更有甚者，法庭审理案件不是以事实为依据，而是积极地卷入案件之中。丹佛斯为了自己和法庭的利益，不惜劝说当事人违心认罪。劝人认罪的行为，越是富有耐心，越是用心险恶。

人类的进步，从来都是与愚昧斗争的阶段性胜利。巫蛊案既是时代的局限，也是宗教理性的局限。庆幸的是，人类为了防范或补救潜在的失误，形成了一套宽恕的做法。在萨勒姆巫蛊案中，丹佛斯一方面坚持宗教正义，一方面网开一面。奈何道高一尺，魔高一丈。魔就在人心。巫蛊案固然是宗教理性的失误，同样也是世俗欲望推波助澜的结果。帕里斯为了自身的安全，阿里盖尔为了个人的婚姻，普塔纳姆为了他人的土地，丹佛斯为了个人的声望。当然，众多小人物也就是为了自己的生命与家人的幸福。更有甚者，只要受迫害的是一些不体面之人，公正与否也就无所谓了。私欲与报复，可以说，是巫蛊案背后的一个主要动因。

巫蛊案时期，人心惶惶，每个人都有可能成为受害者，也有可能成为迫害者。正常的生活根本得不到有效的保障。丹佛斯，一个社会秩序的直接维护者，沦为一个社会动乱的间接制造者。

荒诞的逻辑造就荒诞的社会，荒诞的社会造就荒诞的生活，荒诞的生活必然造就荒诞型人物。为何荒诞？荒诞就是人群中的孤独无助，就是西西弗斯式的徒劳无功，就是阳光下的无意义生存：一言以蔽之，作为后现代人的生存状况，人与人之间、人与环境之间、人与上帝之间的交流出现了紊乱。荒诞来自何方？荒诞来自理性的专制。理性自以为可以统治一切；可是，现实中，理性的统治处处捉襟见肘，谬误百出，一个时期内，整个社会一片灰暗。

讨论荒诞派人物，不得不提及《等待戈多》中的戈戈（爱斯特拉冈）与狄狄（弗拉季米尔）。他们的人生充满了荒诞，因为他们生活在一个荒诞的世界里；一个原本是生机勃发的世界，之所以沦落成一片荒原，是因为世界赖以运行的理性法则，发生了故障，由于理性抛锚，人们行为荒诞。

他们的言语方式荒诞不经。语言，相对于人类的其他工具来说，是最早走向成熟的一种形式，不仅体现了人类活动的方式，而且体现了人类思维的模式。具体而言，一种文化与另一种文化的差异，通过语言表达方式，就可以得到充分的展示。可以说，世界上每一种语言都是层次清晰、逻辑严密、结构完整的有效交流工具。然而，戈戈与狄狄的表达，缺少逻辑，颠三倒四，废话连篇。他们的语言方式反映了生活的荒诞与内心的空洞。

他们生活的世界是荒凉的世界。他们所处的环境，没有花草，没有鸟叫，也没有河流，只有孤零零的一棵树，枝杈稀疏，不挂一叶。世界是荒凉的，生活也是无聊的。鞋子刚脱下来，接着又再穿上。前一天的对话，今天重复一遍；前一天做过的事情，今天再做一遍。不是说生活中没有重复的事情，而是说，重复既是目的，又是手段。有理性，就有逻辑，有逻辑就有意义。没有意义，显然没有逻辑，没有逻辑，理性缺位。

他们的精神世界是荒芜的世界。由于生活没有意义，他们选择了死亡；选择死亡，其实也是因为内心空虚：一个内心充实之人，面对无意义的生活，会行使个人意志，为生活赋予意义。一个内心空虚之人，害怕孤独：与死亡相比，孤独更为可怕；空虚之人容易产生遗忘：同一地点、同一时间发生的事情，时隔一日，如隔三秋。可见，空虚之人，逻辑思维几乎停止运行。空虚但没有绝望：荒芜的内心世界还闪烁着一丝亮光，即戈多的到来。

不过，他们的期望注定要落空。戈多是何人？不得而知。无论何人，他一定是能够给他们带来好消息之人。何时到来？星期六。哪个星期六？在哪里见面？一棵树下。哪棵树？一切都是未知数。如果他们的选择是正确的话，戈多一定会来；可是，正确与否，只有戈多来了方才见分晓。他们陷入了逻辑死循环。[1] 戈多没有如约而来：不是不来，却始终没来。从他们的期待来看，戈多不可或缺；从戈多的迟迟不到场来看，戈多也许就不存在。没有什么是可以肯定的。总之，人生的经验也许就是一个三位一体：盼望、等待、死亡。[2] 不是贝克特过于悲观，而是经历过那段十分黑暗日子的人沉默了。理解贝克特的当是戈

---

[1] Leonard Powlick. Beckett's *Waiting for Godot* [J]. *The Explicator*, 1978, 37 (1): 10.
[2] Peter Zazzali. Trying to Understand *Waiting for Godot*: An Adornian Analysis of Beckett's Signature Work [J]. *The European Legacy*, 2016, 21 (7): 702.

戈和狄狄。

语言论视角下的（linguistic）人物。当语言的特殊性与人物塑造的手法相似的时候，语言视角下的人物也就诞生了。语言有两个特殊性。第一，抽象性与稳定性。一般情况下，语言符号分别与物理世界的物体或事件、精神世界的情感或欲望具有不可或缺的对应关系，离开了物理世界与精神世界的存在，语言就无法进行表意。因此，对应关系决定了语言符号的意义。语义进一步分为两种，外延与内涵。外延是抽象的，因而也是稳定的，类似柏拉图的理念；内涵是具体而微的，因而是流动的。当戏剧人物成为一种抽象概念的实体化的时候，人物因此就具有了语言符号的特性。

第二，自足性与构建力。由于语言的广泛使用，语言符号的能指与所指之间逐渐形成稳定的语义关系，稳定的语义也为文化共同体成员所认同。在这种情况下，指涉物的存在对语言的使用不再发挥决定性的作用。文化共同体成员，可以根据个人的意志，自由地选择语言符号，任意地进行组合，生成不需物理世界的客观事实予以印证的物体与事件。这种特殊的表意活动，相对于精神世界来说，完全是真实的，可信的。同理，人物塑造也可以是独立于现实生活的自足活动，所塑造的人物，完全能够满足人类的审美需求，因而也是真实可信的。这种自足性仅存在于文本世界（一方对另一方的话语构建），不存在于作家世界与文本世界之间的第三空间（现实与虚构之间）。

因此，语言视角下的人物，可以分为两类：一类是符号化人物，另一类是语言构建型人物。

符号化人物是历史的产物。文艺复兴以前，人类认识世界的方式较为简单，用简单的方式认识复杂的自然与社会，戏剧作品中的人物就不可避免地带有符号化（脸谱化）的倾向。符号化人物的历史可以分为两个阶段：希腊神话阶段与基督教文化兴起阶段。希腊神话阶段的人物属于神话符号化人物，而基督教文化兴起阶段的人物属于宗教符号化人物。符号化人物的一个主要特色是无我（自我的缺场），人物的个性完全是神谕或宗教信条在人物本能上进行书写的结果。

神谕就是道（Word），具有绝对权威性和稳定性，不可抗拒、不可更改；就像词汇（word）一样，词汇的外延具有绝对性与稳定性。神谕在先，情节在后，之间没有因果关系。无论人物是否情愿，过程中是否有清醒的意识，他的行为都是神谕的演化。因此，神话符号人物就是神的另一个自我（alter ego），没有自己的个性，完全是神谕的外化。

俄狄浦斯就是神谕的外化，因而也是典型的神话符号化人物。当神谕第一次出现的时候，结果他成为一名弃儿：神谕说，俄狄浦斯将来弑父，因此，拉伊俄斯（父亲）就托人把他弃之野外。当俄狄浦斯听到神谕一事之后，来到阿波罗神庙，亲自验证了神谕的真实性。像父亲一样，他选择了抗拒命运。正因为拉伊俄斯与俄狄浦斯抗拒神谕，却在冥冥之中创造了条件，一步一步地逼近神谕。他本来可以不知道弑父、娶母、生子的真相，可是，由于求真，终得谜底：神谕不可抗拒，即便是抗拒，也会实现。可见，俄狄浦斯就是神谕的一个道具：这也就揭示了情节重于人物的客观原因了。

学界企图把弑父、娶母的悲剧归因于俄狄浦斯而不是命运：归因于俄狄浦斯，他的过错就必须是推动情节发展的主要动因，人物就重于情节，而不是情节重于人物了。有学者认为，"俄狄浦斯有机会延迟并减轻可怖的命运，可是，由于缺乏宗教智慧，他失去了这个机会"[1]。他的过错就是，没有问明父亲的真实身份。该学者后来又换了一个角度，进一步论证俄狄浦斯不够聪明，否则，俄狄浦斯就既可以维护神谕的尊严，又可以避免悲剧的发生，让神谕与理性共存：他可以弑父，对外宣称"父亲是一位腐朽、邪恶的领导者"；也可以娶母，称其为"顾及国家的命运"，并对此严加保密。这样，"理性与神谕就会联手协作"[2]。视角的确独特。

两种观点都站不住脚。如果正确的话，戏剧的目的就是揭示俄狄浦斯自身的缺点，并批评他没有能够克服这个缺点。照此推理，戏剧就应该采取正叙而不是倒叙的方式，逐渐展示俄狄浦斯，由于这一缺点，如何一步一步走向悲剧的。这样，俄狄浦斯就不会是一个符号化的二维形象，而是一位栩栩如生的世俗人物。可是，戏剧中，根本没有足够的细节可以证明，俄狄浦斯失去了本来应该抓住的纠错机会。诚然，俄狄浦斯向命运表示过抗争，然而，他的抗争仅仅反映了人的本能，而本能的抗争不足以彰显个性。因此，戏剧采用了倒叙而不是正叙的手法，所要突出的是人类无法抗拒命运的悲剧性，而不是人类拥有

---

[1] Christopher S. Nassaar. Tampering with the Future: Apollo's Prophecy in Sophocles's *Oedipus the King* [J]. ANQ, 2013, 26 (3): 149.

[2] Christopher S. Nassaar. Faith and Reason in Sophocles's *Oedipus the King* [J]. ANQ, 2018, 31 (4): 212.

某一个缺点的现实。这样,二维的人物形象与凸显情节的目的也就相称了。①

宗教文化符号人物是宗教宣传的产物。中古时期,基督教在英国兴起,为了普及教义,让基督教理念深入人心,教会自然就利用起戏剧这种古老的表达手段。神谕符号人物成为阐释神谕的工具,宗教符号人物则是阐释抽象的宗教概念的工具。阐释的过程都是从命题陈述到具体论证,论证的方法不是推理,而是叙事。在古希腊的戏剧中,只有一位主角是神谕符号人物;在道德剧中,所有的人物都是符号人物。与神话符号人物相比,宗教符号人物更加抽象与程式化。

在《坚毅之城堡》(The Castle of Perseverance)中,主角是人类。人类经历了堕落与救赎的两个过程,充分意识到向善与忏悔的重要性;从此,"人类"由衷地赞美上帝。

"人类"的堕落。由于追求享乐,"人类"追随"世俗",作为"世俗"的管家,"贪婪"把"人类"介绍给了"魔鬼"的侍从"虚荣""愤怒"与"忌妒",他们四人,合同"肉体"的侍从"淫欲""懒惰"与"饕餮",决定把"人类"带入地狱。"人类"从此犯上了七宗大罪。在坚毅之城堡的时候,"魔鬼"与"肉体"来营救"人类",可惜败阵;"世俗"派遣"贪婪"前去游说"人类","人类"最终同意走出坚毅之城堡。然而,"死神"突然降临,"人类"的"灵魂"进入地狱。

"人类"的救赎分为两个阶段。第一阶段:进入坚毅之城堡,接受七重美德的训导;进入地狱之后,"人类"的"灵魂"向"仁慈"发出呼救之声。第二阶段:"仁慈"听到"人类"的"灵魂"发出的呼唤之后,与上帝的其他三位女儿"真理""正义"与"和平"商量,决定征求上帝的意见。按照上帝的盼咐,四位女儿把"灵魂"从地狱领了出来,带入天堂。

语言构建型人物。语言构建就是虚构,不过,虚构不是剧作家根据自由想象创造出的人物,而是文本世界里,其他人物在没有现实或者不顾现实的基础上,单凭自由组合词汇的方法构建出的人物。语言构建型人物,表面上,是词语自由组合的结果,其实,是其他因素背后作用的结果。其一,善意;其二,恶意;其三,权力。无论哪一种因素在暗中起着决定性的作用,凡是语言构建型人物,其自我无一例外遭到了屏蔽。不过,任何形式的屏蔽,在构建者没有

---

① 麦克白则是一位半神话符号化人物。神谕以女巫预言的形式呈现,而实现目标的方式则完全掌握在麦克白自己的手中。

意识到的情况下，都会呈现出裂纹，即逻辑缺陷。其实，文本并不像读者所想象的那样，是作家独立行使意志的结果，一气呵成前，前后连贯。相反，文本是权力斗争的场所。权力斗争就是不同意识形态在文本内争夺话语权的较量，这种斗争可能是显性的，也可能是隐性的。无论哪一方获胜，文本内都会留下斗争的痕迹。从斗争的痕迹出发，抽丝剥茧，就可以发现边缘化一方的主张或现实。

语言构建型人物可以分为两类：一是群体话语构建型人物，二是个体话语构建型人物。

群体话语构建型人物的代表是夏洛克。夏洛克，由于与基督徒安东尼奥签署了一份借款合同，在履行合同的过程中，单打独斗，不仅输掉了一场官司，而且还背负上了骂名，成为异类犹太人的典型画像。其实，夏洛克的恶名是基督徒话语方式的产物。细读文本，就可以发现叙事裂纹；顺着叙事裂纹思考下去又能进一步发现，夏洛克的恶名是外力强加其上的污词。

在基督徒的涂抹下，夏洛克成为一个邪恶的犹太人。巴萨尼奥说他是"冷酷无情的家伙"，安东尼奥把他喻为杀死羔羊的豺狼，葛莱西安诺则冲着夏洛克说道，"就连刽子手的钢刀，都赶不上你这刻毒的心肠一般的锋利"。如有一人下地狱，非夏洛克莫属。事实是，夏洛克才是一位受害者。

公爵已经预设了审判结果，不达目的决不罢休。在第四幕第一场，公爵说道，"我已经差人去请培拉里奥，一位有学问的博士，来替我审理这件案子；要是他今天不来，我有权宣布延期判决"。为何请博学的培拉里奥呢？因为他审理不了这个案件。问题就在这里：不是审理不了案件，而是不能成功地为安东尼奥打赢这场官司；为了安东尼奥最终赢得这场官司，他甚至延期判决。显然，从一开始，公爵就偏袒安东尼奥，没有做到秉公执法。

其实，条约很清楚，当事人双方也无争议。在法庭上，安东尼奥多次表示，愿意接受惩罚："我只有用默忍迎受他的愤怒，安心等待他的残暴处置。"显然，安东尼奥明白，夏洛克的主张是符合法律的；唯一遗憾的是，自己没有料到事情会发展到真的要履行合同的程度。公爵从中调解，企图说服夏洛克网开一面，这说明，他对合同的理解也没有异议。既然没有异议，为何不能及时秉公执法？可能有反对意见，但生命至上。要知道，这份合同与立下生死状的决斗别无二致。公爵不想看到安东尼奥死，也不想看到夏洛克赢。

夏洛克会置安东尼奥于死地吗？有两个答案：一是不会，另一个是会。不会，因为安东尼奥与夏洛克没有人命官司，但夏洛克对安东尼奥的确恨之入骨："他曾羞辱过我……污蔑我的民族……煽动我的仇敌……只因为我是一个犹太人。"（第三幕第一场）只要安东尼奥承认以往的过错，夏洛克就不会置他于死地。不过，夏洛克在庭审前，明确表示要剥夺安东尼奥的性命，因为那不是正式场合；如在法庭上，安东尼奥承认错误，请求开恩，而不是他人代言，夏洛克有理由退让。会，因为安东尼奥拒绝认错。整个庭审过程，没有任何人主动或代为承认错误，夏洛克别无选择。否则，夏洛克就无法做人。

不是夏洛克狠毒，而是安东尼奥们虚伪。按照基督教的习俗，人们不得以放贷的方式谋取利息。用安东尼奥的话来说，借钱助人，赢得的是友谊和尊重。可是，友谊与尊重并不是单方面的。当安东尼奥有难之时，他应该得到朋友与社会的热心帮助，而不是违背公平，帮他打赢官司。可是，除了一场不公正的官司之外，什么也没有。巴萨尼奥愿意用妻子的生命换取安东尼奥的生命，其允诺也仅仅是口头服务。

鲍西亚的智慧只能说明，基督徒们善于利用文字的不可靠性。"庭审过程中，我们自始至终没能看到戏剧情节与威尼斯法律重要性存在的内在逻辑矛盾。"内在的逻辑矛盾，前一章第二节已有简单的论述。总之，"剧情的每一次转折，文字，尤其是夏洛克的话语，为了他人的利益，遭到了误解与碾压。合约，夏洛克原以为具有几乎至高无上的法力，竟然是基督徒可以随心玩弄的文字"①。关于夏洛克形象的解读历史告诉人们，人物可以是群体语言的建构。

个体话语构建型人物的代表是克拉普。在话语与现实的关系上，学界关注更多的是群体话语在人物构建过程中的作用。其实，个体也往往用话语方式来构建自己的身份或形象。第四章第二节中，已经从侧面对此进行了较详尽的论述。以克拉普为实例，主要论证人物是（不充分）话语方式的产物。

录音中多处出现"犹豫"的指令、类似犹豫不决的现象以及停顿。例如，"我常发现，它们——（克拉普关掉播放机，进入沉思，打开播放机）——在重新……（犹豫）……反省的时候，具有帮助"。类似犹豫的现象有，"作为——或者保持——一个鳏夫的状态——或处境"。凡是犹豫不决，就说明克拉普所给出的表达不是十分确定的，只是多种可能之一。同样，停顿也表明，克拉普在

---

① Stephen Schillinger, Conversations with Shylock: *The Merchant of Venice*, Authorship Trouble, and Interpretive Instability in the Period of Early Print [J]. *Texas Studies in Literature and Language*, 58 (1), 2016: 99, 101. 该文此处进一步论述说，《威尼斯商人》的剧本本质是"滑稽"，而非政治迫害。这种阐释，既替夏洛克雪洗了冤屈，又保住了基督徒们的脸面，可谓一石二鸟。

努力回忆,也可能是在思考:回忆起的内容该不该表述,思考的东西到底对不对。因此,表述的内容,要么是回忆起来的,要么是可以表述的。可见,记录下来的内容并不是个人全部的历史事实。

目录本中的脚注则说明:描述,是一种简约的表达。关于第三盒、第五盘磁带所做的部分注明文字是:"母亲终于安息了……那只黑色的球?……(他抬起头来,出神地注视着前方,十分茫然。)黑色的球?……(他接着又读了起来。)黑人护士……(抬起头,思忖了一会,接着再读。)肠胃蠕动缓慢……值得记忆的……什么?"脚注当然象征着规范的书写:所谓的书写,即便是连贯的,实际上也是概括的描述而已,根本不存在完整的记录。没有齐全的记录,就没有完整的人物形象。

克拉普听磁带的方式说明,他所得到的历史画像,也只能是一副简笔画。在播放磁带的过程中,遇到不感兴趣的内容,就快速前进;遇到感兴趣的内容,为了追求全貌,就往后倒退,甚至反复倾听。这样,克拉普获得的事实,只能是有趣的,可有趣的不一定是重要的。因此,以"编辑、选择、改变或擦抹"的方式操纵过去的自己,克拉普得到的只能是一个"不可靠的"侧影。[1] 与磁带里的信息相比,他的阐释只能是浮光掠影。

克拉普对录音所做的评价明显带有主观的成分。在评价 39 岁的人生时,69 岁的克拉普说,"刚刚听完 30 年前那个愚蠢混蛋的录音,简直不敢相信自己竟然那么坏。谢天谢地,一切都成为历史"。两个信息:第一,39 岁的他是个愚蠢的混蛋;第二,一切都过去了。可是,主观的自我评价马上就遭到了解构。随后的一句话就是,"她那双漂亮的眼睛!"真是情不自禁。如果他不再是那个愚蠢的混蛋,而且一切都过去了,他就不会赞美她的眼睛,也不会突然中断录音,重温那段令其难以忘怀的录音部分。主观的评价不可靠。总之,"恢复当年的精力"以及"寻找一个秩序"的努力失败了。[2] 克拉普失败了,但告诉了人们怎样运用语言来构建人物。语言构建型人物是自足的,不受文本以外现实的检验。

三个视角,三个类别的人物。人物的外表固然重要,更重要的是人的内在本质。要揭示人的内在本质,就要察其言,观其行,并进入人物的内心世界。

---

[1] Heidi Mohamed Bayoumy. "Who Am I?": A Study of the Effect of Memory on the Self in *Krapp's Last Tape* and Death of the Clown [J]. *The International Journal of Literary Humanities*, 2018, 16 (4): 10.

[2] Marshall Lewis Johnson. Database and Narrative in Samuel Beckett's *Krapp's Last Tape* [J]. *The Explicator*, 2016, 74 (4): 218.

唯有如此，人物才是鲜活的、独一个的。因此，揭示人物，不能不讨论思想。

第二节 丑 角

丑角，作为16世纪到18世纪戏剧作品中不可或缺的角色，完全是一个悖论的化身：作为仆人，颇为主人所倚重；作为傻瓜，却有惊人之语；作为乡野村夫，其天然纯真又不失珍贵。反过来，作为智者，却弄巧成拙；作为尊贵之人，却屡受嘲弄。丑角是特殊历史时期的艺术产物，其兴也忽然，其亡也倏然。生命固然短暂，却轻盈地划过戏剧作品的天空，留下了一道道绚丽多彩的弧光。

丑角，从汉语的角度来看，是一个规范的、没有争议的名词；但从英语的角度来看，则需要做一个较为明确的区分。丑角对应四个英文词语：jester, fool, clown 与 fop。Jester 最早的意思是"讲述或吟唱英雄事迹的艺人"，伊丽莎白时期，jester 又获得了另一层意思，提供娱乐的"喜剧演员"；[1] 戏剧中，一般出现在宫廷的场所，可以译为"弄臣"，属于愚人的一种。Fool 可以译为"愚人"，愚人又可以分为两类，身残智不残的（natural and wise）、伪装的（artificial）：身残智不残的愚人，身体或有先天的缺陷，或矮小；伪装的愚人，身份不高，智慧却不低，与弄臣相近。Clown 可译为"小丑"，16世纪后半期，出现在戏剧文本中，一般指"乡下人"（countryman），[2] 乡下人具体分为"乡绅"或"乡民"。Fop（浮普）用来指行事有失身份的纨绔子弟，如装疯的王子哈姆雷特与没落的骑士福斯塔夫。本书主要论述愚人、小丑与浮普，不论述歪思（Vice）[3]、愚人演员的即兴话语（improvisation），也不论述戏剧结束后与观众的互动。

丑角具有复杂、矛盾的人格与行为特点，因此是悖论式人物。

作为伪装的愚人，他们外丑、内秀：外丑，因为没有社会地位（财富、教育、权利）；内秀，因为心智通灵、言语诙谐，就事论事，切中肯綮。因此，表面的质朴之下，隐藏着意料之外的睿智。究其原因，愚人是权力的边缘人，边

---

[1] Michael Mangan. A Preface to Shakespeare's Comedies: 1594-1603 [M]. London: Longman, 1996: 51.

[2] Michael Mangan. A Preface to Shakespeare's Comedies: 1594—1603 [M]. London: Longman, 1996: 60.

[3] David Wiles. Shakespeare's Cown [M]. Cambridge: Cambridge University Press, 2005: 1-10.

缘人有两点优势：第一，与其他的局外人相比，能够更多地了解政治局势的发生、发展、冲突与结局；第二，与当局者相比，具有更清醒的认识。侍主如侍虎，愚人的言语中肯，甚至过激，为何得以全身而退呢？原因有四：第一，愚人的职业要求在于表达，他们真实地表达了自己心中的想法；第二，精神存有缺陷之人，言语失误，罪不当罚；第三，主人似醒非醒之时，愚人点醒了对方；第四，忠心可鉴。总之，伪装的愚人是人"小"智慧大，备受尊重。

纨绔子弟作为愚人，则是反其道而行之。第一，说傻话、办傻事；第二，傻话与傻事之中，隐现着睿智；第三，言语指向的是隐藏的邪恶之道；第四，尊贵受到污损。可以说，伪装的愚人，或指出主人无意中的过失、铸成的大错，或仗义批评人间不平之事；相比之下，纨绔子弟则是无意识中暴露出贵人燕尾服下面的"小"来，或者僭越规范，斗胆爆料。纨绔子弟与伪装愚人是反向丑角。

作为乡下人的小丑，言行粗俗，孤陋寡闻，却也开朗、率直、淳朴、善良、谦卑。乡下习俗与都市文化是一体文明之两端，彼此矛盾，相互依存：在都市人的眼中，乡下人是肤浅的；在乡下人的眼中，都市人是极端的；因为肤浅，所以滑稽可笑；因为极端，所以无形之中遭到批判。滑稽可笑，赋予了乡下人小丑的身份；不过，由于乡下人至简的生活方式与至真的性格，通过简单的对比，就足以彰显都市人的虚荣与矫饰，从而反衬出乡下人的真实与幸运。大道至简，至简即道，得道者智。关键是，善良与谦卑能够赢得都市人的包容。

可见，愚、丑不熟悉大都市的生活与风俗，却具有足够的智慧批评它；不能体会到语言的细微差异，却具有足够才华表达诙谐；不知奸诈之道，却能在奸诈面前全身而退；[①] 鄙视简朴与清纯，却为简朴与清纯所鄙视。丑角就是剧作家的传话筒，表达了读者或观众的心声，是狂欢游戏的主角。

为何会有丑角？丑角又为何突然消失呢？丑角的诞生有两个源泉：一是祭司（不是祭祀），二是"驴节"。众所周知，祭司的身份介于人与神之间，祭司的话语方式似是而非，似非而是。因此，戏剧中，祭司所具有的神的属性转移到了国王的身上，似是而非、似非而是的话语方式成为愚人的典型特征；分化之后，国王与愚人还是形影不离。"丑角与丑角的原型就是在从人到神的主体关系中不断反身回溯，不断追逐继而逃离，在辩证过程中无从定夺以致引起扭曲、

[①] Richard Preiss. Clowning and Authorship in Early Modern Tneatre [M]. Cambridge: Cambridge University Press，2014：2.

185

错乱的形象。"① 此外，12 到 16 世纪，欧洲流行着一种以天主教文化为对象、具有狂欢性质的节日——傻瓜节。节日的主要参与者是下级教士，他们就是"傻瓜"，身着具有猥亵、粗俗含义的面具，如野兽和妖魔，载歌载舞。他们还从中选出一位节日之主，代表着主教或教皇；节日之主骑着驴子参加狂欢，驴子在基督教里代表着神圣之物。为此，傻瓜节又称"驴节"。②

傻瓜节僭越权威的潜台词导致了节日的取缔。其一，扮演主教或教皇，节日之主暗示着耶稣基督再世；其二，作为所在教阶的权威性代表，他僭越的意味昭然若揭。15 世纪中叶，特鲁瓦事件导致了世俗当局与宗教当局联手扼杀了傻瓜节。16 世纪中叶，傻瓜节基本上从历史的舞台上消失了。不过，傻瓜节改头换面，出现在民间的娱乐演出当中，成为"傻剧"③。

丑角的分类方式很多，为了便于研究，本书以人物的不足与欲望以及对其认识的深度两个标准来区分丑角，共有四类：第一，智慧型（the wise fool）：感知并承认自己与他人的不足与欲望；第二，受害型（the victim）：感知并承认自己的欲望，却没有意识到他人的不足与欲望；第三，作恶型（the evildoer）：没有认识到自己的不足与欲望，却对他人的不足与欲望知之甚多；第四，圣洁型（the holy fool）：不知自己与他人的不足与欲望。④ 由于早期戏剧中的人物过于概念化，例如《赞美愚人》（*The Praise of Folly*）中的愚人，以下论述的丑角选自戏剧性较强的作品。

第一种，智慧型愚人，其代表人物有李尔王的愚人与人性化的费斯特。

在《李尔王》中，愚人的名字就叫愚人（弄人），职业名称代替了真姓实名。有一支歌儿足以见证愚人知己知彼（第二幕第四场）："他为了自己的利益，/向你屈节卑躬，/天色一变就要告别，/留下你在雨中。/聪明的人全都飞散，/只剩傻瓜一个；/傻瓜逃走变成混蛋，/那混蛋不是我（朱生豪译）。"人心叵测，愚人寥寥数语，道尽人生的诡谲。不做混蛋是傻瓜的最低标准，也是最高要求，因而没有几人可以企及。当李尔从权力的顶峰跌落到人生的谷底，愚人不舍不弃，只有一个目的，即宽慰昔日的国王。要宽慰，一是形影不离的陪

---

① 孙柏. 丑角的复活 [M]. 上海：学林出版社，2002：84。
② 孙柏. 丑角的复活 [M]. 上海：学林出版社，2002：93-95。
③ 孙柏. 丑角的复活 [M]. 上海：学林出版社，2002：95-96，99。
④ Vicki K. Janik, ed.. Fools and Jesters in Literature, Art and History [M]. Westport: Greenwood Press, 1998: 3. 关于傻瓜形象的研究，还可参考：易红霞. 诱人的傻瓜 [M]. 北京：中国科学社会出版社，2001 年。

伴，二是用智慧给予必要的开导。陪伴是愚人的本分，自不待言；智慧则是他身上惊人的亮点，感动了读者，吸引着学者。

　　愚人尽责进言。要对症下药，不妨从一句高度概括性语言开始："没有只能换到没有。"（Nothing can come of nothing）其中，第一个"没有"（第二个 nothing）是考狄利的回答，第二个"没有"（第一个 nothing）则是李尔的答复。具体地讲，没有美言，就没有财产。表面上，考狄利与李尔都是行为的主体，但李尔是考狄利幸福的缔造者，因而是决定性主体。不过，制造幸福之人终成饱受苦难之人。愚人，作为一个"无之声音"，就是要告诉李尔，"没有"内含"拥有"。可是，王位上的李尔不可能理解愚人的用意。所以，当愚人问李尔，"没有什么用也没有吗？"（第一幕第四场）李尔重复了给考狄利的回答。后来，高纳里尔与里根慢待父亲，李尔自我流放野外，考狄利救父身亡。在愚人的诱导下，李尔逐渐明白了"有"中含"无"，"无"中含"有"。"有"中含"无"有两层意思：第一，李尔坐拥一个王国，可是，由于缺乏智慧，把王国一分为二，草率地赠与两个甜言蜜语的女儿，只剩下一顶"从娘胎里带来的"鸡头帽（傻瓜的标志）；第二，两个女儿的甜言蜜语，在李尔看来，是实实在在孝顺的表现，可事实证明，没有实际行动的语言表达，仅仅是空无一物的美丽外壳。"无"中含"有"也含有两层意思：第一，考狄利没有甜言蜜语，却拥有对父亲的一片孝心；第二，愚人没有智慧，可真正看透这场闹剧与悲剧的人却是愚人。李尔，一个头号大傻瓜，最终也明白了悖论："一个人就是没有眼睛，也可以看见这个世界的丑恶。"（第四幕第六场）

　　愚人出场晚（第一幕第四场），退场早（第三幕第六场），引起了学界的不少争论。其实，他的退场不仅不早，而且恰到好处。可以说，从第四幕开始第二场，戏剧情节开始发生急剧变化：康华尔公爵被仆人杀死了；第五幕第三场，里根、爱得蒙、高纳里尔、考狄利与李尔相继死去。里根、爱得蒙与高纳里尔死亡之时，愚人没有必要在场；他们是罪有应得，不需要愚人在她们的尸体上再压上一块道德的石头。此外，愚人的职责是陪伴李尔，在李尔最艰难的时刻送去温暖，在李尔最痛苦的时分，说出李尔无法说出的醒世之语，因为李尔的话语更多的是诅咒与自责。再从剧情来看，李尔的错误与教训是中心部分，而不是做子女的不孝与惩罚。因此，无论从哪个角度来看，愚人的退场合情合理。

　　愚人的退场是自主的、智慧的选择。当李尔说，"我们到早上再吃晚饭吧"，愚人却说，"我一到中午可要睡觉哩"。这是愚人的最后一句话。可以看出，李

187

尔的节奏晚一步，愚人的节奏早一步；愚人不仅具有先见之明，而且能够急流勇退。退到哪里？离开人世。哈姆雷特说过，睡觉就是死亡；李尔也有预感，"可怜的愚人上吊了"（第五幕第三场）。其实，愚人活得很累。"愚人成为真理的奴隶。对于愚人来说，讲真话是一个责任，也是一个习惯。"所以，当愚人说，"我倒愿意学习撒谎"的时候（第一幕第四场），我们感到的是，讲真话是一项不堪忍受的重负。"真话，就像财富、权力、家庭和睦与生命一样，的确重要；但是，如同他们一样，真话也是空无……因为在李尔的世界里，财富沦为贫穷，权力沦为无能，傲慢沦为自怜，和谐沦为霍布斯式的打斗。"① 结局，恐怕愚人早已预见到，只是不想亲眼看到而已。考狄利可以带兵伐恶，愚人呢？只有遁世。

在愚人的墓碑上刻写些什么文字呢？一个抽象的悖论。

抽象何在？虽在时间里，更在时间外。在时间里，是因为他见证了李尔分割财产、自我放逐野外、流浪中体悟痛苦与醒悟。在时间之外，是因为不知其父母是何人，是否有兄弟姐妹，他们的关系如何？他几乎没有历史，也没有人生体验，李尔一召唤，他就突然出现在他的眼前。整个过程中，他就是他，没有任何变化，成为静态存在的化身。因此，他是"一个纯粹的人物"，一个"没有个性"的人物。"愚人拒绝我们赋予一个可以理解的普通人的人格特点。"②

悖论何在？第一，他既低于又高于一个普通人的标准：低于一个普通人的标准，是因为他是一个谜，不食人间烟火；高于一个普通人，是因为他是一个导师、圣徒、牧师。第二，他毫不避讳禁忌，却从来没有任何行动：进入话题的时候，是一种仪式化的非个性化口吻，仿佛一面没有意志的镜子，被动地折射出有关的画像；既无欢喜的表情，也无厌倦的情绪。第三，一个不可调和矛盾的载体：傻瓜与智者，理性与反理性，规矩与放浪，淫秽与纯洁，朋友与敌人。③

与李尔那高冷的愚人相比，费斯特实属一位人间烟火味道十足的丑角。作为一个智慧型的愚人，"只有费斯特自己，有时包括薇奥拉，对自己有着清醒的

---

① Melvin Seiden. The Fool and Edmund: Kin and Kind [J]. *Studies in English Literature*, 1979, 19 (2): 212.

② Melvin Seiden. The Fool and Edmund: Kin and Kind [J]. *Studies in English Literature*, 1979, 19 (2): 199-200.

③ Melvin Seiden. The Fool and Edmund: Kin and Kind [J]. *Studies in English Literature*, 1979, 19 (2): 198, 202.

认识，执行任务的时候，清楚自己在做什么，并且知道他人的不足。他的愚蠢之举，相反，是他的工作，给他人闲暇之时提供娱乐；他们忙起来的时候，费斯特方得自由，具有属于自己的时间"①。的确，他自己就亲口说过，"那些自以为机智之人，常常表现为傻瓜；我的确没有机智，却给人一个智者的印象"（第一幕第五场）。可见，费斯特是一个栩栩如生的丑角，而不是抽象的、扁平的提线人物。

李尔的愚人也不时地唱一首歌，不过，与费斯特相比，不可同日而语：费斯特是一位了不起的歌手。费斯特有四首完整的歌曲，其余的则是一些乐曲片段。夜间狂欢者听到的是一首《你到哪里去，啊，我的姑娘？》（第二幕第三场），奥西诺听到的是一首极度忧伤的《过来吧，死神》（第二幕第四场），马伏里奥听到的则是一首奚落之曲《大爷我去了》（第四幕第二场），结尾处读者见到的是一首《当初我是一个小儿郎》。关于第一首歌，安德鲁的评价是"很甜蜜也很恶臭"；关于第二首歌，费斯特得到的是公爵的赏钱；关于剧尾歌，学界认为，"这首歌把世俗的与欢庆的、艺术的与日常的利落地结合在一起。歌声把观众送回现实生活中，同时又邀请他们改日再来，赏脸进入另一个虚构的世界"②。歌声可谓费斯特的一个招牌。

费斯特的可爱在于他的一丝无赖。接到薇奥拉的赏钱之后，费斯特借机耍无赖："先生，您要是再赏我一个钱，凑成两个，不就可以养儿子了吗？"（第三幕第一场）费斯特的这一做法，可谓一举两得：一是乞讨到更多的赏钱，二是给薇奥拉一点尊严和快乐。费斯特再聪明，也只是一个丑角；从丑角的角度来看，他当然不如薇奥拉有较高的地位与涵养；下等人生存的方式向来是不同形式的乞讨，既然是乞讨，也就不必顾忌什么体面了。作为丑角，费斯特还有一个任务，就是取悦主人和主人的客人。对于有地位、有财富之人来说，心情好的时候，遇到有人乞讨，施舍不仅可以展示骄傲，而且可以获得尊严。给予就是收获，收获就是给予。有理由说，费斯特很好地履行了自己的职责。

在两性关系的问题上，李尔的愚人有口无心；费斯特则有心有口：有心，他敢做；有口，他能够替自己辩护。第一幕第五场，玛丽娅对费斯特说，"小姐因为你不在，要吊死你呢"。费斯特答道，"让她吊死我吧；好好地吊死的人，

---

① Neil Novelli. Feste [M] //*Fools and Jesters in Literature, Art and History*: Vicki K. Janik, ed., Westport: Greenwood Press, 1998: 189.

② Neil Novelli. Feste [M] //*Fools and Jesters in Literature, Art and History*: Vicki K. Janik, ed., Westport: Greenwood Press, 1998: 190.

在这世上可以不怕敌人"。长时间以来，读者群体中有一个疑问，仅仅因为不告假就外出，小姐就要把人吊死，而不是鞭笞，显然不符合常理。其实，"好好地吊死"（well hang'd），在莎士比亚的时代，属于双关语，有"性能力强大"的意思。[①] 当然，玛丽娅明白费斯特的双关语，所以，她接着说，"是从打仗里来的；下回你再偷懒的时候，就可以放开胆子这么说"。两个问题：第一，"从打仗里来的"没有意义；第二，为何需要"放开胆子这么说"？道理一样，双关语。"打仗"在英文里是 warr，warr 与 whore（妓女）谐音，即便今天，个别地方的日常用语中也是发音相同。[②] 所以，这种不雅之事，想说需要胆量。费斯特毫无羞愧之色，反而辩解道，"好好地吊死常常可以防止坏的婚姻"。这种事，可以做，但不能说。费斯特敢做，也敢说。

费斯特敢于耍无赖、敢于出轨，甚至敢于报复，所有这些，无一不揭示了他性格的人性化的一面。第四幕第二场，费斯特受托比和玛丽娅的邀请，一同来到狱中探视马伏里奥。马伏里奥抱怨说，关押在这漆黑的监狱里，简直无法忍受。费斯特否认监狱漆黑，马伏里奥则否认自己疯了。双方你来我往，唇枪舌剑。有评论认为，此处的喜剧气氛似乎失去了节制，应该收敛一下的好。其实，这一场的目的不是喜剧性的搞笑，而是要马伏里奥逐渐陷入越来越深的绝望之中：过去，费斯特在马伏里奥手中受过窝囊气；借此机会，费斯特想一出郁结于心中的恶气。好在就在马伏里奥几乎绝望之时，费斯特及时收手，答应了他的请求。费斯特所展示的不是一个圣徒的包容，而是一个普通人常有之怨怼。

费斯特有一句智慧之语，足以概括《第十二夜》的主题思想："时运的更迭。"（the whirligig of time）时运的更迭属于超自然力量，在超自然的力量对面则是人的意志，超自然力量与人的意志从来就是一对矛盾，在这对矛盾中，人的意志往往屈从于超自然力量。不过，超自然力量的安排也许更好。奥丽维娅祈求命运，让她与西萨里奥的爱情开花结果，可是，命运偏偏安排她与西巴斯辛相爱，而且，结果比她所预料的要好。听到奥丽维娅因哥哥之死伤心欲绝，公爵奥西诺无意间说道，愿意替代她的哥哥，谁曾想，公爵终于成了她的哥哥。不过，有一个例外，马伏里奥的报应。表面上，不是不报，时候不到；可是，

---

① L Hotson. The First Night of *Twelfth Night* [M]. London: Macmillan, 1961: 168-169.
② S. Musgrove. Feste's Dishonesty: An Interpretation of *Twelfth Night* [J]. Shakespeare Quarterly, 1970, 21 (2): 195.

马伏里奥遭到的报应,实质上,还是玛丽娅与费斯特联手行动的结果。① 其实,马伏里奥的次情节信息并没有解构主情节信息。超自然力量,归根结底,仍然是人的力量;只是参与的因素过于复杂,因为不能看透,所以归于超自然力量。时运的更迭即是人心的更迭,人心的更迭也是时运的更迭。

　　第二种丑角是事件中的牺牲品,代表人物有《乡妇》(The Country Wife)中的玛格丽与系列历史剧中的福斯塔夫。作为牺牲品,丑角可以是心怀善念之人,也可以是身染恶习之人。心怀善念之人成为牺牲品是因为善举不合时宜,身染恶习之人成为牺牲品是因为同流之人不同理想。诚然,作为丑角,已是不幸;作为牺牲品,似乎又平添一丝不幸。不过,作为牺牲品,丑角仍然具有一些人性之善,否则,真的该下地狱了:心怀善念之人自不必说,但身染恶习之人,他们的不轨一般可恕。总体上,丑角作为牺牲品,主要不是道德问题,而是审美问题。

　　玛格丽心怀善念,却成为牺牲品,关键是过于坦率、过于诚实。从不自欺欺人。新婚之后的伦敦之旅,对于玛格丽来说,只是房间的位置变化了:走到哪里,就在哪里禁足;丈夫担心,她仿佛一个宠物,会莫名其妙地喜欢上另一个主人,或者受到外人的宠爱。关于前者,玛格丽辩解说,丈夫就是自己唯一喜欢的男人;不过,她也很是喜欢那场戏中的演员。关于后者,她自然是与人把柄:得知看戏的过程中,有一位先生喜欢上自己,她又喜不自胜。人人都想成为戏中的主角,而且戏迷越多越好。可是,妻子的戏迷多了,丈夫的心事就多了。遗憾的是,夫妻间的事,越是禁止,越有诱惑。玛格丽如是说。

　　外面的诱惑,对于丈夫,不是不设防,而是不胜防;对于妻子,不是不胜防,而是不设防。既然玛格丽就像一匹马一样,不出去遛遛就不成,丈夫只好把她乔装成男青年,一起外出。道高一尺,魔高一丈。钟爱她的霍纳还是一眼就认出了她,抓住一切时机,用大量的礼物宠爱她。凡是好事,一开门就会涌进来。玛格丽告诉丈夫,霍纳的礼物与热吻,给她带来了一种异域的新鲜感,两人甚至约定时间,窗前目会。可见,玛格丽曾经反问妒忌为何物,还是颇具道理。妻子不保留,丈夫也直接:玛格丽必须当着丈夫的面给霍纳写信,严词拒绝他的所为好意。结果,得到的又亲手放弃。

　　真理高于一切,而且,玛格丽决不说谎。生活中,总有一些瞬间,诚实不

---

① Joan Hartwig. Feste's "Whirligig" and the Comic Providence of Twelfth Night [J]. ELH, 1973, 40 (4): 501-503.

对,说谎有罪。在艾丽茜是否独自造访霍纳一事上,为了保护玛格丽,霍纳只好说谎以对:信誓旦旦,确有此事。可是,就在众人僵持不下之时,玛格丽不是好好地躲在房间里,而是及时地探出头来,唯恐众人看不见。显然,她没有审视局势的能力,更没有学会保护自己。她控制不住的是,真相高于一切,怎么会容得下说谎呢。于是,便有了为艾丽茜申冤的一场精彩表演。为了救场,露茜主动替玛格丽辩护说,玛格丽化装成艾丽茜登门拜访霍纳,为的是结束斯巴奇十与艾丽茜的婚约;玛格丽,有感于露茜的误读,坚定地反驳说,她对霍纳的爱是真爱。为了帮助霍纳救急,夸克只好违心,当众证明,霍纳没有性行为能力;也许是出于维护心爱男人尊严的考虑,玛格丽挺身而出,力证霍纳的男子汉气。倒是露茜的一句话歪打正着:玛格丽的行为实为报复,因为丈夫忌妒心过强。丈夫的忌妒心强没错,面对事实,玛格丽只好承认报复。

几次涉险,但都能全身而退,玛格丽很是幸运。幸运不是努力的结果,不过,玛格丽的确值得人们同情。她自有机智:偷梁换柱。严词拒绝霍纳,显然不是自己的真实意思表达;可是,她又不能当面顶撞丈夫;所以,趁着丈夫不注意,用一封吐露个人真爱的书信,替换绝交信,玛格丽度过了一次个人危机。双计并用:李代桃僵与顺手牵羊。第二次给霍纳写信当场被丈夫发现,玛格丽借艾丽茜之名,再一次渡过了难关。得知丈夫有意让艾丽茜与霍纳联姻的愿望之后,玛格丽立刻献策,请丈夫允许自己乔装为艾丽茜,拜访霍纳,促成二人婚姻。于是,玛格丽堂而皇之以做媒人之事,行示爱之实。女人再傻,终究忠实于自己的情感,这就是玛格丽智商的根本。当然,玛格丽的勇气可嘉:没有勇气,一切皆成枉然。

父权制度之下,玛格丽没有受到严惩,彻底沦为牺牲品,主要原因有二:一是反映了特殊历史时期的一个社会现象,二是给父权制度一次赎罪的机会。

复辟时期的戏剧,尤其是七十年代的喜剧,表现出较强的红尘意识:丈夫到处拈花惹草,妻子无不红杏出墙。例如,《乡妇》中,除了玛格丽之外,同时有三位女士与霍纳有染;当然,丈夫有外遇自不待言,从来就是合情合理。可是,六十年代的喜剧还是夫唱妇随,固然相爱中相杀,依然追求婚姻的完整,为何到了七十年代就发生了较大的转变呢?不妨从1653年颁布的《公民婚姻法》(Civil Marriage Act)说起。根据婚姻法的规定,婚姻的合法性由教会认定变更为由政府认定;教会认定下的婚姻是神圣的结合,其模式是夫为妻纲,而政府认定下的婚姻则是世俗的契约,其模式是夫妻平等。除非丈夫洁身自好,否则，很难拥有约束妻子的权力。查理二世的婚姻，也对社会风气产生了不可忽略的影响。查理二世的婚姻生活极为糜烂，私生子竟有一打之多。《乡妇》准确地反映了当时的社会现实。

婚姻之内的性开放行为，固然一时成为社会风尚，不过，仍然不能完全取代相杀相爱的稳定模式。要实现健康、稳定的一夫一妻制，就要改变父权制度下男人的性特权意识。一是要放弃那种把女人视为财产的思维。新婚的玛格丽所面临的第一道难题就是丈夫的囚禁，无论她是否明白，她都是丈夫的中心价值，其他的女人则是丈夫的附加值。二是认识夫权婚姻下的隐藏暴力。玛格丽的一些行为，有理由说，是高压与身体威胁的不得已；当然，也有无时不在的软暴力，例如囚禁与信息隔离。三是读懂警示。玛格丽不会幸福，无论是待在丈夫身边，还是依偎在霍纳身旁；她的丈夫以及其同道者同样也不会幸福。可以说，玛格丽是一位充满希望的牺牲品，是所有人的婚姻航标。

对于玛格丽，人们在遗憾的感叹之外，愿意给予所有的良好祝愿；对于福斯塔夫，人们在开心的嘲笑之后，只有宽恕与怜悯。福斯塔夫行为不轨，却也没有铸成大错；原以为同流合污，可以攀附高枝，却最终遭到权力的抛弃；算不上凄惨的人生，赚足了人们的怜悯之心。宽恕并怜悯福斯塔夫，是因为他的身上反映出了每一个人的潜在缺点；嘲笑并喜欢他，是因为人性之善战胜了人性之恶。

作为同流合污之人，不是福斯塔夫带坏了哈尔，而是哈尔带坏了福斯塔夫。第一幕第二场，福斯塔夫坦言道，"真的，一个圣人也会被你引诱坏了。我受你的害才不浅哩，哈尔；愿上帝宽恕你！我在没有认识你以前，哈尔，我是什么都不知道的；现在呢，说句老实话，我简直比一个坏人好不了多少"。听到这些指责的话语，哈尔并没有辩解。再看看老国王的担忧，就知道哈尔堕落的有多深。第一幕第一场，老国王说道，"当我听见人家对他的赞美的时候，我就看见放荡与耻辱在我那小儿的额上留下的烙印"。第三幕第二场，亨利国王又说道，"你的一生的行事，使我相信你是上天注定惩罚我的过失的灾殃。否则像这种放纵的下流的贪欲，这种卑鄙荒唐、恶劣不堪的行动，这种无聊的娱乐、粗俗的伴侣，怎么会跟你的伟大的血统结合起来，使你尊贵的心成为所有这一切的同俦呢？"这一些，在哈尔看来，都是"无可讳言的少年的错误"。

福斯塔夫之所以愿意追随堕落的哈尔，是因为他看到了哈尔的前途可期。第一幕第二场："我说，乖乖好孩子，等你做了国王之后，不要让我们这些夜间的绅士被人们称为掠夺白昼的佳丽的窃贼……让人家说，我们都是很有节制的人，因为正像海水一般，我们受着高贵纯洁的女王月亮的节制，我们是在她的许可之下偷窃的。"福斯塔夫如是说。他知道，哈尔能够与他们厮混，是他们的运气；可是，哈尔毕竟是储君，登基之后，必定不会忘记他的老朋友。福斯塔夫猜对了一半，不过，这一半也是蒙对的。其一，福斯塔夫不自信；真正自信的话，就不会说出这番话；其二，福斯塔夫以此相告诫：朋友一场，不能忘恩负义。可见，福斯塔夫与哈尔鬼混，其用意昭然若揭。

福斯塔夫没有猜对的另一半是什么呢？哈尔最终选择疏远福斯塔夫，由疏远过渡到不用。第一次与福斯塔夫分道扬镳的愿望发生在第一幕的最后时刻："我完全知道你们，现在虽然和你们在一起无聊鬼混，可是我正在效法着太阳，它容忍着污浊的浮云遮蔽它的庄严的宝相，然而当它一旦穿破丑恶的雾障，大放光芒的时候，人们因为仰望已久，将要格外对它惊奇赞叹。"鬼混，但不坠青云之志。第二次否定了福斯塔夫的行为发生在第二幕第二场。福斯塔夫抢劫了一行香客；哈尔则抢劫了福斯塔夫，并退还了抢劫的不义之财。行为有底线。紧接着，第三次，在模拟场景中，以老国王的身份，斥责了福斯塔夫的卑劣行径，指责他是"邪恶而可憎的诱惑青年的……老撒旦"；面对福斯塔夫的恳求，未来的亨利五世斩钉截铁："我偏要撵走他。"然而，这些假想与虚构的场面还是给福斯塔夫留下了一定的幻想空间。

哈尔登基之后，与福斯塔夫真的分道扬镳。满心欢喜的福斯塔夫遇见亨利五世之后，得到的第一个礼遇却是："我不认识你，老头儿。"经过战争历练的亨利五世，十分清楚肩负的重任，要治国，就要有规矩；立规矩，就要近贤臣，远小人："从此以后……不要以为我还跟从前一样……我已丢弃了过去的我，我也要同样丢弃过去跟我在一起的那些伴侣。"福斯塔夫不敢相信，当然也不愿意相信这一切。他坚信，国王在公开场合要树立威严，私底下，一定会派人延请他。不久，他就彻底明白，亨利五世没有戏言："凡是距离我所在的地方十哩之内，不准你停留驻足，倘敢妄越一步，一经发现，就要把你处死。"（《亨利四世·下》，第五幕第五场）到了《亨利五世》中，福斯塔夫再也没有机会出场了，国王也从来没有提及过他的名字。关于他唯一的消息就是他的死亡。如此决绝，亨利五世当然是对福斯塔夫的劣根性了如指掌。

一起鬼混，不分彼此；战场博命，伯仲立显。福斯塔夫犯下的过错有二：其一，贪生怕死，却又好大喜功。什鲁斯伯里战斗中，福斯塔夫假死；战斗结束时，当着哈尔的面，却用剑刺向魂归西天的霍茨波。在事后的闲谈之时，福斯塔夫大言不惭，夸海口，夺军功。此乃劣根性的再现，在追述打劫香客的过程中，福斯塔夫就展示了这一伎俩：造假经过，虚报伤势，谎报人数。其二，贪污腐化。征兵过程中，福斯塔夫大肆进行交易，招募的一群士兵，老弱残疾，毫无战斗力。不能不说，福斯塔夫是一个害群之马。

亨利五世远离福斯塔夫，不是报复，而是相忘江湖。生活中，哈尔替他支付伙食费；把打劫的叙事视作笑料；开战在即，哈尔替他延缓了法律的追责；为他战场上的表现作伪证，证明他杀死了霍茨波。正是念旧情与他战场上还有一点功劳，例如俘虏了高尔垂的一个叛军，亨利五世给他"相当限度的生活费用，以免手头没钱驱使你们去为非作歹"。当然，悔过自新的话，也可以按照能力与资格，特加拔擢。不过，福斯塔夫的奢望与亨利五世的大度还是相差甚大。他是浪子回头的牺牲品，英国人的猪八戒。

第三种，作恶型丑角。从主观愿望或行为结果来看，作恶，准确地讲，是使坏，不以犯罪为目的，却构成了冒犯，不过，是可以忍受和原谅的。作恶与有罪不同：有罪之人，背负着道德压力。作恶与大奸、大恶决然不同：大奸之人，如伊阿古；大恶之人，如麦克白；他们应该为他们的罪行负有刑事责任。可见，作恶型丑角的行为往往给人造成不便，属于轻微的冒犯行为。

迫克（Puck）是伊丽莎白时期的戏剧作品中常见且颇受欢迎的、精灵出身的丑角。迫克有时也称作罗宾（Robin Goodfellow）或者淘气鬼（Hobgoblin）。迫克，在古英语中，意思是"欺骗"（paecan）；盖尔语，"邪恶的精灵"（puca）；科尔特语，"伯格"（Bog，雅利安神灵）的变体。总之，伊丽莎白之前，迫克就是一个邪恶的、撒旦式的鬼怪。罗宾，通指"无赖"，与"偷盗"行为相连，伊丽莎白戏剧之前，也是一个撒旦式的人物。"恶作者"是Hobgoblin的词中之义。迫克与罗宾身上都有神秘剧歪思（Vice）的影子。歪思喜欢恶作剧，显著的一个标志是"呵！呵！呵！"的笑声。可是，等到了伊丽莎白时期，迫克与罗宾、淘气鬼三合一，并成为一个"淘气的"而不是"邪恶的"丑角。

迫克主要代表着一个理想的世界。第一，一个允许狂欢游戏的世界。在这里，所有的秩序都遭到了颠覆或戏弄；可是，颠覆的行为是短暂的，狂欢之后，一切秩序恢复如旧，狂欢只是一种宣泄。第二，乌托邦或者大众化的世界。在一个大众化的世界里，现有一切秩序完全颠倒过来，民主社会而不是君主社会，是一种理想的生活方式。

迫克在伊丽莎白时期流行，主要有以下五个原因：第一，新教改革运动之后，人们的迷信意识淡化了，迫克不再是一个真实、恐怖的形象，而是一个纯粹虚构的人物。第二，人文主义盛行，对古希腊神话兴趣倍增；作为古希腊神话人物的替代品，迫克一度红火。第三，神话故事盛行：宫廷盛行的亚瑟王传奇与当时的民族主义精神一拍即合：亚瑟王传奇象征着伊丽莎白女王的统治。第四，社会底层教育程度的提高，口头文学与传统的经典文学开始联姻，而在口头文学中，迫克不像在官方文学中那样，过于严厉。第五，莎士比亚的戏剧作品产生了重要的影响。在莎剧中，迫克是一个恶作剧的而不是一个邪恶的人物。[1]

《仲夏夜之梦》开场不久，小仙与迫克的一次对话，揭示了三个主题：第一，迫克又名罗宾好人儿，一位"狡狯的、淘气的精灵"。第二，惹是生非："你就是惯爱吓唬乡村的女郎，在人家的牛乳上撮去了乳脂，使那气喘吁吁的主妇整天也搅不出奶油来；有时你暗中替人家磨谷，有时弄坏了酒使它不能发酵；夜里走路的人，你把他们引入了迷路，自己却躲在一旁窃笑。"第三，迫克是一个愚人："我在奥布朗跟前想出种种笑话来逗他发笑，看见了一头肥胖精壮的马儿，我就学着雌马的嘶声把它迷昏了头。"不仅如此，作为愚人，迫克像费斯特一样，也会唱几首歌，直抒胸臆，巧逗读者。

与费斯特不同，迫克的恶作剧都得到了主人奥布朗的授意。第一类，进行报复。"奥布朗的脾气可不是顶好/为着王后的固执十分着恼/……他们一见面便要破口大骂/小妖们往往吓得胆战心慌。"按照仙王奥布朗的旨意，迫克出去采集了一些"爱懒花"，趁着仙后提泰妮娅熟睡之际，把花汁滴在她的眼睛上，等她醒来的时候，就会爱上第一眼看到的东西：职工波顿。一方是，"我真是爱你"；另一方是，"您这可太没理由"。看似在惩罚提泰妮娅，实际上，波顿也享受不了这份爱。也许，奥布朗开了一个家庭暴力的先例：男人惩罚老婆。

第二类，善心结恶果：同样的伎俩，不同的效果。奥布朗无意中得知海伦娜爱着狄米特律斯，便命迫克将花汁滴在狄米特律斯的眼睛上；可是，迫克把拉山德误作狄米特律斯。拉山德一醒来，就看到海伦娜，于是不停地向她求爱，把赫米娅全然忘到脑后。奥布朗赶忙命令迫克把花汁滴入正在熟睡的狄米特律

---

[1] Jonathan Gil Harris. Puck/Robin Goodfellow [M]. *Fools and Jesters in Literature, Art and History*: Vicki K. Janik, ed., Westport: Greenwood Press, 1998: 351-352, 358, 353-354.

斯的眼睛上。狄米特律斯一觉醒来，看到了海伦娜，全然不顾拉山德的热情，争先恐后地向海伦娜示爱。爱上不该爱的人，拉山德与狄米特律斯惹得海伦娜和赫米娅十分不快。好在迫克知错必改，有情人终成眷属。

仙界犹有恶作剧的行为，无怪乎人间流行不少使坏的故事。《屈尊降贵》(*She Stoops to Conquer*) 中的托尼就是人间版的迫克。不同的是，托尼没有一个发号施令的主人，他就是自己的主人。托尼是丑角史上，一个划时代的小丑。

哈德卡什抱怨自己的养子说，简直忍受不了他那恶作剧的生存方式。既然恶作剧是托尼人生的一大特色，那么下一次恶作剧也不会太远。不管以往哈德卡什是否是牺牲品，这一次他真的尝到了恶作剧的滋味。一切源于哈德卡什对托尼以往的斥责。托尼的恶作剧是：他谎称，哈德卡什的住处离此很远，马洛与哈斯廷日落前赶不到；又找借口说，三只鸽酒店没有房间了；不过，不远处有一家旧旅店，店老板一副乡绅的样子，对客人态度不好。由于托尼从中作梗，一家住户变成了一家旅店；哈德卡什接到了伦敦来的客人，伦敦来的马洛却不知道自己到了目的地，反而把哈德卡什当作旅店老板；一旁心知肚明的哈斯廷与康斯坦斯却不敢挑明真相。

托尼恶作剧的意义在于，揭示了城里人的虚伪。城里人，按照当时的说法，受过教育，知书达理；见过世面，处事得体。乡下人，由于没有受过教育，粗俗、愚昧、没有多少涵养。马洛，一个大都市的市民，却令人大跌眼镜。由于受托尼的暗示，面对一个态度不佳的店主，也没有表现出应有的尊重；而且，作为一个城里人，马洛却是感到没必要在乡下人面前执礼、守己。与此同时，马洛鲁莽、无礼的表现，与城里人的身份极为不称，令哈德卡什十分失望；他本来对城里人的虚荣与做作就持有否定的态度，马洛的行为举止坐实了哈德卡什的偏见。

托尼实施的第二个恶作剧是，偷出康斯坦斯父母委托给母亲保管的珠宝，交给哈斯廷，让他与康斯坦斯顺利私奔。托尼之所以愿意做这种大逆不道之事，是因为母亲竭尽全力成全康斯坦斯与托尼的婚事，有了这桩婚姻，康斯坦斯的财富就不会流入外人的口袋。可是，事与愿违：康斯坦斯根本看不上不务正业的托尼，而托尼对康斯坦斯同样没有好感。帮助康斯坦斯私奔，等于把自己从婚姻的枷锁之下解救出来。可是，康斯坦斯正好向哈德卡什夫人索取珠宝，为了稳住康斯坦斯，托尼献计，让母亲谎称珠宝遭到偷窃；哈德卡什夫人接受了建议，却发现珠宝真的不翼而飞。不得不说，托尼的恶作剧还是能够唤起人们的兴趣的。

　　第二个恶作剧的意义是，进一步颠覆传统的观念。其一，用现实颠覆浪漫。在感伤主义戏剧作品中，恋人之间的精神力量，远远高于物质的考量。与此相反，在对待爱情的问题上，康斯坦斯注重物质基础；她很清楚，没有足够的物质保障，私奔之后的生活很快就会陷入困境，困境中的浪漫婚姻，在激情冷却之后，很快就会进入危机。其二，用生活经验颠覆空洞的理论。托尼在歌中唱到，酒是最好的学问，传统的智慧，相比之下，都是无知。托尼恶作剧，需要连环计，设计连环计，没有智谋不可。除了康斯坦斯与哈斯廷之外，因为他们两人事先认识，所以能够识破托尼的恶作剧，马洛则长时间蒙在鼓里，演绎出了一系列的笑话。可见，所谓的下层生活，实则充满了乐趣与活力。托尼的行为折射出劳伦斯的智慧。

　　连环恶作剧必有破产的时候，否则，成功的话，恶作剧就会变成不可饶恕的罪过。由于过于粗鲁无礼，哈德卡什把马洛踢出了家门，而马洛此时也似乎明白了真相；哈斯廷把托尼偷出来的珠宝送交马洛保存，马洛在没有弄清原委的情况下，托仆人把珠宝转交给了哈德卡什夫人；事情败露之后，哈斯廷写信给康斯坦斯，主张早日私奔；纵使康斯坦斯巧妙掩饰，书信还是落到了哈德卡什夫人手中。托尼成为众矢之的。

　　解铃还须系铃人，托尼实施了第三个恶作剧：调虎离山，因为母亲是康斯坦斯私奔的最大阻力。带着母亲与康斯坦斯，不停地兜圈子；母亲原以为离家很远，实则就在附近。此时此刻，哈斯廷正按照托尼的计划，躲在花园里，等候康斯坦斯的到来，一起远走天涯。真所谓，道高一尺，魔高一丈。

　　总之，托尼的恶作剧引发了两个麻烦，形成两个情节：一是马洛与哈德卡什父女二人之间的误解，即主线；二是康斯坦斯与哈德卡什夫人之间的周旋，即副线。托尼一直活跃在副线上。丑角与情节之间的关系，从未如此精彩。

　　托尼的恶作剧发展成戏剧情节，具有两个条件：第一，信任。没有信任，马洛也就不会与哈德卡什发生冲突，造成深厚的误解；也就不可能对凯特的身份做出误判，暴露城里人性格的双面性：在典雅女性面前，矜持嗫嚅，而在质朴女性面前，则个性张扬。第二，意外因素的参与。恶作剧之所以能够引起人们开怀大笑，最终得到原谅，是因为恶作剧的初衷涉及轻微的犯罪或者轻度的冒犯，而轻微的犯罪与轻度的冒犯背后，都有着一定合理的原因；可是，出乎人们意料的是，由于意外因素的加入，事态急转直下，很快就失去了控制；不过，失控的事态，总在可信与不可信之间的模糊地带发展，直到纠偏力量的出现。

托尼的恶作剧引发的连锁反应是如何结束的呢？一般情况下，结束恶作剧的连锁反应，有两种办法，一是靠外力的阻止，二是靠内因的终止。阻止托尼恶作剧连锁反应的力量全部来自外部。第一，马洛父亲的到来，合情合理，不仅揭示了马洛的身份，而且揭示了哈斯廷的身份；真实身份显露出来，误解的本质不言自明，一切恩怨都可以进行化解。第二，康斯坦斯的良知战胜了冲动。康斯坦斯相信，谈判可以解决问题；因此，与其私奔，倒不如坦诚相待，说服哈德卡什夫人支持自己的婚姻主张。理性而不是美德决定了结局。

第四种，纯真或圣洁的愚人。就愚人而言，纯真不是一个道德概念，圣洁也不是一个宗教概念；纯真或者圣洁，指的是听凭内心的召唤，即按照个人直觉行事的方式。纯真或圣洁的愚人一般对内不做认真的内省，对外不做仔细的观察；换言之，是一种超越人际差异的角色。第四种丑角的代表人物是《时尚之男》(The Man of Mode) 中的傅普灵·弗拉德爵士与《等待戈多》中的戈多：一个是行为方式过格，另一个是行为方式不及。

不知己，亦不知人，是为无知；无知者，无畏。弗拉德做事高调、娇柔，其结果，过犹不及。针对弗拉德，有学者尖锐地指出，"他从来不能够像他人那样认识自己；换言之，当他人羞辱他是一个浮普（fop）的时候，作为一个愚人，他听不出羞辱之意，误以为是善意的奚落。当关注他人的时候，为了凸显自己的诙谐与豪放，常常对他人的幽默感、时尚意识与行为举止大开玩笑"①。可见，他缺少自信、品位庸俗，对此全然不知，却蓄意给人留下一个高雅、时尚、高不可攀的印象。为了实现个人的目的，他不仅行事不合时宜，而且态度时常显得轻率。由于听不出他人话语中的弦外之音，他的人生就是自行其是。一边是无心地做，一边是会意地笑。

弗拉德格外关注自己的服装。当着多里曼的面，弗拉德有意谈及自己外套的款式，想从他那里赚些赞扬的话语。针对弗拉德衣服款式的女性化，多里曼直言不讳，"这是女士们喜欢的一个款式"。在多里曼看来，男人的精致在于打丝带或者阔领带的手法干净利落；每个有品位的男人，都在乎自己的着装，以及着装与时代的要求；不过，在时尚的问题上，宁肯看淡一点，也比过于挑剔

---

① Moira E. Casey. The Fop [M] //Fools and Jesters in Literature, Art and History: Vicki K. Janik, ed., Westport: Greenwood Press, 1998: 208.

好；更不能简单地把一个人的价值与着装等同起来。弗拉德重视自己的着装，同时也重视自己的容貌，恨不得男人与女人都围着他不断赞美。多里曼铁面无情，直接道出自己对弗拉德面容的感受："与一位懒洋洋地躺在长椅上的女士相比还要倦怠。"面容、着装与香水三位一体，密不可分。可以说，多里曼与弗拉德都爱帅气的着装，不过，不同的是，多里曼用香水，从来不让女士们感到有一种过度的感觉；相反，弗拉德的"橘园"牌香水则是女士们最偏爱的一个牌子。总之，注重着装并不为过，注重自己的容貌与体香，则难免有些失礼了。

过于在乎个人形象的男士，往往也在乎自己在女性面前的表现，结果弄巧成拙。女人无不喜爱幽默的男人，弗拉德深知女性的偏爱。因此，弗拉德特别急于表达自己的幽默感，遗憾的是，他的俏皮感，与其他男士相比，往往不够级别；差别主要体现在缺少创新性，甚至虚假、做作。应该说，愚人都有一副好记性，所表达的诙谐，都是从别人那里学来片言只语；由于太过追求幽默，往往把冒犯理解成戏说，把粗鲁与脏话阐释为讽刺与激情。总之，浮普不招人待见，不是因为他们是天生愚钝，而是因为他们的诙谐有些做作，诙谐一旦做作，就显得虚假了。不能为幽默而幽默。

在两性关系上，弗拉德抱有不切实际的幻想。他自认为自己的男子汉气生机勃勃，然而，却屡屡遭到那些精明女士们的嘲笑或鄙视。她们根本不以为然，因为女性化的弗拉德很难与女士们维持一个正常的浪漫关系。不过，弗拉德固然在两性关系上显得阴柔有余，阳刚不足，却在女性的名声方面能够构成巨大的威胁。由于始终认为自己深受女性的喜欢，弗拉德自然不敢拂了女性的好意，频频向对方示好；有时候，失败也不会挫败他的进取之心，因为"没有哪个女人值得放弃一点的快乐"。可是，一旦有人看见或者传说哪位女士与弗拉德单独相处，人们就会怀疑她与弗拉德有染。多里曼，为了找借口抛弃他的旧情人拉维特夫人，拥抱新情人哈里特，径直指责拉维特夫人与弗拉德亲近，并怂恿他放肆。相处无奈、传闻有力，这大概就是弗拉德能够留给女性的遗产。

无论是在男人那里，还是在女人那里，弗拉德都不是一个受欢迎之人。不过，他不是一个真正的危险之源，也不是一个心术不正之人，更不是一个敲诈勒索者或者杀人犯，只能是多里曼这样超级男人（公子哥，rake）的陪衬品，拉维特夫人的相好（beau）。然而，作为女人们的相好，女性化严重的浮普与公子哥之间还是有一定的区别的：

公子哥有脑子，相好没有；

公子哥爱自己的情人，相好只爱他的自我；

公子哥维护女人的名声，相好摧毁之；

公子哥高雅，相好庸俗（fop）；

公子哥康健，相好病态；

公子哥是好男儿，相好是蠢驴子。①

与弗拉德之过犹不及相反，戈多的行为方式堪称无为而为；无为而为，因为无知。无为有两种形式：一是在场的无为，二是不在场的无为。狄狄与戈戈两人都在场，却是处于无为的状态；戈多没有在场，却也摆脱不了失职的责任。无为又有有意无为与无意无为之分，戈多的无为属于无意无为。

一提起《等待戈多》，人们意识屏幕上出现的就是艾斯林的"荒诞派戏剧"五个字；在前面的论述当中，我们把狄狄与戈戈列为理性失控下荒诞的人物类型。不过，有学者把狄狄与戈戈以及波卓与幸运儿视作后现代主义戏剧的小丑："我们不应忘记，狄狄、戈戈、波卓和幸运儿与中古时期的愚人极为相似，他们行为不一、微不足道，可是，荒诞的行为却彰显出真理。"姑且不论他们四人是否是小丑，但就戈多的人物角色而言，该学者做出了少有的、同样富有创新意识的论断：在那个远离世界"永恒的、小丑的国度里"，"演员们自顾表演，观众们面面相觑，所有这一切，都是为了在等待最后一件日常与重要的一位小丑的过程中，消磨时间"。② 那位重要的人物就是戈多，而戈多，在这位学者看来，就是一位重要的小丑（an ultimate clown）。此言不谬。

戈多到底是何人？"戈多可以是任何人，从上帝的缩减版到当时的一位法国自行车手。"③ 还有学者从贝克特的爱尔兰文化背景出发，推演出一个结论，认为"戈多是一位小神祇（little god）"④。无论结论是什么，有一点不可否认，戈多是一位领袖式人物，是社会群体的中心，一个定海神针。听说戈多来了，狄狄的第一反应就是，"我们有救了"。戈多之于狄狄与戈戈的意义，由此可见，非同一般。从两人在场上的反应来看，他们的困惑不是物质上的，而是精神上

---

① John Vanbrugh. *The Release* [M] //*Restoration Plays*: Brice Harris ed., New York: McGraw-Hill, 1953: 446.

② Donald Perret. Beckett's Postmodern Clowns [M] //*Fools and Jesters in Literature, Art and History*: Vicki K. Janik, ed., Westport: Greenwood Press, 1998: 81, 79.

③ Donald Perret. Beckett's Postmodern Clowns [M] //*Fools and Jesters in Literature, Art and History*: Vicki K. Janik, ed., Westport: Greenwood Press, 1998: 81.

④ Joseph Leondar Schneider. Beckett's *Waiting for Godot* [J]. *The Explicator*, 1977, 35 (4): 10.

的，因此，他们需要拯救的是灵魂，而不是温饱。戈多应该是一位精神领袖。

戈多并不了解狄狄与戈戈的实际困难与需要。戏剧之外，他们不可能向陌生的戈多提供重要的信息。狄狄对戈多的评价是，"算得上一个熟人"，而戈戈对戈多的评价是，"算不上熟人，根本就不认识"。他们把波卓误以为是戈多的事实表明，戈戈的话是正确的。狄狄之所以说戈多是熟人，是因为他们向戈多发出过邀请，但他们之间从未谋面。如果有过重要的信息交流，双方就是熟人。而且，戏剧中，他们也没有向戈多传递过任何重要的信息。当第一个男孩询问有何信息要传递给戈多的时候，狄狄犹豫片刻之后说道，"你见过我们"。当第二个男孩提出相同的请求时，狄狄给出了相同的回答。从他们这里，戈多不可能得到任何有价值的信息。关于他们，除了相约见面，戈多几乎是一无所知。

戈多并未充分认识自己职业的重要性。狄狄与戈戈邀请戈多来，应该知道自己的困惑，也应该知道戈多的职业性质，否则，他们也就不会向他发出邀请。且不说一棵树下到底是哪里，也不说星期六或者明天具体是哪一天，但就两次爽约的情况来看，戈多没有渎职，却也不够敬业。他不知精神危机的危害有多大，也不知道有多么紧急，否则，他就不会一拖再拖。危机有多大？狄狄与戈戈两次考虑过上吊自杀，自杀是因为绝望，自杀是一个人对社会做出的最大的抗议。当然，他们有另外的选择，那就是放弃戈多；可是，放弃戈多，就会受到戈多的惩罚；不放弃他，又得不到他及时的莅临指导。戈多的工作出现了失误，可是他并没有意识到这一点，否则，早就表示歉意了。

李尔需要愚人的时候，愚人能够马上到位；狄狄与戈戈需要戈多的时候，戈多却迟迟不来。李尔的愚人是仆人，戈多是领袖，领袖可以是丑角吗？可以的，而且是一个纯真或圣洁的浮普。浮普具有两个特点，外慧、内愚。与福斯塔夫和弗拉德相比，戈多更具丑角的艺术效果。福斯塔夫与弗拉德至少还在场，或多或少地给人们提供一些娱乐与警示；相比之下，戈多根本就不出场，不出场也没有符号在场，因此如同虚无。原本是一位精神领袖，然而，眼下却形同虚无。换言之，戈多以往所发挥的作用失灵了；没有作用，却始终保持着原来的身份，无疑是一个巨大的反讽。戈多是最大的丑角。

敌人往往是英雄的缔造者，英雄可以感谢敌人，但不会报恩于敌人。戈多就是一位可以成就狄狄与戈戈的浮普，但不会得到他们的感恩，这就是戈多的意义之所在。不妨把没有戈多的人生视作一个非消极的虚无（non-negative nothingness）。

当戈多不来的时候,狄狄与戈戈的人生就出现了虚无,虚无就是无意义。如何面对无意义?创造意义。因此,虚无与实有之间,不是平等的对立关系,而是不平等的上下级关系,即虚无派生了实有。要创造意义,最好的方法就是选择自己的生活方式;不过,在选择的过程中,就会形成竞争,他人就是我的地狱。波卓就是幸运儿的地狱,只不过是幸运儿长时间生活在地狱里习以为常;也许,幸运儿也是波卓的地狱,因为为了给予幸运儿一个习惯的生活方式,波卓不得不限制自己的生活方式,就像丁尼生的尤利西斯,或者就像一些享受着体制之福利又不断攻击制度的人一样。狄狄与戈戈之间没有竞争关系,他们作为一个群体,与另外一个群体之间,可能存在着竞争关系。地狱的特点是什么?孤独、痛苦、荒诞,没有中心,没有稳定性。

狄狄与戈戈的人生并不完全是被动、消极的,因为他们做出了必要的选择。可是,他们怀念有中心、有确定性的生活;这种生活,在他们看来,也只有戈多才能赋予他们。可是,戈多明显是不会到来的;在没有戈多的日子里,他们失去了目标;失去了目标,也就呆若木鸡。他们活得非常勉强、绝望。

世上有三种面对困惑的方式:一是选择逃避,二是选择死亡,三是选择勇敢地面对。丁尼生的尤利西斯选择了逃避,而狄狄与戈戈选择了死亡。其实,戈多的失约是错误的,也是正确的。戈多错了,因为狄狄与戈戈没有做出正确的选择。戈多对了,因为他们做出了正确的选择。狄狄与戈戈就在一个边缘地带:一边是绝望,另一边则是优雅。优雅的生活方式是什么?就是接受生活的荒诞;面对荒诞,不是放弃而是挑战,就像西西弗斯一样,明知推到山顶的巨石还会滚落下来,但仍然努力不已。[①] 这就是生存的理由:超越工具理性的智性与超越生死的勇气。戈多是一个浮普,不立文字的浮普。

还有一个重要的问题:在戏剧中,丑角与主角的作用一样吗?不一样。第二章,在论述情节与人物的关系时,那里所提及的人物都是丑角以外的人物,准确地讲,是主角,主角要么是情节的产物,要么是情节的发展动力。丑角,可以看出,有时可以推动情节的发展,例如玛格丽与托尼,有时仅仅起到辅助的作用,点明情节所蕴含的深刻哲学意蕴,提升戏剧的审美效果,例如李尔的愚人与戈多。丑角具有结构意义与审美意义的双重性。

丑角的身份具有多元化,可以是仆人、可以是乡绅与乡民,也可以是贵族;

---

① Aubrey D. Kubiak. Godot: The Non-Negative Nothingness [J]. *Roman Notes*, 2008, 48 (3): 395-405.

丑角可以正面启迪人生的智慧，也可以通过否定自己的方式，否定对方的错误行为，达到教育的目的。丑角是一个矛盾的化身，一方面愚钝、质朴，另一方面、聪慧、真实。丑角可以位于结构之内，也可以处于结构之外。丑角消失之后，丑角的精神则会依附在其他角色的身上。

无论是主角还是丑角，人物都是一种话语方式的产物，都是剧作家观念的载体，要么反映了一种人的生活方式，要么反映了一个群体的生存状态。人物就是你、我、他，就是全人类；看到了戏剧中的人物，就仿佛看到了我们自己，从他们身上可以看到我们的过去、现在以及将来，看到自己的过失与希望。人物就是我们的镜子。

所以，人物一出场，先前的喧腾瞬间消失，场下一片静待。既然人物是一面镜子，亲临其境，我们究竟看到了什么呢？散场的时候，我们感到满意吗？

第六章　戏剧的功能

戏剧，说到底，就是直接或间接地关注人类自己。人类是社会的人，因此，戏剧必须具有社会的功能；人们从不因为社会的属性而彻底放弃个人的本能，因此，戏剧必须具有满足个人欲望的属性。戏剧的社会功能指向剧作家，戏剧的个人功能则指向读者，履行戏剧两种功能的媒介就是戏剧文本。剧作家、读者与戏剧文本共同构建一个完整有效的功能体系。

戏剧的发展史体现出了戏剧与作家的社会使命与历史使命。

基督教登上历史舞台之后，对于异教文化，采取了渲染与打压的方式。基督教视角下的异教文化，主要是盎格鲁—撒克逊文化以及古希腊与古罗马文化。例如，对于《贝奥武甫》（Beowulf），采取的是渲染；对于古希腊与古罗马戏剧，采取的是禁止。有趣的是，基督教在自我扩张的过程中，为了更好地宣传、普及基督教思想，逐渐在宗教仪式中插入了简单的戏剧形式，即进台经（introit）之前的附加段（trope）"你寻找何人"（Whom do you seek?）；附加段进一步发展，又形成了幕间剧，从幕间剧再到独立的戏剧；戏剧从宗教仪式中脱离出来之后，以独立的身份专门为宗教服务。中古时期的戏剧，主要就是宣传宗教思想。

中古时期，英法百年战争之后，英国人认识到文化独立的必要性。英语成为官方语言之后，英语文学开始兴盛起来。16世纪，宫廷成为英国文化与政治的中心，与此同时，经济得到了前所未有的发展。英国教职人员与官员，在意大利之旅的过程中，感受到了人文主义精神的巨大震动：人是一切事物的尺子，也可以按照自己的愿望塑造自己。把人文主义精神介绍到英国之后，英国的文艺复兴开始了。英国文艺复兴主要表现在戏剧的繁荣昌盛上。其实，英国戏剧汇集了三方力量：古希腊戏剧、古罗马戏剧与宗教戏剧。

文艺复兴时期实行了出版物审查制度。只有六大枢密官和坎特伯雷大主教审批的书籍，图书出版公司（the Stationer's Company）才可以颁发证书。智者百密，必有一疏。戏剧表演阻碍了伦敦的城市交通，喧嚣声给附近居民造成了极大的伤害，拥挤不堪的人群与污浊的空气容易导致疾病的快速传染，小偷则在密集的人群中大行其道，学徒工与学生很难安心于工作与学习，性工作者充斥着附近的大小宾馆。由于剧院坐落于郊区，政府当局更不便于管理。此外，由于戏剧中男扮女装，反性穿戴容易引起异性或者同性之间的非正常欲望，观众中间的良家少女容易受到诱惑；而且，戏剧中过多的情欲与传递出的天主教的虔诚，着实令新教权威们感到不快。伊丽莎白去世之后，失去了庇护的戏剧，在内战与新教教会的双重压力下，关门大吉。

复辟时期的戏剧，由于受到宫廷的影响，往往流于艳俗。不过，到了维多利亚时期，为艺术而艺术的王尔德开始对上流社会的虚伪进行批判，费边主义者萧伯纳则对社会不良习气进行了广泛的、无情的挞伐。无论是王尔德还是萧伯纳，他们的戏剧关注当时都引起了主流社会的强烈不满。两次世界大战之后，经历了战争残酷的剧作家们，面对着上帝缺失的精神现实，及时地反映了人们内心空虚、生活荒诞的生存状况，不仅振兴了戏剧事业，而且把戏剧事业推向了一个新的高度。20世纪六七十年代以来，作家们开始集中关注女性主义、身份问题、性取向问题、文化多元问题。

值得注意的是，19世纪与20世纪，新的哲学理论、社会思潮与艺术观念层出不穷，科学的发展与进步，对人的价值观、人生观与世界观、社会秩序以及艺术创作，产生了不可或缺的影响，例如存在主义与解构主义，民权主义与女权主义，现代主义与后现代主义，精神分析理论等的出现，成为英美两国戏剧创作的理论依据，极大地提升了戏剧作品的思想价值与艺术价值。[1]

可见，人的存在是戏剧作品的本质命题，叙事技巧则是戏剧的艺术命题；作为一种艺术现象，戏剧与社会、政治、哲学及科学密不可分；由于后宗教时代，艺术几乎成为人类的新宗教，作为艺术的一个重要构成，戏剧当然是引领人类精神信仰的一个重要手段。

读者与文本的互动可以通过观众与表演的互动略见一斑。戏剧成为民间主

---

[1] Stephen Greenblatt, ed. The Norton Anthology of English Literature [M]. Eighth Edition, Volumes 1 & 2, New York: W. W. Norton & Company, 2006: 485-491, 1235-1257, 2057-2079; 979-999, 1827-1847. Robert S. Levine, ed. The Norton Anthology of American Literature [M]. Ninth Edition, Volumes D & E, New York: W. W. Norton & Company, 2017: 3-21.

要娱乐消费方式之前,最常见的娱乐形式便是宗教节日的相关活动;除了驴节之外,宗教活动几乎都是严肃的。民众渴望交流,而且,生活在等级森严的制度之下,渴望尽情的宣泄。早期的戏剧既是娱乐活动,也是交流活动,当然还有教育作用;不过,对于观众来讲,娱乐才是首要的任务,至于教育作用,既要看个人的性格,又要讲究潜移默化。娱乐不仅仅是让观众笑,当然也是让观众落泪。观众要娱乐,还要尽兴,因此,除了情欲和暴力流行之外,所谓的第四面墙也几乎就不存在。演到尽兴处,演员从虚拟的世界直接进入现实的世界;观到尽兴处,观众们直接进入舞台的世界,演员不接话还不行:演员与观众之间的互动,是戏剧成功的一个重要标志,毕竟,没有观众,也就没有演出,更没有职业之说了。不过,剧作家有些不快。借哈姆雷特之口,莎士比亚表达了一个学者们反复引用的观点(第三幕第二场):"你们那些扮演小丑的,除了剧本上专门为他们写下的台词以外,不要让他们临时编造一些话加上去。"后来,在戏剧的发展过程中,第四面墙逐渐得到了强化,观众也越来越守规矩;戏剧的内容也越来越严肃,寓教于乐中的教育元素成为重要的内容。剧场里的互动是书房里无声互动的外化。

显然,娱乐与教育是戏剧作品的两大功能。然而,至于如何娱乐,戏剧作品没少遇到麻烦。一个主要的原因是情欲问题:情欲成分多了,作品就成了诲淫诲盗之作;另一个主要的原因是政治:立场错了,作品就是在图谋不轨。

作家、作品与读者(观众)三位一体;其中,读者是目的,要关注读者,作家就必须创作出一个趋向完美的文本。因此,本章主要从文本(与作家)及读者两个维度来分析戏剧的功能:文本的功能是启蒙,帮助读者净化情感,提高认识人生的水平(净悟)。

第一节 启 蒙

启蒙就是教育,教育一般有三种形式:一是实践,二是课堂,三是戏剧。实践就是直接走进生活,在现实中,通过具体可感的方式,直接地认识一个事物;课堂就是接受抽象的理论教育,在课堂上,通过具体的逻辑分析与系统化的理论总结,间接地认识一个事物;戏剧就是观摩虚拟的、浓缩的生活,在剧院里,通过认同与移情的方式,在保持一定距离的基础上,直接地认识生活。

三种方式中，戏剧，相比之下，最为可取：戏剧具有实践的生动性，也因为高度的浓缩而具有明显的针对性与较强的逻辑性。可见，戏剧与诗歌、小说一道，作为艺术的主要形式，具有不可替代的教育功能。

要很好地发挥戏剧的教育功能，就要充分认识戏剧艺术的本质；只有充分地认识了戏剧艺术的本质，才能在与政治实现和谐的环境下，通过汲取社会学、哲学与艺术理论的营养，创作出具有美感的作品；只有把艺术的美感与生活的细节紧密结合，才能创作出生动而具有感染力的戏剧作品。

第一章谈到，从叙事艺术的角度看，戏剧的主要本质是展示。那么，从美学的角度看，戏剧的本质就是悦目、赏心、升界；从意识形态的角度看，戏剧的本质就是宗教。戏剧能够代替宗教吗？不能：上帝死了，却也重生了，上帝重生，宗教随之也重生；不过，戏剧能够与宗教并驾齐驱，共同引领人类的精神向往。

由于戏剧的美学本质就是一种过程之后的愉悦的或崇高的精神体验，由此可见，戏剧之美涉及三个要素：一是文本，二是读者（观众），三是互动。其中，文本离不开作家，因为作家是文本的缔造者，作家的创作素养与目的决定着文本的质量与启蒙水平。美为何要与读者发生关联？因为美本身就是人类进行评价的结果，而评价是人类特有的行为属性。

文本的什么内容引发了读者的愉悦感或者崇高感？两个方面的内容：结构与格调的艺术美以及思想的生活美。从结构上看，戏剧具有一个体现客观共性的组织事件的方式；例如，单情节的发生、发展、高潮、结束；多情节平行、交叉、平等的发展；情节各要素按照逻辑顺序排列，或者非线性逻辑具有潜在的规律性。艺术格调有，欢乐、悲伤；讽刺、幽默；机智、荒诞等。从思想上看，戏剧作品表现了以善为本的生活理念、以和谐为形式的生活方式、以幸福为目标的人生理想；或者，以求索为本的生活理念、以理性为工具的探索方式、以崇高为目标的人生理想。总之，艺术美体现的是理性与完美，生活美体现的是感性与和谐。

读者为何能够感受到文本的内在之美？作为一个生命体，读者具有内置的体现比例、对称、和谐与多元统一规律的生理结构，这种生理结构能够天然地对具有比例、对称、和谐与多元统一性的事物做出愉悦的反应；产生愉悦的根本原因是客体特征与主体需求达到了一致，一致程度的高低决定着愉悦程度的高低。作为一个社会成员，读者从一出生就开始接受抽象的社会规范，当社会规范内化为个人的心理需求的时候，尊重社会规范就会得到社会的认可与尊重，遇到符合社会规范的行为就会感到愉悦并给予尊重。社会规范的一个重要特征就是"相宜"，具体表现为民主、平等、公平、包容、互爱。自然现象、社会事件与心理诉求所反映的，从本质上看，都是理性的表现形式。理性就是以二元对立为单位、能够不断重复、不断延伸的运动方式。其实，人与自然界的其他存在一样，都是宇宙按照统一规则不断演化的产物。九九归一，大道至简。

当然，戏剧作品中不乏失称之美。失称之为美是因为两种形式的美以不同的比例共生。以非线性叙事为例，现实生活中，非线性往往是人类认识事物的正常方式，因为认知主体的能力有限，认知的客观条件有限，事物特征呈现的顺序也就具有很大的随机性，常常表现为碎片化。但是，随机性或者碎片化并不代表着以非线性方式呈现的内容没有内在的逻辑性；事实证明，每一个碎片都带有不可或缺的逻辑提示，顺着逻辑提示，以非线性方式呈现的碎片最终都可以按照线性的方式排列。因此，非线性是认知角度的叙事之美，线性逻辑则是还原之后，事物本来的内在之美。

戏剧中的丑是一种错时之美。美与丑都是相对的概念。相对的美与丑都是体现在某一具体事物上的美。大美绝对。丑是基本规律，是事物在有限条件下，沿不同方向在不同层上演变的结果。如果演变过程中出现的条件永不再现，那么就有理由说，美与丑是绝对的；然而，曾经出现的演变条件会反复出现，丑的事物会因为符合重现的演变条件而变成美。戏剧有无永恒之美？叙事性、过程性、可理解性、人物的可感性、愉悦、崇高等就是永恒之美。

戏剧本质上就是与宗教并行的一种准宗教。要论证这一命题，就要归纳出宗教的本质特征，就要论证戏剧与宗教在意识形态上的相通之处及其特殊的优势。

讨论戏剧的功能，为何要把戏剧与宗教关联起来？众所周知，宗教在人类文明发展历史上发挥着巨大的作用；政教分立之后，宗教仍然在国家事务中，发挥着不同程度的影响；可是，启蒙理性，尤其是两次世界大战，极大地动摇了宗教的社会地位，布莱克、济慈与阿诺德等有识之士曾经呼吁，用艺术代替基督教。然而，艺术终究没有代替基督教，基督教的身影依然活跃在社会的各个领域。反过来看，既然提议用艺术代替基督教，艺术必然具有与基督教相同的功能（religion in art），并为人类提供了更加灵活的选择。

《圣经》是反映基督教教义的重要文本，能够体现宗教理性的宗旨。具体如下：

第一，《圣经》是关于上帝、耶稣与圣徒的言语与行为的记录；

第二，《圣经》具有法律作用，主要对信众进行道德规约；

第三，人人都具有原罪，因为性生活不可避免；而且是有罪的，因为人人或多或少地犯有七宗罪之一；

第四，人人都应趋善避恶，时刻铭记七美德；

第五，《圣经》充满了个体叙事，通过叙事表达道德信息，起到扬善惩恶的作用；叙事可以是陈述，也可以是对话；当然也有评价；

第六，叙事有开始，有悬念，也有结尾；最大的悬念就是世纪大审判；

第七，《圣经》含有颂扬上帝的赞歌；

第八，《圣经》具有神秘感；

第九，《圣经》充满了哲学思辨；

第十，《圣经》给人一种肃穆之感。

戏剧，与《圣经》相比，具有诸多相同之处。当然，从宗教的角度看，把《圣经》与戏剧做比较，不无轻浮；不过，从学术与美学的角度来看，二者的确具有一定的可比性。具体如下：

其一，具体而言，一部戏剧作品相当于一则《圣经》故事；整体而言，戏剧与《圣经》都是叙事总集；

其二，戏剧通过阅读的方式，向读者传递道德信息，对读者进行道德约束；

其三，戏剧作品揭示了人性的弱点，通过展示人性弱点的潜在危险，实现警示意义；

其四，戏剧作品颂扬人间美德，通过呈现美德的社会与精神效益，实现美德的弘扬与传播；

其五，如同《圣经》叙事，戏剧以叙事为本质；当然，也重视讲述的作用；叙事以人物为中心，直指读者；

其六，无论是线性叙事，还是非线性叙事，戏剧作品终究没有否定结构的必要性；通常情况下，戏剧作品具有完整的叙事结构；

其七，歌唱与舞蹈表演是戏剧的常见内容；

其八，戏剧作品讲究余味未尽，时常留有未解之谜或未答之问；

其九，文本之中，警句迭出，例如莎士比亚与王尔德的作品充满了佳句、美语，高度概括了人生的经验；

其十，悲剧之作或者悬念迭出之作，不少细节震撼心灵，令人正襟危坐。

此外，戏剧与宗教拥有共同的渊源：它们都是从祭祀活动或原始巫术表演之中逐步演化而来的。原始仪式所涉及的具体事件与所做出的阐释逐渐发展成宗教成分，进而演化成刻板的程式。相反，事件与生动性则逐渐演变成戏剧表演，当然生动的表演之中，也不时地传递出剧作家对人生的深刻体悟。宗教与戏剧从来没有离开原始仪式的本质要素，只是形式发生了巨变。古希腊时期，神与神谕经常出现在戏剧中，戏剧简直是众神们的道场；在英国的中古时期，宗教扼杀了戏剧，可是，戏剧又在宗教仪式中生根发芽，再度复活，独立之后，一度成为宗教的口舌。20世纪，把戏剧与宗教仪式联系起来的艺术努力，当属艾略特的《大教堂谋杀案》。可见，戏剧与宗教的渊源之深，切不断，灭复生。[①]

戏剧更有胜出。相对于《圣经》叙事，戏剧叙事更加详尽、生动。《圣经》的文体风格以客观陈述为主，重在表达一种经验、一种规范、一种原则，具有明显的抽象性。相比之下，戏剧中单位事件的篇幅较长，以具体展示为主，反讽、幽默无所不用，声情并茂，寓道理于表演之中；植根于生动、完整事件的教育，更加直指人心。与《圣经》的权威性相比，戏剧更加民主。阅读《圣经》，读者要拥有一颗虔诚之心；走进《圣经》，为的是聆听上帝之音，或寻求一个问题的答案；总之，《圣经》具有威严性，神圣不可侵犯；读者仅仅是一位没有自由意志的客体。在阅读戏剧文本，读者则能够保持着一个放松的心理状态，不以接受任何指令或教育为目的；在阅读过程中，读者可在内心中与作者对话，可以质疑；读到愉悦处，尽情地欣赏；遇到拂意处，可以马上放下文本；一切尽由读者做主。戏剧教育的方式是潜移默化的，而不是强制性的。

因此，如同诗人，剧作家可以救世主的身份自居。有感于诗歌的宏大叙事、高度凝练的思想以及绝对的形式之美，惠特曼（Walt Whitman, 1819—1892）毫不吝啬地赞美诗歌创作，把诗人誉为新的救世主。其实，剧作家何尝不是一位新的救世主。也许言过其实，如果不是一位救世主，他们身上也具有更多的神性。上帝是美的最高代表，没有什么东西高于美；剧作家是美的主要创造者，

[①] James Matthew Wilson. The Formal and Moral Challenges of T. S. Eliot's *Murder in the Cathedral* [J]. *Logos*, 2016, 19 (1): 177.

当然也就有资格享受这种头衔了。

戏剧能否取代宗教？不能。艾略特说得好，"正如宗教不是戏剧的替代品，戏剧也不是宗教的替代品"①。戏剧与宗教有相同之处，这正是戏剧被称为准宗教的原因；可是，宗教也有戏剧不可替代之处，例如上帝的形象、礼拜仪式与忏悔等，宗教的不可替代之处正是宗教存在的理据。

上帝的形象具有抽象性。基督教反对偶像崇拜；目前，只有上帝之眼在民间流传，从来没有一个完整的上帝画像出现在世间。抽象性具有排他性，抽象性具有不可模仿性。排他性就是独一无二性；上帝与人同形，但没有任何人与上帝同相。上帝的不可模仿性源自上帝的不可见性，没有任何人目睹过上帝的圣容，除了圣子之外；既然没有人目睹过上帝的圣容，也就没有人可以描摹出上帝的画像；要勾勒出上帝画像，则会在不知不觉中，以现实中人物为母版，如此一来，人类就完全违背了上帝以自己的形象为原型创造人类的宗教逻辑。更重要的是，倘若人间有了上帝的画像，当一个人的相貌与之相近之时，就会引起不必要的错误崇拜。经验表明，抽象产生神秘，神秘象征强大。抽象就是优势。

剧作家也许是独一无二的，却是具体可感的有限生命体。

此外，在英美文化中，上帝是完美的化身。只有懂得美者，才能够创造出美的事物；宇宙万物，都是上帝的创造物；万物皆有其用；万物数量巨大，却能够按照自己的轨迹，在与其他物体保持和谐的状态下，平安运行，周而复始，永无止境；这不得不说是一个奇迹，一个绝对之美。此外，上帝不仅可以调节人与人之间的关系，也可以调节人与自然的关系；人类社会内部发生的对立摩擦、人与自然之间产生的矛盾冲突，都是人类没有遵守自然规律和社会法则所致；上帝从正面教育人类，也从反面教育人类，教育的目的就是实现和谐之美。可见，上帝是美的源泉，也是美的总和。②

剧作家，作为一个世俗之人，是一位有着人格瑕疵之人。

---

① T. S. Eliot. A Dialogue on Dramatic Poetry [M] //The Complete Prose of T. S. Eliot, eds. Frances Dickey et el: Volume 3, London: Faber and Faber, 2015: 401.
② 李维屏，张琳. 美国文学思想史 [M]. 上海：上海外语教育出版社，2018：104-117.

可见，戏剧与宗教志同道合，但不可取而代之。① 不过，与宗教相比，戏剧拥有更加广阔的用武之地，例如政治、社会学、哲学以及文学理论等，这就要求戏剧以美为价值取向，正确处理文本与它们之间的关系，以便更好地发挥阅读过程中的启蒙作用。

戏剧创作与发展需要和谐的世俗环境，这就要求作家正确处理作品与政治的关系。对于戏剧创作来说，讲政治就是执行政府作品审查政策，就是为出资方服务，就是作家主动地触及政治神经，唤醒民众，促进社会自上而下的改良。

作品审查就是政府主动做出的用以确保作品内容健康、避免出现政治性危险言论的措施与行动。内容健康是指作品中没有过分的色情诱惑、暴力威胁与死亡恐惧的成分；政治性危险言论指的是蓄意煽动宗教对抗、种族主义、鼓动社会暴乱等。1968年，新的戏剧法案废除了宫务大臣负责审查的规定，但仍然主张禁止色情与危害社会治安的内容。在美国，像《坎斯托克法案》（Comstock Act, 1873）的法案很多。不妨看一下莎士比亚戏剧作品的命运。19世纪，英国外科医生鲍德勒，主动把莎剧作品中的不宜内容进行了删减，② 此举被广泛地誉为莎士比亚戏剧的鲍德勒化。纽约的布法罗市与曼彻斯特镇，应犹太族裔的要求，从学校课本中剔除了《威尼斯商人》。美国，又因《罗密欧与朱丽叶》有忤逆父母之命之嫌，禁止全国学校教授这部作品。审查的确是一把利剑。

---

① 不妨接着在文本之外对宗教与戏剧进行一番比较。基督教的礼拜仪式，因其繁复与严肃，是阅读所不可替代的。入会仪式之外，礼拜仪式是教会与信众之间重温精神契约的重要过程：牧师提问，信徒应答，在问答之间，信众与上帝之间的精神纽带得到了加强；而领圣体更是把信众与上帝之间的精神纽带打造得牢不可破。行动固然重要，言语行为更是不可缺少。不妨把礼拜仪式称之为呼唤仪式。每一次呼唤，都在提示上帝的存在，都在提醒信众拥有的权利与义务。定期的、重复的呼唤仪式，从精神的角度，牢牢地维系着信众与上帝的关系，促进宗教的正常运转，确保信众的精神诉求。其实，到教堂参加礼拜仪式，而不是自行阅读圣经，也是教会管束信众身体、信众自主实践的表现。与科学自下而上的程序不同，宗教注重自上而下的程序：自上而下的程序属于顶层设计，底层执行；在自上而下的程序中，上帝的意志就是信众的意志；上帝的意志是永恒的，信众的顺从也是永恒的。在顺从中，上帝承担了信众所有的过失。上帝意志的本质是美。不过，美是永恒的，美的具体表现则是变动不居的，正是在永恒与变动不居之中，牧师找了自身的价值：牧师的价值在于合理地阐释变动不居的现象与永恒之美之间的逻辑关系。忏悔是宗教体现宽容、最接近人性的环节。在忏悔的过程中，牧师及时地掌握了信众的精神状况；同时，通过倾诉，信众感到的精神压力得到及时的纾解，纾解之后，信众以崭新的面目，轻松的心态，重新回到世俗的生活中，在世俗的生活中，以更虔诚的方式，敬奉上帝。相比之下，戏剧观赏，由于作家或导演不在场（不能公开出现在观众的视野之内），戏剧表演缺少一定的权威性与直接引领性。剧作家的声音固然没有缺失，却是以隐含的方式进行传递的。

② Thomas Bowdler, ed. The Bowdler Shakespeare: Volumes 1-5 [M]. Cambridge: Cambridge University Press, 2009.

法律的利刃之下，多有清醒。没有谁愿意看到自己的作品封存起来，因此，《海斯守则》（Hays Code）的精神值得广泛推广。1930年，为了电影作品免遭政府的审查与否定，业界有识之士主动达成了《海斯守则》，进行自律。道理很简单：不自律，就不能很好地生存，遑论娱乐与启蒙。

除非戏剧能够独立生存，否则，很难彻底摆脱为政治服务的命运。戏剧家，如同其他艺术家，都不是物质财富的直接创造者；要生存，就要有物质基础，物质基础的本质又进一步决定着戏剧创作的方向。从莎士比亚时代开始，剧院就从贵族那里寻找政治庇护，而剧作家则紧紧地依附于剧院谋求生存。当然，也不排除少数贵族独立自主地进行戏剧创作。其实，伊丽莎白女王是戏剧事业的最大庇护者，女王去世之后，戏剧很快遭遇厄运。20世纪中叶，为了促进高雅文化的发展，英国政府成立了艺术委员会，更是出于文化考虑，资助了国家剧院（the National Theatre）以及皇家莎士比亚公司（the Royal Shakespeare Company）。应该说，戏剧即政治。

依附并寻求保护，并不是盲目地做政治的奴隶。从庇护方来看，剧院是作家的东家，却也不剥夺作者在出版物上的署名权。从作家的角度来看，他们完全拥有较大的自由空间，来表达自己的深邃思想。自文艺复兴以来，五百年来的戏剧成就就是很好的证明。可以说，剧作家鲜有辱没使命之举。

的确，英美戏剧家时有敢于抨击时政的勇气，甚至勇立潮头。作为人民的一员，剧作家有义务反映政治生态现实，必要之时，作为先知先觉者，有责任成为民主运动的领导者。《解放了的普罗米修斯》无疑是号召人民起来进行革命斗争，争取民主；《等待老左》（Waiting for Lefty）则反映了美国经济危机给人们带来的恐慌，表达了对有效社会制度的向往。这里并不是夸大作家政治意识的重要性，而是看重他们有无自由选择的政治权力。自由与不自主地为政治服务，完全是两回事。总之，戏剧创作，既要在政治上妥协，又要积极批判社会，表现政治的主动性。

戏剧应当主动地反映民众普遍关注的重要社会问题。剧作家不一定是社会活动家，但一定是一位启蒙者。正如前文所述，戏剧是一种准宗教，剧作家就要发挥好戏剧的宗教作用；中古时期，戏剧与宗教的成功结合足以说明，引领人们思想进步，戏剧仍然大有用武之地；审查制度的长久地位也足以说明，戏剧对人们的意识形态永远具有巨大的影响力。在有限的空间内，最大程度地发挥戏剧的作用，乃是戏剧的神圣职责，也是一种广义的政治。①

戏剧实践了费边主义（Fabianism）。费边主义本质上就是渐进式社会主义。费边主义者认为，资本主义经过不断的发展，最终能够进入社会主义。不过，费边主义吸收了法国大革命的教训，坚持认为，进入社会主义的道路，不是无产阶级革命，而是资本主义改良主义。改良的途径有，废除土地私有制，实现煤气、电力、自来水等企业国有化，推行最低生活保障等社会福利制度，实行累进税缩小贫富差距。在费边社的不断努力下，一系列的改革措施通过法案的形式，得到了法律的保障。费边主义曾经引起广泛的争论，这种争论时至今日，也不会停止，不过，其深远的历史意义不容否定。剧作家萧伯纳就是费边主义的主要代表人物，他的作品如《芭芭拉上校》（*Major Barbara*，1905）就体现了费边主义精神。

戏剧给予女权主义问题应有的关注。两次世界大战之后，由于女性在战争期间发挥了前所未有的重要作用，她们的女权意识越来越强烈。20世纪六七十年代以来，女权主义运动，在民权主义运动的推动下，如火如荼，从主张政治平等开始，逐渐发展到主张性别平等。女权主义不仅有着积极的社会活动，而且有着丰富的社会学理论做指导，例如《第二性》（*The Second Sex*）与《性政治》（*The Sexual Politics*）等。《克里斯蒂娜女王》（*Queen Christina*）聚焦女权主义的性政治，《幸福美满》（*Cloud Nine*）则对社会性别问题进行了富有趣味的探索。女权主义戏剧把长期抽象、隐性的女性问题生活化，唤起了社会的广泛关注。

戏剧积极地探讨了多元文化背景下族裔的身份问题。身份问题，其实，也是文化多元主义的题中之义。由于两次世界大战与经济的迅速发展，英美两国需要大量的劳动力；为了解决劳动力奇缺的问题，两国开始接受移民；美国的移民来自世界各地，英国的移民主要来自前殖民地国家；移民带来劳动力的同时，也带来了自己的文化，不同的文化聚集在一起，形成了多元文化共存现象；坚持多元共存，还是文化同化，抑或是文化排挤，成为两国文化发展的重要课题。众所周知，文化是一种人生观、世界观与价值观的集合体，能够赋予每一位成员一种身份。没有明确的身份，就无法准确定位，也就不可能正确地处理社会关系。多元文化的关系表现为，主流文化以等级制的视角对待移民文化，

---

① Stuart Laing. Literature and Politics [M] //Literary Politics, Deborah Philips and Katy Shaw, ed., London: Palgrave MacMillan, 2013: 18.

而移民文化信息携带者的肤色、历史、信仰与经济状况决定着自己在多元文化环境中的地位。多元文化的特殊关系，造成了移民文化身份的游弋不定，"我是谁的问题"不仅造成移民精神上的困惑与压力，也成为现实生活中的一道障碍。戏剧作品及时地反映了这一突出的社会问题，例如《梦见猴子山》（*Dream on Monkey Mountain*），揭示了欧洲中心主义与非洲中心主义视角在加勒比身份问题上的冲突。广义上讲，身份即政治；身份问题是国内政治，也是国际政治；身份问题的探索，在戏剧领域，仍然具有很大的空间。

每一个社会问题都可以通过戏剧，进入公共话语领域，成为人们关注的重点。要确保戏剧的强劲生命力，剧作家就离不开时下哲学思潮的侵染。对戏剧产生影响最大的，当属对西方二元对立思维的解构思潮。哲学思想是集体智慧的结晶，在丰富、深邃的哲学观念的指引下，戏剧作品不仅能够切中肯綮，而且入木三分。哲学是理性的，文学是想象的，但终究是，哲学中有文学（the literature of philosophy），文学中有哲学（the philosophy of literature）。不少戏剧作家自觉地接受哲学思潮的引领，提高戏剧教育功能的效率。

在男与女、人类与自然的对立上，男人相对于女人、人类相对于自然的优越地位得到了解构。传统上，男人是理性的象征，女人是感性的象征。由于理性是人类社会与科学的基础，感性是情绪与想象的源泉，男人富有智慧，成为社会活动主要的承担者；相比之下，女性的神圣职责就是家的守护者、子女的养育者。男人养活女人，女人则取悦男人。由于生命体高于无生命体，动物高于植物，人类优于一切动物，人类在与自然的关系中，也就必然处于中心地位。后现代主义认为，二元对立其实是一种等级制度，等级制度就是不平等，就是压迫，就是剥削。当人类一半的人数处在不平等、压迫与剥削的状态下，精神文明就不会进步。当人类中心主义盛行之时，自然必然遭到无情的破坏，生态环境的崩塌，必然降灾于人类。男女之间、人类与自然之间，只有平等、和谐相处，才能建设出一个欣欣向荣的社会与自然环境。

西方与东方、白人与黑人之间的等级制度得到了颠覆。西方是理性主义的代名词，东方则是神秘主义的化身，用理性主义征服和改造神秘主义成为历史的必然，也是自然逻辑的体现。然而，理性主义与神秘主义都是单方的视角。西方的科技进步只是历史的一个阶段，东方民族在历史上也出现过无数次巨大的辉煌，凡是辉煌，无不是理性主义的胜利；不能用历史时期代替历史整体。白色就是美的象征，黑色就是丑的符号；由于白人的科技、经济、军事独领风骚，白人的文化，在错误的逻辑之下，就比黑人文化先进；由于白人文化的先进性，白人就是优秀的人种，具有优秀的遗传基因；相比之下，黑人群体自然就是社会犯罪的主体，就是高血压与新冠病毒入侵的主要对象。其实，社会科学证明，文化的先进性与政治、经济的发展之间存在着复杂的关系；解剖学与基因学证明，人种与疾病之间也没有必然的联系。唯一有必然联系的是愚昧与谬误。

工具理性与宗教理性并非万能之物。启蒙运动认为，工具理性而不是人类自身，乃是世间一切事物的尺度；人，通过合理的教育，可以逐步走向完善；生活，在机械文明的推动下，必将具有更高的幸福指数。历史事实是，只有一小部分人能够接受教育，受教育者不是更加开明，而是更加贪婪与残酷；工业化的发展，并没有解放人类，反而成为奴役人类的工具；人类失去了过去的主体性，并且开始出现异化现象；科技没有创造幸福，而是制造了毁灭的可能。宗教理性一度软弱无能。经院哲学一直试图把科技理性纳入自己的版图之内，也的确不乏成功的范例。然而，基督徒内部的两次大屠杀、奥斯威辛集中营、种族隔离政策等残酷的事实表明。人取代上帝之后，只有选择的余地，在选择的过程中发现，他人就是自己的地狱。理性至上是一条死路。

真理否定了谬误，却发现与谬误相距如此之近。真理很多：父权主义、理性主义、殖民主义、东方主义、白人至上主义，这些真理，如前文所述，都是片面的。真理首先是视角的产物，有怎样的视角，就有怎样的结论；视角又是历史的产物，视角的历史性表现在技术手段具有一定的局限性；把有限视角产物视作绝对事物，就是与谬误为伍。真理还是权力的产物。谁掌握权力，谁就拥有发言权；用语言进行表述的内容，由于在场的状态，也就成为唯一的存在与可查的证据；与此相反，失去了话语权，也就只有沉默，沉默就是无话可说，就是不在场；沉默就是肯定，缺场就是空无。所以，他人赋予的，更多的是片面的，甚至是虚假的。要揭示真理，就要世界听到自己的声音；要有自己的声音，就要取得话语权，就要有自己的视角。协商而不是独断才是走近真理的有效途径。

为了最大限度地发挥应有的社会功能，除了要在政治、社会与哲学方面展示应有的思想魅力以外，戏剧还要拥有超凡的理论支撑，因为新颖的理论认识可以提升作品的档次与读者的艺术素养，而艺术素养不仅仅是审美能力的问题，更是与政治、社会以及哲学紧密相关的要点。因此，戏剧的发展史，不仅是思想进步的历史，而且是艺术理论不断发展的历史。然而，在古典理论之后，戏剧理论经过了长时间的沉默；好在从19世纪之末开始，又兴起了（后）现代主义的戏剧艺术观。戏剧理论的积淀十分厚重。

新古典主义的三一律，在第二章里，已有论述，主要纠正伊丽莎白时代以来，莎士比亚开创的天马行空的全新创作风格。具体地讲，时间、地点与事件讲究一致性；语言是诗歌而不是散文；人物要体现典型性；戏剧种类一般表现为喜剧与悲剧。可以说，三一律是戏剧创作的经典规范，具有永久的生命力。

表现主义（expressionism）源自绘画艺术，后来逐渐对文学艺术产生重要的影响。表现主义反对现实主义传统，否认机械地描写客观事物的意义，提出用客观现实表现人物内心世界的主张。要表现的客观现实，不是工业化前的，而是工业化后的；要表达的内心世界，不是幸福、快乐的，而是惊愕、异化的。要用外在的客观事物，表现意识、梦境与直觉等内在的精神痛苦，就必须采用灯光、音乐、变异与假面具等非传统手法加以辅助。表现主义戏剧的情节，由于要体现内心的痛苦，表现为非逻辑性；人物所要体现的，不是个别人，而是一类人。

象征主义（symbolism）从诗歌领域兴起，传播到戏剧领域。如同表现主义，象征主义关注的不是外部世界，而是内心世界，不是内心正常的意识活动，而是个性的、隐秘的甚至是神秘的主观感受。象征主义不是一半留在意识里，另一半用文字来表达的艺术，而是一种事物与另一种事物之间的映射关系。戏剧文本所展示的首先是一个完整的故事情节，但这个完整的故事情节能够折射出另外一个完整的故事。当然，象征主义戏剧也可以在局部使用象征主义手法，但其本质必须是映射关系。象征主义能够极大地丰富作品的表现力，具有深邃性与晦涩度。

意识流（stream of consciousness）也是一种反传统的艺术手法，从小说领域传播到戏剧领域，第四章第二节已有论述。在现实中，由于时间具有不可逆性，一切行为或事件的发生，都不自觉地遵守时间的线性逻辑。在意识活动中，思维一般呈现出两种活动方式，一是分析方式，二是自由流动方式。分析式实际上就是按照逻辑方式认识事物的方法；自由流动式则是意识，在无拘无束的状态下，按照过去、现在与未来随意组合的方式，不断流动的过程。同理，睡梦中，无意识的流动也是以反时间的模式，在时间的三界里，恣意穿梭。不过，戏剧中的意识流手法，基本上以物理时间为框架，过去或者未来，交替出现，形成打破线性逻辑的叙事格局。

实验主义（experimentalism）与意识流接近，是古典三一律的对立面。叙事中的事件之间具有很大的独立性，情节因此缺乏必要的连贯性，呈现碎片化的状态，碎片之间甚至出现长时间的空白。人物没有行动能力，即便具有行动能力，也基本上处于静止不动的状态，有限的行为也往往表现为无意义；能够思考，但不愿思考，或者无法思考，即便是思考也无结论；具有基本的语言能力，可表达语无伦次，或者前后自相矛盾。戏剧结束之时，提出的问题要比给出的答案要多，不是为了悬念，而是根本无法回答。戏剧整体的气氛，要么过于沉重，要么流于肤浅；不过表面的肤浅往往掩盖着深层的含义。

在政治上与政府实现必要的合作之后，为了成功地展示美，发挥戏剧的准宗教作用，剧作家在社会学、哲学以及文学理论的指引下，都向读者传递了怎样的思想信息呢？不妨从历史、现实与理想三个角度，对戏剧所展示的人文关怀，加以简单的梳理。在如此有限的空间里，总结浩瀚的戏剧作品所表现的主题思想，显然是不切实际的。好在许多重要的主题在其他各章间接地得到了论述，此处力争在系统、重点与首次之间寻找出一条路径。

在戏剧诗学的著作中谈历史的功用，是否是一种诙谐？历史的本质是客观性，而戏剧的本质则是虚构性：表面上，二者不可互通；事实上，戏剧完全可以忠实于历史。莎士比亚的罗马历史剧就是很好的例证。总的来看，戏剧中，历史事件的框架是符合历史原貌的，所谓的历史原貌就是历史学界公认的历史事实。历史框架不变，对个别环节的成因做个性化的解读，戏剧基本上就尊重了历史事实。例如，《巫蛊案》的历史框架尊重了历史事实，而普罗克特与阿比盖尔的婚外关系纯属虚构；可是，虚构不仅没有否认历史，而且丰富了作品的思想内涵。

历史对读者的教育意义是什么？常见的看法是，认识了历史（以往事件的逻辑），才能熟知现在（现实之所以如此），知道了现在（现实的需要），才能认识（更好地谋划）未来：简言之，能看得见多深的历史，就能看得见多远的未来；其实，历史剧以及历史剧的历史还告诉人们，历史是什么：历史是视角的产物。历史与视角的关系，更是具有划时代的教育意义。

《圣女贞德》内外的事实表明，官方的历史具有视角性。历史上，贞德被俘后，在亲英的巴黎大学神学院的要求下，送交宗教法庭审判，由科雄主教与拉梅特副审判长主持审判。由于声称能够直接与上帝交流，贞德的行为直接动摇了教会的权威地位；由于查理七世在贞德的主持下，举行了加冕仪式，剥夺了亨利五世和他的继承人对法国王室的继承权，宗教法庭在神学院的要求下，宣布贞德为异教徒，并处以火刑。对此，《圣女贞德》基本尊重了历史。

贞德罹难20年后，即1456年，案件得到重新审理。首席宗教法官布雷阿主持案件重审，认定当年的审判与定罪是错误的，宣布贞德为正义而牺牲。在《圣女贞德》的跋当中，罹难25年后恢复了名誉的贞德出现在查理国王的幻视中，二人同时受众人之拱卫。贞德案为何能够重新审理？主要归因于英法百年战争的结束，以及查理七世牢固了自己的统治地位。否定贞德的宗教合法身份，也就否定了查理国王的合法地位。因此，恢复政治秩序之后，为贞德平反昭雪具有非凡的政治与历史意义。

1920年，贞德由教宗封圣。封圣的条件是天主教徒与天主同在，即已经升入天堂，并以圣洁闻名遐迩；在世之时，做出了伟大的行动，为众人敬仰。贞德在不同的文化中，备受尊崇：在法国，有政治家拿破仑与思想家伏尔泰；在德国，有诗人与剧作家布莱希特以及哲学家、历史学家、诗人和剧作家席勒；在俄国，有作曲家柴可夫斯基；在美国，有小说家马克·吐温；在英国，有剧作家莎士比亚。封圣之后，贞德定格为一个世界性的文化符号。

贞德，由一名勇敢的教徒变成了异教徒，从有罪到无罪，从无罪再到封圣，经历了身份的大起大落，身份的每一次变化，都是权力直接定义的结果。可见，由权力主导的历史书写具有鲜明的视角性。

教会书写的历史具有视角性，剧作家书写的作品何尝不是如此。贞德的悲剧是教会、法国亲英派与英军合力的结果，这一点并没争议。但是，三方在其中的具体表现，史书鲜有记录。要详尽地揭示其中的具体表现，即便是历史学家也只能合理地推测；历史学家可以推测，剧作家也可以客观地推测；照此，面对未知的细节，史学家与剧作家也就没有分界了。历史上有许多贞德版本。在亨德森（John Henderson）的版本中，科雄是黑社会的领导，在马克·吐温（Mark Twain, 1835—1910）的版本中，科雄则是天生的恶魔。在萧伯纳的版本中，科雄一反传统，表现出相当的理性：既维护教会的尊严，又尽力拯救贞德的灵魂。文本性与历史性吻合了。自莎士比亚以来，萧伯纳在舞台上第一次对坏人的动机做了解释。[1]

---

[1] Stephen Watt. Shaw's *Saint Joan* and the Modern History Play [J]. *Comparative Drama*, 1985, 19 (1): 69.

可以说，一切历史都是当代史。有两个层次：一是通过对历史进行阐释，阐释者展示了当代的价值观，如萧伯纳的《圣女贞德》；二是历史不断地重复自己，如《巫蛊案》所示，麦卡锡主义就是20世纪的萨勒姆巫蛊案。《巫蛊案》的意义也是双重的：第一，现实作为未来的历史，是多元的，人们要学会接受观点的多元化与感觉的多样性；第二，戏剧能够以虚构的方式更真实地展示它所描述的世界，因为活生生的演员就在舞台之上，因为虚拟的世界没有死角，而且戏剧的世界既是主观想象的结果，也是客观事实的展示。① 历史戏剧可一分为二，进行双向理解：历史是戏（剧），戏（剧）是历史。

戏剧中的现实归结起来有以下五个方面：其一，生活的主体；其二，物质主义；其三，性与性别；其四，人际关系；其五，心理现实。

其一，生活的主体。在复辟之前的戏剧作品中，戏剧的主人公无一例外的是王公贵族。两个原因：一是专制时代，统治阶级的利益高于一切；二是由于王公贵族的特殊身份，即教育程度高，社会阅历丰富，道德水平高，通过展示他们的人生悲剧与喜剧，可以更好地揭示人生的意义。复辟以后，戏剧中的主人公仍然不乏王公贵族，但平民百姓越来越多地成为主人公。原因有二：一是民主时代到来了，百姓的利益与贵族的利益同等重要；二是作家可以靠版税生存，当越来越多的人有机会体验戏剧的时候，关注人民、取悦人民，成为戏剧创作的第一要务。以人民为中心是戏剧历史的走向。

其二，物质主义。在以王公贵族为主角的作品中，几乎没有以展示物质丰富为主题的，但王公贵族丰赡的物质享受，从他们的服饰以及各方言论中，时有体现。美的服饰、体面的住处、高雅的谈吐，无一不给人们一种纯粹美的体验。相反，倘若戏剧中充斥着贫穷与愚昧，那将是一种灰暗的体验。不是说，戏剧不能反映社会底层的心酸，而是历史与人们的审美心理做出了这样的选择。政治家说过，太多的阴暗面是负能量。

民主社会的一个反讽是，物质主义成为人类的毒品，恰如精神主义曾经毒害了无数的百姓一样。阿尔比的《美国梦》无情地鞭笞了物欲横流、金钱至上的社会风气：美国梦，对于多数人来说，充其量是一场噩梦。当然，物质主义又是与肉体的过度渴望相联系的。《欲望号街车》(*A Street Car Named Desire*) 中的布兰奇，就是一位无法抗拒原始欲望的人物。她挑逗斯坦利，勾引少年；作

---

① E. Miller Budick. History and Other Spectres in Arthur Miller's *The Crucible* [J]. *Modern Drama*, 1985, 28 (4): 549.

为妻子，对帅气的艾伦又产生了一种病态之爱，竟然崇拜其脚下每一寸土地。艾伦之死，加剧了布兰奇的堕落。为了填充空虚的内心，她纵情于肉欲，从一位淑女堕落成行尸走肉。物质享乐，如同贫穷，摧残着人类的精神与身体。

其三，性与性别。在逻各斯中心主义领域内，异性恋是经典的两性关系，而同性恋则是邪恶的代名词。历史上，人们认为同性恋能够传播致命疾病，致命疾病可以进一步导致人类的生存危机，为此，社会不惜以酷刑打压同性恋。科学的发展，揭去了同性恋身上的黑色外衣：如同肺结核在浪漫主义时期是一种虚幻的叙事，同性恋可怖也是一种相反的叙事。早期的同性恋主题主要以隐身的方式出现在戏剧作品中。例如，《玻璃动物园》中的汤姆，在发现自己的性取向之后，经过痛苦的挣扎，最终决定与家庭决裂，寻找性自由；《欲望号街车》则揭示了布兰奇出于对同性恋的恐惧，而导致丈夫的自杀；《热铁皮屋顶上的猫》(*Cat on a Hot Tin Roof*) 中的布里克，之所以痛苦、不安，是因为发现了自己的同性恋倾向。痛苦、不安、恐惧都足以说明同性恋在社会中的卑微地位，正是卑微的地位与可能出现的政治迫害，才导致了同性恋行为在戏剧作品中的隐晦呈现。[①]

在传统的观念中，生物性别（sex）与两性关系中的性角色、与社会活动中的性角色相一致。然而，这种一致性其实是文化构建的产物，其中不无性别政治的因素。心理学证明，每一个人都同时具有男性气质与女性气质，但两种气质并不以平等的方式呈现。因此，男人之身可能拥有强大的女性气质，女性之身也可能拥有强大的男性气质。由于婚姻与社会活动中的性别角色是文化构建的产物，法律也就应该承认社会性别（gender）；进一步讲，性别取向甚至可以是表演性的。《幸福美满》中，克里夫的妻子贝蒂由男性扮演，后来改为女性；儿子爱德华则由女性扮演，后来改为男性。由男性扮演女性，体现的是男性眼中的理想女性，由女性扮演男性，体现的则是女性眼中理想的男性；回归本来性别则是本性的回归。《蝴蝶君》(*M. Butterfly*) 中的宋丽玲亦是性别表演的大家。性取向重在灵活。

其四，人际关系。由于社会劳动实行精细化分工，人的协作就是做好自己的工作：做好自己，便陷入孤独；由于科技的发展与商品的极大丰富，人生越来越具有自足性：自足，便进入孤独；由于肤色与文化的不同，同在一个屋檐下，却彼此十分的陌生。世界越来越小，人与人之间的距离越来越大。孤独可

[①] 李尚洪. 琵琶后面的真容 [J]. 英美文学研究论丛，2007（1）：253-254.

以交流，可是，交流的欲望不能同步产生。所以，《动物园的故事》中，无论杰里如何努力，自足的皮特总是拒人千里之外。所以，《终局》（Endgame）中，哈姆失明，且不能站立；纳格，没有双腿，因身于垃圾箱之内；耐尔，也失去了双腿，同样因身于垃圾箱之内；而克劳夫，四肢俱全，却是一个跛子，无法远行。有一种孤独与恐惧相伴而生。品特的人物，蜗居在狭小的空间内，多感到一种潜在的威胁。人的社会化成为一个空壳。

其五，心理现实。人的社会化要求成员遵守统一的社会规范，统一的社会规范压制了个人真实的欲望，造就了外在的千人一面。当社会开始尊重个性化表达的时候，如何揭示人的那个真实的我，就成了作家关注的焦点。受心理学研究的影响，意识流小说家首先提出到人物的内心世界中去的口号，剧作家予以了积极的响应。《奇异的插曲》（Strange Interlude），受弗洛伊德的影响，对人物的内心活动、情欲与痛苦进行了心理分析；而荒诞派戏剧所揭示的则主要是人物内心世界的虚无、迷茫与绝望。当然，并不是说，只有心理学理论的指导，才有相关的戏剧创作；揭示心理活动的戏剧作品自古就有，如《哈姆雷特》等。总之，没有内心世界的展示，就没有真实的人物塑造。

一些源自神话与传说的行为描写，恰好映射出了部分心理学名词。古希腊有名作《俄狄浦斯》，标题人物在无意中弑父娶母，此举后来成为心理学的一个经典名词，恋母情结（Oedipus Complex）；同样，《厄勒克特拉》（Electra）中的同名女主角，在母亲杀死了父亲的情况下，与兄弟俄瑞斯忒斯联手，杀死了他们的母亲；此举也演变成为一个对应的心理学名词，恋父情结（Electra Complex）。《皮格马利翁》（Pygmalion），又译《卖花女》，则贡献了又一个专有名词，期待效应、罗森塔尔效应，或者毕马龙效应（Pygmalion Effect）。皮格马利翁是古塞浦路斯国王，擅长雕塑；后来爱上了自己的杰作雕塑——美少女；由于十分的专注与期盼，石雕幻化成肉身，有情人终成眷属。

理想与历史、现实构成主题一体化。戏剧作品中的理想，简单地归结起来，表现在以下几个方面：第一，内圣外王之道；第二，妥协的生存艺术；第三，人生之信念；第四，艺术至上。

内圣外王是理想的治国之道。战争与和平是人类永恒的主题，战争与经济则是讳莫如深与诡异的主题。从经济的角度谈战争，有两个层次：一是对和平国家出售武器，二是对军事冲突国出售武器。只有拥有足够的武器才能决定不首先使用武器。可是，向军事冲突的一方出售武器，则有提供武器支持之嫌；

向双方提供武器则有怂恿双方之嫌。固然有国际惯例在前，可以向交战的一方或双方出售武器，也不乏拒绝销售武器的情形。说到底，本国的利益高于一切。因此，对外出售武器能够说明：维护国家尊严，利器在手；发展国家经济，遍地开花。经济与威严即是内圣外王的最佳阐释。《芭芭拉少校》中，安德谢夫开办军工厂，当然生产杀人的武器，可是解决了不少人的就业问题；不仅收获巨额利润，而且缴纳大额税收。相比之下，芭芭拉的救世军组织资金匮乏，救济的对象中，有不少人非法获取救济品。救世军组织混乱无序，军工厂秩序井然、生产高效。两个单位的合理结合说明，内圣与外王缺一不可。

妥协是生存的根本艺术。世界存在的基本模式是二元对立，在二元对立的状态下，共赢是利益最大化的唯一途径。要实现共赢，双方就要拥有妥协的艺术。当一方能够为另一方提供大量发展机会的时候，另一方就应该善意地、富有智慧地利用这种机会发展并提升自己；与此同时，另一方有责任对自己的局限性有一个正确的、清醒的认识；当另一方不能够为对方的发展提供必要支持的时候，甚至发出错误的信号，双方必然开始走向疏远，甚至对立；另一方只有倒逼自己改变，才能逐渐地重新建立起可信的关系，协作互利，共同发展。只愿前看，不愿后视，只能是让历史重演。《暴风雨》中，安东尼奥的政治贪欲与普洛斯彼罗公爵的人文主义宽容便是佳例。

人生不可缺少信念。站在 21 世纪之初，西方世界中，没有多少人愿意说，科学或人类已经取代了上帝，因为一段时间之后，缺席的上帝重返神坛。与以往不同的是，上帝的地位更加巩固了，因为有人说，正因为虚幻，所以才坚信。最大的不同是，上帝的形象少了以往的反理性成分；说到底，摒除了非理性的成分之后，上帝着实可敬。上帝还是那样植根于世俗，却又高于世俗。上帝拥有的每一位圣品，都为俗世提供了解决当代问题的方案；有了他们，《圣经》的文本得到了拓展；经过牧师的宣讲，他们的言行成为新时代的行动纲领。《安卓克利兹与狮子》（*Androcles and the Lion*）宣扬的就是传统的、经过时代淘洗过的价值观念：仁爱、虔诚、忍耐、牺牲等。有共同的人性，就有共同的价值；要共命运，就要确立共同的价值体系。

用艺术来引领人们的精神。前文论述过，（戏剧）艺术是准宗教，既然是准宗教，就要充分发挥艺术的引领作用。当王尔德提出为艺术而艺术的时候，他的艺术观遭到了道德绑架。若非同性恋倾向，艺术至上的主张，绝不会成为颓废派的代名词。王尔德把艺术推到了至高的位置，因为物质主义盛行，上流社会道德堕落。在他看来，唯有退到艺术的天地里，才能找到纯净的生活气息。可见，真正颓废的是王尔德的政敌。为艺术而艺术，不是一碗鸩酒，而是一剂针对物质主义等不良社会风气的解药。

剧作家的历史使命是艰巨的。要完成好历史赋予的使命，剧作家就要眼观六路，耳听八方；敞开胸襟，博采众家之长：以完美为最高原则，兼顾政治、社会学、哲学、心理学与文学，打造出一个过硬、可信的文本世界，呈现给读者。

第二节　净　悟

不难理解，借助于自身的过硬素质，借助于富有美感与人文关怀的文本，剧作家只能完成一半的历史使命；只有当人们从作品中感受了美的力量，接收到言语传递出的人生感悟之后，剧作家才能够完成全部的历史使命。可见，戏剧作品的娱情与教育，表现在受众的一端，具体呈现为情感的净化与认识的提高。

那么，戏剧要发生教育作用，人们需要具备的基本欣赏能力是什么？人们接受信息的方式具有哪些特征？精神愉悦的形式是什么？有着怎样的机制？生活如何模仿戏剧艺术？人们会不会受到戏剧中负面因素的影响？

以下论述将从三个方面回答上述问题：一是信息的接受能力，二是愉悦的产生，三是生活对戏剧艺术的模仿。

要成功地接收信息，就要有基本的文学能力（reading competence）或文学素养：能够接受戏剧事件的逻辑与密度，能够理解隐喻[①]与象征；发掘作品深层的意义，认识主题思想的相对性与多元化。

什么是事件的逻辑与密度？简言之，逻辑就是现实与想象的关系，密度就是物理时间与戏剧时间的关系。现实与想象的关系：戏剧反映生活，但不是一面镜子，机械地折射着生活；戏剧作品是想象的产物，但想象也并不意味着信马由缰，无拘无束。物理时间与戏剧时间的关系：戏剧一分短，人间一年长。

人类总是关心自己的事情。有道是，人有人事，鬼有鬼干。人也关心动物，说到底，只是为了自己。所以，如果不呈现人的价值观念，戏剧也就没有意义，

[①] 明喻、转喻、提喻相对简单，不在讨论范围之内。

也就根本不会存在了。与人相关的内容，直接的、间接的，可以称之为现实；反之，则为虚妄。戏剧有多种，其中，追求现实的有神话、圣体剧与历史剧。

在以神话故事为主题的作品中，追求现实感就是如实再现神话叙事。神话故事具有宗教性，是人类群体精神上的高端引领、道德上的神圣规约、生活上的全方位监督。准确地再现神话叙事，能够确保文化传承不断，社会运作有序。圣体剧，由于以《圣经》为依据，不可能改变事件的经过，更不可能改变人物的语言；任何改变，都意味着颠覆、背叛，就是异教行为。因此，追求现实，圣体剧的文字（话语）就需要与《圣经》的行文保持严格的一致。历史剧的目的是再现历史，给世人提供间接又植根生活的经验；如果虚构破坏了历史本来的面目，历史就会失去应有的教育意义。唯有真实，方才可靠。

凡事不能绝对，以神话与历史为例。把神话或历史搬上舞台，就要追求生动、可感；然而，事实是，神话或历史，从轮廓上看，是流畅并且符合逻辑的，但往往缺乏具体生动的细节；要呈现具体生动的细节，剧作家就要在不违背神话或历史精神的大前提下，大胆地构想：构想就是与现实对立的虚构（不是虚妄）。例如，《圣女贞德》。戏剧中的虚构，能够加深人们对事件过程的印象，而具体的细节，则在时间的淘洗下，逐渐忘却。虚构的细节是几何的辅助线。

不过，历史剧也不乏遮蔽或增加史实的实例。在创作《亨利四世》（上、下）的过程中，莎士比亚有意保留历史人物的真实性；可是，由于历史人物的后代不愿意先祖的名字出现在戏剧中，莎士比亚只好用虚构的名字替换真名实姓。① 相反，在《巫蛊案》中，米勒以萨勒姆女巫案为依托，增加了普罗克特与阿比盖尔的通奸内容，丰富了作品的思想内容。虚构以不损害历史事件的本质为原则。

当然，不能忽视叙事的嫁接（想象）。为何嫁接？生活中有许多富有哲思、性质相近的事件，可是，它们彼此独立，单位相对较小。因此，把相对较小、彼此关联的众多事件通过想象加以整合，形成一个场面宏大的、逻辑严谨的、具有全面、深刻教育意义的叙事，就成为剧作家展现艺术水平的一个重要方面。例如，《第十二夜》。不过，整合还需要有一个限度：过度的整合，往往导致可信度的降低。总之，整合是艺术家的特权，一次符合生活逻辑的艺术想象。

戏剧作品中的时间是高密度的。第二章第一节讨论了各种时间之间的关系。应当补充的是，戏剧中的情节给人一种既有时间概念，又没有时间概念的感觉：

---

① 福斯塔夫的原型是欧尔卡苏（Oldcastle），15世纪英国罗拉教派的领袖。

剧中人物好像从不吃饭，也不睡觉；只有恩仇，没有生活；只有白天，没有黑夜；不见四季更迭，但见岁月流逝。其实，这一切都是因为观众自身的局限性所致：有限的忍耐性与空闲时间。因此，凡是与事件的发生、发展、结束没有直接关系的日常生活、时序的更迭、因果的过程等，一一省略。人们看到的仅仅是事件的前因后果，即再现的整个事件的过程，而不是考古式地或者刑侦式地恢复现场。舞台上的有限背景仅仅是一个辅助，可轻可重。因此，在有限的时间里，压缩进了许多不可能实现的事情。

如何认识隐喻？隐喻的分类很多：概念隐喻、结构隐喻、本体隐喻；视觉隐喻、听觉隐喻、触觉隐喻等。简言之，隐喻就是用浅显的来化解深奥的，隐喻的机制是本体与喻体之间具有相似性，隐喻的目的就是促进理解（理性的）、加深感知（感性的）。例如，人生是旅行（概念隐喻）：人生是抽象的，之所以是抽象的，是因为读者仅仅处在人生的边缘上；相反，旅行，对大多数人来说，至少具有一次的经验；所以，用具体的旅行足以说明抽象人生的具体含义。大脑是机器（本体隐喻）与此道理一样。他一脸的雾水。脸，如同眼睛，能够表示内心的状态：明白之时，面部肌肉舒展；糊涂之时，面部肌肉紧缩；雾水，即雾，有雾之时，空气水汽密度大；肌肉紧缩与水汽密度大，都表示迷惑不解。不过，本体与喻体之间的相似性仅仅是部分的，因此，要理解隐喻，就要忽略不同之处。倘若本体与喻体之间整体吻合，那就是象征了。

如何认识象征（参考第一章第二节）？从宏观的层面看，象征可以是特质鲜明的生命体，或者特色鲜明的组织；可以是一个整体事件，也可以是几个独立又连续的事件；可以是先进、复杂的工具，也可以是复杂的非生命体。象征就是一件事物背后还隐藏着另一件事物，两个事物之间的关系是映射关系。

以《安卓克利兹与狮子》为例，那只狮子不一定就是狮子，有人没有见过狮子，但见过大象，没见过大象，但想起一个人来；那只狮子（大象或人）也不一定就来到洞穴中，也可能在河边、田间，或许在回家的路上、迎面相逢的时候；安卓克利兹给予的帮助不一定是拔刺，也可以是一次经济资助或者一次拔刀相助……安卓克利兹的困境也不一定就是笼子，也可能是绑匪的藏身之处，或者敌人的老巢。所有这一切，狮子与安卓克利兹、求助与拔刺、笼子相遇依照特定的逻辑关系发生，他们之间的关系结构具有普适性，普适性就是象征性。

象征与隐喻不同。在隐喻的过程中，本体一般是难以描述的，模糊不清的，而喻体则是十分清楚明了的；在象征的过程中，本体是清晰、透明的，而本体具体映射什么，没有直言；隐喻的对应关系一般是单一的，象征的对应关系则可以是多元化的。例如，他一脸的雾水：雾水仅仅表明他此时内心疑惑；相比之下，《仲夏夜之梦》中的乱点鸳鸯谱，在现实中，可有不同的指涉，所有的指涉，无一不处在文本之外：这种映射可称之为正映射。不过，《热铁皮屋顶上的猫》中，猫象征着心情焦虑、处境不安的玛吉，猫与玛吉二者都出现在文本之内；不同的是，猫的出现，为的是进行概括，而不是映射，因为人们对猫的性行为本质再熟悉不过了。玛吉与猫的关系可以称之为倒映射。

隐喻与象征对读者的影响也呈现出不同的性质。如果不能够理解隐喻，那就不能够理解具体的表述；由于一些戏剧，例如莎士比亚的戏剧作品，充满了隐喻，隐喻很容易成为理解戏剧作品的障碍。悖论虽然不是隐喻，其道理相同：王尔德的戏剧作品即是如此。象征则不然。只要理解透了戏剧中的有关事件，即便是该事件具有象征意义，也可以正确理解戏剧传递出的信息。当社会阅历丰富之后，戏剧作品中的象征意义即可触发自现。隐喻先发制人，象征后发制人。

正确认识与发掘作品的深层意义。文学作品的表达，与哲学、历史、科技的直接表述不同，具有间接性。要准确地理解作品的信息，就要透过表层的言语行为，认识到深藏在言语行为背后的真实意义。《哈姆雷特》的戏中戏，不是为了增加叙事的层次，创造一个特殊的叙事结构，而是为了窥探叔父与母后隐藏在内心深处的秘密：戏中戏属于指表行为，叔父与母后内心的秘密才是最终的信息。当伊阿古把苔丝狄蒙娜的手帕偷偷地放置在凯西奥府上的时候，该行为本身仅仅是能指，而栽赃则是所指，即终极信息。以上是行动，再以纯粹的语言表述为例。哈姆雷特说（第四幕第三场）：一个人可以拿一条吃过国王的蛆虫去钓鱼，再吃那吃过那条蛆虫的鱼。国王问：你这句话是什么意思？国王疑惑，不是听不懂"国王""蛆虫""鱼"与"吃"是什么意思，而是此句与语境不符，但此话既出，必有深层信息，只是不解。作为文学的一个分支，戏剧在许多情况下，宛如蒙着面纱的新娘。

要发掘深层结构，一般有两条途径。一是不断加强对社会规范、人性的理解，持续丰富人生的阅历。对社会规范有了深刻的理解、对人性能够进行深度解读，就能对作品的潜在信息进行准确的解码；毕竟，一个人的失误与成功，都与社会的规范和人性的美丑相关。由于作品与生活的特殊关系，作品中的块状表述就是生活中的块状现实：块状表述或者块状现实，表明现象与本质之间存在对应关系，而且对应关系相对稳定。人生阅历丰富，作品的解读也就深刻。二是根据语境进行合理的判断。除非破坏交流规范具有表意目的，否则，与语境相矛盾之处，必有深层语义结构。尊重语境的逻辑关系，即是挖掘深层结构的有效之法。发掘深层结构乃是文学阅读的最大乐趣。

言语行为的深层结构与象征的映射不同。就言语行为而言，深层结构才是目的，表层结构只是一种媒介；理解停留在表层结构，无疑是以媒介为目的，不可能实现有效的交流。就象征而言，象征本身即是目的，理解了象征，也就完成了基本的阅读任务，当然，对于高级读者来说，象征本身之外，还有另一个目的，即映射，只有发现映射，高级读者才得以完成全部的阅读任务。此外，言语行为的深层结构往往是单一的，稳定的；象征的映射则大多是多元化的，因而是相对不稳定的。总之，深层结构属于基础内容，映射则属于高端产品。

有必要认识主题思想的相对性与多元化。可以说，追求意义的单一化与稳定性，是每一位读者之所愿。可是，事实并不能满足读者之所愿。假设戏剧作品客观、全面、准确地描述了一个事件，由于读者的人生观、世界观与价值观不同，读者对作品的解读也必定产生差异。强调和追求表意的单一化，就是理解上的专制主义；专制主义可以石化人的阅读思维方式，扼杀人的阅读创造力；阅读的专制主义就是要把世界调色板的鲜艳多彩，简化为暗淡单一，是对生活与生命的亵渎。阅读的多元化不可能讨好权威，但能够正确地反映现实，无限地接近真理。认识了表意的多元化，就能克服唯命是从、谨小慎微与自卑不勇。

避免落入意图谬误（intentional fallacy）之陷阱。意图谬误就是相信作者的创作意图才是终极的判断标准。不能简单地否认作家的创作意图，也不能武断地否认作家执行创作意图的能力。同时，也不能否认作家背离创作意图的现象。许多作家表示，在创作的过程中，个人十分被动，任由作品中的人物牵着自己走。可见，实际的作品与创作的初衷，已经发生了偏离。作家个人对作品的解读，也只是一家之言；正如父母不一定了解自己的孩子，作家本人不一定能够真正读懂（合理地解释）自己的作品。作家不一定是一位合格的批评家。当然，批评家也有过度解读的情况。重要的是，合理性才是判断的唯一标准。合理性与角度关联，有多种角度，便有多种合理性。反对一元论，反对独裁。

那么，戏剧作品如何对读者进行感化教育呢？换言之，读者对一部戏剧作品会做出怎样的反应呢？一是精神上的愉悦（悲剧的快乐、喜剧的开心），二是行动上对艺术的自觉模仿。

不妨从悲剧谈起。关于悲剧,从亚里士多德到席勒、黑格尔,再到马克思,不少哲学家与美学家都做出了精辟的论述。为了避免进入过于复杂的理论辨析与争论,这里仅就悲剧论述所涉及的关键词,结合具体的实例,简单地加以说明。

关键的名词有:亚里士多德的恐惧、哀怜、净化(catharsis)、快乐(pleasure);席勒的崇高感;黑格尔的和解;里普斯的移情(empathy:同一,即认同)。

《李尔王》给人们的恐惧与哀怜来自李尔王的悲惨命运,给人们的净化来自伦理冲突的合理排解,给人们的崇高感则来自作品内外对李尔王正确行为的认可与认同。

李尔的身份是国王,可他在戏剧中展示给人们的主要身份是一位父亲;李尔的悲剧与其说是一位国王的悲剧,倒不如说是一位父亲的悲剧。天下的人有一半是父亲或将来做父亲,李尔的悲剧意义不可谓之不大。他的命运给人们带来的恐惧是什么?没有权力与财富之后,人的价值完全取决于子女的孝顺程度:子女孝顺,退居二线的老父亲安享晚年;子女不孝,则一文不值。因此,一位聪明的父亲一定会把权力与财富交给孝顺之子,而不是不孝之子。李尔的错误在于,他对三位女儿的孝顺与否做出了错误的判断。其实,听信甜言蜜语是每一位父亲,乃至每一个人的天性;反过来讲,即便是平时孝顺的子女,父亲没有权力与财富之后,他们也很难一如既往。信任与辜负信任是每一位父亲的最大忧虑与恐惧,忧虑与恐惧迫使他们进行思考与决策。哀怜来自何处?那些晚年有幸享有天伦之乐的父亲,以及那些天性孝顺的子女。他们哀其不幸。

净化来自两个方面:一是不孝之子得到了应有的惩罚;二是逆来顺受,遭到子女的背弃是人生的一部分。不孝之子得不到惩罚,天理就容易发生缺位;天理缺位,大道不行;因此,有了天理或者人理做保障,李尔把财富与权力早早递交给女儿,让她们行使权力、管理财富的做法,也是一种美德,而不是一种失误,因为这能够更加激发年轻人的活力,更加有力地发挥他们的才华。逆来顺受,从传统悲剧的角度来看,一般不会出现,因为这样做没有弘扬正义、彰显伦理的合法性。不过,现实是最好的教材,无论戏剧是否对不孝之子做出惩罚,都无法改变现实中的不孝事实。其实,身为国王的李尔,面对两位女儿的不孝,也没有多少解决问题的方案,也只能是流浪荒野。文本之外,同是天下沦落人的情结,或者国王尚且如此的事实,多少能给那些不幸之人一些遗憾的宽慰。①

然而,李尔的举措仍然能够给人们带来崇高的感觉。李尔的悲剧并不在于他有安享晚年的想法,也并不在于他把权力与财产平等地分配给了两位女儿,而是因为两位女儿没有尽人子的孝道。其实,与多数父亲相比,李尔是十分明智的,其明智之处在于,在自己老得恰到好处的时候,把家业分给子女,让子女管理财产,自己安享晚年,根本不用力不从心之时依然操劳,更是避免老年昏聩,做出错误的决策。现实中,有许多父亲在生前就把财产分配好了,不过,自己仍然对分配好的财产进行管理。当然,这是做父亲应有的权力;可是,年迈之时,无论是精力还是智慧,都不可与年轻人相比。如果人们像剧中的弄人那样,一味地指责李尔轻易地放弃了权力与财产,那就失去了作品中值得现代人玩味的亮点。李尔不贪恋权力不仅是政治家的榜样,也是作为准父亲们的榜样。(准)父亲们认同这一点,则必有一种崇高感,从心底油然而生。

李尔坚守或开创了一种美德,相比之下,奥赛罗则违背了夫妻之间的信任,任由猜疑、报复之心洗劫自己的心灵,最终酿下了不可挽回的悲剧。他给人们的恐惧是,猜疑与报复具有巨大的毁灭能力;给人的哀怜是,没有深入分析能力是人生之一大不幸;和解的方式是,奥赛罗发现自己的错误之后勇敢自杀;人们的崇高感来自苔丝狄蒙娜的认同。

《奥赛罗》给人们的恐惧是,最令人发指的残酷手段往往施加于一体化的夫妻之间。夫妻本是陌路人,修了五百年之后,获得了同船渡的权力。五百年是爱的基础,因而也是爱的力度。爱有多深,恨就有多深;爱一旦转换成恨,就是一把夺命的剑。如果奥赛罗对苔丝狄蒙娜的爱不深,丢弃她,他并不会为此感到可惜;可是,他对她的爱太深了,失却的爱只有生命才能偿还。为何不恨陌生人呢?陌生人之间本来就是竞争关系,一般的竞争,有何可恨?夫妻之间,犯错误的一方,形同仇敌。难道奥赛罗不就是部分人心中的秘密吗?

为何能够怜悯奥赛罗?第一,奥赛罗不是恶人。第二,奥赛罗深爱着自己的妻子,他的爱是真挚的,没有半点虚伪,也容不下半点背叛。第三,奥赛罗是一个有着妒忌心的人,没有妒忌心之人,可以称之为圣人;世间圣人寥寥无几,凡人芸芸众多。第四,奥赛罗是一个上当受骗之人,因为他过于信任伊阿

---

① 亚里士多德提出了净化的概念,可并没有对此做出详尽的解释。近来,有学者独具慧眼,采用类比法,通过对亚里士多德的其他论述进行研究,以此发现有关净化的进一步阐释: Malcolm Heath. Aristotle and the Value of Tragedy [J]. *British Journal of Aesthetics*, 2014, 54 (1): 111-123.

古，而伊阿古利用了奥赛罗的信任，从中大肆谗言；为何不怀疑伊阿古？因为没有人谗言。第五，奥赛罗有着一个男人应有的自信，在伊阿古的谗言之下，自信地把凯西奥口中的她（比恩卡），理解为苔丝狄蒙娜了。明枪易躲，暗箭难防。

当奥赛罗自杀之后，矛盾的双方和解了。通过自杀的方式，奥赛罗告诉人们，夫妻间的爱是神圣的，神圣的爱在谁的手中陨落了，谁就要偿还；偿还的唯一方式就是生命。维护神圣的爱，一切莫过于信任；要信任，就要宁肯放过千次，决不错杀（怪）一次。通过否定，他肯定了信任与包容的重要性。

戏剧激活了人们心中的崇高情感。苔丝狄蒙娜临死前知道，由于小人谗言，奥赛罗误解了自己。正如奥赛罗深爱着她一样，她依然深爱着奥赛罗；与奥赛罗不同，她在咽气之前，明明知道是奥赛罗亲手杀死自己，依然否认他是凶手，并嘱咐闺蜜向"我的仁慈的夫君致意"。有容乃大，苔丝狄蒙娜的爱包容了极端的暴力；爱，往往失去之后，方显珍贵。其实，奥赛罗身上，也有一丝的崇高性。哈姆雷特误杀了未来的岳父大人，没有半丝的内疚。奥赛罗并没有学着哈姆雷特的样子辩解说，不是自己而是疯子奥赛罗杀死了妻子。每一个幸福的家庭都有一个"苔丝狄蒙娜"，或是妻子，或是丈夫。崇高感维系着家庭的和睦与幸福。

基于以上两个例子，现在适时地对悲剧的审美机制做简单的梳理。悲剧审美之所以能够发生，是因为移情的作用。何为移情？"移情作用就是这里所确定的一种事实：对象就是我自己，根据这一标志，我的这种自我就是对象；也就是说，自我和对象的对立消失了，或者说，并不曾存在。"审美对象与审美者之间的这种"对象化"或者"打成一片"的关系，[1] 又可以称之为"认同"。移情作用是戏剧作品产生感染力的重要前提。不妨反过来论证。会不会有人这样说：戏剧作品中的人物不是我，我也从来没有那种经历，他（她）的失败与痛苦与我何干？不会。哪怕是一位阅历有限的年幼者，也不会做出这种反应；因为人在下意识里有一种感觉，我有可能就是他（她），这就是同类的移情反应，或者认同反应。移情是人类学习的基本方式。否则，戏剧也就没有存在的必要了。

因此，当人们感到恐惧的时候，移情也就开始了（入戏）；有了移情，就可以从中体验悲苦并学习其中的教训。哀怜表示为同情：只有那些自视甚高之人，

---

[1] 里普斯. 移情作用、内模仿和器官感觉 [M] // 伍蠡甫，胡经之. 西方文艺理论名著选读：中，北京：北京大学出版社，2001：471，470.

才会贬低不幸之人，并由于拒绝接受教训而受到惩罚；那些有着健康心理（道德意识）之人，则与之相反。重要的是，从经验出发或合理地推测，人们意识到，犯错误、经历这般苦难，不仅是一人之事，而是人类要面临的可能，已经出现的或者可能出现的抱怨与悲愤，也就得到了化解，内心的精神压力得到了释放。这就是净化的作用。尼采的悲剧，固然带有意志的意味，但通过"醉"消解"个体化"进入"太一"（primordial oneness）的状态，与移情（认同）形异神似。

崇高感同理。崇高意识，在一般人看来，是傻的表现，不识时务；具有崇高使命意识之人，因而面临着巨大的社会压力。当人们内心的崇高感与戏剧作品中的崇高思想相吻合的时候，一种志同道合的意识油然而生，在这种意识中，崇高思想得到了认同与肯定。有了支持，社会压力变小，崇高的信念更加坚定，人就能够轻松地面对理想与人生。

如何理解快乐的产生？快乐相对于压力而言。当压力消除之时，人们首先感觉到的是一种轻松，即净化感；由于人们又从中体会到了人生的规律，获得了道德知识；轻松的心情，加上道德知识，有谁会不为此感到快乐呢？不唯理性主义，却怎能轻易地否认理性主义的价值呢？不过，应该承认，具体到个人，快乐产生的机制存在差别。不能否认的是，身处困难者，看到他人在真理与理想面前的坚持，受到感动：他（她）告诫自己，有坚持，就会有胜利；然而，谁都清楚，面临着巨大的压力，没有坚强的意志根本不行。过程不同，快乐就好。

喜剧同样对人们具有教育作用。里普斯对喜剧做了系统的研究，不过，他所提出的概念，更适合于喜剧的细节描述；① 相比之下，本节更关注喜剧情节的教育作用。与喜剧有关的关键词：忧虑、庆幸、里普斯的开心（joy）；黑格尔的和解；② 里普斯的移情。当然，根据里普斯的论述，喜剧也可以体现出崇高性，例如天真性喜剧；③ 不过，崇高性不是喜剧的重点。

如同欣赏悲剧，欣赏喜剧的机制依然是移情。需要补充的是，里普斯的移

---

① 里普斯. 喜剧性与幽默［M］// 伍蠡甫，胡经之. 西方文艺理论名著选读：中，北京：北京大学出版社，2001：452-467.
② 悲喜剧均强调黑格尔的和解，因为冲突化解之后，能够很好地凸显一个完整过程所呈现的教育意义。
③ 里普斯. 喜剧性与幽默［M］// 伍蠡甫，胡经之. 西方文艺理论名著选读：中，北京：北京大学出版社，2001：463.

情是严格意义上的"同一",不带任何主观意志的痕迹;凡是能够体验到"挣扎和努力的感觉",就不是纯粹的"审美模仿","审美的模仿"实际上就是"我自己的一个非模仿的动作"。① 换言之,百分之百的、到达无我之境的精神投入。其实,这种审美,一般人很难实现;要实现,就必须具有同等的水平,而具有同等水平之人,实在是太少。不过,水平上的差距,并不妨碍积极地参与,即移情的发生,只要审美感受与移情程度相符,开心就是满满的。看来,自认的开心指数决定一切。

既然喜剧的结局是幸福的,忧虑就成为喜剧的必要因素。众所周知,没有经过付出而得到的东西,在拥有者看来,往往是没有多少价值的;反之,当美好的东西就要失去的时候,拥有者就会突然发现它原来具有的珍贵价值。因此,对比演示、挫折经历通常是最为有效的教育手段。现实中,无论通往幸福之路上的挫折是有是无,是多是少,一旦出现在喜剧作品中,就成为定式;是定式,就具有不可低估的教育作用。忧虑表明,人们能够意识到社会价值的重要性以及脆弱性。只有忧虑释放之后,开心才是真实的,有分量的;同样庆幸,因为戏里戏外都避免了一场悲剧。否则,喜剧的开心就真的流于贫乏、稀薄与空洞了。

因此,如同悲剧一样,喜剧也是通过否定的方式,对积极的价值观念进行肯定(文化诗学的先行者)。不同在于,悲剧是彻底的否定,而喜剧则是虚拟的否定,即失去—恢复的方式。在虚惊一场的过程中,人们为主人公、为自己感到了一种庆幸,一种轻松的开心,而不是悲剧所具有的庄重的快乐。

悲剧人物的行为固然具有崇高性,如果造成悲剧的消极力量没有予以否定的话,或者对立力量没有予以批判,悲剧的崇高性就不是完美的。喜剧中,要烘托出社会价值观念的珍贵,就必然出现嫌恶因素;嫌恶因素,虽是起着衬托的作用,也必须予以否定;否则,社会价值观念就不会牢固地扎根于人心。肯定与否定必须双管齐下。

唯有如此,喜剧给人们带来的开心才是纯粹的,完整的。悲剧让人如释重负,获得道德上的正义感;喜剧则是让人轻松、放心地生活。悲剧审美的标志一般是舒心的眼泪,喜剧的审美标志一般则是欢声笑语。泪水只有在感伤主义那里找到了一时的位置,却在文明的长河中长时间悄然无声;笑声向来成为喜

---

① 里普斯. 喜剧性与幽默 [M] // 伍蠡甫, 胡经之. 西方文艺理论名著选读: 中. 北京: 北京大学出版社, 2001: 474-475.

剧的使者。正如悲剧高于喜剧，却不能妨碍喜剧的流行；笑声胜于泪水，却不能阻止泪水的真实表达。当笑容与泪水并出的时候，那是悲喜交加。人性的自然流露最美。

《无事生非》给人们最深刻的印象当属希罗蒙羞之晕。就在婚礼之上，希罗当众受到指责：失去贞操。对于女人，贞操的意义，可从克劳狄奥、里奥那托与希罗的反应（第四幕，第一场），略见一斑。克劳狄奥的反应是，痛心疾首，对爱情失去了一切的信仰："再会吧！为了你我要关闭一切爱情的门户，让猜疑停住在我的眼睛里，把一切美色变成不可亲近的蛇蝎，永远失去它诱人的力量。"里奥那托因为生养了一个不知羞耻的女儿而备感绝望："命运啊，不要松了你的沉重的手！对于她的羞耻，死是最好的遮掩。"希罗本人对于这波污水的反应同样激烈："一时羞愧交加，所以昏了过去。"（约翰语）无论是羞愧还是气愤，围绕着贞操的话语，真可置人于死地。

21世纪，对于奉子成婚的年轻人来讲，这无疑是小题大做。历史地看，希罗的行为，如果属实，未婚夫、父亲与自己对此的反应，无疑是正当的。文艺复兴时期的人们有足够的理由，为希罗苏醒之后的命运深感担忧。从上帝的视角来看，这当然是一场诬陷，但现实中，有谁是全知视角？神父独具慧眼，深知其中有冤屈。可是，他不也是希望通过死亡的方式，与羞耻的历史划清界限吗？可见，对于希罗和戏外的人们来说，失去贞操是一个巨大的污点。现实中，有的人遵纪守法，有的人明知违法，但由于缺乏对行为后果的预见能力，以身试法；身陷囹圄之后，则后悔不已。问题不在于失去贞操是真是假，而在于贞操的重要性。如何解决人的预见力匮乏的问题，乃是剧作家的重要任务。

死刑不能杜绝犯罪，宽容也不一定骄纵。在神父的精心谋划下，希罗顺利渡过了难关，有情人终成眷属。相信戏外的人们，如同戏中的希罗一样，为命运的转折感到轻松，为二人的幸福结合感到开心。同时也相信，贞操的重要性，通过希罗事件，更加深入人心。虚拟的失去贞操还告诉人们，婚后的日子很长，希罗们（女人们）更要以此为戒。不可否认，希罗是父权主义的牺牲品，克劳狄奥不仅没有罗密欧的勇气，而且厚颜无耻地迎娶第二个希罗。为何用一个腐朽的事件说事？问题的关键在于，贞操只是所有社会美德的代名词，通过失而复得的虚拟否定形式，喜剧作品有效地实现了预设的教育目的。可以想象出，喜剧内外，有人的笑容里，包含着惊悸的热泪，既是共鸣，也是祝贺。

《无事生非》的主情节属于一出命运喜剧，再来看一出性格喜剧作品《第十二夜》。其实,《无事生非》的副情节,培尼狄克与贝特丽丝的爱情波折(颇似达西与伊丽莎白的爱情故事),已经说明:个体的爱情观念,一旦发生偏差,同样会延迟幸福的到来。不过,借助《第十二夜》,莎士比亚微笑着向自己的粉丝提出了同样的问题。

  人,各有各自的脾气,因而各有各自的菜。不过,属于自己的那道菜,并不仅仅是一道,就看你如何抉择。奥丽维娅与西萨里奥(薇奥拉)、奥丽维娅与西巴斯辛的爱情,表面上是同一种爱情,实则不是;不过,不同的爱情,对奥丽维娅来说,都是正确的选择;只是其中含有令人不安的因素,所幸不安的因素终于化为乌有。

  首先要解决的问题是,奥丽维娅为何喜欢西萨里奥(薇奥拉)?作为一个使者,西萨里奥表现得有理、有力、有节,不辱使命(第一幕,第五场)。有理:不见伯爵小姐,决不说出自己的使命;在转达公爵的求婚之时,既恭维了奥丽维娅,又表达了公爵的真情实感。有力:虽说是小姐的仆人,果真粗鲁,他也决不相让;面对小姐的拒绝,他有十足的勇气代表公爵批评她。有节:由于不认识伯爵小姐,西萨里奥对任何人都表现出应有的礼仪;面对玛利娅的无礼要求,他依礼回答,依礼向小姐提出请求;批评小姐之时,他更是柔中带刚。说是不嫁三高之人,公爵如此智勇双全,小姐恐怕也会毫不犹豫,甚至冒失地嫁人。

  由于命运的捉弄,奥丽维娅与西巴斯辛定下终身:他们会幸福吗?把西巴斯辛误认作西萨里奥(薇奥拉),奥丽维娅没有错;当知道西巴斯辛的真实身份后,不做任何遗憾地表示,而是满心欢喜,她就是以貌取人,自欺欺人;以貌取人,自欺欺人,又怎能不令人担忧:因为长相一样,又是兄妹,因此也就毫不迟疑,人生恐怕不会幸福。这是一惊。

  还有一喜。西巴斯辛不一定具有西萨里奥(薇奥拉)的口才,但具有男人的义气和勇气。奥丽维娅不知,但人们仔细一想,心头石头落地(喜剧性的想象活动,里普斯语)。义气:西巴斯辛自认为运气不佳,因此宁愿自担厄运,不愿意连累安东尼奥(第二幕,第一场);当安东尼奥慷慨相助的时候,他不仅没有贪恋财富的欲望,而且还允诺替朋友保管好财富(第三幕,第三场)。勇气:当西萨里奥面对决斗之时,他坦承没有男人的勇气;与此相反,为了捍卫自由,西巴斯辛主动提出决斗(第四幕,第一场)。义气、勇气,外加并不逊色的口才,西巴斯辛足以成为理想的夫君,只是与西萨里奥不同而已。

忧虑与惊喜之后，所获的教训是：理想的伴侣有很多种，包括同性之爱，但每一种必须是慎重选择的结果。

悲剧与喜剧诉之于情，求之于理，情理交融，但重点在于情。那么，除了恐惧与怜悯；忧虑与庆幸这些以直观感觉为主体的不自觉认知方式，有没有以理性为主的自觉认知形式呢？有，那就是模仿，即生活（读者）模仿戏剧艺术。

什么是（正向）模仿？模仿就是以戏剧里的理想为现实中个人的理想，以戏剧中的行动方式为自己现实中的行动方式。当然，模仿也不是机械地复制。在实际中，行动主体对理想与行动方式的本质认识产生差异；行动的对象有变，偶发因素也不同，整个时代的背景也发生了变化；所有这些不同决定了模仿的千差万别与灵活的必要性。模仿是本质上的，而不是形式上的。

什么是反向模仿？反向模仿就是，针对戏剧中的理想或行为方式，行动主体采取相反的思想作为自己的理想，相反的行动方式作为个人实现理想的手段；或者，行动主体采用相同的思想作为理想，相反的行动方式作为实现理想的手段；或者采取相反的思想作为理想，相同的行为方式作为实现理想的手段。反向模仿的目的就是避免重复错误的思想，或错误的行动方式。

与柏拉图的模仿说相比，戏剧的模仿更加具有可操作性。在柏拉图的模仿说中，绝对的理念不可视；相比之下，在读者反映的模仿论中，可模仿的对象，即戏剧作品，具体可感，要么以文本的形式出现，要么以表演的方式呈现。

戏剧（非叙事艺术一般除外）为何值得模仿？第一节开始之时就有论述：戏剧的本质是美，即合乎目的性与规律性，美的审美感受是建立在对目的性与规律的肯定和对反目的性与规律的否定之上的愉悦与崇高。凡是愉悦、崇高之物就足以令人向往，向往则必定引发模仿的行动；换言之，模仿的行动，就是教育的实际表现。其实，戏剧之美，与现实之美相比较，具有一定的抽象性、高密度与完整性。抽象性就是概括性，与众多的具体情节既相似，又不同；高密度就是数量多，美好的内容以相对的数量优势聚集在一起，形成令人满足的集合；完整性就是没有缺憾或冗余，精而不缺，多而不滥。抽象性、高密度与完整性决定了戏剧作为模仿对象的合法性与可行性。

都说艺术模仿生活，作为逆命题，生活（读者）模仿生活能够取代原命题吗？从王尔德的角度来看，能够取代而且应该取代，因为对现实进行模仿的艺术是拙劣的艺术。其实，王尔德把现实主义的模仿机械化了，机械化的模仿没有代表性，没有代表性的艺术作品就没有生命力。正如生活对戏剧的模仿不能简单地照抄照搬，现实主义的模仿也不尽是复制。仅就复制而言，王尔德是正确的。当然，王尔德承认，生活是艺术的原材料。因此，艺术模仿生活，说的就是戏剧创作以生活为基础，然后进行必要的艺术性加工。应该说，生活与艺术的关系具有双向性：第一，戏剧艺术创造性地模仿生活；第二，生活创造性地模仿戏剧艺术。王尔德的目的是，以第二种形式纠正第一种形式出现的严重错误。其方法是，矫枉必须过正。

简单地澄清几个问题（也算是开始证明生活模仿戏剧艺术的论断）。王尔德说过，自然模仿艺术，艺术当时是绘画艺术；生活模仿艺术说走向极致。何以见得？王尔德的推论包含有两个要素：一是自然风景画体现的人所持有的理想要素，二是人在改造自然过程中的主观能动性。在王尔德看来，风景画，如果表达的仅仅是风景，必然是一个败笔，只有把人的观念融入风景画中，才是真正的绘画作品。风景画中的人的观念，其实，必然与自然有着重要的关系，那就是理想的自然状态或者人与自然的理想关系。既然人有着清晰的关于人与自然的理解与憧憬，在实践中，人必然按照自己的理想观念改造自然；于是，风景画与自然的现实之间也就出现了因果关系。可见，理想指导现实，或者，现实模仿理想。

自然模仿绘画还有另一个阐释：艺术最早发现并关注现实。在现实中，人破坏了自然，当自然遭到破坏的现象出现之初，人们一般意识不到自己的过错；与此相反，艺术家具有超过普通人的敏感性与远见力；由于见微知著，艺术家在问题出现的初期，就能够及时地捕捉到有关信息，通过艺术的形式向世人宣布自己的发现。在艺术家的呐喊下，人们忽然意识到了熟视无睹的社会问题与可怖的自然现象，有了意识，便有了积极的行动。王尔德的阐释带有艺术的浪漫性，艺术的浪漫掩盖了真实的逻辑。在真实逻辑不见的情况下，曲解成为必然。

王尔德为迎合普通读者的心态举出了三个巧夺天工的例子。第一个例子是《名利场》（*Vanity Fair*）中的女主人公蓓基。根据王尔德认识的那位女士所说，肯星顿广场附近的一位女家庭教师，仿佛就是蓓基的翻版：私奔、走红、背运、低就，完全是小说的模式；陪伴她的那位绅士的命运，与小说虚构的人物也是别无二致。第二个故事，王尔德的一个朋友，海德先生，所经历的人生，简直就是史蒂文森（Robert Louis Stevenson）的变形故事（The Strange Case of Dr. Jekyll and Mr. Hyde）的再现，而且每当奇遇进入一个新阶段，王尔德的朋友就想起了有关的故事情节。第三个故事,一位善变女士的悲剧人生。这位女士也是王尔德偶遇之人,可她的人生,用她自己的话来说,仿佛就是在亦步亦趋地演绎着一位早就离世的俄国作家的一则连载故事。三个实例充分说明,生活模仿艺术。然而,举例无一与戏剧作品有关:艺术包括戏剧,过分强调狭义的理解,王尔德有灵,于地下不安。[①] 不能说,生活比戏剧精彩,但可以说,戏剧可以预见人生。

其实,戏剧的发展史能够说明,生活模仿戏剧。从第五章第一节的语言人物与本章的开头部分可以看出,中古时期,戏剧消匿之后,又借着宗教仪式,神奇般地复活。那么,戏剧、生活与宗教之间的关系是什么呢?首先,宗教的地位,不言而喻,位于二者之上,抽象地、审美地、威严地指引着信徒的生活。如果说,没有宗教,就没有生活,显然有些夸张;但是,生活的确离不开宗教;而且,历史不断向前,而《圣经》只有一本;此外,经文不变,牧师们只能不断地对经文进行阐释,以便获得新意。中古时期的戏剧,作为宗教仪式与宗教的重要宣传手段,在严格遵照圣经故事的前提下,原汁原味地再现圣经叙事,以生动可感的具体形式,直接地对信徒们产生不可或缺的影响。《圣经》就是萦绕在信徒头脑周围的光环。可见,信徒们模仿圣体剧,圣体剧模仿《圣经》。

文艺复兴时期,戏剧是此后西方社会生活的蓝本。众所周知,文艺复兴起源于古希腊与古罗马的文学。那么,古希腊与古罗马文学、文艺复兴与英国的生活的关系是什么?生活模仿文艺复兴的人文主义精神、文艺复兴的人文主义精神则借鉴古希腊与古罗马的文学传统。由于两个古代帝国已经消亡,古典文学只以文本的形式存在着,因此,文字的记载方式就是古典文学的形态:优美、严谨、人性化。古典文学,因此,如同柏拉图的绝对理念,却比柏拉图的绝对理念更加具体可感、具有可操作性。人文主义思想传播到英国之后,由于教育程度的有限,戏剧表演起到了举足轻重的作用。人文主义之所以能够在人群中广泛传播,是因为人们深爱着伊丽莎白戏剧。古典文学与人文主义精神成为生活的双重蓝本。

莎士比亚戏剧中女性形象,成为当代乃至后世的模仿对象。奥丽维娅小姐的择偶有三不嫁:身份高不嫁、年龄高不嫁、智慧高不嫁。因此,任凭你公爵纯洁、慷慨、博学、勇敢、体面,我奥丽维娅就是不嫁。大概原因:我就是豪

---

① Oscar Wilde. The Decay of Lying [M] //The Decay of Lying and Other Essays, London: Penguin Books, 2010: 27-29, 25-27.

门,不进豪门,只登爱情圣殿;圣殿之内,我的地盘,我做主。见到多才的小鲜肉西萨里奥,奥丽维娅毫不犹豫,大胆示爱,甚至强行盟约。鲍西亚,一位智慧的女神,受理棘手案件,先礼后兵,步步为营,咄咄逼人,直逼敌营,不战而屈人之兵。她不仅是一位智慧之人,而且是一位幽默之女,融庄严与诙谐于一身,可谓文艺复兴时期的人间女神。再回到《第十二夜》。马伏里奥得罪了托比、玛丽娅、费斯特等人,众人设计惩罚马伏里奥;玛丽娅毫不胆怯,积极参与,模仿奥丽维娅小姐的笔迹,写信向马伏里奥示爱,诱其犯上;在牢狱中,愚人装扮成牧师,百般刁难马伏里奥,让他尝尽了阶下囚的滋味。玛丽娅哪像一位软弱、怯懦之人?后世的女权主义精神,不也汇集了从莎士比亚的戏剧里流出的一股溪流吗?

当然,莎士比亚更是贡献了不胜计数的格言,指引世人,供其模仿。格言,语言简洁,道理深邃:以事物之本质直指人心,于不可能之中揭示可能,于无路之处指明出路。

正是因为生活可以模仿艺术,政治家开始对某些"不良"的戏剧作品进行打压。"不良"作品,对于像王尔德这样的剧作家来讲,则是艺术上拙劣的现实主义作品;对于道德家与政治家来说,则是思想上对不良社会风气起着推波助澜作用的戏剧作品。难道戏剧作品,在思想上,真的有好坏之分吗?没有。

先从创作的主体剧作家说起。剧作家的首要任务是生存,要生存,戏剧作品必须受到广泛的欢迎;受欢迎的标准,根据前文所述,应该是愉快感与崇高感,或者人生直接地得到了智性的提升。生存的需要与成功的标准,直接地限定了剧作家的创作意图,剧作家的意图只能是健康的,不能是病态的。不能否认,有一些剧作家主动地把艺术的使命放在首位,任何一位视艺术为生命的作家,无不把创作出优秀的(为社会所认可的)戏剧作品视为己任。可以说,凡是提笔创作之人,必有美好的初衷。

有没有作家处心积虑地创作出一出病态甚至邪恶的戏剧作品呢?没有。如果有的话,有谁可以举出实例?有艺术上失败之实,却没有思想上诲淫诲盗之例;有批评之时,无否定之日;有暂时的审查,没有永远的禁止。如果剧作家"邪恶",他(她)要么谋利,要么谋名,要么谋命;要实现上述目标,戏剧创作最是南辕北辙,戏剧作品最是无用之物。历史上,有谁凭借着戏剧作品,无论成功与否,谋得了不正当的名利,剥夺了他人的生命?没有。

有政治用心险恶的剧作家吗?没有。剧作家是艺术家,不是社会活动家,多数人、多数时候，远政治，近艺术。一般情况下，戏剧作品中没有政治目标，没有政治纲领，没有政治口号；否则，艺术作品就会沦为政治宣传品，剧作家就会沦为政客的口舌。由于《等待老左》，奥德茨（Clifford Odets，1906—1963）成为左派作家，可是，左派激进主义思想并没有在社会上引发可怕的后果，因为群众自有判断力。雪莱也是如此。无须担心戏剧作品能够产生政治影响力，却需警惕戏剧成为政治的附庸。

戏剧作家能够成为社会批评家吗？完全可以。剧作家是公共知识分子，公知的职责就是批评社会。可是，政治家关心的是行政成就，只有伟大的政治家才会真正地关心社会疾病。政治家见不得公知批评社会，他们不知，公知批评社会并不意味着否认政治家的成就；拒绝批评那就是否认公知的职责。如果因为从事社会批评，剧作家遭遇政治刁难，那将是一个危险的社会信号。政治家反对批评，那是政治家的不幸；一种制度不能正确面对批评，那是这种制度的不幸；一种文化拒绝批评，那就是这种文化的不幸。批评是对话的开始，没有对话，表扬也是诅咒。

再聚焦于戏剧作品的内容：戏剧作品的内容有好坏之分吗？没有，除了那些没有艺术价值的作品。只要有艺术价值，在内容上，戏剧作品就没有好坏之分。王尔德在《道林·格雷画像》的前言说，"没有一部道德之作或者不道德之作"。探其原因，对作品做出道德判断是一件危险之事。其一，戏剧作品中，有一些超前的思想是时代所不容的，但后来都证明是正确的。轻易地做道德判断，容易不负责任地抹杀戏剧作品的意义，特别是挫伤作家的创新积极性。所有伟大的剧作家，在作品中都有超前的思想，超前的思想往往是作品永恒魅力之所在。其二，过分强调道德的重要性是一种危险的行为。历史一再表明，上层社会的道德水平与实践道德的力度，是整个社会进步与否的决定力量。拥有着绝对的发言权，就必须拥有绝对的道德高度；否则，一切都会沦为虚伪。当虚伪不再有面纱遮掩的时候，社会动荡也就逼近了。当然，道德不可或缺。

揭露社会的阴暗面，是对社会不负责吗？不是。社会的阴暗面，揭露与否，都在那里；揭露社会的阴暗面，反而可以引起社会的重视，集中社会的智慧与力量及时地加以解决。如果指责其造成或者扩大了不良影响，指责的目的无疑是想掩盖阴暗面的根本存在，正是强权意识的表现。毕竟，社会阴暗面的存在，不是戏剧作家造成的结果。当然，有些社会阴暗面也不是一届政府可以轻易解决的。但是，掩饰现实则是又一种社会的阴暗。正视最是阳光。

萧伯纳在《华伦夫人的职业》中，揭露了资本主义社会的性交易现象，为此受到了无端的指责：作品会煽动越来越多的贫穷女孩从事性工作。煽动性工作的前提是，贫穷的女孩子们从来不知性工作的存在。也许，上层社会的年轻人对此一无所知，但下层处境艰难的年轻女性不可能不知，她们无时不在谈论着各种人生的选择，性工作者就是其一；而且，她们经常面临着诱骗甚至强迫性地进入该职业。对上层社会的青少年来讲，他们读书知礼，有充足的生活保障，即便知道性工作的事实，也不会受到诱惑，走向堕落。《华伦夫人的职业》主要的缺憾是，说到底，扰乱了上层社会的美梦。权力不高兴之事，必遭禁止。

越来越多的贫穷女性会因此从事性工作吗？不会。一个重要的人性前提是，没有人愿意从事不体面的工作，那些从事不体面工作之人，没有人愿意提及此事，甚至拒绝承认工作的不体面。可见，体面是每一个人的理想。既然如此，为何仍然有人从事不体面的工作呢？一是老板或政府，由于追逐高额利润，根本不想改善劳动条件，所以，诚实、合法的劳动依然面临着生存的危机。她们是唯一没有道德感的群体吗？恐怕不是。二是没有可选择的余地。她们只能两种选择：道德与死亡；不道德与生存。人生没有选择是政府的过错。为何不接受教育？她们没有接受教育的机会。性问题向来是敏感的话题。审查的终止说明，戏剧作品没有思想上的好坏之分。好坏之论，是一顶莫须有的帽子。

谁也阻挡不了个体自由解读戏剧作品的权力。作品解读是一项精神活动，当解读完成之时，就是价值观念形成之日，价值观念一旦形成，就开始对个体产生潜移默化的影响。以《哈姆雷特》为例。有人从中看到了暴力的快感，开始模仿暴力；有人从中看到了思考的价值，开始用思考代替盲信。再以《等待戈多》为例。有人从中看到了颓废，因而担心有人会模仿戈戈与狄狄，陷入虚无主义；有人看到了历史的瞬间，看到了良知与思考的结果，因此把历史的教训广泛传播；有人看到了历史的瞬间以外，看到了整体文明的进程，因而点燃了新的人生希望。个性化的行为，个体负责，无须过度夸大。

在《道林·格雷的画像》前言部分，王尔德还指出，"艺术反映的不是生活，而是旁观者"。换言之，解读者对作品进行解读，有两个结果：一是对作品的认识，这种认识可入主流，也可独树一帜，没有对错之分；二是反映了解读者的审美趣味：面对一块石头，有人把它鉴赏成石头，他（她）是一位有识之人；把它鉴赏成玉石，那是因为他（她）不识玉石，或者说，他（她）在蓄意指鹿为马。通过解读作品，解读者的一些信息暴露无遗。批评家是高级读者，因此,"最高级的批评,如同最低级的,均是一种自传"。在解读的过程中,只看到丑陋的事实,那是因为解读者内心黑暗;同时看到美丽的现实,那是因为解读者内心洒满了阳光。丑也罢,美也罢,责任自负。

作者与读者之间的关系,犹如老师与学生的关系。老师授课(文本),必须认真负责;学生听课,可以自由选择。作者,带着美好的初衷,必须肩负起神圣的职责,这种职责可以是道德的,也可以是艺术的。读者,享有自由的解读权,从作品中解读出了魔鬼,就可以变成魔鬼;解读出了天使,就可以成为天使。旁观者,尤其是政治裁判员,少安毋躁。给艺术家一个辽阔的天空,艺术家还你一个璀璨的艺术世界。没有艺术作符号,一个民族什么都不是,充其量是一个莽汉。

就这样,带着苦涩的或者欢乐的泪珠离开剧本的时候,一场盛宴结束了。每一场阅读都是一个惊艳的瞬间,无数惊艳的瞬间汇聚在一起,构成了戏剧艺术的历史长河。览一眼晶莹璀璨的戏剧长河,真的就明白了时间与瞬间的关系,在时间与瞬间的关系中,又蕴含着戏剧传统与个人才华的关系。

第七章 艺术延体

戏剧艺术是肯定与补充、肯定与否定的结晶。初期的戏剧艺术是简单的，当今的戏剧艺术是复杂的，从简单到复杂的过程，见证了戏剧艺术的发展。戏剧艺术的发展具有三个要素：肯定、补充与否定。补充是局部的革新，否定则是结构性的改革；凡是革新，必有新生形式的加入；艺术形式即便遭到否定，也并没有彻底消失，而是成为一种备选项，静待在艺术宝库中，供后来的艺术家选用。由于不断的革新与肯定，戏剧艺术逐渐形成了一套相对固化的范式，这个固化的范式即是艺术延体。戏剧艺术延体，说到底，就是戏剧传统与个人才华互动的产物。

一个很现实的问题是，古老的戏剧，例如，古希腊剧作家埃斯库罗斯之前（早期）的戏剧，对于21世纪的人们来说，究竟有无艺术价值？就研究而言，答案是肯定的。早期的戏剧作品，基本上已经没有流传下来的版本，但具有相关情况的文字记载，这就足以值得庆幸了，因为有关的文字记载提供了关于戏剧艺术的一些重要信息，成为戏剧艺术发展史研究的重要依据。有了戏剧发展史，就能了解戏剧艺术的演变规律，了解了戏剧艺术的演变规律，就能够有针对地、有目的地进行创作或艺术革新。一位成功的戏剧艺术家，一般是一位戏剧史专家。

从流传下来的古希腊与古罗马戏剧版本来看，戏剧艺术已经相当成熟了。关于时间、地点、情节、人物的规范以及悲剧的本质，到了亚里士多德那里，不仅有了深入、系统的研究，而且能够以文字的形式流传下来，形成古典戏剧理论。其中，三一律就是典型的代表成就。后世的戏剧作品，即18世纪以前之作，基本上就是古典戏剧的模仿，在模仿的基础上，逐渐加以改进。戏剧研究基本上也是对亚里士多德戏剧理论所做的脚注或进一步的阐发。没有本，便没有末。

19世纪以降，尤其是20世纪，有人认为，戏剧艺术走向了死亡。三一律早就荡然无存了，如有幸存，也是名存实亡。时间不再局限于人的一生，可以是一百年，甚至上万年。地点则从开放、变化的空间，发展到封闭、逼仄的空间。情节尚在，只是缺少连贯性了，行动也不再是情节的主要构成了。人物呢？仿佛失去了理智，要么呆若木鸡，寡言少语；要么喋喋不休，碎言片语，毫无逻辑；没有行动的追求，只有静坐的傻等。主题思想？没有意义便是意义。这大概是戏剧垂死前的挣扎。

因此，十分怀念古典戏剧。古典戏剧的主要特征就是规范性。规律是自然法则，戏剧规范是人造的法则。大自然与宇宙的秘密不在人类的控制之内，表现人类意识的艺术却在自己的掌握之中；艺术是美好的人造之物，因为人类最清楚自己的内心需求。有欲望，就有表现。然而，正如知识是人类自己强加给自然的秩序，艺术也是人类创造的符合自己欲望的理性表达方式。由于运动是宇宙的本质，生活在宇宙之中，行动作为运动的一种形式，有理由成为戏剧艺术的主要构成。依照规律运动就是美的表现。

当然，没有不变的事物。戏剧艺术的不断演变，毫无疑问，体现了宇宙的运行规律。可是，自然万物总是从低级形式发展到高级形式，唯有艺术，似乎总是在创新、复古、新旧部件循环重组中摇摆。其实，这正是戏剧艺术的特色：新的可以老去，老去的又可以复活。

从历史的角度出发，就能发现一个恒定不变的规律：艺术上，每一部戏剧作品，都有一个传统的框架摆在那里，对全局起着支撑、稳定的作用；这个传统框架的结构要素可多、可少，但决不会改变戏剧的本质。框架一定，戏剧作品的装潢或细化工作，可以任由作者发挥，日日新，又日新。因此，戏剧艺术的发展史，就是守恒与创新的互动史。

第一节 守 恒

守恒，就是守道。道即理性，乃是宇宙的最高统治者，具体表现在各种规律当中；规律，就是调节宇宙各种关系的规范。道，属于规律的第一范畴，由于无所不包，因而无限抽象。就戏剧艺术而言，道就是叙事艺术的原则，具体表现为各个要素的规定性。不过，从古典主义跨越到（后）现代主义，面对如此复杂多变的局面，守恒不是坚持戏剧艺术的完美主义，而是极简主义，因为极简主义是戏剧艺术的底线，越过底线，戏剧艺术也就失去了自己的光环。守恒就是坚持戏剧艺术的底线。

艺术上的恒道（底线），在宏观与微观上，体现在戏剧结构与矛盾展示，贯穿于行动的情节（第三章）与会话的情节（第四章），成为两种情节的基本结构构成。

为何戏剧结构成为戏剧艺术的底线？因为三一律中的时间可以是模糊的，地点也是可以不确定的，唯独情节不可或缺，无论情节具有怎样的结构类型。为何矛盾展示也成为戏剧艺术的底线？没有矛盾就没有戏剧。戏剧的目的就是弘扬美好的事物，批评丑陋的事物；反之亦然；因为没有丑陋，哪来的美好？没有美好，哪来的丑陋；因此，基于结构主义的二元对立思维模式，戏剧中的矛盾是必不可少的。那么对立统一的模式呢？即便是统一，其中也存在着对立性。可见，戏剧情节中的矛盾，是戏剧艺术不可或缺的要素。

戏剧结构的恒道表现为平衡性与节奏感。平衡性就是以一点为中心，或者以一条线为中心，结构的两个部分在不同的位置上发生正向或反向的重复。节奏感则是结构环节之间关系的紧密、疏松程度。

结构的平衡性，包括对立平衡与对称平衡。对立平衡就是指结构的两个相同的部分，以反向的关系组成一个整体；对称平衡则是指两个相同的结构部分，以正向或平行的方式并列构成的一个整体。

古希腊悲剧《美狄亚》的结构就是对立平衡。《美狄亚》的情节，简单地说，可以划分为五个部分：第 1~356 行；第 357~662 行；第 663~975 行；第 976~1250 行与第 1251~1419 行（英文版）。其中的对称点，就是第三部分埃勾斯与美狄亚之间的协议。对称点之前的部分：先果，后因；对称点之后的部分：先因，后果。

第一部分：保姆出场，披露了伊阿宋背叛了美狄亚与孩子，迎娶了科林斯国王克瑞翁的女儿的事实；接着，克瑞翁出场，宣布驱逐令，因为他担心聪慧又掌握魔法的美狄亚加害他的女儿。

第二部分：美狄亚例数她给予伊阿宋的帮助与为他做出的牺牲，坚决认为，伊阿宋没有任何理由再娶。与此同时，伊阿宋反驳说，美狄亚才是这场婚姻的最大受益者，他的所作所为完全是为了他们的利益。

第三部分：雅典国王埃勾斯与美狄亚在科林斯相遇。埃勾斯求子不得，美狄亚坦言，愿意帮助他实现求子的愿望；作为回报，埃勾斯同意为美狄亚提供人身庇护。有了埃勾斯的帮助，美狄亚开始谋划并实施复仇计划。

第四部分：美狄亚送给了新娘一件含有剧毒并施了魔法的漂亮裙子。在毒药与魔法的作用下，新娘死于肉体的撕裂与燃烧；克瑞翁上前抱住垂死的女儿，然而，由于毒药与魔法二次发力，克瑞翁与女儿在痛苦与折磨之中死亡。

第五部分：伊阿宋为了保护孩子，破门而入；美狄亚已经杀死了自己的两个儿子，乘着龙车等候在宫殿的上空。

在这出五部分的戏剧中（根据学界的习惯划分法），情节的转折出现在第三部分，是十分自然、合理的。第一部分的背弃与逐客令无疑是结果性事件，而第二部分美狄亚与伊阿宋的对话，向观众揭示了各自对待二人感情结局的理由，属于分析。第三部分的前半部分是美狄亚与埃勾斯的协议，后半部分是开始谋划与实施复仇计划；正因为开始实施复仇计划，所以，才有了第四部分与第五部分的悲剧。第一、二与第三部分的前半部分的结构是：果—因；第三部分的后半部分与第四、第五部分的结构是：因（复仇行动）—果（死亡）。果—因与因—果正好是反向对称关系。

在《亨利五世》中，英国军队与法国军队是对等的两股力量，但由于双方的军事斗争，相向运动构成了戏剧结构的对立平衡关系。

第一幕：第一场（英方）；第二场（英方）；

第二幕：第一场（英方）；第二场（英方）；第三场（英方）；第四场（法方）；

第三幕：第一场（法方）；第二场（法方）；第三场（法方）；第四场（法方）；第五场（法方）；第六场（英军阵地）；第七场（法军阵地）；

第四幕：第一场（英军阵地）；第二场（法军阵地）；第三场（英军阵地）；第四场（战场）；第五场（法方战场）；第六场（英方战场）；第七场（英法）；第八场（英王营帐）；

第五幕：第一场（英军阵地）；第二场（英、法）。

就和平的场景而言，除了第五幕第二场之外，从第一幕到第三幕的第五场，加上第四幕的第八场，共12场：英方六场，法方六场。战场之上，除了双方同时出现之外，英方与法方均是一次。唯一体现差别的地方是阵地：英军多出法军两处，却没有突出的意义。除了阵地数量之外，从战场的数量与和平场景的数量来看，英法双方是对等的。相对均分而不是绝对单一的视角，能够赋予戏剧客观的色彩，客观则足以服人；文化上，则是一种公正与对话的精神，有了公正与对话，双方就有共赢。

对称平衡在《等待戈多》一剧中，有鲜明的体现。六个人物，上下场，一台戏；两个场次，地点相同，时间相同，人物相同，事件同中存异。

第二场，当狄狄与戈戈同一时间再次出现的时候，他们的鞋子与帽子还在原地；如同昨天，他们到此的目的只有一个，等待戈多的到来。

昨天的第一个话题是两个盗贼，今天的第一个话题是幽冥之中的声音；

昨天在树下等候，等候中曾提议上吊；今天还是在树下等候，不过，树木已开始发芽；

昨天，狄狄给了戈戈一个胡萝卜；今天，两人做轮换帽子游戏；

昨天，戈戈与狄狄把波卓误作戈多，今天仍然把波卓误作戈多；

昨天出场的时候，波卓与幸运儿两人康健；今天出场的时候，波卓失明，幸运儿失声；

昨天，幸运儿踢了戈戈一脚，踢伤了戈戈的小腿；今天，戈戈踢了幸运儿脚，又伤了自己的脚；

昨天，信使通知狄狄与戈戈，戈多不能如期赴约；今天，信使同样告诉他们，戈多依然不能如期赴约；

昨天，信使否认曾经谋面；今天，依然否认昨天来过；

昨天，起身回家，却又静止不动；今天，起身回家，依然静止不动。

可以说，微观上的重复手法与宏观上的对称平衡手法，在荒诞派戏剧那里，得到了无限的放大，成为荒诞派戏剧的重要特征。由于形式的部分过于突出，形式也就成为内容：重复或对称平衡体现了工业化时代产品的同质性，同时也反映了工具理性的冰冷与人性的麻木。

两出戏，由于历史是以螺旋式上升的方式延展的，也有历史的相似性，历史的相似性最终导致了叙事结构的相似性。《亨利四世》（上、下）均是平叛历史的再现，结构上具有不可避免的对称性。

两出戏,一开始都是揭示了叛军与政府军的对立,只是视角不同:(上)的视角是政府的,而(下)的视角则是叛军的。

(上)的第一幕第二场,揭示的是福斯塔夫与王子哈尔的活动;(下)的第一幕第二场揭示的则是福斯塔夫与大法官的对立;两个对称的部分均以福斯塔夫为中心。

在(上)的第二幕第二场中,哈尔王子要设计羞辱福斯塔夫,羞辱的方式是:让福斯塔夫去抢劫,然后再对福斯塔夫进行抢劫;在(下)的第二幕第二场中,哈尔王子决计化装成酒保,在饭桌上戏耍福斯塔夫;在(上)的第二幕第四场,哈尔王子实施了计划;在(下)的第二幕第四场,哈尔王子同样实施了自己的计划。

(上)的第四幕的前三场,与(下)的第四幕前三场,总体上相同:(上)的第一场与第三场以叛军营地为焦点,第二场以福斯塔夫为中心;(下)的第一场与第二场以叛军为中心,第三场则以福斯塔夫为焦点。此外,两个第四幕都展示了政府军与叛军之间的谈判,并以叛军首领的死亡而告终,所不同的是:(上)的叛军首领在战斗中死亡(第四幕第四场),而(下)的叛军首领则因政府弃信而死(第四幕第三场)。

当然,还有其他的平衡处。

那么,如何对待结构上明显缺乏平衡性的戏剧作品呢?以《幸福的日子!》为例。戏剧共有两幕,表面上,两幕之间具有显性的对称平衡关系,但本质上却是两个对立不平衡体之间的对称平衡。

表面上,戏剧的两幕表现出对称平衡的特点:

其一,人物相同:每一幕当中,出场的只有温尼与威利;

其二,地点相同:妻子温尼始终站立于坟墓之中;丈夫威利始终匍匐在坟墓的背面、洞穴的外边;

其三,时间相同:从日出到日落之间;

其四,除了威利从洞穴中爬出、爬入,说话与偶尔的对话乃是第一幕与第二幕的唯一活动方式。

本质上,这种对称平衡是对立不平衡。强调对称平衡部分的内在对立平衡性,并不是说,只有各个部分具有内在的对立平衡性,才有资格实现外在的对称平衡,而是说,各部分只有具备了基本的或者说必要的内在对立平衡性,才

能凸显外在对称平衡的完美性。对立不平衡性表现在:

第一,温尼侃侃而谈,滔滔不绝;相反,威利寡言少语,回答简要;

第二,温尼的生活中心反映在她的手提包里;威利的生活中心反映在他手中的报纸上;

第三,温尼积极、进取;威利消极、被动;

第四,温尼有性行为能力;威利无性行为能力。

对于高级读者来说,各幕内在的对立不平衡性与两幕之间的对称平衡性相比,前者的意义远远大于后者,因为对立不平衡现象是一种具有表意功能的艺术手法。那么,各幕内在的不平衡性揭示了怎样的主题意义?答案是:借助艺术手法,作者揭示了现代社会存在的不容忽视的性压抑问题。温尼的性压抑来自威利的无能,而威利的无能,通过他日常的行为方式,得到了充分的展示。温尼(第一幕中,失去了腰以下的功能;第二幕中,失去了胸以下的功能),作为一名女权主义者,不是主动地或消极地从男性那里寻求精神满足,也不是顺手拿起身边的手枪,一死了之,而是正视惨淡的人生,通过理性的话语方式,认真地从现实中寻找人生的意义。[①] 与温尼的人生相比,威利的人生暗淡无光。两种人生,对立的同时,却缺少平衡。

其实,戏剧家对于戏剧结构的平衡性是十分敏感的。自从1958年独幕剧《动物园的故事》发表之后,该剧盛演不衰。不过,阿尔比略有些不安,在他看来,该剧毕竟只有一个半人物,因为皮特的台词不多,他充其量只能算是半个人物。为了弥补皮特形象的单薄,阿尔比决定构思一出两幕剧,在第一幕当中,皮特要拥有足够的发言权。由于第二幕的题目是《动物园的故事》,第一幕的题目也就呼之欲出了:《家庭生活》。[②] 两幕的新剧《家与动物园》(*At Home at the Zoo*)的诞生历程,足以说明各部分内在平衡的重要性。

以对称或对立平衡的方式,经过反复的重复,世界由简约演变成繁复。繁复的世界拥有绝对的节奏感。可是,节奏从来不是均匀单一的,而是变化多彩的。能够在文学作品中创造出赏心的节奏,那必定是音乐或哲学的力量使然,因为音乐就是艺术的哲学。同样,能够从文学作品中感受到音乐节奏美之人,

---

① Jacqueline Thomas. *Happy Days*: Beckett's Rescript of *Lady Chatterley's Lover* [J]. *Modern Drama*, 1998, 41: 623-634.

② Edward Albee. Edward Albee's at Home at the Zoo [M]. London: Gerald Duckworth & Co. Ltd, 2008: 6.

一定是以音乐为宗教的读者。当意识流小说成为小说叙事艺术的典范之时，为了更好地认识意识流叙事手法的艺术之美，有学者尝试着用音乐的手段来分析人物的意识流动，企图描述出其中的音乐性；当自由诗颠覆了诗歌经典规范的时候，也有学者尝试着用音乐的手法分析自由诗内部所蕴含的节奏。可见，节奏作为道的一种表现形式，成为人类灵魂的主宰。用音乐的手段来分析戏剧情节的内在节奏为时尚早，但用文字归纳出一种范式并加以描述，还是切实可行的。

节奏从一开始就是戏剧的灵魂。古希腊的悲剧并不像现代戏剧那样，有幕与场的划分，但依照经典的标准来看，层次感还是十分清晰的。古罗马时期，幕的概念出现，塞内加把悲剧一般分为五幕；1520年前后，场（skēnē：scene）的概念出现。20世纪，独幕剧盛行，可是，没有场的划分，这是一个十足的返祖现象。不过，无论是否有幕与场的划分，演员的进与退一般是幕与场的分界线。幕与场的两个概念，为戏剧的节奏奠定了坚实的基础。

以幕、场为基础，根据事件的轻重、发展的快慢、冲突的程度以及结局的性质，戏剧的节奏可以分为四种：第一，扬扬格（spondee）；第二，扬抑格（trochee）；第三，抑扬格（iamb）；第四，抑抑格（pyrrhic）。贯穿于各种节奏的是（过程式除外），以必然因素与偶然因素为动因的对立冲突、悬念与高潮。

应当说明的是，由于篇幅的原因，戏剧节奏与小说节奏不可同日而语：由于篇幅之短，戏剧的节奏如同一首歌曲，简明扼要；由于篇幅之长，小说的节奏如同一部交响乐，繁复悠长。

扬扬格，又称滚坡式，一般是悲剧情节的节奏，由一个悲剧事实（重读音节）引发另一个悲剧事实，悲剧事实的出现，在情节展开的过程中，不断加速，直到悲剧的势能在最后一个悲剧事件出现的时候消耗殆尽。扬扬格的一个主要特点是，环环相扣，环与环之间呈现加速度。当然，悲剧的节奏毕竟不是自由物体下落的规律。例如，塞内加在对悲剧情节做出规定的时候，就没有强调悲剧事实的滚坡性，却明确地指出，在第二幕中，会出现一股对抗的力量，来竭力延缓主人公的犯罪行为；然而，延缓努力没有成功，反而加剧了主人公犯罪的决心。[①] 莎士比亚悲剧继承了塞内加悲剧观的两个要点：一是延滞的努力，二

---

① Philip Whaley Harsh ed. An Anthology of Roman Drama [M]. New York: Holt, Rinehart and Winston, 1960: XXV.

是延滞的反作用力。《哈姆雷特》是滚坡式节奏的最佳例子。

在第一幕中，莎士比亚完成了两个重要的任务：一是哈姆雷特基本上应允了父亲提出的复仇要求，二是交代了波罗涅斯对女儿与哈姆雷特爱情的看法；前者为主，后者为辅。第一幕的说明性行为（exposition），可以肯定地说，是戏剧的共性：预热。

不过，在第二幕中，哈姆雷特，正如塞内加所言，没有立即投入复仇的活动中，而是通过戏中戏的方式展开了行动前的调查研究。哈姆雷特的调查研究，是人文主义思想的有力体现，然而，同样起到了延滞行动的作用。其实，哈姆雷特的延滞行为超越了第二幕的规定，甚至深入到第三幕的第三场。值得注意的是，在延滞的过程中，悲剧的影子已经潜入进来了：哈姆雷特的疯癫。哈姆雷特的疯癫固然是一种伪装，却是一种必要的而且是成功的伪装，其目的就是给人一种真实的错觉。真实的错觉就是事实。

从第三幕的第四节开始，悲剧就真的接二连三地发生了。进入第四场之前，读者经历了一次悬念：哈姆雷特有机会杀死国王克劳狄斯，但出于宗教的考虑，哈姆雷特放弃了这个绝佳的机会。第四场，哈姆雷特根据自己的判断，果断出手；遗憾的是，判断失误，失手杀死了未来的岳父大人。也就在这两次的活动中，莎士比亚展示了必然因素与偶然因素的决定性作用。这两次可以称之为反高潮。

从第四幕第四场开始，哈姆雷特前往英格兰，在前往英格兰的过程中，哈姆雷特杀死了要处决自己的国王同伙，并于第七场，成功地返回丹麦。这一部分固然含有死亡的事实，但由于具体细节背景化了，因此，属于过渡部分，为下一次大高潮的到来，做好铺陈的工作。不过，大高潮到来之前，必有小高潮，这个小高潮就是奥菲利娅的溺水死亡。奥菲利娅的溺亡绝不是好的兆头。

由于哈姆雷特死里逃生，他的存在与生存能力，加剧了克劳狄斯的危机感，国王的危机意识，促使他采取更加激烈的手段。遗憾的是，偶然因素再一次出场，成为悲剧的主导力量。第五幕第二场，王后在紧张之中，误饮了给哈姆雷特准备的毒酒；雷欧提斯用喂过毒药的剑刺伤哈姆雷特之后，死于哈姆雷特的剑下；哈姆雷特从雷欧提斯口中得知一切真相之后，更加坚定地杀死了克劳狄斯；哈姆雷特，由于受伤中毒，不治而亡。不能否认，从第四幕第七场到第五幕第二场，只有一场之间隔：悲剧加速了。

舞台之上，躺满了尸体，这就是复仇戏剧的结局。三个家庭灰飞烟灭：波罗涅斯、儿子与女儿；克劳狄斯与他的新婚妻子；哈姆雷特、父亲与母亲。戏剧开始之时，除了老国王之外，有六位鲜活的生命；可是，等到戏剧结束之时，他们已经化为鬼魂。

总体上看，整出戏的悲剧性，随着剧情的展开不断加剧；戏剧结束之时，也就是悲剧达到顶峰之时。当然，每一次悲剧事件的出现，都有着一定的发展过程，这个过程成为调节悲剧性速度的主要手段。

扬抑格，又称反高潮式，指的是眼下的目标在即将实现的时候（重读音节），却由于意外因素而受挫（弱读音节）。眼下的目标，不一定与前后目标相一致。虚惊式一般是社会剧的节奏模式：一家人过着平静、幸福的生活，突然间，意外事件的出现，打破了往日的宁静；经过一段痛苦与反复的冲突，真相大白或者顿悟人生，一切恢复如旧。其中，冲突的规律是戏剧节奏的关键构成。虚惊式节奏显然带有理想主义的色彩，是莎士比亚和王尔德戏剧常见的节奏范式。《温德米尔夫人的扇子》就是一出极好的例子。

以一个幸福的时刻开头：温德米尔夫人举行成年纪念舞会，又以另一个幸福的时刻结束：夫妇二人即将外出度假。然而，剧终之时，温德米尔夫人已不再是过去的温德米尔夫人了，她的成熟不仅是年龄的标志，更是阅历的体现，她在一个夜晚的经历，从此改变了她的人生观念：不是不能窥视丈夫的秘密，而是反对道德绝对主义。

她的经历是一首紧凑、紧张的扬抑格诗歌。

第一幕。琴瑟之声突然破了和谐，夫妻进入了对立状态（重读）：传言丈夫与艾琳夫人有染，经过一番查证，妻子很快就发现了真凭实据。丈夫不仅否认事实，而且主张邀请艾琳夫人出席舞会。那么，妻子真的会兑现诺言，当众羞辱艾琳夫人吗？艾琳夫人的身份如何维系着妻子的幸福？两个谜题，两个悬念。

第二幕。解答了一个谜题，却又来了一个谜题。艾琳如期而至，妻子并没有羞辱艾琳（弱读）。不过，达林顿勋爵主动向温德米尔夫人示爱，并邀请她一起私奔；温德米尔夫人当时拒绝了他，但舞会结束时，留下一个便条，就直奔达林顿府上（重读）。艾琳夫人发现了便条，藏起便条之后，直追温德米尔夫人而去。此时，又有两个谜题：温德米尔夫人能够找到达林顿勋爵吗？艾琳夫人能够阻止他们的计划吗？

253

第三幕。温德米尔夫人没有见到达林顿勋爵，却开始怀疑自己的抉择：只有在失去的时候，才能够发现拥有的珍贵。温德米尔夫人希望丈夫此时没有发现那张便条，更希望达林顿勋爵因事不能回家。后来，在艾琳夫人的帮助与劝说下，当温德米尔夫人为了孩子决定回到丈夫身边的时候（弱读）。两个谜题有了谜底。温德米尔与达林顿到来，她们躲藏起来；可是，这次机会还是由于落下的扇子化为乌有（重读）。当艾琳夫人挺身而出的时候，温德米尔夫人趁机溜走（弱读）。

昔日的真爱、舐犊深情与包容之心，在关键时候，举足轻重。

第四幕。这里的主角应当是艾琳夫人，节奏也相对较慢，因为主要的危机化解了，只剩下两位女人之间的知心话。不过，悬念依然存在。当温德米尔夫人把丈夫支走，独自与艾琳夫人相处的时候，艾琳夫人会情不自禁地向她吐露心声吗（重读）？有悬念，没有惊讶（弱读）。当奥古斯都勋爵宣布与艾琳夫人婚事的时候（重读），艾琳又是找到了怎样的说辞？这是唯一一个没有谜底的谜题（弱读）。

一出戏中，一系列的身份发生了反转：如果达林顿勋爵是一位道德家，就不会邀请温德米尔夫人私奔；如果艾琳夫人是一位精明的第三者，她就不会舍身成就温德米尔夫人；如果温德米尔夫人真的信任丈夫，就不会否认他的解释。与此同时，温德米尔夫妇之间的关系，由对立转为和谐；温德米尔夫人与艾琳夫人之间的关系，由对立化为同步。关系的反转，又如同重弱在行内或行间位置上的变化，能够产生新的节奏。当然，希望出现与消失的频率与频度，也增加了节奏的起落与快慢。节奏不是单调的，而是复调的。

抑扬格，又称潮汐式节奏。一个音步之内，弱读音节一般指失败等消极项，重读音节一般指成功等积极项；潮汐同样表示一落、一涨、一退、一进。抑扬格节奏一般是喜剧的节奏，即一个行为主体充满自信心的事件的节奏。抑扬格节奏的典型代表是基督徒视角的《威尼斯商人》。

第一个抑扬格音步。第二幕的第七场与第九场以及第三幕的第二场：前两场（摩洛哥亲王与阿拉贡亲王的失败）构成弱读音节，第三幕的第二场（巴萨尼奥的成功）构成重读音节；一弱、一重，构成抑扬格音步。

第二个抑扬格音步。第二幕的第三场到第六场与第五幕的第一场构成一个抑扬格音步：前面的四场，由于父亲的反对，是弱读音节；后面的一场，经夏洛克的同意，成为重读音节。又是一个抑扬格音步。

第三个是一个由抑扬格组成的四音步格律。

第一幕的借贷行为，构成第一个抑扬格音步。巴萨尼奥希望迎娶鲍西娅，但没有足够的聘礼：弱读音节；为了筹备聘礼，安东尼奥愿为好友代劳，与夏洛克签订了借款协议：重读音节。

第四幕的庭审是第二个抑扬格。安东尼奥，由于不能按期还款，只能履行合同，让夏洛克从胸口处，割下一磅肉。合同的履行，对安东尼奥来说，就是面对死亡。这是安东尼奥及其朋友们的弱读音节。鲍西娅，凭借着智慧，发现了合同中表述的漏洞，把一个本来毫无胜算的官司，转败为胜。这就是安东尼奥及其朋友们的重读音节。

第四幕第一场的结尾处与第五幕第一场的后半部分构成第三个抑扬格音步。第四幕第一场，在安东尼奥的劝说下，巴萨尼奥，为了答谢律师（鲍西娅）的帮助，满足了他（她）的要求，把自己的订婚戒指送给了他；把结婚戒指送给他人，巴萨尼奥显然违背妻子"永不把它出卖、送人或遗失"的嘱托；违背妻子的嘱托，也就意味着背叛了婚姻的承诺；背叛需要偿债。这是巴萨尼奥的弱读音节，而第五幕第一场的后半部分则是巴萨尼奥的重读音节。巴萨尼奥终于明白，那位律师就是妻子鲍西娅。

第四个抑扬格音步横跨全剧。第三幕第一场，安东尼奥的货轮据说遭遇了风暴，沉没大海。这是弱读音节。第五幕第一场结尾处，安东尼奥说道，"我的船只已经平安到港了"。这是重读音节。

除了夏洛克之外，没有人遭受任何损失，反倒是各自获利不菲。夏洛克呢？经历了一场由于虚假信息引发的官司，赔了夫人又折兵。戏剧中，夏洛克的扬扬格悲剧节奏（不再赘述）对抑扬格戏剧节奏起到了陪衬的作用。

抑抑格，又称过程式，属于一种单调、乏味的节奏模式。每一个音节（事件或者逻辑）不仅弱读（虚无），而且音节之间因少有变化而彼此雷同，形成一个重复、枯燥、缺乏逻辑、了无生气的格调。抑抑格，一般是荒诞派戏剧节奏的体现。

《残局》，独幕剧，由于人物之间缺乏有效的互动，没有清晰的戏剧情节。戏剧中，一种行为模式，反复出现，形成一种呆板、僵硬的框架结构。由于结构逻辑缺失，行为意义虚无，情节循环往复，整出戏给人一种荒诞、低沉的感觉。不过，存在主义戏剧，正是以生活的荒诞揭示生存的虚无。

封闭、固化的视角看世界。克罗夫反复从事的一个行为是，在左右两个窗户之间，来回不断地搬动梯子，一遍又一遍地爬上爬下，一次又一次地朝外面瞭望。作为出行的工具，木筏说明，克罗夫们生活在孤岛之上；原本可以其他的方式观看世界，却选择了艰难、有限的视角。

求同而不是求真理的辩论方式成为戏剧中反复出现的思维模式。一种是顺势推导模式（弱读），例如，哈姆说，不再为克罗夫提供食物，克罗夫接着说，我就会饿死。另一种思维模式是委曲求全（弱读），克罗夫回答哈姆的提问，哈姆就回答提出反论，克罗夫于是对反论表示赞同。这种一统的思维模式在哈姆与父亲的关系上，暴露无遗。第一次，面对父母的惊扰，哈姆冷漠地要求他们闭嘴；第二次，面对父母的笑话，他依然命令他们保持安静。实质性的对话，几乎不可能。

生活仿佛是人间地狱。哈姆诅咒父母："作孽的祖宗！"由于父母把他抛进了人世间（地狱），他对生命充满了敌意；不过，其敌意是通过克罗夫折射出来的。克罗夫千方百计地杀死那只跳蚤，因为"人类完全可以从那里重新开始！"发现厨房里有了老鼠，他再次出手，只是没能如愿；看到远处出现了一位男孩，克罗夫的第一反应是，抓起鱼叉，随时准备结束他的性命。不过，哈姆看透了人生：生命或者说人类，不会因为清除而绝迹。

人生充满了痛苦，唯一的疗法就是止痛药。哈姆四次向克罗夫索取止痛药，四次都以相同的原因遭到了拒绝。人生充满了痛苦，唯一的解决办法就是重复痛苦。因此，父亲欺骗了哈姆，哈姆又欺骗了父亲。

用平淡、虚无、碎片化的方式表现人生的意义，应该是最后的艺术选择。

每一部作品的节奏，可以是多种音节类型的组合。

诗歌的节奏来自音步，音步的产生依靠陌生化；戏剧的节奏来自音步（事件），音步的产生依赖冲突。冲突，乃是戏剧情节不可或缺的构成，除了荒诞派戏剧之外；要揭示冲突，就必须体现公平与公正的精神；公平与公正是戏剧永恒生命力的可靠保障。何为公平？何为公正？从人物的角度看，公平就是正反双方拥有平等的话语权力；公正就是双方能够畅所欲言。从作家的角度看，公平就是以相同的艺术手段对冲突的双方进行客观、合理的再现；公正就是以独立于双方视角的特殊角度，对冲突的双方予以充分的展示。

在欧里彼得斯的《美狄亚》中，美狄亚与伊阿宋都得到了公平的话语权。针对破裂的婚姻，美狄亚的观点是：作为可感可思的生物，女人必须忍受巨大的耻辱。女人不能不结婚，可随着婚姻而来的却是奴役。男人们可以随心所欲，时常有朋友相伴；女人们只能蛰居在家，唯一的陪伴就是丈夫。男人保护家园，女人负责生养。眼下，与其他的女人相比，美狄亚觉得自己更悲惨：身处异国他乡，没有一个亲人可以依靠；她仅仅是伊阿宋的一个奖品。美狄亚例数她为伊阿宋做出的牺牲，以此斥责伊阿宋忘恩负义。

伊阿宋则有着自己的看法：美狄亚的行为，受其内心之爱所驱使，是自愿的结果；他的人生与美狄亚没有任何关系，完全是爱神阿弗洛狄忒所赐。他又指出，美狄亚之所以在希腊享有如此高的声誉，是因为她嫁给了他。娶科林斯国王的女儿为妻，在伊阿宋看来，巩固了他们在希腊的地位。如果有了孩子，尽管是同父异母，但血缘关系仍然可以为她与孩子提供安全保障。目前不可收拾的局面，完全是美狄亚太过感情用事，亲手酿成的悲剧。

显然，美狄亚的婚姻观是以契约为中心的理想主义模式，而伊阿宋的婚姻规则是以社会与经济为中心的现实主义模式。值得称赞的是，作品不是以女权主义为中心的，也不是以父权主义为中心的。

《威尼斯商人》无疑是一出宗教色彩浓厚的戏剧，在一出基督教色彩的戏剧中，让异教徒大放厥词，尽情表达自己对基督徒的不满，这种做法，无疑是把话语权交给了敌人；让敌人掌握话语权，多数情况下，是一件不可轻易犯的政治性错误。然而，勇敢的莎士比亚打破了这种禁忌。

夏洛克的话语不无火药味。第一幕第三场，他指责安东尼奥放贷却不收利息的行为。放贷不收利息，当然是行善；可是，一个人行善，不能以扰乱社会秩序为代价；安东尼奥的做法，扰乱了金融社会的秩序。安东尼奥甚至犯下了人身攻击与种族仇恨的罪行："他憎恨我们神圣的民族，甚至在商人汇集的地方当众辱骂我，辱骂我的交易，辱骂我辛辛苦苦地赚下来的钱"，甚至"把唾液吐在我的犹太长袍上……吐在我的胡子上，用你的脚踢我……"

第四幕第一场，夏洛克出尽了风头。安东尼奥一方可以提出庭外调解，而夏洛克也有权否决调解。关于慈悲说，夏洛克可谓一针见血："你们买了许多奴隶，把他们当作驴狗骡马一样看待……我可不可以对你们说，让他们自由，叫他们跟你们的子女结婚？为什么他们要在重担之下流着血汗？让他们的床铺得跟你们的床同样柔软，让他们的舌头尝你们所持的东西，你们会回答说：'这些奴隶是我们所有的。'"关于合同的约束力，夏洛克十分清楚，"您要是拒绝了我……威尼斯城的法令等于一纸空文"。

夏洛克输了官司，但心中不无快意；安东尼奥赢了官司，也不无缺憾：条款的解读，毕竟违背了双方签约的初衷。

不能否认，人物话语权的多少，也是剧作家操控的结果；不过，在虚拟的叙事世界里，作家直接的干预表现在作者声音的层面。例如，借助歌队的评述，或者突破角色框架，借人物之口，表达一己之见。方式可以不同，但策略只有一个：客观、公平与公正。

歌队可以归属于人物，也可以归属于隐含作者，不过，作为作者的声音更为恰当。《美狄亚》的歌队客观地表达了作者对各方的公允态度。面对美狄亚的不幸，歌队深表同情；为了安慰美狄亚，歌队指出，她不是第一个丈夫不忠的女人；当美狄亚决定要复仇之后，歌队又表示赞同她的决定。

伊阿宋一番慷慨陈词之后，歌队赞扬了他的辩护，结构严谨、规范，受过良好的修辞训练；可是，歌队坚持认为，他辜负了美狄亚的忠贞。关于爱情，歌队唱到，爱情是把双刃剑，有益又危险：有益，因为选择正确；危险，因为爱可以转化成恨。

歌队曾经对美狄亚的复仇决定表示赞同。可是，当美狄亚实施复仇的时候，歌队劝说她放弃自己的计划。歌队指出了复仇之心的冷酷、复仇行为之可怖、复仇之后果严重。

歌队曾同情过美狄亚的不幸，可也同样为孩子与新娘的不幸感到同情；同情伊阿宋的不幸遭遇，却认为伊阿宋咎由自取。

在《哈姆雷特》的第一幕第五场，借老国王自己之口，莎士比亚轻盈地点出了克劳狄斯弑兄的一个不为人知的原因："我是你父亲的灵魂，因为生前孽障未尽，被判在晚间游行地上，白昼忍受火焰的烧灼，必须经过相当的时期，等生前的过失被火焰净化过后，方才可以脱罪。"可见，克劳狄斯有罪，老国王也不是什么圣贤之辈。

在《暴风雨》的第一幕第二场，莎士比亚巧妙地让普洛斯彼罗披露事实，再一次展示了弟弟安东尼奥篡位的原因："我因为专心研究，便把政治放到了我弟弟的肩上，对于自己的国事不闻不问，只管沉溺在魔法的研究中。"研究魔法对不对？他在收场诗中说的第一句话就是："现在我已经把我的魔法尽行抛弃。"可见，他已经认识到执政者沉溺于魔法的危害性。

"那坏心肠"之人，坏在哪里呢？"学会了怎样接受或驳斥臣民的诉愿，谁应当拔擢，谁因为升迁过快应当贬抑。""他这样做了一国之主，不但握有我的岁入的财源，更僭用我的权利从事搜刮。""作为代理公爵的他，和他所代理的公爵之间，还横隔着一重屏障；他自然希望拆除这重屏障，使自己成为米兰大权独揽的主人翁。"

就此事而言，莎士比亚到底站在哪一边？米兰达的反应给出了答案。当普洛斯彼罗做陈述的时候，他一再询问米兰达是否在倾听，其反复询问表明，米兰达对此不感兴趣，也没有同情心；当她反对说，"你的故事，父亲，能把聋子治好呢"，她彻底解构了普洛斯彼罗的指责。当然，不是说，作品的中心应当是安东尼奥，而是说，莎士比亚在适当的时候，巧妙地为他做了合理的辩护。

之所以要公平、公正与合理，就是要呈现出一个客观、原始与完整的虚构世界，而不是主观的、有限视角下的、以政治为主要目的的扁平世界；以一个原始、完整的客观世界为基础，读者就能够做出属于自己的解读，而不是复制剧作家的解读；就能反复回来，重读文本，再次发现；不同时代的读者，就能做出符合时代的阐释。总之，正如哲学家要不断地重返柏拉图，心理学家不断地重返弗洛伊德，戏剧的读者要不断地重返戏剧文本。文本就是在重返与发现的过程中，不断获得新的生命，有了新的生命，就能走向永生。永远的文本是艺术的最高境界。

解决冲突，手段莫过于奇思与合理。不是说，每一出戏都要有冲突，而是说，凡是有冲突，冲突就要尖锐；要化解尖锐的冲突，就要依靠必然因素或偶然因素的加入，就要有奇思妙想；奇思妙想还要合乎理性（逻辑与辩证）、合乎人性，尤其合乎美学。常见的冲突有误解、假冒、抗争、竞争、一体对立。

误解引发的冲突实属常见，但使用得当，便能产生奇效。误解有恶意的误解（造谣）与善意的误解。在经典的戏剧作品中，常见误解的身影。一方面，误解越来越深；另一方面，为了化解误解，秘密信息，在压力之下，披露得越来越多。温德米尔夫人对丈夫的误解是善意的，她离开丈夫，在她看来，实属无奈。当她一步一步走向深渊的时候，正是艾琳夫人的信息披露得越来越多的时候。然而，与众不同的是，艾琳夫人的信息不能用来说服温德米尔夫人；因此，要从自毁之路上拯救女儿，艾琳夫人必须具有足够的条件与智慧。其条件是，温德米尔夫人深爱着丈夫，她最大的牵挂是孩子。其智慧是，艾琳夫人许诺永不再与温德米尔相见；委婉地以身说法；以实际行动表明，作为情敌，她不会如此严肃地告诉温德米尔夫人，其丈夫的真爱是她自己。艾琳夫人纵观全局，晓以利害。有道是，用情至深，道理自现。

假冒（误认）引发的冲突，一般出自善意，屡见不鲜，但同样有效地推动情节的发展。在《第十二夜》中，莎士比亚面临着三个棘手的问题：一是奥丽维娅如何能真正地爱上西巴斯辛，二是奥西诺如何爱上薇奥拉，三是何时挑明薇奥拉与西巴斯辛的身份与关系。对此，正如第六章第二节所示，莎士比亚把所有的答案都隐含在戏剧情节之中：阻碍奥西诺与薇奥拉的只是性别，成就西巴斯辛的是他的勇敢与慷慨；而身份的迷雾，就在各自的一半充分展示自己的品质之后，适时地消散了。在《屈尊降贵》中，通过身份转换，假戏真做，不仅满足了男女双方对理想爱情的渴望，而且也实现了双方父母的愿望，可谓一举两得。然而，情节发展的动力，来自一次又一次富有智慧、精彩纷呈的构想。

抗争成为永恒的冲突触点。假死，作为瞒天过海之计，可以说是莎士比亚解决冲突的得意之笔。对于罗密欧与朱丽叶来讲，在与旧制度的抗争中，个人力量不可与社会力量抗衡，但个人的勇气足以与社会的僵化相较量；然而，人算不如天算；可是，意志的坚定义远远大于命运的安排。所以，他们的命运虽是悲剧，但是可歌可泣。假死，作为缓兵之计，再一次出现在《无事生非》中。一位牧师能够冲破道德的藩篱，从人内心活动的外在表现，判断出是与非，已经是笔力深厚，而利用假死与过去告别，并通过假死换取时间，调查事实真相，又是飞来之笔；当一个几乎是双胞胎姐妹的人再次出场的时候，戏剧也就自然地进入了高潮。

神迹，即以神之名行事，也是解决冲突的有效之道。在经历了自启蒙运动以来两百年的春风得意之后，科学开始进入了冷静期。人的大脑是一个无比神奇的机器，在没有彻底了解大脑、控制大脑之前，审慎与开明是最好的策略。圣女贞德就是奇迹的产物。在投降与抵抗之间，贞德选择了抵抗。抵抗的理由与手段来自上帝的启示。违背了圣女的意愿，上校的母鸡就不会产蛋；不听天使的劝告，满口脏话的弗兰克就会暴毙；没有西风，神力可以借来西风；没有实力，神助便能获胜。在一个没有抵抗意志的时刻，抵抗的意志就是神迹。

有抗争，也有竞争，竞争有时意味着不择手段。因此，马基雅维利主义的确是低成本、高收益；而道德主义则是高投入、低产出。可是，时间与实践是一切事物的最后裁判者，经过苦难检验之后的道德主义，必然因为诚信与坚守，而声名鹊起，赢得决定性的机会与权力，进行最后的总签收。有理由说，《造谣学校》(The School for Scandal, 1780) 是人类社会的永恒写照，其对待马基雅维利主义与道德主义的态度，也有理由成为人生行动永恒的指南。存在主义不也回归人道主义了吗？

生活就是冲突，冲突不是在身外，而是在身内。信仰在远方，冲突藏胸中，这般境界之人，不是圣人，便是贤者。圣人与贤者只能是人类的灯塔。贞德是圣女。在生命的紧要关头，当死与生成为选择的时候，她选择生而不是死，但并不畏死；当死之自由与生之囚笼成为选择的时候，她选择了死之自由，但并不厌生。不过，任何选择，都没有改变她的信仰。在《大教堂谋杀案》中，贝克特战胜了心中的魔鬼，却没有办法堵住世俗的悠悠之口。魔鬼不因败于贝克特，而从世间消失，世俗之口悠悠，却淹没不了贝克特的圣名。信仰与胸怀终究是一切内在冲突的坟墓。

不能一切都靠技巧；道德与信仰，也是艺术上化解冲突的有效手段。有一点不应忽视：当政治在场的时候，善与恶是奢侈品，对与错才是日用品。

总而言之，无论戏剧的长度如何，内部的切分如何，戏剧作品都会有一个结构，而这个结构有理由呈现平衡的状态，因为平衡是万物存在的基本结构方式。节奏是情节发展之律动。平衡与节奏能够决定作品的艺术价值，但不能决定其思想价值；要展示其深邃的思想价值，作者就必须兼顾各方的诉求，公平、公正、客观地予以表述。由于每一个观念，大多数情况下，都要经过检验，而检验的过程往往是以冲突的方式展开的，这就要求冲突的展示能够充分体现人生的智慧与精彩。

守恒可以确保戏剧作品不会偏离叙事艺术的正常轨道，成为人们喜闻乐见的娱乐与教育形式。由于经过长时间的检验而证明行之有效，戏剧艺术的恒道代代相传，绵延不断，成为戏剧艺术体的基本构成与艺术创作的牢固基石。然而，戏剧艺术要发展，就不能永远守旧，还要不断创新。

第二节 创 新

创新，简言之，就是在艺术与思想两个方面给人们带来耳目一新的审美享受。可以从四个方面来认识创新。第一，创新就是改革；第二，创新就是补充；第三，创新就是取代；第四，创新就是复活。改革，就是在不改变本质的前提下，对原有元素进行部分的更新；补充就是给戏剧艺术增添新的叙事手法；取代就是废旧立新；复活就是重新利用长时间沉睡在艺术宝库内的艺术手法。创新是戏剧艺术的生命线。

其实，戏剧艺术的发展史，就是不断创新的历史。最早的剧本只有歌队；后来，从歌队长那里，衍生出第一位人物。早期的戏剧并没有幕与场的概念，后来，出于欣赏的方便，一出戏一般分为五幕，每一幕进一步分为不同数量的场次。三一律长时间以来成为戏剧创作的铁律，可是，20世纪，铁律遭遇了前所未有的破坏与冷遇。情节，在莎士比亚手中，由单一变成了复数；在（后）现代主义作家手中，变得支离破碎，若有若无。舞台背景，一路走来，从无到有，从简单到复杂。人物，由少到多；由多到少；从副产品演变成正品。可见，唯有创新，戏剧艺术才有真正的发展。

创新是正道，而正道亦有原则可循。

其一，必须富有想象力。

想象是艺术的创造之本。上帝创造了自然，人类创造了艺术；上帝的工具是意志，人类的工具是想象。人类的想象是上帝意志的模仿品。在欢乐中，艺术家创造了喜剧；在敬畏中，艺术家创造了悲剧。不过，在恐惧中，人类的一切幻想，都不能够成为艺术，因为恐惧没有美感，恐惧的产物自然不能成为艺术；不过，在平静的时候，对恐惧产生的幻想进行加工，可以得到艺术品。想象的对象可以来自生活，也可以来自大脑；想象的逻辑可以受重力的约束，但主要受心力的驱使。现实中的事实，有美丑之分，因为有愚昧，有未知；想象中的存在，只有美，没有丑，因为想象有善意，有自由。

在反对科学的干预中，艾伦·坡赞美了艺术的想象。在《十四行诗：致科学》(*To Science*) 中，坡认为，诗人的心灵能够在"布满珍宝的苍穹"中"漫游飘扬";能够在"林莽"中创造"山林仙子";在"水泽里",创造"温柔的女神";在"绿荫"上,创造"小精灵";在"果树下",可以创造"夏日的美梦"。

在《拉米娅》(Lamia)第二部分中,济慈反对哲学,赞美艺术。他把艺术乘着"天使的翅膀""编制的幻象"称之为"妩媚"与"动人的彩虹"。如果"清洗魅空,涤荡魔地""如刚才拆卸彩虹那般""光鲜娇嫩的拉米娅"就会"黯然失色"。拉米娅,显然,是艺术的产物,只有在艺术的天地里,她才会"光鲜娇嫩",她的形象才能够如同"彩虹那般",而艺术的天地的主要特征就是"魅空"与"魔地",离开了"魅""魔"二字,艺术的天地也就不存在了。

在《说谎艺术的堕落》(The Decay of Lying, 1891)中,王尔德批判了历史学家与现代小说家。在他看来,历史学家揭示的都是"一些貌似事实却是虚构的内容",而现代小说家描写的"貌似虚构却是一些乏味的事实"。[①] 以说谎为目的的艺术,漂亮的谎言越来越少,枯燥无味的事实却越来越多。说谎,不是道德意义上的,也不是政治意义上的,更不是法律层面上的,而是自由潜意识里的一种现实。正如英雄是杀敌最多的人,艺术家是说谎最好的人。每一个领域都有自己的特殊要求,艺术的要求是幻想、梦想、说谎,这些统归为想象。

想象的本质是什么?是抽象。抽象之物,不是任何事物;正因为不是任何事物,所以才能够是所有的事物,无所不包。不是任何事物,因为它与任何事物相比,相同之处非常少;是所有的事物,因为与任何事物相比较,唯有它都具有相似之处。王尔德指出,"她(艺术)的创造是'比生活中的人还要真实的形式',是事物存在的最初原型,而事物则是尚未完成的复制品"[②]。柏拉图把诗人(艺术家)从理想国赶了出来,王尔德又把他们请了进来,因为艺术家的作品,与柏拉图的理念相比,异曲同工。其实,想象是艺术的生命,正如逻辑是数学的根本。首先,想象与数学都是人类从事的一种抽象活动。其次,想象中的事件(母题)与数学符号,都是想象的产物,一种虚构,现实中根本不存在的东西。再次,母题之间的关系符合人性,也符合重力原则;数学符号所阐释的关系符合游戏规则,也符合重力原则。原则是什么不重要,重要的是,

---

① Oscar Wilde. The Decay of Lying [M] //The Decay if Lying and Other Essays, London: Penguin Books, 2010: 12.
② Oscar Wilde. The Decay of Lying [M] //The Decay if Lying and Other Essays, London: Penguin Books, 2010: 23.

原则设定之后，不能随意地更改。

艺术想象的结果具有表意的功能，正如数学的公式具有表意的功能一样。数学表达的到底是现实生活中哪种活动的意义，没有人可以给出确定的答案，但在生活中，总是不断地发现数学公式解决了新的问题。一出戏剧表达的意义是什么，也没有人能够给出确切的定义，但在现实中，人们不断地发现能够阐释戏剧的实际例证。确切地说，艺术的表意是抽象的，抽象的表意无所不含，但又从来不指向某一具体事件。王尔德在《道林·格雷的画像》的前言部分指出，"所有的艺术都是无用的"，其道理正是如此。

那么，现实在戏剧艺术中的地位如何？现实是缺少美感的，现实只能做艺术家的素材，而不能成为艺术反映的对象。现实包括两种，一是自然，二是生活。王尔德指出，"艺术向我们揭示的是，自然缺少设计，粗糙模糊，格外的单调，绝对处于一种未完成状态"。因此，"自然十分不完美"。[①] 简言之，大自然，由于没有经过雕琢，显得十分粗糙；由于不是设计的结果，大自然表现为杂乱无序。当然，这一切都是人的视角产物。那么，在大自然中，为何有那么美的体验呢？因为人们正在以一位艺术家的视角审视大自然；离开了艺术的视角，也就发现不了美的存在，感受不到美的体验。艺术的视角就是无功利性，就是美的共鸣。

生活呢？同样缺少美感。有人在追逐名声，有人在追逐利润；有人生活在贫穷之中，有人陷入痛苦之中；有人四体不勤，得到的却是荣华富贵；有人鸡鸣狗盗，给人留下的却是道貌岸然；有人追求真理，得到的却是谎言；宗教成为禁锢人们精神的枷锁，科学成为奴役人类的工具，历史成为官方粉饰自己的文字。不是说，没有幸福之人，也不是说真理与正义从未出现过，而是说，财富掌握在少数人的手里，真理与正义掌握在权力的手中。躺在阴沟的时候，只有艺术创造出的美，才能缓解精神上的痛苦，才能给人带来生的希望。

那么，现实与想象的艺术没有缘分了吗？不是的。现实可以作为原始材料进入艺术。无论是美还是丑，道德的还是不道德的，都可以成为艺术加工的对象。对于现实，艺术是加工厂，而不是一面镜子。王尔德在前言部分又指出，"人的道德生活成为艺术家题材的一部分，而艺术家的道德就在于对不完美的媒

[①] Oscar Wilde, The Decay of Lying [M] //The Decay if Lying and Other Essays, London: Penguin Books, 2010: 10.

介进行完美的加工"。所以,现实之丑与现实之不道德,经过艺术加工,成为具有美感的艺术品的有机构成。"使用了外在的生活之后,她(艺术)创造出了一种新的生命;其悲伤,与人类之悲伤相比,有过之而无不及;她的欢乐,与恋人的欢乐相比,远胜一筹;她怒如泰坦,静如天神,其罪也滔滔,其德也昭昭。"①

没有生活题材的艺术何如?"艺术之初,描述的是反现实、不存在的东西,抽象、富丽,充满想象与快乐。"倘若艺术是一面镜子又如何?"生活占了上风,艺术开始衰落。""把生活作为题材,艺术从而壮大了自己,把生活之道作为艺术之法,艺术从而削弱了自己……在这些戏剧中,人物在舞台上与舞台下别无二致……作为方法,现实主义是失败的。"总之,"艺术一旦放弃想象的媒介,也就放弃了一切"。②

不妨以王尔德的作品为例,看一下现实与想象的关系。《莎乐美》(Salome)以1世纪洗礼者约翰遇难为题材加工而成,叙事原型《新约全书》的《马可福音》(6:15-29)与《马太福音》(14:1-12)都有记载。根据福音书的记载,莎乐美只是一个小角色,母亲借以除掉先知的一名走卒。

然而,王尔德没有把戏剧视作福音书的一面镜子,而是凭借想象的魅力,对素材进行了大胆的艺术加工,创造出全新的人物与情节。莎乐美一开始就是一位举止非凡之辈。为了让西里安释放先知伊奥迦南,她许诺次日将朝着西里安微笑(具有性暗示);当西里安看到莎乐美钟爱先知之后,一剑刎喉。

莎乐美知道希律王的图谋,因此在跳舞之前而不是之后,与希律王达成无条件赏赐的协议;跳舞结束之后,莎乐美主动要求希律王把先知的头颅作为奖赏,而不是跑去征求母亲的意思,根据母亲的意愿向希律王索取先知的头颅。

莎乐美终于得到了伊奥迦南之吻。早在莎乐美见到先知之时,就表达想得到他身体的愿望;由于先知的恐惧,她愿意拥有一个亲吻。然而,唯一的要求也遭到了拒绝。手捧着先知双眼紧闭的头颅时,她终于实现了个人的夙愿。

显然,莎乐美与维多利亚时代的妇道相违背,是一个正在升起的新女性。她能够娴熟地操弄父权文化,达到个人的目的。当然,这位新女性,在希律王

---

① Oscar Wilde, The Decay of Lying [M] //The Decay if Lying and Other Essays, London: Penguin Books, 2010: 19.
② Oscar Wilde, The Decay of Lying [M] //The Decay if Lying and Other Essays, London: Penguin Books, 2010: 20.

看来，也是一位极度危险之人，为此，他欲除之而后快。一个平淡无奇的叙事，经过艺术的加工，化成一个能够反映时代先锋意识冲突的作品，这是想象的胜利。

其实，每一部成功的戏剧作品，尤其是荒诞派作品，都是艺术家想象（艺术加工）的产物。然而，多数情况下，人们觉察不到戏剧与现实的距离，因为人们从中看到了个人经验之影子，也仿佛看到了耳闻目睹之现实。这正是艺术成功之处。艺术总是抽象的，由于艺术的抽象性，每个人都可以从中看到自己，却又不会暴露自己。艺术养心渺无痕。

其二，必须与时代的科技进步相结合。

当现实（不是史实）作为题材进入艺术的时候，现实总是带有自己的时代身份特征，时代身份特征的一个主要标志是，科学的进步与技术的发明。在戏剧创作过程中，把先进的产品与戏剧艺术紧密结合，往往能够产生非同凡响的艺术效果，独步一时。磁带、灯光、投影、声响等手段成为剧作家的新宠，并收到特效。

贝克特可谓创造性运用磁带的大师。众所周知，永恒是人类不懈的追求；可是，能够成为永恒的只有人类使用过的器具或建筑物，生命或生命的抽象活动，则是可望而不可即的，声音便是其中之一。发明磁带之后，关于声音的梦想终于成为现实。就戏剧而言，由于空间的限制，舞台道具越少越好，越简单越高妙。现代戏剧所熟悉的场景，其实是不断演变的产物，而众神舞台上的进退，则绝对是科技进步（舞台升降机）的结果。《克拉普的末盘磁带》把永恒与极简主义成功地结合在一起，令人拍案叫绝。

磁带很好地诠释了历史与记忆的关系。柏拉图赞扬口语，却反对书写；德里达（Jacques Derrida, 1930—2004）固然解构了口语与文字的等级关系，但口语的优越性仍然没有消失，当磁带出现之后，口语的优越性似乎无法超越了。要重温历史，只需轻压按键。具有讽刺意味的是，当克拉普录制自己对前一个生日录音的评价之时，人们看到，录音也并不可靠，因为声音背后的行为主体容易受到情绪的左右。同样，人们阅读历史的方式，也决定了历史呈现的形式：历史只是人们想看到或者愿意看到的面目，因为展现的历史，只是人们感兴趣的部分，而不感兴趣的部分，则发生缺失。哲学家从现实进入理论，艺术家则从理论，返回现实。

由于运用了磁带，戏剧的叙事结构也发生了巨大的变化。以往的戏剧结构，大多属于线性叙事；辩论式戏剧结构，固然没有遵循时间顺序，却也严格遵守了逻辑顺序；同心圆叙事结构模式，也非线性叙事结构，但同心圆属于正常的结构现象。相比之下，《克拉普的末盘磁带》与众不同，因为其叙事结构属于倒退式：69岁生日这一天，他回忆了39岁生日的录音；而39岁生日的录音，又是对10年前之我的评价。一盘磁带与后退叙事结构结合起来，不能说不是一个创造。

灯光成为戏剧的一个重要手段。在没有电灯的情况下，戏剧的表演只能在白昼的区间内进行，剧本中，根本见不到有关光线的舞台指令。自从有了电灯之后，戏剧表演就可以在晚间进行了，同时，灯光不仅用来照明，也逐渐成为戏剧的要素。与此同时，文本之内有关灯光的舞台指令也就不可或缺了。

《往昔》的开头与结尾充分利用灯光进行表意。作品中共有三个人物，迪利、凯特（夫妇）与造访他们的友人安娜。根据舞台指令，作品开始前，迪利与凯特处于灯光之下，安娜则在灯光之外，身姿影影绰绰。灯光的明暗使用得十分巧妙。由于戏剧利用迪利与凯特之间的会话开场，让夫妻二人一开始就处于灯光下，手法显然十分合理。为何安排安娜处于灯光之外呢？处于灯光之外就是处于等候状态，当安娜应该出场的时候，她只需从灯光之外走进灯光之内即可。

这正是戏剧创新之处。传统戏剧中，台前台后是进出场的分界：人物进场的时候，从舞台后面走到舞台之上，退场的时候，从舞台之上走到舞台之后。然而，《往昔》与众不同，用灯光的明暗代替人物的进场与出场。戏剧结束之时，也出现了新意。安娜并没有退场，而是与迪利和凯特共处舞台之上；灯光并没有渐暗，以此表示戏剧结束，例如《一出独白》，而是突然间加亮，让戏剧在灯光的加亮中结束。

在《玻璃动物园》中，灯光呈现出象征意义。第三场，当汤姆与阿曼达发生争吵的时候，"火似的红光把他们指手画脚的姿势映到了天花板上"，当汤姆拉开帷幕的时候，人们看到"餐厅里罩着一大片鲜艳的、朦朦胧胧的红色"。火红的颜色，显然，与情绪激动发生关联。然而，照在劳拉身上的灯光则就不同了。在二人争吵不休之时，劳拉冷眼旁观，"一股清澈的灯光照在她的身上"。晚餐发生的一幕也是如此。用作者在戏剧演出说明的最后一段话来讲，"她坐在沙发上，一言不发，完全处于视觉中心位置。劳拉身上的灯光与其他人的不同，就像早期宗教用来描述圣女或者圣母一样"。灯光与颜色发生关联，进而与意义发生关系。

投影，如同灯光，又是《玻璃动物园》的另一大创新点。作者在戏剧演出说明的第二部分指出，在百老汇的第一次演出过程中，投影部分被删除掉了，因为泰勒女士富有表现力，舞台布景越简单越好。剧本付印，考虑到有些读者可能对投影到底是怎么一回事感兴趣，所以，又重新补回来了。投影的目的就是起到强调的作用。作品中，每一场都有一个主要的价值观念；然而，由于作品的结构松散，人们不仅容易忘记叙事的主线，而且其理解也容易发生碎片化，不成系统。为了凸显这个价值观念，就把意象、说明（legend）与字母投射到了屏幕上。此外，屏幕投影也可以产生情感效应，情感效应到底是什么，难以明确，但其重要性不容置疑。可见，投影是碎片化戏剧情节的重要补充。

声响，也是现代主义作家，在戏剧作品中，创造性使用的常见辅助手法。这里的声音主要包括音乐与鼓声。

关于音乐，还是以《玻璃动物园》为例。威廉姆斯在戏剧上演说明中指出，作为一个文本之外的声音（accent），一首名叫"玻璃动物园"的曲子，在剧中反复出现，对戏剧的有关部分起到强化情感的作用。曲子像社戏（circus），不是说在现场或者附近听到的那种，而是在远处进行思考时感觉到的那样。在这种情况下，曲子一会儿飘进意识里，一会儿飘出去，是一种世上最轻柔、最细腻也最伤感的那种音乐，给人一种活力无限的感觉，可在生活的喧嚣之下，掩盖着不变的、难以言说的忧伤。作者进一步指出，见到脆弱的玻璃纤维，人们就会想到两样东西：美丽与脆弱。这两样东西与乐曲交织在一起，仿佛乘着风的翅膀，在戏剧中潜入、潜出。它像一根线，在叙事者的时空与主题之间，起到关联、暗示的作用。乐曲响起之时，它就指向戏剧的根本，即情感与追忆。它主要是劳拉的乐曲，所以，当她以及她那脆弱的形象成为焦点之时，音乐就格外的清晰。

除此之外，作品中还出现了两类音乐。一是其他的标题音乐，二是无标题音乐。标题音乐出现过两次：第一次，汤姆与母亲阿曼达争吵之后（第四场），剧中出现了《圣母颂》，强调母亲作为一家之主应具有的担当，预示了母子关系缓和并重归于好的可能。第二次，就在汤姆准备宣布姐姐的男友即将到访的时候（第五场），一首《全世界都在等待日出》的曲子奏响了，乐曲的出现既疏解了全家人的精神压力，又把全家人的期待推向了一个高潮，而高潮与后来失望的落差凸显了劳拉的人生悲剧。无标题音乐，当然，也是根据有关剧情（由读者或导演自主）选择的，旨在"预设某种精神境界，充分发挥审美主体的想象与联想"，① 有效地表达出人物此时此地的情感状态。

　　鼓，作为一种古老的乐器，也用于战事之中。历史上，由于与人类情感的密切程度，乐鼓、战鼓长时间成为人类情感的有机组成。目前，鼓器依然是非洲人民乃至美洲非洲裔钟爱的器具之一。心理学的发展赋予了古老器具全新的功能。在镶嵌着一名白人的黑人社会体系《琼斯皇》中，战鼓成为一种全新的辅助叙事手段，鼓声、心跳（精神状态）、枪声互为因果，把整个戏剧情节推向了高潮。

　　鼓声与琼斯的精神状态，从一开始，就做了清楚的交代。在第一场的中后部分，作者给出的指令是："从远处山峦传来微弱而坚定的咚咚击鼓声，低沉而有节奏。开始时，节拍同正常的脉搏跳动相一致——每分钟72跳——随后逐渐加快速度，一直不停，直到全剧终了。"鼓声首先与正常的心跳之间建立了平等的关系，以此说明，鼓声就是心声；紧接着，鼓声就与琼斯的精神状态建立了联系：他"闻声惊起"，"脸上一时显出一种古怪的忧虑表情"。可是，琼斯故作镇静，把鼓声称之为送行的军乐声。

　　第二场鼓声的效果与第一场相同。"他听着那有节奏的手鼓声，大声嘟囔着，以掩饰自己越来越不安的情绪。"而且，明显感觉到，"声音好像越来越响了"。由于内心的惶恐来自战鼓的声音，所以，战鼓的节奏就是他内心的紧张程度。内心的惶恐程度，当然是抽象的，不过，除了战鼓声表达内心世界的现实之外，剧作家还用幻觉加以体现："一些没模样的小恐惧从树林暗处爬出来，它们黑不溜秋，没有模样，只能看见它们闪闪发光的小眼睛。"这些难以名状的生物，显然是从他自己充满恐惧的、黑暗的内心里爬出来的。世上并没有鬼，因为心中有鬼，所以才能看见鬼。

　　从第二场开始，他就朝着恐惧的对象开枪。枪声暴露了自己内心的恐惧，同时又把自己的位置通知给了黑人，黑人的鼓声越来越密集；鼓声越是密集，

---

① 何芳.《玻璃动物园》中画外音的功能及其美学效应：以旁白和音乐为例［J］. 安阳师范学院学报，2012，（3）：73.

琼斯越是恐惧；越是恐惧，越是残暴。例如，第三场，他再一次开枪杀死了杰夫的鬼魂："远方手鼓声明显地更响了，节奏更快了"，而且，"他们追近了！手鼓好快呀！""我得赶快跑掉。"第四场，他再次杀死了犯人的鬼魂；第五场，再次杀死了黑奴拍卖人与白人庄园主。第七场，为了避免成为祭品，他拔枪射向食人的鳄鱼。此时，跪在地上，他"吓得呜咽啜泣"，而"阵阵沉郁的鼓声，带着一股困惑的复仇力量"。当他几乎绝望、无力的时候，鼓声变得低沉、缓慢、有力。

第八场，枪声突然响起，鼓声陡然无语，生命戛然而止。① 鼓声、心跳与枪声合奏的交响乐结束了。

其三，也可以创造性地复古。

审美，毕竟与劳动不同。劳动必须拥有先进的工具，除非万不得已；审美则不一定需要对象绝对具有新颖性，古老的对象，由于审美的特殊性，依然具有美学价值，甚至较高的审美价值。当然，应当赋予一定的新鲜感。歌队与面具等手段的复活足以说明这一点。

歌队，可以说，是古希腊悲剧的重要构成；到了伊丽莎白时期，歌队降为隐含作者（副末）；除了歌舞剧之外，歌队的命运只有到了20世纪才有所转变。歌队在艾略特那里，是传承；在阿瑟·米勒手中，则是传承与创新。

在《美国大钟》(*The American Clock*) 中，歌队的角色发生了重要变化。② 从歌队的构成来讲，古希腊的歌队是由长老们（智慧与权力的代表）组成的，而《美国大钟》的歌队则是由社会各个阶层的人士组成。何以见得？戏剧的舞台指令很清楚：舞台分为三个区，一是表演区，二是歌队区，三是小型爵士乐队区；根据指令，所有的演员退场时，自动来到歌队区；演员们的身份相当复杂，有金融家、拍卖商、记者、司机、擦鞋工、妓女、农民、老兵、水手等；所以，来自各个阶层的歌队成员，具有广泛的代表性，这正体现了作者的设计意图。

歌队的颂唱功能也发生了变化。一是由小型爵士乐队分担，二是出现了独唱。例如，第一场的艾琳，当她听说理浮默自杀、蓝多尔夫坠亡之后，情不自

---

① 任如意. 铿锵的鼓声，愤怒的呐喊：《琼斯皇》中的音响效果探究 [J]. 牡丹江大学学报，2007, 16 (10)：12.
② 张彦杰, 肖琪. 阿瑟·米勒《美国大钟》中的"歌队"艺术创新 [J]. 长春工程学院学报（社会学科版），2013, 14 (2)：91-93.

禁地唱起《不关他人事》（'Taint Nobody's Bizness）（唯一的一次）。除此之外，歌队几乎失去了合唱的功能，倒是众人物在舞台上、登台之时或退场之时，歌声不断。的确，剧作家一开始就指出，《美国大钟》是一出轻喜剧，不过，从头至尾，没有一点令人感到轻松之处。显然，轻喜剧只是一个讽刺性描述。

由于旨在反讽，歌队的合唱又少，歌队的主要功能就是评价。不过，歌队的评价方式也发生了变化。在《美国大钟》中，评价的方式不是合唱，而是评说；不是集体行为（结尾处例外），而是个人行为。例如，第一场，罗伯森在歌队区说道："在我看来，现在有点像1922年的德国；真是为银行业担心。就连走路，鞋子里有时也塞满了两万五千甚至三万元钱。"第二场，罗丝在歌队区指出，"他要是一名共产主义分子，那又是怎么成为一名体育记者的呢？"值得一提的是，全剧（第二场）结束时，罗伯森与昆印代表歌队轮番进行评价。由于罗伯森与昆印第二场没有出场，他们的评价应该是歌队的评价。而且，整部戏，罗伯森是主要的评价者。第一场的评论，除了对话之外，共3次，由罗伯森执行；第二场，共3次，罗伯森2次（第二次，三部分，分散出现），罗丝1次；与第一场不同，罗伯森在第二场根本没有表演。可见，罗布森成为歌队的主要评论员。

歌队的对话方式发生了变化。在古希腊戏剧中，歌队长最早与剧作家对话，后来，发展成歌队与人物之间对话；当然，歌队在对叙事做背景介绍时，歌队的叙事对象是读者。在《美国大钟》中，歌队与人物之间仍然有对话，不过，不是整个歌队，而是个人；而且，歌队队员之间也能够对话。下面是第一场的第二个歌队参与的对话。会话的五人当中，只有理浮默在表演区。

罗丝：（在歌队区）他们只不过是香客队伍中的扒手。
理浮默：有了洛克菲勒今早晨的讲话，恐怕股票已经攀升了。
罗伯森：（在歌队区）是呀，他们竟然也相信。
泰勒：（歌队区）他们相信什么？
艾琳：（歌队区，和着泰勒说）对呀，他们相信什么？
罗伯森：嗨，最重要的是，话语就是事实。

有理由说，两千年之后，歌队尚在，只是焕然一新。

面具最早出现在古希腊的戏剧里。在早期的戏剧中，由于演员人数少，一

271

个人往往扮演多个角色；解决角色转换问题的一个有效手段就是面具，省时省力。另外，戏剧中的女性角色也由男性演员来扮演，因为 17 世纪中叶以前，女性不能登台表演；但并不是任何一位男演员都可以扮演女性角色，伊丽莎白时代，女性角色一般由男孩来扮演；为了尽量减少男扮女装的不便，舞台上经常出现女扮男装的故事情节。20 世纪，由于面具在德国戏剧中的兴起，由于面具在中国戏剧传统中的地位，奥尼尔以不同于叶芝的方式，① 在英美戏剧领域积极开展复兴面具的活动。面具从历史的偏殿里再一次走到了正殿。

面具，简言之，就是一个人的第二人格。第二人格可以是人格复杂性的另一方面；可以是对象化的，也可以是社会化的；可以是内化的，也可以是外化的。复杂化，就是说，人无完人；对象化，就是按照对方的需要，自己扮演一种角色；社会化，就是根据群体文化的规范，在社会活动与生活中，扮演一种文化所期待的角色。内化与接受同义；外化则分两种情况：一是接受并在行为与言语中予以表达，二是拒绝，但在行为与言语中予以礼貌性或策略性的认同。无论是否认同第二人格，具有双重人格的个体都具有一定程度的人格分裂，只是程度不一。

传统面具的作用是对独立的行动主体进行区分，如果能够体现内在的性格特征，面具的表达与内在的心理现实一定是相一致的；现代主义戏剧中的面具则表达他者的心理需求和文化规范，与自己内心的心理诉求相矛盾。为了揭示这种矛盾性，奥尼尔作品中常见的面具可分为两种：整幅面具、半幅面具。当然，国内学界的分类更丰富一些。②

在《无穷的岁月》（*Days Without End*）中，整幅面具用来体现人物性格中与生俱来的复杂性，这种复杂性一般是呈二元对立状态。在约翰·拉文的办公室里，约翰坐在办公桌的左侧，拉文坐在正位之上；拉文，从各方面看，是约翰的"复制品"，只是有一幅不同于约翰表情的面具，即"嘴唇上挂着死亡时分流露出的揶揄"，与此同时，面具后的眼睛里也流露出相同的表情。可见，约翰

---

① Edward L. Shaughnessy. Masks in the Dramaturgy of Yeats and O'Neill [J]. *Irish University Review*, 1984, 14（2）：205. W. B. Yeats. Later Essays [M]. ed. W. H. O'Donnell, New York: Charles Scribner's Sons, 1994：25. 在叶芝看来，面具，作为第二人格，有着健康的人生意义与积极的社会价值。此处不做详细论述。

② 详见：王丽. 论尤金·奥尼尔戏剧中的面具 [J]. 江苏技术师范学院学报，2013，19（3）：37-40.

与拉文就是约翰·拉文的双重人格，约翰代表人性善的一面，拉文则代表人性恶的一面。约翰与拉文之间的冲突就是约翰·拉文外化的双重性格之间的冲突。

《大神布朗》（*The Great God Brown*）中，狄翁的人格面具就是玛格丽特心中理想丈夫的外化，即他者的人格写照。第一幕第一场中，狄翁戴着潘神的面具，真实的面孔与面具形成了鲜明的对照。真实的面孔是，一张"黯淡的、灵性的、诗意的、激情而敏感的、生活中率直与认真的、毫无防范意识的"面孔；他所戴的面具则是，"一种戏讽的、无所谓的、藐视的、尽情嘲笑的、年轻性感潘神的那副表情"。玛格丽特爱上狄翁，有两个原因：一是狄翁多才多艺，二是他潇洒倜傥；前者是内在的，后者是外在的；所以，看到没有面具的狄翁，玛格丽特立马装作不认识，直到他戴上面具之后，才找到月光吻大海的感觉。外在的东西，只能时刻端着，一刻也不能放下。然而，"接受了这种不自然的关系之后，狄翁迈出了导致他最终离开她的第一步"。①

面具也是文化外化的方式。在《拉萨路笑了》（*Lazarus Laughed*）中，众人的面具按照年龄段来划分，每一年龄段的面具又互不雷同。剧中共有七个年龄段：童年、少年、青年、壮年、中年、成年与老年。与七个年龄段相对应的面具特征各有两个，它们分别是：淳朴与无知；幸福与急切；自难与自省；骄傲与自立；顺从与伪善；复仇与残忍；忧伤与听命。年龄的划分与特征的描述不无武断之处，但总体上反映了一种文化现象，即"群体心里的声音"与"群体的情感"。②

半幅面具旨在面具与面孔之间形成反向对照，因为面具是他者的表述，面孔是个性化的语言。再以《拉萨路笑了》中的卡里古拉为例。他佩戴的半截面具是紫红色的，从额头罩到鼻子底下。面具的作用是什么呢？"凸显出隆起的额头与过早出现的皱纹"；除了深深的太阳穴与性感的灯头鼻子，一双"忧伤的"大眼睛，"疑神疑鬼地紧盯着"每一个人。相比之下，一头金色的卷发，完全是一副"六、七岁孩子"的印象；稚气的小嘴，阴柔的轮廓，红色的双唇，给人一种"宠坏了的、急躁的、固执的、赢弱又霸气的"神情。两相对照，不难发现其口形中流露出的"令人惊讶的病态"。其实，"年幼与冷酷"，是弱肉强食

---

① Edward L. Shaughnessy. Masks in the Dramaturgy of Yeats and O'Neill [J]. *Irish University Review*, 1984, 14（2）：216.
② Eugene O'Neill. Memoranda on Masks [M] //Playwrights on Playwriting, ed. Toby Cole, New York: Cooper Square Press, 2001：62.

的军旅环境的产物：只知自己的伤痛，不知他人的悲苦（第二幕，第一场）。

可见，面具是一种"必要的""颇具展示力的新规范"，而不是一种重生的、能够"哗众取宠"的古老道具。①

其四，必须具有独特与颠覆性的视角。

视角，如同方向，决定着行为的结果。从一个地点出发，方向不同，到达的目的地也就不同；观察同一个事物，视角不同，看到的部分也就不同。戏剧创作要取得特殊的艺术效果，就要有独特与颠覆性的视角。独特的视角，就是不为世人重视或常用的视角，独特视角之发现能够补充并完善人们的知识。例如《推销员之死》的点石成金，以及《麦克白》中的女巫预言。颠覆性视角，也是不同于常规的角度，但其发现不是补充而是改变了现有的知识体系。例如《不可儿戏》(*The Importance of Being Ernest*) 中的欧内斯特现象与《蝴蝶君》的身份表演。

《推销员之死》的独特性在于，从一个普通人的视角出发，分析了家庭梦想破灭的真正原因，展示了受害者美学的内涵，并以此为警示。作品取得的巨大成功表明，剧作家要能够于无声处听惊雷。

众所周知，作家属于公知，公知的职责就是勇敢地批评社会，为弱势群体发出正义的呼声。因此，20世纪以降，无论是小说，还是戏剧，批评社会、反思文化的作品成为文坛的主流。如此一来，经济上的弱势群体与政治、文化上的边缘化群体，就自然地获得了一种特殊的权利，即我弱势，我有理；我受害，我有理；我失败，我有理。因此，向社会抗议、展示伤痛成为一种力量、一种正义、一种文化的标志。抗议与展示，由于能够给行为主体带来精神上的抚慰与振奋，逐渐演变成一种美学。不是说，抗议与展示是错误的，而是说，唯有自强才是王道。要自强，先正身。《推销员之死》就是一次成功的正身。

一石激起千层浪。从作家的角度来看，《推销员之死》仅仅是自己所熟知的一个人生故事，其社会意义到底有多大，还需要现实来检验。对于每一位读者而言，不难相信，自己的身边或多或少地发生过此类的事件。由于事件的相近或相同，剧中的人生经验，激活了读者心中的人生积淀，形成了共振现象。共振现象不断扩大，个体的故事也就成为一种社会现象的反映。

---

① Eugene O'Neill. Memoranda on Masks [M] //Playwrights on Playwriting, ed. Toby Cole, New York: Cooper Square Press, 2001: 60.

第七章 艺术延体

其实，投掷哪一块石头，作家是经过认真观察与仔细思考之后，才做出决定并开始艺术行动的。作家区别于普通人之处在于：普通人认为，由于众多个体几乎是处于相同的生活状态之中，其人生体验也应该是大同小异；把一个众所周知的事实形成文本，大有徒劳无益之风险。殊不知，众人不一定具有如此全面的视角，也不一定具有特定的思想深度，更不一定具有特定的艺术才能。与此相反，有人甚至认为，自己的经历只是个别现象，而实际上是普遍现象。如果不打破这个"个别现象"的虚幻，就可能给个体留下心理阴影。更重要的是，作家及时地捕捉到了生活的瞬间，留下了一段鲜活的历史，而不是等现实进入了历史序列之后，依靠碎片化的事实进行追忆，假以合理的虚构。

所以，一种敏锐嗅觉、一种批判思维与一种历史意识（外加一种艺术才华），成就了《推销员之死》的独特视角。

就《麦克白》而言，与其说是弑君篡位之叙事，倒不如说是心理动机之剖析。心理剖析之妙就在于，把人物弑君篡位之欲望外化为广为接受的现象，让读者透过现象看本质。

女巫的预言，就是内心欲望的外化。女巫的预言，从科学的角度来看，纯属子虚乌有；不过，读者宁愿相信女巫的存在以及预言的可靠。其实，这是潜意识在作祟。当人有了欲望之后，总是从外界找出各种可以佐证的现象，然后，把这种现象视作原因，欲望视作结果。还有一种情况是，所思即所视，即相信某种事物存在，就可以在现实中看到某种事物。换言之，思是因，见是果。不过，为了实现个人欲望的合法化，人们同样把逻辑颠倒过来：见是因，思是果。女巫的出现尊重了文化传统，迎合了人类的心理需求。

女巫第一次出现的时候，只有麦克白与班柯在场（第一幕第三场）。可巧的是，他们两人都因此产生了非分之想。所不同的是，班柯控制住了自己的欲望（第二幕，第一场）。麦克白第二次会见女巫的时候，同样只有他一人在场（第四幕，第一场）。此外，当麦克白宴请群臣的时候，也只有他看到，班柯的鬼魂坐在他的座位上，而他的话语，麦克白夫人解释为片刻的疯癫发作（第三幕，第三场）。其实，莎士比亚早就为读者给出了答案："不祥的幻象，你只是一件可视不可触的东西吗？或者你不过是一把想象中的刀子，从狂热的脑筋里发出来的虚妄的意匠？"（第二幕，第一场）这种似是而非的东西，作者不置可否，任由读者选择；可是，有谁见过女巫？一切都停留在传说中。女巫的所有言辞，皆是麦克白内心欲望的外化。读者的视角与他的虚幻视角重叠，但读者不为所惑。

进一步讲，麦克白的夫人，也是他内在性格的外化，认识了其夫人性格的变化，也就洞悉了麦克白性格的另一面。其夫人演示的变化是，由硬变软。麦克白夫人鼓励他说，"是男子汉就敢作敢为；要是你敢做一个比你更伟大的人物，那才更是一个男子汉"（第一幕，第七场）。当麦克白忘记栽赃之后，她勇敢地完成了丈夫没有完成的任务，也与丈夫一道，双手沾满了鲜血。然而，平净、得意之后，良知与恐惧发力，直至其殒命。良知与恐惧何以发力？心理学认为，强大的欲望得到满足之后，开始消退；同时，处于弱势的欲望蓄势上升。

那么，麦克白演示的性格变化是什么？由软变硬。一开始，他深知，自己既是邓肯的亲戚，又是他的臣子，所以，"按照名分绝对不能干这样的事"（第一幕，第七场）。可是，杀死邓肯之后，他不再犹豫不决，而是果断干脆。他要除掉班柯与他的儿子："以不义开始的事情，必须用罪恶使它巩固。"（第三幕，第二场）由软变硬之理同上。

可见，麦克白的性格具有两面性，一面由他自己演示，另一面由其夫人演示，两种演示对应着两种可能。其中，麦克白的演示属实，其夫人的演示属虚。两种演示可谓辩证。关键是，外化现象引导读者走向性格的本质。

《不可儿戏》中的欧内斯特现象揭开了和谐的虚伪面纱，暴露出真相的峥嵘面目。可以说，王尔德是最早采取后现代主义颠覆视角的作家。一方面，他描述了传统婚姻观念的根深蒂固，另一方面，通过悖论，又不遗余力地予以瓦解。

作品的核心问题是欧内斯特现象。到底是什么力量吸引着两位姑娘，对欧内斯特没有任何了解，就要急切地嫁给他？欧内斯特代表着理想的婚姻观念，一种固化的文化现象。关于欧内斯特（杰克），关德琳认为，他的"名字里有一种令人绝对信任的东西"。一想到他，就"情不自禁"；从未谋面，却"毫无生分之感"；她对他的爱，不仅"充满激情"，而且带有"玄学思辨"。关于欧内斯特（阿尔哲农），赛西丽深有同感："名字里有一种令人绝对信任的东西"。在与欧内斯特第一次会面时，赛西丽已经与欧内斯特订婚三个月了；双方不仅有书信来往，而且也互赠信物，甚至出现过波折。当然，这一切都是赛西丽自导自演。可见，欧内斯特代表时尚与理想的婚姻观念，由于观念的抽象性，而非具体可感性，女性也就无须谋面即可订立婚约。

理想的丈夫有两种，一是无瑕疵的，如欧内斯特（杰克）；二是有些坏毛病的，如欧内斯特（阿尔哲农）。无瑕疵的，供女人崇拜；有瑕疵但无伤大雅的，供女人进行改造。应该说，这是维多利亚时代固化的婚姻观念。

遗憾的是，两位追求理想夫君的女性同时解构了他们的婚姻观念。如果欧内斯特是杰克，关德琳的婚姻就发生质变：一是杰克，作为人名，臭名昭著；二是做妻子"没有兴奋，没有共鸣"；三是，日子会过得十分平淡。结论是："嫁给名叫杰克的人，简直是太可怜了。"如果欧内斯特是阿尔哲农，婚姻对赛西丽来说，也将变质："那些已婚的穷女人，丈夫的名字不叫欧内斯特，简直是太可怜了。"赛西丽的婚约完全建立在抽象的规范之上，全然抛却任何一点可感的东西。例如，当欧内斯特向赛西丽表白之时，原本是激动、幸福的场面，可赛西丽却在认真地记录他的每一句表白，甚至询问对方，呼语之后，是否应该添加感叹号。不是女性没有情感，而是内化了固化的婚姻观之后，人性发生了异化。

欧内斯特，换言之，维多利亚式的婚姻观，对于杰克与阿尔哲农，或者男人们来说，是一件隐身衣。在隐身衣的遮蔽之下，杰克可以自由地从乡下来到城市，阿尔哲农可以自由地从城市来到乡下。男人，无论居住在哪里，只要走进了维多利亚式的婚姻，都有一件隐身衣，隐身衣就是男人的自由。女人也有一件隐身衣，那件隐身衣就是厨房与卧室。不过，有了隐身衣，女人也就失去了而不是获得了自由。是的，两位女性都说对了：她们"太可怜了"。《不可儿戏》充满了智性的悖论，摘录一句，对王尔德的颠覆视角做一个概括："人生最可怕的事情，莫过于突然发现，自己生平说的全是真话。"

《不可儿戏》的颠覆是一场狂欢，在暴露了体制的压迫与荒诞之后，又回归了体制，因而是一种量变。《蝴蝶君》的颠覆也是一场狂欢，不过，代表着一场引发了质变的狂欢。

《蝴蝶君》的颠覆视角就是表演性，而最成功的表演者乃是宋丽玲。表演就是根据主流文化规范或者主流意志，政治的或主观的，进行社会与个人活动的方式，用一个已经生活化的军事术语来讲，就是将计就计。表演的文化基础是二元等级制，表演的心理基础是矛盾性，表演的目的性是服务于上层建筑，表演的本质是颠覆性。

舞台上的宋丽玲男扮女装，颠覆了性别与气质之间的固化关系。不是说，性别与气质之间的关系缺乏理据，因为二者之间的关系是在长期实践中得出的较为可靠的结论，而是说，用主体代替整体，无论主体的比例有多大，总是一种专制与暴力的表现，因为总有一小部分人不得不接受主体的约定，不得不牺牲个人的利益，凡有违抗，必遭惩罚。在舞台上，蝴蝶是女性，但宋丽玲通过男扮女装，成功而有力地说明，女性气质并不与性别之间发生必然的关联。

在生活中，宋丽玲又成功地扮演着东方女性的角色。在西方文化的视角下，东方文化是神秘的、柔弱的，由于神秘与柔弱属于女性的气质，东方文化因而就自然打上了阴性的烙印。宋丽玲的表演固然满足了西方霸权主义的欲望，但他的表演并不是真心实意的，因而也就瓦解了神秘、柔弱的价值。同时，由于宋丽玲利用了西方文化的视角偏差，以假乱真，因而在伪装之下，表现出一种主导对方行为方式的能力，而不是绝对地、机械地臣服于对方的奴隶主义。表面上，宋丽玲处于从属地位，但本质上，他知己知彼，明修栈道，暗度陈仓。宋丽玲完全掌握着主动权。

表演就是解构。解构的目的就是揭示一个现实：主体不是整体，对立没有等级。能够请专制与霸权走下圣坛的是多元开放与民主对话。那么，解构是彻底的破坏吗？不是的。解构主义是一种方法论，它除去虚假的图层，保留真实、有效的成分，促进寻求更高的真实。

创新是戏剧的生命线。要创新，就要站在艺术史的长河里，瞻前顾后，审时度势，不拘一格；就要不断地保持丰富的想象力，给读者打开一扇通往异调风景的窗户；就要独具慧眼，从荒凉之处见风景。创新不是无病呻吟，创新不是害群之马，但创新是脆弱的，创新需要细心地呵护。

然而，每一次创新都会逐渐走入正典的序列，成为戏剧艺术延体的一个新的有机组成部分。正典是戏剧艺术的立足之本。再好的艺术手法，一旦成为艺术延体的有机组成，就会逐渐失去诞生时刻的光辉。戏剧要发展，就必须不断地创新，但创新的时机与节奏，可遇不可求。戏剧的生命力，主要依靠思想的时代性与深邃性。不过，戏剧毕竟是一门独立的艺术，独立就要有创作的自由，创作的自由就是选择的自由。戏剧是一门具有美感与责任的艺术。

结　论

　　戏剧是一门具有美感与责任的艺术。戏剧的美感与责任，无不指向一个中心：大写的"人"。人是文本之中一切行动的主体，人也是文本之外阅读的主体。人的诉求，决定了戏剧艺术的本质与走向。

　　人的诉求是审美与认知。

　　要满足读者的审美需求，剧作家就要在戏剧的幽默与欢快中，善意地批评读者（剧中的替身）出现的错误，或者对潜在的不良习俗进行友好的警示；就要在悲剧中，让读者感受到崇高的代价与力量；就要让读者有意识或无意识地体悟到，喜悦感与崇高感来自文本中人物行为方式引发的共鸣，同时也来自文本事件组织方式引发的共振，而文本的组织方式则是一项具有平衡性、节奏感、完整性与想象力等美学要素的深邃艺术。无论是秉持传统，还是颠覆传统，戏剧艺术一定要笼罩在朦胧的美感之中。一种美的形式可能一时不为接受，但经过阐释与适应，必定会显现出精神上的巨大引力。

　　要提升读者认知的广度、高度与深度，剧作家就要深入生活，敏于观察，善于思考。广度体现在知他人所不知，高度体现在想他人所不敢想，深度体现在言他人所不能语。莎士比亚不仅把本民族的故事写入文本之内，而且把异域的风土人情一并纳入自己的戏剧板块之中。王尔德、威廉姆斯想他人之不敢想，把同性情感诉求付诸文字。萧伯纳、贝克特则对社会制度与工具理性鞭辟入里。可见，剧作家是先知，是导师。

　　唯有如此，人们才会阅读戏剧文本，戏剧文本唯有经过阅读（或观赏），才会具有生命形态。

　　然而，戏剧文本毕竟只是开端，戏剧表演才是终极目标。可见，先有文字书写，后有语言表达。至于表演艺术，那是表演艺术理论家分内之事。

　　谨以此书献给戏剧文本爱好者。

参考文献

[1] Albee, Edward. Edward Albee's at Home at the Zoo [M]. London: Gerald Duckworth & Co. Ltd, 2008.

[2] Albee, Edward. Preface. The American Dream and The Zoo Story [M]. New York: Penguin, 1997.

[3] Arnold, Matthew. Culture and Anarchy [M]. edited by J. Dover Wilson, London: Cambridge University Press, 1960.

[4] Aylwin, Tony. The Memory of All Time: Pinter's Old Times [J]. Journal of the English Association, 1973, 22 (114).

[5] Bayoumy, Heidi Mohamed. "Who Am I?": A Study of the Effect of Memory on the Self in Krapp's Last Tape and Death of the Clown [J]. The International Journal of Literary Humanities, 2018, 16 (4).

[6] Beck, Ervin. Allegory in Edward Albee's The American Dream [EB/OL]. https://www.goshen.edu/academics/english/ervinb/allegory/Bennett, Robert B. Hamlet and the Burden of Knowledge [J]. Shakespeare Studies, 1982, 15.

[7] Ben-Zvi, Linda. The schismatic self in 'A piece of monologue' [J]. Journal of Beckett Studies, 1982, 7.

[8] Booth, Wayne C. The Rhetoric of Fiction [M]. Chicago: University of Chicago Press, 1961.

[9] Bowdler, Thomas ed., The Bowdler Shakespeare: Volumes 1–5 [M]. Cambridge: Cambridge University Press, 2009.

[10] Brockett Oscar G. and Franklin J. Hildy, History of the Theatre [M].

10th edition. Essex: Pearson Education Limited, 2014.

[11] Broyles, D. Scott. Shakespeare's Reflections on Love and Law in Romeo and Juliet [J]. Journal Jurisprudence, 2013, 88.

[12] Budick, E. Miller. History and Other Spectres in Arthur Miller's The Crucible [J]. Modern Drama, 1985, 28 (4).

[13] Cardullo, Robert J. Transfiguration and Ascent in Shaw's Major Barbara [J]. The Explicator, 2019, 77 (1).

[14] Carpenter, Charles A. "What Have I Seen, the Scum or the Essence?": Symbolic Fallout in Pinter's Birthday Party [J]. *Modern Drama*, 1974, 17 (4).

[15] Casey, Moira E. The Fop [M] //Fools and Jesters in Literature, Art and History: Vicki K. Janik, ed. Westport: Greenwood Press, 1998.

[16] D. Kubiak, Aubrey. Godot: The Non-Negative Nothingness [J]. Roman Notes, 2008, 48 (3).

[17] Davies, Oliver Ford. Playing Lear [M]. London: Nick Hern Books, 2003.

[18] Elam, Keir. The Semiotics of Theatre and Drama [M]. London: Methuen: 1980.

[19] Eliot, T. S. A Dialogue on Dramatic Poetry [M] //The Complete Prose of T. S. Eliot, eds. Frances Dickey et el: Volume 3, London: Faber and Faber, 2015.

[20] Esslin, Martin. The Theatre of the Absurd [M]. New York: Vintage Books, 2001.

[21] Evans, G. Blakemore. The Riverside Shakespeare [M]. Second Edition. Boston: Houghton Mifflin Co., 1997.

[22] Evans, Gareth Lloyd. The Language of Modern Drama [M]. London: Dent: 1977.

[23] Fergusson, Francis. The Idea of a Theatre [M]. New Jersey: Princeton University Press, 1972.

[24] Fry, Frances White. The Centrality of the Sermon in T. S. Eliot's Murder in the Cathedral [J]. Christianity & Literature, 1978, 27 (4).

[25] Greenblatt, Stephen ed. The Norton Anthology of English Literature [M]. Eighth Edition, Volumes 1 & 2. New York: W. W. Norton & Company, 2006.

[26] Harris, Jonathan Gil. Puck/Robin Goodfellow [M] //Fools and Jesters in Literature, Art and History: Vicki K. Janik, ed. Westport: Greenwood Press, 1998.

[27] Harsh, PhilipWhaley ed. An Anthology of Roman Drama [M]. New York: Holt, Rinehart and Winston, 1960.

[28] Hartwig, Joan. Feste's "Whirligig" and the Comic Providence of Twelfth Night [J]. ELH, 1973, 40 (4).

[29] Heath, Malcolm. Aristotle and the Value of Tragedy [J]. British Journal of Aesthetics, 2014, 54 (1).

[30] Hollis, James R. The Poetics of Silence [M]. Carbondale: Southern Illinois University Press, 1970.

[31] Hotson, L. The First Night of Twelfth Night [M]. London: Macmillan, 1961.

[32] Imhof, Rudiger. Pinter's Silence: The Impossibility of Communication [J]. Modern Drama, 1974, 17 (4).

[33] Janik, Vicki K. ed., Fools and Jesters in Literature, Art and History [M]. Westport: Greenwood Press, 1998.

[34] Johnson, Marshall Lewis. Database and Narrative in Samuel Beckett's Krapp's Last Tape [J]. The Explicator, 2016, 74 (4).

[35] Kaufman, Michael W. Actions that a Man Might Play: Pinter's The Birthday Party [J]. Modern Drama, 1973, 16 (2).

[36] Kaufman, Michael W. Actions that a Man Might Play: Pinter's The Birthday Party [J]. Modern Drama, 1973, 16 (2).

[37] Krasner, David. A History of Modern Drama [M]. West Sussex: Wiley-Blackwell, 2012.

[38] Kristin Morrison, The Rip Word in A Piece of Monologue [J]. Modern Drama, 1982, 25 (3).

[39] Laing, R. D. The Politics of Experience and The Bird of Paradise [M].

London: Penguin, 1967.

[40] Laing, Stuart. Literature and Politics [M] //Literary Politics, Deborah Philips and Katy Shaw, ed. London: Palgrave MacMillan, 2013.

[41] Lapworth, Paul. Murder in the cathedral, by T. S. Eliot [M]. London: MacMillan Education LMT, 1988.

[42] Law, Jonathan. Dictionary of the Theatre [M]. London: Bloomsbury Publishing, 2011.

[43] Lefkowitz, Mary, James Romm. The Greek Plays: Sixteen Plays by Aeschylus, Sophocles, and Euripides [M]. New York: The Modern Library, 2016.

[44] Levine, Robert S. ed. The Norton Anthology of American Literature [M]. Ninth Edition, Volumes D & E. New York: W. W. Norton & Company, 2017.

[45] Ley, Graham. Towards a Theoretical History for Greek Tragedy [J]. New Theatre Quarterly, 2015, 31 (2).

[46] Mangan, Michael. A Preface to Shakespeare's Comedies: 1594 - 1603 [M]. London: Longman, 1996.

[47] Maritineau, Stephen. Pinter's Old Times: The Memory Game [M] // H. Zeifman et al. eds. Contemporary British Drama, 1970-90. London: McMillan Publishing Press Ltd, 1993.

[48] Michael, Krystynal. Neomedievalism and the Modern Subject in T. S. Eliot's Murder in the Cathedral [J]. Postmedieval, 2014, 5 (1).

[49] Mills, Dorothy. The Book of the Ancient Greeks [M]. New York: G. P. Putnam's Sons, 1925. [EB/OL]. https: // www. watson. org/~ leigh/ drama. html: 2003.

[50] Morrison, Kristin. The Rip Word in A Piece of Monologue [J]. Modern Drama, 1982, 25 (3).

[51] Musgrove, S. Feste's Dishonesty: An Interpretation of Twelfth Night [J]. Shakespeare Quarterly, 1970, 21 (2).

[52] Nassaar, Christopher S. Faith and Reason in Sophocles's *Oedipus the King* [J]. ANQ, 2018, 31 (4).

[53] Nassaar, Christopher S. Tampering with the Future: Apollo's Prophecy in Sophocles's Oedipus the King [J]. ANQ, 2013, 26 (3).

[54] Novelli, Neil. Feste [M] //Fools and Jesters in Literature, Art and History: Vicki K. Janik, ed. Westport: Greenwood Press, 1998: 189.

[55] O'Neill, Eugene. Memoranda on Masks [M] //Playwrights on Playwriting, ed. Toby Cole. New York: Cooper Square Press, 2001.

[56] Perret, Donald. Beckett's Postmodern Clowns [M] //Fools and Jesters in Literature, Art and History: Vicki K. Janik, ed. Westport: Greenwood Press, 1998: 81, 79.

[57] Pfister, Jere. Guide to After the Fall [EB/OL]. https://arthurmillersociety.net/guide-after-the-fall/: 2005.

[58] Pfister, Manfred. The Theory and Analysis of Drama [M]. trs. John Holliday. Cambridge: Cambridge University Press: 1988.

[59] Pinter, Harold. Various Voices of Sixty Years, Prose and Politics [M]. London: Faber and Faber Ltd., 1998.

[60] Powlick, Leonard. Beckett's Waiting for Godot [J]. The Explicator, 1978, 37 (1).

[61] Preiss, Richard. Clowning and Authorship in Early Modern Theatre [M]. Cambridge: Cambridge University Press, 2014.

[62] Rosenbloom, David. Material Elements and Visual Meaning [M] // Mary Lefkowitz, James Romm. The Greek Plays. New York: Modern Library, 2016.

[63] Salinger, Leo. Shakespeare and the Traditions of Comedy [M]. New York: Cambridge University Press, 1974.

[64] Schillinger, Stephen. Conversations with Shylock: The Merchant of Venice, Authorship Trouble, and Interpretive Instability in the Period of Early Print [J]. Texas Studies in Literature and Language, 2016, 58 (1).

[65] Schneider, JosephLeondar. Beckett's Waiting for Godot [J]. The Explicator, 1977, 35 (4).

[66] Seiden, Melvin. The Fool and Edmund: Kin and Kind [J]. Studies in

English Literature, 1979, 19 (2).

［67］Shaughnessy, Edward L. Masks in the Dramaturgy of Yeats and O'Neill ［J］. Irish University Review, 1984, 14 (2).

［68］Shaw, G. B. The Quintessence of Ibsenism ［M］. Cambrigde (USA): The University Press, 1913.

［69］Storey, Ian C. and Arlene Allan, A guide to ancient Greek drama ［M］. Oxford: Blackwell Publishing, 2005.

［70］The Elizabethan Stage ［EB/OL］. https://www.britannica.com/art/theater-building/The-Elizabethan-stage: 2020.

［71］The Globe Theatre ［EB/OL］. https://sites.google.com/site/tadshakespeare/the-globe-theater

［72］Thomas, Jacqueline. Happy Days: Beckett's Rescript of Lady Chatterley's Lover ［J］. Modern Drama, 1998, 41.

［73］Unities, EncyclopaediaBritannicia ［EB/OL］. https://www.britannica.com/art/unities: 2019.

［74］Vanbrugh, John. The Release ［M］. Restoration Plays: Brice Harris ed. New York: McGraw-Hill, 1953.

［75］W. Susan C. Abbotson, Thematic guide to modern drama ［M］. London: Greenwood Press, 2003.

［76］Watt, Stephen. Shaw's Saint Joan and the Modern History Play ［J］. Comparative Drama, 1985, 19 (1).

［77］Wilde, Oscar. The Decay of Lying ［M］ //The Decay if Lying and Other Essays. London: Penguin Books, 2010.

［78］Wiles, David. Shakespeare's Cown ［M］. Cambridge: Cambridge University Press, 2005.

［79］Wilson, James Matthew. The Formal and Moral Challenges of T. S. Eliot's Murder in the Cathedral ［J］. Logos, 2016, 19 (1).

［80］Yeats, W. B. Later Essays ［M］. ed. W. H. O'Donnell. New York: Charles Scribner's Sons, 1994.

[81] Zazzali, Peter. Trying to Understand Waiting for Godot: An Adornian Analysis of Beckett's Signature Work [J]. The European Legacy, 2016, 21 (7).

[82] 塞涅卡伦理文选 [M]. 包利民, 李春树, 等, 译. 北京: 中国社会科学出版社, 2005.

[83] 布瓦洛. 诗的艺术 [M] //伍蠡甫. 胡经之, 西方文艺理论名著选编 (上), 北京: 北京大学出版社, 2001.

[84] 曹孝振. 西方古代剧场建筑设计中的声学因素 [J]. 电声技术, 2013, 37 (5).

[85] 狄德洛. 论戏剧诗 [M] //伍蠡甫, 胡经之. 西方文艺理论名著选读 (上), 北京: 北京大学出版社, 2001.

[86] 何芳. 《玻璃动物园》中画外音的功能及其美学效应: 以旁白和音乐为例 [J]. 安阳师范学院学报, 2012, (3).

[87] 贺拉斯. 诗艺 [M] // 伍蠡甫, 胡经之. 西方文艺理论名著选编 (上), 北京: 北京大学出版社, 2001.

[88] 黑格尔. 美学 [M] // 伍蠡甫, 胡经之. 西方文艺理论名著选编 (上), 北京: 北京大学出版社, 2001.

[89] 莱辛. 汉堡剧评 [M] // 伍蠡甫, 胡经之. 西方文艺理论名著选编 (上), 北京: 北京大学出版社, 2001.

[90] 里普斯. 移情作用、内模仿和器官感觉 [M] // 伍蠡甫, 胡经之. 西方文艺理论名著选读: 中, 北京: 北京大学出版社, 2001.

[91] 李尚洪. 琵琶后面的真容 [J]. 英美文学研究论丛, 2007 (1).

[92] 李维屏, 张琳. 美国文学思想史 [M]. 上海: 上海外语教育出版社, 2018.

[93] 卡斯特尔维特罗. 亚里士多德《诗学》的阐释 [M] // 伍蠡甫, 胡经之. 西方文艺理论名著选编 (上), 北京: 北京大学出版社, 2001.

[94] 任如意. 铿锵的鼓声, 愤怒的呐喊: 《琼斯皇》中的音响效果探究 [J]. 牡丹江大学学报, 2007, 16 (10).

[95] 孙柏. 丑角的复活 [M]. 上海: 学林出版社, 2002.

[96] 王丽. 论尤金·奥尼尔戏剧中的面具 [J]. 江苏技术师范学院学报,

2013, 19 (3).

[97] 徐芹芹. 论"愤怒"的悲剧 [J]. 浙江理工大学学报（社会科学版），2019, 42 (8).

[98] 亚里士多德. 诗学 [M] // 伍蠡甫, 胡经之. 西方文艺理论名著选编（上），北京：北京大学出版社，2001.

[99] 易红霞, 诱人的傻瓜 [M]. 北京：中国科学社会出版社，2001.

[100] 张彦杰, 肖琪. 阿瑟·米勒《美国大钟》中的"歌队"艺术创新 [J]. 长春工程学院学报（社会学科版），2013, 14 (2).

作家与作品

(括号内为页码)

阿尔比（Edward Albee, 1928-2016）

《动物园的故事》（The Zoo Story, 1958）(33, 120)
《美国梦》（The American Dream, 1959）(43)
《玻璃动物园》（The Glass Menagerie, 1945）(221, 266)
《三个高大的女人》（Three Tall Women, 1995）(116)

埃斯库罗斯（Aeschylus, c. 525BC—456BC）

《波斯人》（The Persians）(9, 15, 52, 83)
《俄狄浦斯》（Oedipus the King）(62, 178)
《俄瑞斯忒斯》（Orestes）(84)

艾略特（T. S. Eliot, 1888—1965）

《大教堂谋杀案》（Murder in the Cathedral, 1935）(16, 54, 167)

艾瑟里奇（George Etherege, 1653-1691）

《时尚之男》（The Man of Mode, 1733）(198)

奥尼尔（Eugene O'Neill, 1888—1953）

《琼斯皇》（The Emperor Jones, 1921）(110, 169, 267)
《大神布朗》（The Great God Brown, 1926）(271)
《奇异的插曲》（Strange Interlude, 1928）(222)
《拉萨路笑了》（Lazarus Laughed, 1927）(271)

《无穷的岁月》（Days Without End）（270）

《雾》（Fog）（41）

贝克特（Samuel Beckett，1906—1989）

《一出独白》（A Piece of Monologue）（36，63）

《残局》（Endgame，1957）（254）

《啊，美好的日子!》（Happy Days，1961）（64）

《克拉普的末盘磁带》（Krapp's Last Tape，1958）（105，181）

《等待戈多》（Waiting for Godot，1953）（175，200，247）

黄哲伦（David Henry Hwang，1957-）

《蝴蝶君》（M Butterfly，1986）（221，275）

罗斯（Reginald Rose，1920-2002）

《愤怒的陪审员》（Twelve Angry Men，1957）（172）

马克劳（Cox Macro，1683-1767）

《坚毅之城堡》（The Castle of Perseverance，15th）（179）

马洛（Christopher Marlowe，1564-1593）

《浮士德博士的悲剧》（The tragedy of Dr. Faustus，1588）（88）

米勒（Arthur Miller，1915-2005）

《推销员之死》（Death of a Salesman，1949）（68，107，272）

《都是我的儿子》（All My sons，1947）（103，107）

《巫蛊案》（The Crucible，1953）（174）

《堕落之后》（After the Fall，1964）（117）

《驶下摩根峰》（The Ride Down Mount Morgan，1991）（113）

《美国大钟》（The American Clock）（268）

欧里庇德斯（Euripides，480BC—406BC）

《美狄亚》（The Medea）（86，245，255）

品特（Harold Pinter，1930-2008）

《生日晚会》（At the Birthday Party，1958）（34，155）

《独白》（Monologue）（35，64）

《哑巴侍者》（The Dumb Waiter，1960）（142）

《往昔》（Old Times，1970）（146）

《沉默》（Silence，1969）（151）

丘吉尔（Caryl Churchill，1938-）

《幸福美满》（Cloud Nine，1979）（214，221）

塞内加（Seneca，4BC-65BC）

《美狄亚》（The Medea）（86）

莎士比亚（W. Shakespeare，1564-1616）

《亨利五世》（Henry V，1599）（12，15，27，55，246）

《哈姆雷特》（The Tragedy of Hamlet，1602）（21，38，73，90，166，250）

《李尔王》（King Lear，1606）（21，24，93，185，229）

《爱的徒劳》（Love Labour's Lost，1597）（22）

《奥赛罗》（Othello，1604）（23，28，31，58，91，230）

《第十二夜》（The Twelfth Night，1601）（24，188，239）

《麦克白》（The Tragedy of Macbeth，1606）（30，273）

《威尼斯商人》（The Merchant of Venice，1810）（127，180，253）

《罗密欧与朱丽叶》（Romeo and Juliet，1597）（14，165）

《仲夏夜之梦》（A Midsummer Night's Dream，1593）（73，101，195）

《亨利四世》（上、下）（Henry IV, Part I and Part II，1598）（98，192，247）

《无事生非》（Much Ado About Nothing，1600）（95，234）

《暴风雨》（The Tempest，1623）（74，257）

斯通（Peter Stone，1930-2003）

《1776》（1776，1975）（139）

王尔德（Oscar Wilde, 1854—1900）
《温得米尔夫人的扇子》（Lady Windermere's Fan, 1893）（42, 252）
《莎乐美》（Salome, 1893）（263）
《不可儿戏》（The Importance of Being Ernest, 1895）（274）
《说谎艺术的堕落》（The Decay of Lying, 1891）（261）

威彻利（William Wycherley, 1641-1716）
《乡妇》（The Country Wife, 1675）（190）

威廉姆斯（Tennessee Williams, 1911—1983）
《欲望号街车》（A Street Car Named Desire, 1947）（221）

沃尔科特（Derek Walcott, 1930-）
《梦见猴子山》（Dream on Monkey Mountain, 1970）（215）

希契科克（Sir Alfred Hitchcock, 1899-1980）
《防空掩体》（The Shelter, 1961）（170）

萧伯纳（G. B. Shaw, 1856—1950）
《华伦夫人的职业》（Mrs Warren's Profession, 1898）（39, 129）
《圣女贞德》（Saint Joah, 1924）（133, 218）
《皮格马利翁》（Pygmalion, 1912）（222）
《芭芭拉少校》（Major Barbara, 1905）（223）
《安卓克利兹与狮子》（Androcles and the Lion, 1912）（226）

谢里丹（Richard Brinsley Sheridan, 1751-1816）
《情敌》（The Rivals, 1775）（96）
《屈尊降贵》（She Stoops to Conquer, 1773）（196, 258）

雪莱（B. P. Shelley, 1792-1822）
《解放了的普罗米修斯》（Prometheus Unbound, 1820）（80）

主要术语

（括号内为页码）

白话剧（48）
本体论视角（164）
辩论定局（127）
辩论驱动（129）
表现主义（50, 217）
并置（116）
沉默（34）
冲突（71, 77）
丑角（23, 183）
穿插式（71）
创新（260）
创新性复古（268）
磁带（264）
单情节（73, 82）
倒叙（103）
道德剧（47）
地点（59）
灯光（265）
独白（22, 31）
独幕剧（47）
独特与颠覆性视角（272）

对称平衡（247）
对立平衡（245）
对立统一式（96）
对照式（95）
非线性（102）
费边主义（214）
风俗剧（47）
歌队（9, 256, 268）
公平、公正（255）
鼓（267）
观念剧（47）
荒诞剧（47）
会话独白（32）
假冒（258）
讲述（7, 9）
讲述时间（51）
交互式（98）
节奏感（245, 250）
竞争（259）
净悟（224）
抗争（258）

科技进步（264）
历史构建（146）
历史解析（133）
历史剧（47）
逻辑驱动（83）
面具（270）
命题辩论（138）
模仿（236）
幕间曲（16）
内圣外王（222）
女权主义（214）
旁白（20，30）
平衡性（245）
平行式（93）
启蒙（206）
情节（69）
权力构建（142）
群体关系构建（151）
人际关系（221）
人物驱动（88）
认识论视角（170）
三位一体式（101）
舌战（126）
身份（214）
身份构建（155）
深层结构（227）
神秘剧（47）
生活的主体（220）
圣洁型（198）
圣徒剧（47）
诗剧（48）

时间（50）
实验主义（218）
事件时间（51，54）
守恒（244）
受害型（190）
双情节（73，93）
体势语（37）
同心圆（120）
妥协（223）
物理时间（50，51）
物质主义（220）
误解（258）
戏剧时间（51）
现实主义（49）
线性（82）
线性与幻觉组合（110）
线性与回忆组合（107）
线性与意识组合（113）
想象力（225，261）
象征（41，226）
象征主义（49，217）
心理现实（222）
信念（223）
行动的选择性（27）
性与性别（221）
扬扬格（250）
扬抑格（251）
一体对立（258）
艺术至上（223）
抑扬格（253）
抑抑格（254）

意识流（217）

意图谬误（228）

音乐（266）

隐喻（226）

愉悦（228）

语言论视角（177）

谵语（141）

展示（8，26）

展示时间（51，54）

智慧型（185）

主角（163）

宗教（208）

作恶型（194）

作品审查（212）

致 谢

依然记得:
非为老师的红桃,亦非老师的紫李,却是老师桃李树上的一片绿叶。
衷心地感谢所有教过我的老师!
尤其感谢我的硕士生导师,兰州大学外国语学院 张致祥教授!
特别感谢我的博士生导师,上海外国语大学英语学院 李维屏教授!
语润心田,风剪灵魂。